清代女性诗歌总集研究

陈启明·著

复旦大学出版社

序

  作为一种传统文献类型,总集无疑成为研究历代文人诗文作品一笔非常重要的文献资源。清代是总集编辑的繁荣时期,包括女性诗歌编录在内的总集数量,较之前代呈现明显的上升态势,探察清代文学尤其是女性文学的发展和变化格局,这些女性诗歌总集自然是我们不能缺少的文献凭证。就清代女性诗歌总集的研究情况而言,尽管学人对这一领域已有所涉及,但从总体上来看,相关的研究或流于概览性的简述,或限于个别文本的论析,众多的总集文本和很多方面的问题尚未系统和深入触及,这自和有清女性诗歌总集大量流传的现状不甚匹配,故实有必要加大对于这一领域的研究力度。

  启明博士的这部《清代女性诗歌总集研究》,系其博士学位论文的修订稿。多年前,她进入复旦大学古籍整理研究所攻读中国古代文学专业元明清文学方向博士学位,其时鉴于清代女性诗歌总集的研究尚未得到充分的展开,即酝酿以此课题作为博士生学习阶段的研究目标,有志于在该领域有所开掘。在我看来,这项工作既有一定的挑战性,又富有研究价值,很值得去做,是以支持她的研究计划。经过数载不懈的努力,启明博士完成了学位论文的撰写,并得到评审专家和答辩委员的好评,初步实现了既定的研究目标。毕业之后,她虽然在新的岗位担负其他一系列的研究工作,但从未放弃在清代女性诗歌总集这一领域的耕作,而是利用工作之余,埋头修润,对先前的研究所得进一步加以充实和拓展。目前呈现在读者面前的,即是她历时数年而花费大量心血的一项研究成果。

启明博士为人踏实而睿智,这也集中体现在她的研究作风上。早在博士生学习期间,自确定研究目标之后,她就全身心地投入对有清一代编刊的女性诗歌总集的系统调查和研读,从发掘和清理第一手文献资料做起,这从本书附录的"清代女性诗歌总集叙录"即可见一斑,尽管因此耗费了不少时间和精力,但为相关研究工作的有序开展,奠定了较为坚实的基础。整部文稿从完成撰写到完善订补,凝聚了作者潜心钻研和勤于思索的研治精神,难能可贵。以我个人之见,本书至少体现了如下几个特点:

一是首次对有清一代女性诗歌总集进行系统的查阅和梳理,从而为全面观照这些总集的编纂形态、文献价值及文学意义创造了条件。清代女性诗歌总集数量繁多,开展深入调查工作量较大,具有一定的难度,为了全面了解这一历史时期女性诗歌总集的编辑情况,作者遍查各藏书单位所收藏的相关文本近百种,掌握了大量原始的文献资料,在系统清理这些文献的基础上,审观清代女性诗歌总集的整体样貌。如本书第一章第一节对清代女性诗歌总集总体特征的考察,作者站在编纂史的角度,比较中晚明兴起的女性诗歌总集的编刊情状,探究清代顺康至同光三百余年间女性诗歌总集的发展和演变趋势,分别从总集选文视野的拓展、编纂类型的多样、编纂体例的完备以及选评自觉意识的增强等几个层面展开讨论,揭橥清代女性诗歌总集呈现的不同特征。以总集选文的特征为例,作者认为,自清代以来,女性诗歌总集无论在选文数量上抑或选域上都有较大的突破,前者像编选规模宏大的《名媛诗纬初编》、《燃脂集》、《撷芳集》、《国朝闺秀正始集》系列、《国朝闺秀诗柳絮集》等多种总集,选录诗人及作品的容量趋于扩张;后者在选录范围上则由"沿古"重点朝向"罗今",本朝女性诗人占据的比例增大,反映出编者对"当代"女性诗人及诗作的关注程度在不断提升。再以总集编纂类型的多样化发展态势为例,作者对照见于著录的三十八种明代女性诗歌总集的类型,指出其大多属于全国性的总集,而至清代,则大量出现了郡邑性和氏族性的女性诗歌总集,其中郡邑性总集包括以地理学指称的某些区域为选择对象及以某一地区的女性作家为辑录对象的郡邑诗歌选本;同时,清代还出现了前代所未有的诸如女弟子、酬唱、课艺等各种女性诗歌总集的新颖类型,与以往较为单一的总集类型相比,整体局面发生了很大的变化,显示出清代女性诗歌总集的编纂趋向深化和细化的一种发展态势。看得出来,凡此针对清代女性诗歌总集总体特征的考察,得益于作者对相关文献系统而深入的调查和把握,因而也相对全面而贴切地揭出这一时期女性诗歌总集不同于前代的一些变化特征。

二是点面结合,以小见大,通过对清代不同阶段具有代表性的总集文本的细致解析,展现这一时期女性诗歌总集编纂的多重形态和演变趋势。从研究的基本策略而言,"面"的梳理往往须以"点"的组合来支撑,不然的话,很容易陷入虚而不实、大而无当的研究窘境。可以说,以"点"带"面"的策略贯穿了本书的主体论述结构,作者主要根据文本编刊的时间,将有清一代女性诗歌总集的纂辑分为前、中、后三期,用三个大章的篇幅,具体探析多个代表性总集文本反映的编纂特点,历时性地揭示存留在不同文本当中的历史标记。以顺治年间问世的季娴所编《闺秀集》为例,作者不但细致考察了此书以诗体分类的编选体例和多有夹批及诗末短评的批评方式,指出这种以诗体为经纬的分类法,显示了编者重视诗歌美学品质的立场,不以社会身份与道德操守作为取舍标准,而寓评于选、不循惯例的品鉴态度,则凸显了编者作为一位女性选家自觉的批评意识,突破了先前全然由男性主导的诗学批评格局。与此同时,作者又从多个侧面,详尽探析了此书崇尚复古的选评倾向,彰显其时复古主义诗学理念在清初女性诗歌总集印刻的历史痕迹。再如书中围绕乾隆年间刊刻的汪启淑所编《撷芳集》所展开的考察,其同样通过深入而细致的文本分析,着重探讨该书采用以女性别集、各类诗选与诗话以及笔记等为选源的多渠道的选诗方式,究察其以选存史的编选特征,并由此突出这部总集文本构建清初至乾隆中期女性诗歌发展图谱的文献价值和文学意义。

三是拓宽考察的视野,将那些女性诗歌总集放置于清代开阔的诗学领域和文化场景中去审视它们的纂辑意图和诗学取向。有清一代女性诗歌总集种类庞杂,由于众编者的身份、学养、观念不尽相同,各总集的编例和取向也会存在差异,因此,要分辨这些总集各自的编纂特征,深入不同文本的独立考察是十分必要的。当然,这么做也会带来只见涓滴不见海流、只见树木不见森林的潜在风险,而本书作者则较好地处理了这个问题,除了贴近不同总集文本,剖析其各自拥有的特点,透视其阶段性的历史面貌,又格外注意整体观察这些限定性别的诗歌总集,如何不同程度地参与清代主流诗学的建构,审辨在特定文化环境下产生的总集文本所呈现的审美倾向及时代印记。比如本书的第五章集中探讨了以下问题:基于晚明以来性灵文学思想的传输,清代选家在编纂女性诗歌总集、追溯女性写作历史之际,十分关注闺阁的本色特质,将女性的本质和"真""清""性灵"的诗歌美学联系起来,认肯女性诗歌抒写真情的审美境界和风格特征,用以抬升女性文学的价值地位。同时,鉴于晚明性灵文学思潮自清初以来有所消退,特别是时至康熙朝后期,儒家诗学话语逐渐占据诗论主流,循沿传统诗教的意识有所增强,这也相应地渗透到女性诗歌总集的编纂当中,尊奉诗教的道德标准为之显突。通过上述这些相关的考察,作者力图从中辨识清代女性诗歌总集与女性诗学批评之间构成的关系,以及这种关系背后所涌动的两种彼此违异的文学思潮,厘清贯穿其中的时代思想脉络。

要而言之,有清女性诗歌总集作为清代诗学发展历史的有机构成,乃是一块值得充分开掘和拓展的研究领域,启明博士投入其中,耕犁数年,富有收获,令人感到欣慰。相信本书的出版,不仅有助于推进清代女性诗歌总集研究工作的深入开展,而且对于整个清代诗学史研究的拓辟不无学术意义,这也是我所期待的。

是为序。

郑利华
2022年2月16日于复旦大学光华楼

目　　录

引言 ································ 1

第一章　清代女性诗歌总集概述 ·············· 9
　第一节　清代女性诗歌总集的总体特征 ······· 9
　第二节　清人编选女性诗歌总集的动因 ······ 26

第二章　清代前期女性诗歌总集 ············· 37
　第一节　第一部女性论诗之选：《闺秀集》 ···· 38
　第二节　易代之际的名媛诗选：《诗媛十名家集》 ····························· 57
　第三节　以"纬"拟"经"的女性诗史：《名媛诗纬初编》 ··························· 71
　第四节　湮没日久的通代选集：《燃脂集》 ···· 87

第三章　清代中期女性诗歌总集 ············ 103
　第一节　清代闺秀的存史之选：《撷芳集》 ··· 104
　第二节　宗尚风雅的吴中十子合集：《吴中女士诗钞》 ···························· 122
　第三节　独标一格的女弟子诗选：《随园女弟子诗选》 ··························· 135
　第四节　推尊格调的名媛"精"选：《国朝名媛诗

　　　　　　　绣针》…………………………………… 149

第四章　清代后期女性诗歌总集……………………… 168
　　第一节　许夔臣与《国朝闺秀雕华集》………… 169
　　第二节　恽珠与《国朝闺秀正始集》…………… 196
　　第三节　存史之用的合刻型总集：《国朝闺阁
　　　　　　诗钞》……………………………………… 209
　　第四节　郡邑闺彦的典范之选：《松陵女子
　　　　　　诗征》……………………………………… 225

第五章　清代女性诗歌总集与女性诗学批评………… 244
　　第一节　性灵与闺阁本色的审美理想…………… 244
　　第二节　诗教与女性书写的道德高标…………… 256

结　语………………………………………………… 266

附录一　清代女性诗歌总集叙录……………………… 269

附录二　相关序跋资料辑录…………………………… 322

参考文献……………………………………………… 349

后　记………………………………………………… 354

引　　言

清代女性诗歌总集是指清人编刊的以女性诗人诗作为选录对象的总集。清代是我国女性文学高度繁荣的时期，相应地，这一时期选录女性诗人诗作的总集之编纂也是盛况空前。据初步统计，明清以前专门收录历代女性文学作品的总集加起来不足十种①，而有明一代选录女性诗文的总集就多达三十八种②，至清代则达到繁盛状态，仅笔者经眼的选录女性诗作的总集就有近百种③。本书将结合清代文学思想的发展状况，着重考察清人在各个不同历史阶段所编选的各类女性诗歌总集的纂辑情况，

---

① 《隋书·经籍志》记载有：《妇人集》二十卷，作者不详；《妇人集》三十卷，[南朝宋]殷淳撰；《妇人集》十一卷，[梁]徐勉撰；《妇人集钞》二卷，作者不详。《旧唐书·经籍志·总集类》记载有：《妇人诗集》二卷，[南朝宋]颜竣撰。《宋史·艺文志·总集类》记载有：《瑶池新集》，[唐]蔡省风撰。另据胡文楷《历代妇女著作考》记载，尚有：《妇人文章录》，[后魏]崔光编；《妇人文章》十五卷，[宋]陈彭年编；《宋旧宫人诗词》一卷，[宋]汪元量编。另如《文选》《玉台新咏》《唐人选唐诗》中也选有少量女性作品，但不是专选，不在此列。

② 此三十八种明代女性诗歌总集分别为：田艺蘅《诗女史》十四卷、张之象《彤管新编》八卷、郦琥《彤管遗编》三十八卷、不著编辑者名氏《吟堂博笑集》五卷、俞宪《淑秀总集》一卷、郑文昂《名媛汇诗》二十卷、题名钟惺《名媛诗归》三十六卷、新安蓬觉生《女骚》九卷、江元禧《玉台文苑》八卷、江元祚《续玉台文苑》四卷、赵世杰《古今女史》二十卷、梅鼎祚《青泥莲花记》十三卷、梅鼎祚《女士集》二十卷、题邗上徐石麒又陵父评阅《影鸾集》四卷、张梦徵《青楼韵语》四卷、池上客《名媛玑囊》、卓人月《女才子四部集》、江盈科《闺秀诗评》、苏毓眉《胭脂玑》、许定泰《予怀集》、不详撰人《名媛新诗》、不详撰人《闺秀逸诗》、徐士俊《内家吟》、王豸来《娄江名媛诗集钞》、周履靖《古今宫闱诗》十六卷、方维仪《宫闱文史》、方维仪《宫闱诗史》、沈宜修《伊人思》一卷、周之标《女中七才子兰咳集》五卷、胡文焕《新刻彤管摘奇》、周公辅《古今青楼集选》、马嘉松《花镜隽声》十六卷、郭炜《古今女诗选》六卷、张嘉和《名姝文璨》十卷、张梦徵《闲情女肆》四卷、冒愈昌《秦淮四姬诗》四卷、周履靖《香奁诗十种》十二卷、叶绍袁《午梦堂集》二十一卷。参见陈广宏：《中晚明女性诗歌总集编刊宗旨及选录标准的文化解读》，《中国典籍与文化》2007年第1期。

③ 参见本书"附录一　清代女性诗歌总集叙录"。

内容包括编纂背景、编选体例、取舍标准、纂辑过程、版本源流、文献价值,以及其中所体现的诗学批评,全面系统地研究清代女性诗歌总集的编纂情况,对于当前的学术研究有着双重的意义:一方面,可以认真总结和借鉴前人辑纂女性诗歌文献的经验教训和具体成果,进而提高女性文献史料的整理质量,为日后的女性文学研究提供必要的文献支持;另一方面,由于这些总集的编纂伴随着清代诗学思潮的发展和嬗变,因此可以通过研究其不同的编纂旨趣和批评特色,从一个全新的角度来考察清代文学思想的演进。不过,在进入正题之前,有必要对研究对象以及研究状况加以简要的说明和回顾。

首先是关于"清代"的时段划分。由于清王朝的历史跨度较大,在其从繁盛至于衰落的不同时期里,清代女性诗歌总集也相应地具有阶段性的特点。参照历史学意义上的界定,同时结合总集的发展实际,本书将女性诗歌总集(主要依据其编刊时间)分为清代前期、中期、后期三个阶段进行研究。清前期的上限为顺治元年(1644),故遗民选本和跨代选家在此之后编刊的亦归入清代,该时期的女性诗歌总集承晚明性灵的余绪而兴起。清前期的下限和清中期的上限定于乾隆初年,重要的原因是从乾隆朝开始直至危机隐伏的道光朝时局相对平静,女性文学呈现出万花为春的局面,为女性诗歌总集的繁盛期。清中期的下限和清后期的上限则定于道光朝,这段时间女性诗歌总集受到嬗变中的时代风气的影响亦走向转型。清后期的下限原则上是宣统三年(1911),但是由于总集辑刊的滞后性,本书将一些晚清选家在民国初期编刊的总集也涵括在内。

其次是关于"总集"概念的界定。中国古代对于"总集"概念的认识有一个发展演变的过程。据《隋书·经籍志》记载,总集始于西晋挚虞的《文章流别集》。《隋志》总集类小序曰:

> 总集者,以建安之后,辞赋转繁,众家云集,日以滋广。晋代挚虞,苦览者之劳倦,于是采摘孔翠,芟剪繁芜,自诗赋下各为条贯,合而编之,谓为《流别》。是后文集总钞,作者继轨,属辞之士,以为覃奥而取则焉。①

《隋志》认为,总集之祖《文章流别集》是在各家别集的基础上加以芟剪繁芜、荟萃精华而成的选本,此时的总集大都是选本。后人对总集的认识又有发展。《四库全书总目·集部》总集类小序云:

> 文籍日兴,散无统纪,于是总集作焉:一则网罗放佚,使零章残什,并有所归;一则删汰繁芜,使荑稗咸除,菁华毕出。是故文章之衡鉴、著作之渊薮矣。②

可见,清代就已将"总集"分为两大类:一类旨在求精,以成为"文章之衡鉴";另一类意在求全,以成为"著作之渊薮"。由上可见,早期总集以选本为主,即"采摘孔翠,芟剪繁芜",到了清代,则是选本、全集并驾齐驱,或"网罗放佚"或"删汰繁芜"。但无论是重"选"还是重"全",总集的编选都必须具备目的性、选择性、群体性和体例性等因素。因此,总集是编辑者按照一定编选标准和价值取向,在一定范围内辑选出相应的作品,并以一定的体例编排而成的作品集。

本书所论的清代女性诗歌总集,是指清代男女编者按自己的编辑标准,从女性作品中辑选出相应的诗歌,按一定的体例编排,且以单行本形式刊行的诗歌作品集。其中既有"网罗放佚"类的总集,又有"删汰繁芜"类的总集,除此之外,还包括以"丛

---

① [唐]魏徵等撰:《隋书》卷三十五《志》第三十《经籍》四,中华书局1973年版,第1089—1090页。
② [清]永瑢等:《四库全书总目》卷一百八十六《集部》三十九总集类一,中华书局1965年版,第1685页。

刻"方式编选的总集。丛刻式总集的主要特征是各家作品自为起讫,互不关联,可视作多家(至少不止一人)别集汇总而成的。但是,丛刻式的总集毕竟亦具备统一的作品编选标准与价值取向,这和前两种一般意义上的"总集"并无二致,故亦纳入本书研究范围。

从研究的角度来看,明清女性诗歌的研究著作及论文很多,但较少见到对清代女性诗歌总集的探讨。目前尚无对此进行独立研究的学术著作。一些关于女性创作研究的论著有所涉及,但未见专题论著。最早关注明清女性诗歌总集的是孙康宜,她在1992年撰写《明清女性诗歌总集及其编选策略》(Ming and Qing Anthologies of Women's Poetry and Their Selection Strategies)①一文,按不同时期进行考叙,概述了十三部明清女性诗歌总集(其中清代十一部)的基本情况,虽然此文仅止于评介,但对于明清妇女诗歌总集的拓荒之功仍不可没。其后,孙康宜又撰文探讨了促成这些女性总集形成的主观动力,她注意到男性和女性在保存妇女诗歌上的共同动力,特别是男性文人在审美上对女性诗歌所具有的"清"这一品格的推崇。② 孙氏的观点对我们更深入地探究女性诗集编纂的复杂动因以及选集策略与女性文学经典化的微妙关系颇有启发意义。北美的另一位女性文学的研究者方秀洁(Grace S. Fong)亦在其专著《作为作家的她:中华帝国晚期的性别、机构与写作》(*Herself an Author: Gender, Agency, and Writing in Late*

---

① 收入《葛思德图书馆杂志》(*The Gest Library Journal*)1992年第5卷第2期。此文后来修改后重新发表在《中华帝国晚期的女性写作》(Ellen Widmer and Kang-i Sun Chang, eds., *Writing Women in Late Imperial China*, Stanford University Press, 1997, pp. 147-170)中。该修订稿又载于孙康宜著、李奭学译《陈子龙柳如是诗词情缘》附录二(陕西师范大学出版社1998年版,第225—226页)。本书所引用的是修订稿。

② 孙康宜:《从文学批评里的"经典论"看明清才女诗歌的经典化》,载氏著:《耶鲁性别与文化》,上海文艺出版社2000年版,第207—223页。

Imperial China)①中专章探讨了明清女性选家编纂妇女诗集的文学实践,其中分别列举沈宜修的《伊人思》、季娴的《闺秀集》、王端淑的《名媛诗纬初编》、沈善宝的《名媛诗话》这四部具有代表性的妇女诗集进行分析,指出女性批评家更倾向于标举"性情""性灵",但她们同时比男性批评家担负更多的"才德焦虑",在编选实践中往往把作品的审美性置于第二位,而妇德的标准则是首要的。方氏认为女性编选家们把自己的编纂努力视作为妇女创造一个互相支持的共同空间,这为后来的学者从更广泛的范围探讨女性诗歌总集的价值提供了新的思路。钟慧玲的专著《清代女诗人》②在论述清代妇女文学兴盛的原因时,提到妇女选集的出现亦是促进妇女文学发展的一个因素,并分别从明代文人的编选、清代文人的编选、妇女的编选三方面较为粗略地介绍了明清男女选家编选闺阁作品的概况。郭延礼的《明清女性文学的繁荣及其主要特征》一文③以明清女性文学为例,对这一历史时期的女性文学遗产做了初步梳理,并列举了清代女性编选历代女性诗文集的情形,但行文更多着眼于对明清文学外部特点的勾勒,对女性诗文集的诗学价值未做进一步的探讨。

除上述对清代女性诗歌总集的整体研究外,个案研究也逐渐受到一些学者的关注。曼素恩(Susan Mann)的专著《缀珍录——十八世纪及其前后的中国妇女》④在探讨盛清妇女文化时,就特别以恽珠及其编选的《国朝闺秀正始集》作为盛清时期妇学与才女文化的典范。曼氏指出,恽珠在编选中排斥青楼文

---

① Grace S. Fong, "Chapter 4 Gender and Reading: Form, Rhetoric, and Community in Women's Poetic Criticism", in *Herself an Author: Gender, Agency, and Writing in Late Imperial China*, University of Hawai'i Press, 2008, pp. 121-158.
② 钟慧玲:《妇女选集的出现》,载氏著:《清代女诗人研究》,里仁书局2000年版,第118—153页。
③ 郭延礼:《明清女性文学的繁荣及其主要特征》,《文学遗产》2002年第6期。
④ [美]曼素恩:《缀珍录——十八世纪及其前后的中国妇女》,定宜庄、颜宜葳译,江苏人民出版社2005年版。

学的策略,反映了清代闺秀文化取代青楼文化的现象,也说明作为闺秀代表的恽珠本人如何意欲借编选当代妇女诗作,树立以妇德为中心的盛清才女文学的新典范。曼氏在高彦颐对晚明女性研究成果的基础上,将"青楼"与"闺阁"、"妇德"与"才情"进行对比,揭示了由晚明到盛清女性的时代典范的一种移转。这为我们进一步研究女性诗歌总集所呈现的文学视野提供了新的视角。但与此同时,曼氏以恽珠为例的典型性,以及《国朝闺秀正始集》作为一部出自旗人家庭、主要是旗人妇女之手的作品,是否能传递整个盛清的才女文学的声音,也已受到一些学者的质疑。① 马珏坪、高春花的《〈国朝闺秀正始集〉浅探》②探讨了《国朝闺秀正始集》的成书、版本及其编选旨趣,认为恽珠在编选中推尊"雅正"又不乏灵活机动的策略,体现出传统的诗教观与女性诗学观的交融,并且也从自我文学价值的参与与认同、闺阁女性的生活展示、关于《红楼梦》的认知、女性读书的苦乐之境等方面考察了《国朝闺秀正始集》的内容和意义。但正如其论题所揭示的,此文还只是对这部严格意义上的女性诗歌总集某些方面的初步阐释。李小荣《清代的性别与文本政治:以〈正始集〉为例》(Gender and Textual Politics during the Qing Dynasty: The Case of the *Zhengshiji*)③则结合清代的文学思潮和总集编纂的背景具体分析了《国朝闺秀正始集》在定位和内容上的特点,认为温柔敦厚的诗教观是恽珠这位女性选家展开编选的基本准则,也是其为闺秀诗歌争取话语权的一种文本策略,揭示出在建

---

① 详见定宜庄:《〈缀珍录——十八世纪及其前后的中国妇女〉译后感》,载国家清史编纂委员会编译组编:《清史译丛·第五辑》,中国人民大学出版社2007年版,第258—266页。
② 马珏坪、高春花:《〈国朝闺秀正始集〉浅探》,《南京师范大学学报(社会科学版)》2005年第6期。
③ Xiaorong Li, "Gender and Textual Politics during the Qing Dynasty: The Case of the *Zhengshiji*", *Harvard Journal of Asiatic Studies*, 69 (1), Jun. 2009, pp. 75-107.

构女性文学传统中女性选家所面临的两难困境。除《国朝闺秀正始集》外,闵定庆的《在女性写作姿态与男性批评标准之间——试论〈名媛诗纬初编〉选辑策略与诗歌批评》①、付琼《〈国朝闺秀诗柳絮集〉的地位和特色》②、黄湘金《晚明女性的才名焦虑——以〈国朝闺秀再续集〉为考察对象》③等个案探讨都为进一步的研究奠定了良好的基础。

然而,我们仍然可以发现以往的研究还存在着些许不足之处。当下为数不多的清代女性诗歌总集的研究者意识到清代女性诗歌总集是一个庞大的典籍遗存和显著的文化现象,有宏观研究的必要,但多局限于资料的整理和概述性的评介。个案研究则限于几个选本,许多有特色、有价值的重要选本还未被注意到,而且此类个案研究的缺陷是难以全面准确地把握清代女性诗歌总集的群体特征。到目前为止,还没有哪一种研究通过整体观照与个体分析相结合的方式,来较为全面深入地探讨清代女性诗歌总集的整体风貌。另外,值得一提的是,对清代女性诗歌总集的文献搜集和整理工作目前也缺乏足够的关注,除胡文楷《历代妇女著作考》附录④中所列总集之外,尚未见到其他收获。这些都为后学进一步研究清代女性诗歌总集提供了空间。

鉴于这种研究现状,本书主要从两方面着手进行研究:一方面注重文献辑考,对目前所搜集到的清代女性诗歌总集以朝代为序一一概述,力图提供比较详尽的文献资料,同时着重阐发清人编选的女性诗歌总集所具有的独特的文献价值;另一方面,采

---

① 闵定庆:《在女性写作姿态与男性批评标准之间——试论〈名媛诗纬初编〉选辑策略与诗歌批评》,《苏州大学学报(哲学社会科学版)》2006年第11期。
② 付琼:《〈国朝闺秀诗柳絮集〉的地位和特色》,《苏州大学学报(哲学社会科学版)》2010年第6期。
③ 黄湘金:《晚明女性的才名焦虑——以〈国朝闺秀再续集〉为考察对象》,载荒林主编:《中国女性主义6》,广西师范大学出版社2007年版,第192—202页。
④ 胡文楷编:《历代妇女著作考》(增订本),上海古籍出版社2008年版,第843—954页。

用整体观照与个案分析相结合的研究方法,以文献考证为基础,运用以小见大、以点带面的研究方式,选择一些具有代表性的重要总集进行细致深入的研究,系统梳理清代女性诗歌总集的纂辑情况,深入地探讨其中所反映的诗学批评观念,从一个全新的视角来考察清代诗学思想发展的内在脉络。笔者在研究过程中将结合总集的具体特点,并不预先设定理论框架来填充材料,所以每种总集的阐释重点各不相同,在清代广阔的文学文化视野下,对女性诗歌总集的整体风貌有一个较为全面和深入的解读。

第一章　清代女性诗歌总集概述

清代是中国传统学术文化的总结期。这一时期,很多领域都有出色的文化创造,清代女性诗歌总集即其中之一。在近三百年的时间里,女性诗歌总集的编刊活动蔚然成风,呈现出初步繁荣的景象,留下了较为丰富的典籍遗存,其流风余韵一直绵延至今。本章将以宏观鸟瞰的方式,分别针对其总体特征以及清人编选女性诗歌总集的动因等问题进行论述,以使我们对清代女性诗歌总集的概貌有一个初步把握。

第一节　清代女性诗歌总集的总体特征

从顺康至同光这三百多年的时间里,女性诗歌总集得到了前所未有的发展。总集的选文视野不断拓展,总集类型更趋多样,总集的编纂体例日益完备,且选评的自觉意识逐步增强。当然,从女性诗歌总集编纂史的角度来看,我们将其视为中晚明兴起的女性诗歌总集编刊在清代进一步发展演变的必然结果。只是随着女性诗歌创作的不断繁荣,清代的女性诗歌总集出现了与中晚明不尽相同的特征,主要有几大特点:

其一,总集的选文视野不断拓展。自清代以来,女性诗歌总集不论在选文数量还是选域上均有较大的突破,初步显示出清代女性诗歌总集的繁盛。先看选文数量,中晚明女性诗歌总集中除了郑文昂《名媛汇诗》二十卷、钟惺《名媛诗归》三十六卷以外,大部分总集所选作家和作品都相当有限。① 而到了清代,一方面,前代女性诗歌积累甚巨,可供选择的名家名作众多;另一方面,有清一代闺秀诗坛创作活跃,涌现出一大批优秀的女诗人,这些诗人诗作为选家提供了大量的文献资料。是故,清代女性诗歌总集的选文容量逐步增大。清代规模较为宏大的女性诗歌总集主要有《名媛诗纬初编》、《燃脂集》、《撷芳集》、《国朝闺秀正始集》系列、《国朝闺秀诗柳絮集》等。前两种为网罗古今的通代选集,《名媛诗纬初编》四十二卷,实选诗人七百六十五位,诗作近两千一百首;《燃脂集》煌煌二百三十卷,仅残卷留存来看,选录诗人亦达四百多家,诗作近一千六百首。而后三部虽仅着眼于有清一代女诗人诗作,然其编纂规模实不可小觑,其中《撷芳集》八十卷"地志家乘,丛编杂记,一切刻本所载,无不遍采"②,收录自清初至乾隆末年一百五十年间近两千家诗人、近七千首诗作;《国朝闺秀正始集》系列则先于道光十一年辛卯(1831)刊行由恽珠编选的《国朝闺秀正始集》二十二卷(包括《附录》一卷、《补遗》一卷),收录清初至道光间女诗人九百三十三家、诗一千七百三十六首。恽珠逝世后,由孙女妙莲保"继承先志,潜心编次,踵而成之"③,编纂成《国朝闺秀正始续集》十二卷(包括《附录》一卷、《补遗》一卷),于道光十六年丙申(1836)刊行,共收女诗人五百九十三家、诗一千二百九十九首。至民国初年,又有单士厘辑《清闺秀正始再续集初编》问世,此集凡四卷,共收女诗人三百零八家、诗一千二百九十七首。而就目前所知,有清一代规模最大的女性诗歌总集非《国朝闺秀诗柳絮集》莫属,此集正文

---

① 就笔者目前所见,《名媛汇诗》二十卷和《名媛诗归》三十六卷为有明一代规模最巨之女性诗歌总集。《名媛汇诗》二十卷收录女诗人五百七十余人,诗作一千六百余首,《名媛诗归》三十六卷收录女诗人三百五十余人,诗作一千六百余首。
② 〔清〕沈初:《撷芳集序》,《撷芳集》卷首,乾隆末刻本。
③ 〔清〕金翁瑛:《国朝闺秀正始续集序》,《国朝闺秀正始续集》卷首,道光丙申(1836)红香馆刻本。

五十卷,补遗续编共三卷,其选文数量远甚于前两种,编者黄秩模"就管窥所及,缀为裘腋之成。概采兰芬,命名《柳絮》。姓无先后,分韵而朗若列眉;集自流传,罗珍亦姑存片爪。统计几于万首,兼综倍乎千家"①,实际选录诗家多达一千九百四十九人,诗作多达八千三百四十三首。事实上,像《国朝闺秀正始集》系列、《撷芳集》、《国朝闺秀诗柳絮集》这样收入辑诗达到成百上千之规模者,不但在清代少有匹敌,就是放到整个古代女性诗歌总集编纂史上看,也堪称最高成就的代表,足见清人在相关文献搜采之广度与深度上的长足进步。

再从选域来看,清代的女性诗歌总集与前代相比也发生了较为明显的变化。尽管中晚明女性诗歌总集初兴,然其时的选家对当代女诗人或接近自己时代的女诗人关注甚少,正如晚明女诗人沈宜修所指出:"世选名媛诗文多矣,大都习于沿古,未广罗今。"②就以见于著录的三十八部中晚明女性诗歌总集来看,惟冒愈昌辑《秦淮四美人诗》、沈宜修辑《伊人思》两部为当代女性诗歌总集,其余均为通代类总集。而在这些通代类总集中,当代女诗人诗作所占篇幅亦往往较少。以编刊于明代中期的田艺蘅《诗女史》为例,与集中所收八十五位唐代女诗人、六十八位宋代女诗人相比,元、明两代各仅收录二十六位女诗人,且明代女诗人中有四位有名无诗。而稍后的郑文昂《名媛汇诗》收入明代女诗人五十四位,虽较田氏《诗女史》胜出许多,然与此集所选前代女诗人五百多位的庞大数字相比,当代女诗人显然并非选家主要刊载对象。而这种情形至清代则大为改善,选家们的编纂焦点遂自前代诗学遗产,逐渐聚拢到"现代"乃至"当代"诗学成就上来。在笔者所经眼的九十八种清代女性诗歌总集中,以当代

---

① [清]黄秩模:《国朝闺秀诗柳絮集·自叙》,《国朝闺秀诗柳絮集》卷首,咸丰三年(1853)刻本。
② [清]沈宜修:《伊人思·自叙》,《伊人思》卷首,崇祯间刻清修版印本。

为选域的总集竟有七十种之多,即如前及《国朝闺秀正始集》系列、《撷芳集》《国朝闺秀诗柳絮集》等,便是其中卷帙最为宏富的几种"国朝"总集。值得一提的是,相比前代,即使是意在网罗古今的清代选家们,对当代女诗人的兴趣也在日益增长,以《三台名媛诗辑》《松陵女子诗征》为例,其选域基本囊括从古至今的地域女性诗人,而从实际选录情形来看,《三台名媛诗辑》共选录女诗人六十八位、诗作四百六十九首,其中清代女诗人占五十三位、诗作三百七十八首;《松陵女子诗征》共选录女诗人二百七十八位、诗作二千一百首,其中清代女诗人占二百二十三位、诗作一千六百六十五首。可见,集中的当代女诗人已然占据了主流地位。

  清代女性诗歌总集在选域上由"沿古"至"罗今"的深刻变化,一方面自然与清代女诗人的数量空前庞大以及出版、印刷技术的进步等因素密切相关,相比前代,清代女诗人不仅在数量上占有压倒性的优势,且女性诗人诗集付梓出版也大有增长之势①,从而为女性诗歌总集的大量孕育创造了极佳的温床;另一方面,这又在某种程度上与清人当代意识的提升不无关系。如汪启淑《撷芳集》凡例中即云:"吾圣朝文教蔚兴,化及闺帷,百数十年以来,闺中杰出不惟吟弄风月,且能理、学兼而有之,经济颇多,卓然可存。"②充分肯定清代闺秀诗之价值,正是在此观念的支配下,汪氏爰加搜辑,汇而成书,"以见国朝闺秀之盛尤超越前代"③。而钱三锡亦明确表示:"我朝闺秀诗为尤甚,锦绣连编,珠矶满腋,几同登宝山而入鲛室,目眩神迷。"④对清代闺秀诗不仅

---

  ① 据胡文楷《历代妇女著作考》,考录清代女诗人共三千六百多位,而清以前女诗人仅为三百五十余位,其中汉魏六朝共三十三人,唐五代二十二人,宋辽四十六人,元代十六人,明代二百五十余人。
  ② [清]汪启淑:《撷芳集》凡例第一则,《撷芳集》卷首,乾隆末刻本。
  ③ [清]汪启淑:《撷芳集》凡例第二则,《撷芳集》卷首,乾隆末刻本。
  ④ [清]钱三锡:《妆楼摘艳·自序》,《妆楼摘艳》卷首,道光十三年(1833)刻本。

推赏有加,更是"择其获我心者,手抄录之"①,纂为《妆楼摘艳》五卷。由此可见,在许多清代选家眼中,推尊、表彰当代闺秀诗之成就已经成为一种较为自觉的意识。这是清代女性诗歌总集选域得以延伸的深层原因之所在。

其二,总集的编纂类型更为丰富。清以前的女性诗歌总集类型往往较为单一。就以见于著录的三十八种明代女性诗歌总集来看,大多为全国性总集。郡邑性总集惟明末王豸来辑《娄江名媛诗集钞》一种,可能是最早产生的郡邑性总集,在当时尚属仅见。② 氏族性总集也只有崇祯九年(1636)吴江叶绍袁编刊的《午梦堂集》一种,此本辑叶绍袁妻沈宜修及其女叶纨纨、叶小纨、叶小鸾的诗集共四种。不过,除叶氏妻女所作诗歌外,此本还收入前及沈宜修辑总集《伊人思》,间又混杂有叶绍袁、叶世俗、叶世偁等男性作家的诗文别集。③ 所以严格讲来,《午梦堂集》不能算是一部纯粹的氏族性女性诗歌总集,只能说略具这一类型的雏形。而到了清代,不仅前代罕见的郡邑性、氏族性总集真正大量涌现,还出现了许多从未有过的新颖类型,总集类型因此变得多种多样。

清代郡邑性女性诗歌总集主要有两类:一是以地理学上指称的某些区域为选择对象的郡邑性总集,如胡廷梁辑《广东古今名媛诗选》收录广东籍女诗人八十三家、诗作三百多首,毛国姬辑《湖南女士诗钞所见初集》收录湖南籍女诗人一百四十五家、诗作近一千三百首,黄瑞辑《三台名媛诗辑》收录浙江台州府女诗人六十八家、诗作四百六十九首,费善庆、薛凤昌辑《松陵女子

---

① [清]钱三锡:《妆楼摘艳·自序》,《妆楼摘艳》卷首,道光十三年(1833)刻本。
② [明]王豸来辑:《娄江名媛诗集钞》,原本已失,仅见录于王士禄《燃脂集·引用书目》,《燃脂集》卷首,稿本。
③ 据《午梦堂集》(崇祯九年刻本),是编依次收录:沈宜修《鹂吹》、叶纨纨《愁言》、叶小鸾《返生香》、叶小纨《鸳鸯梦》、叶绍袁《窈闻》、沈宜修《伊人思》、叶世偁《百旻》、叶世俗《灵护》、叶绍袁《秦斋怨》、叶世俗《彤奁续些》。

诗征》收录江苏吴江县女诗人二百七十八家、诗作两千一百首，钱学坤编《青浦闺秀诗存》收录江苏青浦县女诗人六十家、诗作三百三十六首。出于全面保存郡邑文献的意图，此类总集多采取无论古今、一网打尽的策略，如《广东古今名媛诗选》所收诗人自西晋绿珠至清代陈广逊，《三台名媛诗辑》所收诗人自唐代孙氏至清代卢东珠，而《青浦闺秀诗存》所收诗人自元代管道昇至清代王韵梅，选录的时间跨度均相当宽广，呈现出渊源有自的郡邑女性书写传统。① 另一类则是以某一地区的部分女性作家为辑录对象的郡邑选本，实际上既是郡邑总集，又是若干女性别集之合刻，如蔡寿祺辑《豫章闺秀诗钞》即选录朱中楣、贺桂、吴若冰、钟令嘉、许权、李葆素、杨惺惺、胡佩芳、闵肃英、杨舫、帅翰阶、蒋徽、汪芦英、吴芸华、裘纫兰、谭紫璎、辛素霞、蔡紫琼、万梦丹、范涟、甘启华、范淑、朱荣珍、丁幼娴、蔡泽苕二十五位江西女诗人诗集。黄任恒编《粤闺诗汇》则是将六位广东女诗人诗集汇辑成册，其中包括邱掌珠《绿窗庭课吟卷》、黄芝台《凝香阁诗钞》、黎春熙《静香阁诗存》、龙吟萝《蕉雨轩稿》、梁蒻《飞素阁遗稿》、刘月娟《绮云楼诗钞》。吴骞辑《海昌丽则》实际乃朱妙端《静庵剩稿》、徐灿《拙政园诗集》及《诗余》、葛宜《玉窗遗稿》、钟韫《梅花园存稿》、黄湘云《月珠楼吟稿》之合刻。此类合刻型郡邑总集对保存乡邦女性文献的价值亦颇为突出，如潘飞声为《绿窗庭课》所撰序文中云："吾粤多女史能诗，始于晋绿珠与唐之何仙姑，其后多媛继起益盛，然考《国朝诗别裁集》及《粤东诗海》所采闺秀诗，每多杰作名句，惟求其专集皆不可得，虽近时女史亦然。"② 汇刻郡邑女性别集，在某种程度上正可弥补综合性总集多

---

① 上述诸集中，惟毛国姬《湖南女士诗钞》不属此例，此选"专选国朝以来湖南闺秀，不及前代。而盛世文教酝酿二百年来，湘中名媛亦先后辈出，一时不能遍睹。姑就闻见所及，登其雅正，虽体制不一，要以温柔敦厚为宗"。编者专选有清一代的湖南女诗人诗作，盖与其意欲彰显盛世文教的旨趣颇为相关。

② ［清］潘飞声：《绿窗庭课序》，《粤闺诗汇》上册，清末刻本。

采"杰作名句"的不足。就上述郡邑性总集来看,其地域分布除却江苏、浙江以外,相对较为偏远的地区如广东、湖南、江西都有女性诗歌总集出现,这也从一个侧面折射出当时郡邑女性文学群体大量涌现的文化景观。

清代氏族性女性诗歌总集数量更为丰富,既有姐妹作品集之合刻,如仲振宜、仲振宣合撰《留云阁合稿》,冯履端、冯履莹合撰《周浦二冯诗草》,陈贞源、陈贞淑合撰《海宁陈太宜人姊妹合稿》,赵云卿、赵书卿、赵韵卿合撰《兰陵三秀集》,袁杼、袁机、袁棠合撰《袁家三妹合稿》,张䌹英、张缙英、张纶英、张纨英合撰《阳湖张氏四女集》等;又有妻女作品集之合刻,如鲍之钟辑《京江鲍氏课选楼合稿》,含江苏丹徒人鲍皋之妻陈蕊珠及其女鲍之芬、鲍之蕙、鲍之兰共两代四人的诗集;如于尚龄辑《凝香阁合刻》,含其妻冯兰贞及其女于晓霞之诗词集,而《二余诗钞》亦为李心敬与归懋仪母女诗词之合集。而规模更大的氏族类总集则往往形成于某一家族内数代女诗人的努力,如仲振奎所辑《泰州仲氏闺秀集合刻》刊行于嘉庆十二年(1807),收录的是泰州仲氏家族中三代女诗人作品,具体如下:仲莲庆之《碧香女史遗草》一卷,莲庆,字碧云,乾隆进士仲鹤庆之妹,仲振奎姑母;仲振宜之《绮泉女史遗草》一卷,振宜,字绮泉,号芗云,仲鹤庆长女、仲振奎之妹;仲振宣之《瑶泉女史遗草》一卷,振宣,字瑶泉,号芝云,仲鹤庆次女,张祥凤妻室;赵笺霞之《辟尘轩诗钞》一卷,笺霞,扬州人,字书云,仲振奎之妻;洪湘兰之《绮云阁遗草》一卷,湘兰,仪征人,字畹香,贡生仲振猷之妻;仲贻銮之《遗诗》一卷,贻銮乃仲振奎、赵笺霞之女;张贻鹓之遗诗八首,贻鹓乃仲振宣女。仲氏在泰州并非显赫之族,除仲鹤庆乾隆十九年(1754)中进士,官居四川大邑知县外,只有仲振履曾于嘉庆十三年(1808)中进士,官广东恩平、东莞等地知县,后擢升南澳同知,而从《泰州仲氏闺秀集合刻》所收录情形来看,仲氏闺门风雅最少持续了三代,由此可见当时家族闺阁吟咏之盛。再如，左宗棠于同治十年（1871）所辑《慈云阁合刻》，包括王氏《慈云阁诗钞》一卷、周诒端《饰性斋遗稿》一卷、周诒繁《静一斋诗草》一卷诗余一卷、周翼杶《冷香斋诗草》二卷诗余一卷、周翼构《藕香斋诗草》一卷、左孝瑜《小石屋诗草》、左孝琪《猗兰室诗草》一卷、左孝琳《琼华阁诗草》一卷、左孝瑸《淡如垒遗诗》一卷。这九位作家分属三代人，以王氏的辈份最高，她也是开家族诗歌创作风气者；周诒端、周诒繁姐妹是王氏之女；周翼杶、周翼构姐妹是王氏之女孙，左孝瑜、左孝琪、左孝琳、左孝瑸姐妹是王氏之女甥。像这样一个家族之内女性诗人动辄十来人，甚至几代人绵延百余年，乃是清代女性诗歌总集中较为突出的特征。

值得注意的是，清代还出现了前代从未有过的新颖类型，比如女弟子、酬唱、课艺类等。相当一部分清代女诗人已经开始走出家庭、走向社会，像男诗人们一样结社唱和，甚至集体拜男诗人为师，从而出现了"女弟子"这样一个崭新的文学现象与文化景观。由袁枚纂成《随园女弟子诗选》六卷，嘉庆元年丙辰（1791）刊行。此集据目录共收二十八位女诗人的作品，今存本仅十九人有诗，分别为席佩兰、孙云凤、金逸、骆绮兰、张玉珍、廖云锦、孙云鹤、陈长生、严蕊珠、钱琳、王玉如、陈淑兰、王碧珠、朱意珠、鲍之蕙、戴兰英、王倩、卢元素、吴琼仙。之后又有同为钱塘诗人的陈文述主动追随袁枚，广收女弟子，以碧城闺秀诗人群与随园女弟子群遥相呼应，并于道光六年（1826）刊刻《碧城仙馆女弟子诗》，计收其门下王兰修、辛丝、张襄、汪琴云、吴归臣、吴藻、陈滋曾、钱守璞、于月卿、史静十人之诗作，诗作近两百首，呈现碧城仙馆师生之诗文聚会和交往。与此同时，清代女诗人又不时互相赓和以为乐，表现闺友酬唱的总集亦频频出现，如骆绮兰于嘉庆二年（1797）所辑《听秋馆闺中同人集》，收录闺中同人赠送给骆氏的唱和之作及若干尺牍，其尤为瞩目者在于以同人唱和的形式将无任何血缘关系的闺秀群体之作刊刻成集,可见当时闺秀交游范围之广及吟咏规模之盛。① 嗣后又有王琼于嘉庆十三年辑《曲江亭闺秀唱和集》,收录张因、孔璐华、刘文如、唐庆云、王琼、王迺德、王迺容、季芳、江秀琼、鲍之蕙、王燕生、张少蕴、朱兰十三位闺秀在曲江亭唱和之作,曲江亭之幽翠屏洲与诸名媛之清词丽句互相辉映,"洵为一时闺秀盛事"②。而编刊于道光三十年(1850)的《棣华馆诗课》则是课艺类总集,此集由张曜孙选辑,收录王采蘋、王采蘩、王采藻、张祥珍、孙嗣徽、李奁同题共作之诗,其中王采蘋、王采蘩、王采藻、孙嗣徽为张曜孙女甥,张祥珍为其女,李奁为其箧室,皆就习于棣华馆,"一庭之内,既无损米盐井臼之劳,又无膏粱文绣之好,遂自日以诗书为事,相与磋切义理,陶泽性情,陈说古今,研求事物"③,积三年得诗两千余首,并汇集成册。而上述各种新颖类型的出现,在很大程度上改变了以往女性诗歌总集类型较为单一的局面,显示出清代女性诗歌总集的编纂朝深化、细化方向发展的趋势。

其三,总集的编选体例日趋完备。与总集类型多样化相适应,清代女性诗歌总集的编选体例也渐趋完备。清代以前女性诗歌总集具有的所有体例特征,诸如前后有序跋、诗家下有小传、书末附有己作等;文本编次或按诗体,或按诗家,或按时代;正文评释可有可无、有详有略等,在清代女性诗歌总集中均有体现。不仅如此,清代女性诗歌总集在体例上还有某些发展和创

---

① 女性之间的唱和吟咏被刊成书有过先例。顺治年间黄媛介(1620—1669)与商景兰(1605—约1676,明遗臣祁彪佳妻)家女性成员酬唱的作品后来为毛奇龄所收集,编成《梅市唱和诗钞稿》。但黄媛介的酬唱对象都是商景兰一家女眷,范围极为有限。尽管女性之间的吟咏、酬唱在清代女性文化中已成为很普遍的日常生活,但如《梅市唱和诗钞稿》所示,女性合集基本上都是以家族关系为基础,由男性来完成的。
② [清]王琼:《曲江亭闺秀唱和诗·说》,《曲江亭闺秀唱和诗》卷首,嘉庆十三年(1808)刻本。
③ [清]张曜孙:《棣华馆诗课序》,《棣华馆诗课》卷首,道光三十年(1850)刻本。

新。主要表现在两个方面：

一方面，文本编次上颇有革新之处。除按作者、时代、体裁等常见形式外，清代还出现了以下三种分布范围相对较小的特殊形式：一是按诗题编排。该形式较多出现于闺秀唱和、课艺类总集，这与它们普遍存在同题共作的情形有关。例如《听秋馆闺中同人集》首题为《题佩香夫人秋灯课女图》，收录江珠、毕汾、毕慧、鲍之兰、鲍之蕙、鲍之芬、周澧兰诗各一首；次题为《祝佩香夫人四十初度》，收录鲍之兰、鲍之蕙、卢元素、张少蕴诗各一首，其他诸题的情况与之同。又如《棣华馆诗课》，此集凡十二卷，其中卷一所收诗题依次为：《武昌咏古》二十四首，含王采蘋六首，王采蘩六首，张祥珍六首，孙嗣徽六首；《咏物》二十四首，含王采蘋六首，王采蘩六首，张祥珍六首，孙嗣徽六首；《咏月》四十首，含张祥珍十首，王采蘋十首，王采蘩十首，孙嗣徽十首；《寒柳》八首，含王采蘋四首，王采蘩两首，张祥珍一首，孙嗣徽一首。其他诸卷的情况与之同。二是按姓氏韵部编排。如《国朝闺秀诗柳絮集》，编者黄秩模站在平民的立场上，消解妓女与贞女、缁流与命妇的界限，采用女诗人姓氏韵部进行编次。当然，以韵系人，并不是黄秩模的首创，关于此点，其《凡例》有明确交代："是集所录姓氏，前后皆依韵编次，得便翻阅，仿王柳村《江苏诗征》例也。"① 王豫《江苏诗征》初刊于道光二十五年(1845)，主要收录江苏籍男性诗人诗作，女性诗人之诗只占十分之一，此集全书统一为以韵编次的体例，因男及女，原非单为女性而设。黄秩模出于进步女性文学观的驱动，将原本属于非女性诗歌总集所有的韵序体例第一次移入女性文学总集之中，扩大了女性文学总集编纂的体例自由。三是纪事体形式。如黄瑞《三台名媛诗辑》"体

---

① ［清］黄秩模：《国朝闺秀诗柳絮集》凡例第六则，《国朝闺秀诗柳絮集》卷首，咸丰三年(1853)刻本。

例仿厉樊榭《宋诗纪事》,或录本集,或采各书,悉注出处。其无书可证者,附注某某采寄,以志从来"①。而从此本选录情形来看,确与《宋诗纪事》相仿,同为诗选、纪事,体兼二例之书,在编排次序上首录诗人小传,次录诗作,且有关传记性质的事,列于小传之后、诗之前,有关诗的本事,列于诗后。引文毕编者时加按语,或考辩,或说明,以补充相关材料。②

除以上三种情形而外,部分编者又为全书各部分冠以特殊的标目。蔡殿齐辑《国朝闺阁诗钞》即仿照金元好问辑《中州集》等的成例,以天干为次,将闺秀诗分为甲、乙、丙、丁、戊、己、庚、辛、壬、癸十集,每集各十卷,凡一百卷。而许夔臣辑《国朝闺阁香咳集》则取《易·乾卦》之卦名,将全书分为元、亨、利、贞四集,其中元、亨集各两卷,利、贞集各三卷,基本依照诗人所处时代的前后来排列。

另一方面,诗人小传较前代有所发展。清代女性诗歌总集的诗人小传就其表现形式而论,大致有如下三种情况。

一是传记信息分散于各个作者名下。这是女性诗歌总集所含诗人小传的一种最普遍的情况,但与前代相比,清代若干总集的诗人小传不避繁冗、连篇累牍的特点更加突出。最为典型者当推汪启淑辑《撷芳集》,是集在每位女诗人姓氏之下,附以详尽的诗人小传,不惟书其姓字、里氏与所著诗集,还往往涉及女诗人事迹、言行、性情、交游、创作风貌、思想观念等方方面面,"体裁先列小传,继以省志、县志,文同即不复载,如有行状、墓志、诗

---

① [清]黄瑞:《三台名媛诗辑》例言第二则,《三台名媛诗辑》卷首,光绪元年(1875)刻本。
② 如卷一"王贞妇"条,诗人小传后系按语曰:"案:《宋史一统志》、《浙江通志郡邑志》、李孝光《五峰集》、徐一夔《始丰类稿》及《两浙金石志》载元至治二年石刻并云:临海人。谢文肃《赤城新志》作天台人,误。"又如卷四"王郁兰"条,《黄益庵先生为霖庭产竹一茎歧而为二众咸以为瑞征诗赋呈》诗后系按语曰:"案:是作稿中未载,见先曾叔祖益庵公瑞竹诗册。"见《三台名媛诗辑》卷一、卷四,光绪元年(1875)刻本。

集叙跋,即节录其要者,至所采取诗话、说部,则悉照原本"①。如卷一顾若璞小传云:"字知和,浙江仁和人。上林苑丞顾友白女,适同邑副榜黄茂梧,梧卒,孀居教子,著有《卧月轩稿》。"②其后又依次辑录《浙江通志》《池北偶谈》《仁和县志》《妇人集》《今世说》《香闺秀句集》《湖船录》《卧月轩稿自序》等相关材料。全书所含女诗人小传之格局大致如是。

二是将众多作者的小传独立置于卷首。前代女性诗歌总集中采用此一体例的惟有晚明郑文昂《名媛汇诗》一种,至清代则得到广泛继承。如刘云份《翠楼集》卷首附载《诸名媛族里》,正如宗元鼎序云:"昔李守素长于族谱,虞世南称为人物志,兹集号为镜台人物志可也。陆澄博览,王俭称为书厨,兹集号为淑女厨可也。荀悦《汉纪》,辞约事详;裴子野以休文《宋书》,删为《宋略》,兹集号为香闺纪略亦可也。"③其卷首女诗人所附载"诸名媛族里",对有明一代女诗人的地域分布介绍尤为详尽,堪称"香闺纪略"。其他如季娴辑《闺秀集》卷首附载《与选里氏》、钱三锡辑《妆楼摘艳》卷首附载《妆楼摘艳姓氏》、胡孝思《本朝名媛诗钞》卷首附载《名媛姓氏》、周寿昌《宫闺文选》卷首附载《宫闺姓氏小录》等,均属此种情形。

三是完整而独立的单篇传记文。这种情况首次出现于清代合刻型女性诗歌总集。如袁枚辑《袁氏三妹合稿》所收袁机《素文女子诗集》,卷首载袁枚《素文女子传》;吴骞辑《海昌丽则》所收葛宜《玉窗遗稿》,卷首载朱尔迈《行略》;而冒俊辑《林下雅音集》为王采薇《长离阁集》、汪端《自然好学斋诗钞》、吴藻《花帘词》和《香南雪北词》、庄盘珠《秋水轩集》之合刻,其中王采薇《长离阁集》卷末附孙星衍《诰赠夫人亡妻王氏事状》、袁枚《孙薇隐

---

① [清]汪启淑:《撷芳集》凡例第四则,《撷芳集》卷首,乾隆末刻本。
② [清]汪启淑:《撷芳集·顾若璞传》,《撷芳集》卷一,乾隆末刻本。
③ [清]宗鼎元:《翠楼集序》,《翠楼集》卷首,康熙十二年(1673)野香堂刻本。

妻王孺人墓志铭》及赵怀玉《孙季仇妻王氏圹铭》；汪端《自然好学斋诗钞》卷首则载胡敬《汪允庄女史传》、陈文述《孝慧汪宜人传》。此类单篇传记文往往不惜篇幅，对女诗人生平介绍尤为详赡，如前及陈文述《孝慧汪宜人传》洋洋洒洒，八千余字，叙写真切，自足征信，可据以考索汪端的生平。

此外，清代女性诗歌总集在其凡例、题词中还往往带有某种商业气息。如凡例中多有发布征启、邀人邮寄的内容。如胡孝思《本朝名媛诗钞》即在凡例末发布征稿启事："思等生长偏隅，网罗未能遍及四方名媛，如不吝赐教、有琼章见贻者，幸邮至苏郡府学前凤池门胡抱一舍下，以便续刊。"①又如许夔臣《国朝闺秀雕华集》凡例末云："余僻处乡曲，交游甚少，耳目所见，囿于偏隅，搜罗未广，挂漏实繁，四方同心倘肯邮寄，当刊续编，匡余不逮，是所深幸。"②再如黄秩模在《国朝闺秀诗柳絮集》凡例中亦云："是集所录统计一千九百三十八人，其诗之温柔敦厚、足以感人风世者固属不少，然遗漏实多，所望同志之士不吝惠寄，当续编入。"③均是利用凡例向同人发出征稿请求，以便为续编收集更多的稿源。这种邀人邮寄的方法虽说不是正式的征启，但是它同样起着广而告之的作用，不妨视为征启的变体。

再如序跋、题词，多邀请知名人士给总集装潢门面甚为常见，通过这些达人的名人效应来抬高自己选集的身价。他们或者为选本作序跋，或者给选本作题词，少则三五人，多则数十人。如《织云楼诗合刻》卷首载祝德麟、王鸣盛等五位所作题诗十四首；《湘潭郭氏闺秀集》卷首载潘世恩、戴熙等十六人所作题诗四

---

① ［清］胡孝思：《本朝名媛诗钞》凡例第七则，《本朝名媛诗钞》卷首，康熙五十五年(1716)刻本。
② ［清］许夔臣：《国朝闺秀雕华集》凡例第十三则，《国朝闺秀雕华集》卷首，清稿本。
③ ［清］黄秩模：《国朝闺秀诗柳絮集》凡例第十则，《国朝闺秀诗柳絮集》卷首，咸丰三年(1853)刻本。

十首;至于《国朝闺秀正始集》,乃将"正始集题词"附于全书末,是为特例,但同样包含蒋徽、潘素心等二十五位闺秀所作题诗八十五首之多。有着如此众多的名家来为总集撰写题词,无疑会大大提高总集的知名度,提高了被选者在读者中间的影响力。可见清代女性诗歌总集的编者们已初步具备一定的商业策略。

随着女性诗歌总集编撰的逐步发展,清人选评女性诗歌总集的自觉意识逐步增强,清代女性诗歌总集在批评质量上有了较大的提升。这也成为清代女性诗歌总集走向繁盛期的又一个标志,主要表现为两个方面:

一方面是编选态度从自发走向自觉。清代女性诗歌总集的辑选者虽未形成系统的选诗理论,但他们常对选坛现状进行总结,表达一定的选诗观念和看法。相比中晚明,清代女性诗歌总集中阐述"选名媛难"的论调屡屡可见。如黄传骥《国朝闺秀诗柳絮集序》所云:"女子不以才见,且所遇多殊,或不能专心图籍,镇日推敲,此闺秀专集之所以难成也。成帙矣,而刻之未便,传之无人,日久飘零,置为废纸已耳。家人及子若孙,且不知,遑论异地哉?遑论异地之能尽采哉?此闺秀合集所尤难成与难传也。"[①]由于所处环境恶劣,女性诗往往留存不易,这无疑给操选政者造成难以"尽采"的局限。又如毛国姬《湖南女士诗钞》弁言中云:"然余身居闺阃,既不能搜罗都邑,又以孤陋之材,久经艰虞,其情无由达于名闺淑媛。而国家文教覃敷,不遗遐阻,虽岭椒湖底,妇女讴吟,亦娴声律,乌从而遍观之。屡促青垣求索,而所增亦不过数十家。欲使湖湘近时吾属之颂椒咏絮者,不至湮没亦难矣!"[②]对于"身居闺阃"的女性选家,选女性诗自然更是难

---

① [清]黄传骥:《国朝闺秀诗柳絮集序》,《国朝闺秀诗柳絮集》卷首,咸丰三年(1853)刻本。
② [清]毛国姬:《湖南女士诗钞·弁言》,《湖南女士诗钞》卷首,道光十四年(1834)刻本。

上加难。

在意识到选诗之难的基础上,清人对当时诗坛的不良风气和各种弊端进行批判。如王琼在《名媛同音集》自序中云:"尝谓选诗难,选名媛诗尤难。女子教本贞静幽闲,温柔敦厚,孔子列为'风诗之首'、'王化之原',实基于此,抑何重也!后之选女子诗者无虑百数十家,大率谓能诗便称韵事采录,失之太宽,甚至以秾纤新巧为颖慧,淫佚邪荡为风流,相推相许,近于寡廉鲜耻而不知。"①编者认为名媛诗实有维系风教之重,而当下诗坛"以秾纤新巧为颖慧,淫佚邪荡为风流",从根本上违背了"温柔敦厚"的诗教准则。又如许夔臣《国朝闺秀雕华集》凡例云:"选家多专执一体,合者收之,不合者去之,按诗品二十有四,若拘于一格,未免出奴入主之蔽。是集但论工拙,不分门户,其体制虽殊,要不失温柔敦厚之旨。"②则是对许多选家"拘于一格""专执一体"的做法多有不满,提出"但论工拙,不分门户"的选诗标准。再如周寿昌《宫闺文选》例言云:"选家采辑多列仙、异二门,兹选持例较严,类从删汰。又名流寄兴,伪撰闺名,如崔莺书,撰自微之,小青书,析为情字,此类艳播人口,枚数难胜。兹选概不录登,以昭精核。"③周氏以为,历来选家不避"仙、异二门",且多混杂伪托闺名之作,均属持例不严。是故,特意表明自己是编意在"以昭精核"的选录态度。

除了对诗选弊端进行宏观的批评之外,清代的选家还往往针对个别女性诗歌总集,批评其不足之处。如蒋机秀《国朝名媛诗绣针》例言云:"陈伽陵《妇人集》,只逮康熙初年,而后乃阙如。搜葺之功,莫如职方汪氏。顾其诗不加去取,博采兼收,窃以为

---

① [清]王琼:《名媛同音集·自序》,《名媛同音集》卷首,乾隆间刻本。
② [清]许夔臣:《国朝闺秀雕华集》凡例第四则,《国朝闺秀雕华集》卷首,清稿本。
③ [清]周寿昌:《宫闺文选》例言第四则,《宫闺文选》卷首,道光二十二年(1842)刻本。

犹可商者。倡楼佚荡,漫兴谈诗,说部荒唐,翻疑点鬼。他日遇讱庵丈,愿以管见,薄效刍荛。"①在蒋机秀看来,《妇人集》选录范围不够宽广,而《撷芳集》虽"博采兼收",然过于庞杂,故而蒋氏有意选辑一部"国朝"名媛精选来弥补不足。又如周寿昌《宫闺文选》例言云:"向来彤编选本以湖海楼之《妇人集》、王考功之《燃脂集》二书为最,然或文略而诗详,或附录而无专类,兹编仿昭明《文选》体例,微加变通,类异则增其条,文阙则减其目。"②编者指出《妇人集》《燃脂集》在体例上都有缺点,因此他以《文选》为典范,力图对前人进行完善和超越。再如毛国姬《湖南女士诗钞》例言云:"我朝专选闺媛诗者,有陈其年《妇人集》、王西樵《燃脂集》、胡抱一《名媛诗钞》、汪心农《撷芳集》、蒋泾西《名媛绣针》、许山腪《雕华集》;其以女史选诗者,则有王玉映《名媛诗纬》。然于湘兰沅芷采撷寥寥,则以闺中雅咏,多自珍秘,久且不传,而湖外地阻,流播不远,故选多不及。兹卷务在广收,无论今昔,即发轫之程,亦撷其华藻,而他日迈志深峻,亦可知其所自也。"③她认为选"国朝"闺媛诗者较多,然对湖南女诗人则"采撷寥寥",故有意编纂一部专选湖南女诗人的郡邑类总集。当然,对前人的总集进行一定程度的批评,并不表示一味否定前人。尽管《国朝名媛诗绣针》对《撷芳集》的批评不遗余力,在实际的编纂中对后者选源还是多有承继。由此可见,清人在批评历来选诗之弊的基础上提高选诗的质量,其选诗超越了自发阶段,具有较强的自觉意识。

另一方面,清代女性诗歌总集大多具有为女性诗歌创作树

---

① [清]蒋机秀:《国朝名媛诗绣针》例言第五则,《国朝名媛诗绣针》卷首,嘉庆二年(1797)刻本。
② [清]周寿昌:《宫闺文选》例言第三则,《宫闺文选》卷首,道光二十二年(1842)刻本。
③ [清]毛国姬:《湖南女士诗钞》例言第四则,《湖南女士诗钞》卷首,道光十四年(1834)刻本。

立"典范"的批评意识。在总集的序跋、凡例、评点或具体选录过程中,辑选者往往或直接或间接地表露自己对闺秀诗的审美宗趣。如康熙五十五年刊行的《本朝名媛诗钞》即是一个显证。此本多编者评点,诸如"骨格宗汉辞致复近之"①"语从至性流出"②"苍老古质,魏武短歌不得擅美"③"转落顿跌,深得老杜骨髓"④"章法俱取盛唐人"⑤"风格在初盛唐之间"⑥"诸篇言本性情,体原风雅"⑦"得性情之正"⑧,等等。虽然这些评点言辞简略,但作总体分析,还是可以看出选家对于雅正诗风的推崇,尤为瞩意闺秀拟汉魏盛唐之作。再如咸丰年间黄秩模所辑的《国朝闺秀诗柳絮集》凡例云:"诗本性情。必天怀勃发,喜怒哀乐中节,得风雅之正者,乃亟登之。凡假名西昆、捃扯浮艳,毫无性情,概置不录。"⑨又云:"诗贵风格。闺秀有能学汉魏盛唐,风格高骞者,必亟登之。其效六朝《选》及宋元诸名家,亦在所取。惟险仄肤庸及佻纤淫荡,专涉香奁,虽旧本频存,仍置不录。"⑩编者对闺秀诗的具体要求,概括起来有两点:其一,在诗歌内容上,强

---

① [清]胡孝思评柴静仪《与冢妇朱柔则》,《本朝名媛诗钞》卷一,康熙五十五年(1716)刻本。

② [清]胡孝思评朱柔则《哭姑》,《本朝名媛诗钞》卷一,康熙五十五年(1716)刻本。

③ [清]胡孝思评林以宁《拟古》,《本朝名媛诗钞》卷一,康熙五十五年(1716)刻本。

④ [清]胡孝思评柴静仪《清溪叔玙姊小影属题漫成长句》,《本朝名媛诗钞》卷二,康熙五十五年(1716)刻本。

⑤ [清]胡孝思评柴静仪《观牡丹有怀长子用济》,《本朝名媛诗钞》卷二,康熙五十五年(1716)刻本。

⑥ [清]朱友倩评顾可贞《秋月》,《本朝名媛诗钞》卷二,康熙五十五年(1716)刻本。

⑦ [清]胡孝思评朱柔则《寄远》,《本朝名媛诗钞》卷三,康熙五十五年(1716)刻本。

⑧ [清]胡孝思评林以宁《忆外》,《本朝名媛诗钞》卷四,康熙五十五年(1716)刻本。

⑨ [清]黄秩模:《国朝闺秀诗柳絮集》凡例第一则,《国朝闺秀诗柳絮集》卷首,咸丰三年(1853)刻本。

⑩ [清]黄秩模:《国朝闺秀诗柳絮集》凡例第二则,《国朝闺秀诗柳絮集》卷首,咸丰三年(1853)刻本。

调"风雅之正";其二,在风格上,推崇闺秀拟汉魏盛唐之作,坚决反对"佻纤淫荡"的诗风。这与上述胡孝思《本朝名媛诗钞》之宗趣则颇为相合。

而与此相反,一些选家却别倡一格,以清新自然、书写真情的作品为闺秀诗之典范。如季娴《闺秀集》所云:"若纤细一种,诗家深忌,在闺阁中不妨收之。声弄新莺,枝摇初带,犹胜于三家村妇青铅绿裾也。"①闺秀诗风偏于纤细,深为选家所忌,而季娴却毫无顾忌地选录此类诗作,显示出其在编选宗旨方面对女性本色特质的充分肯定。又如道光年间刊行的《妆楼摘艳》,该本没有凡例,然编者钱三锡在卷首《偶谈》中还是流露出自己对闺秀言情之作的推赏:"古今不外一情见,环而庙将焚火赠珠,而玉忽成烟,情之至者,男女之闲尤甚。然而花里送郎,柳梢待月,情也,而不能久也,泛其情而情分,专用其情而情切。故论真情必在贞烈之女,彼紫钗尽典客唤鹦哥,红粉成灰,楼空燕子,非亦深情者乎?"②是故《妆楼摘艳》在选录中尤加突显闺秀表现忠贞爱情的作品。

综上所述,作为女性诗歌总集编纂的高峰时期,清代女性诗歌总集不仅在编选视野、总集类型、编纂体例上多有创新,而且选评意识更为自觉,从总体上显示出超越前代的成就。

第二节 清人编选女性诗歌总集的动因

清人编纂女性诗歌总集蔚然成风,数量上虽然还无法与选

---

① [清]季娴:《闺秀集》选例第三则,《闺秀集》卷首,《四库全书存目丛书》影印清抄本,集部,第414册,第331页。
② [清]钱三锡:《妆楼摘艳·偶谈》,《妆楼摘艳》卷首,道光十三年(1833)刻本。

录男性诗歌的总集相提并论,但也极为可观,与前代相比,更是盛况空前。究竟是什么原因促使清人如此热衷于搜集、编纂女性诗歌的呢?一个不容忽视的背景就在于,中晚明以来在思想领域所出现的一些新动向促使人们的女性意识逐渐发生了转变。明代中晚期,在资本主义萌芽的刺激下,一场以主体意识的张扬为主要特征的人文思潮悄然兴起,这一思潮在哲学上表现为对理学正心诚意、惩忿制欲原则的抨击,在文学上表现为尊重个性、抒写性灵的创作主张。究其根本,是通过对礼教及传统的轻视甚或反抗,达到人性的回归。在这种思潮之下,士大夫阶层的女性意识表现出异动的趋向,他们突破儒家伦理体系,对女性所扮演的社会角色与才性学养重新予以定位和评价。例如李贽《答以女人学道为见短书》云:"谓男子之见尽长,女子之见尽短,又岂可乎?"①大胆提出具有男女平等意识的观点。另一位具有异端思想的文学家徐渭,在所著《四声猿》杂剧中也表示出对男尊女卑封建思想的批评。他借作品大声疾呼:"裙钗伴,立地撑天,说什么男儿汉!""世间好事属何人,不在男儿在女子。"②中晚明骤然兴起的女性诗歌总集编刊热颇受此思潮的启示,在他们所述的编刊宗旨中,同样透露出两性心理所发生的不变,如余文龙《名媛汇诗序》谓"天地生才,不专于七尺丈夫"③,张正岳序谓"虽男妇之质变,或刚柔之道殊,然五蕴未空,七情欲动,率成文于叶韵,悉依永于比音。而况四时三经,奚难演绎;七声六义,固易追求。则学而可能,何独疑于女子;而力之所至,亦岂让于丈夫"④,所表述的都是同样一种认知,即将女性视作与男性相独立

---

① [明]李贽:《焚书》卷二,《四库禁毁书丛刊》本,第140册,第210页。
② [明]徐渭:《四声猿》,上海古籍出版社1984年版,第44、103页。
③ [明]余文龙:《名媛汇诗序》,《名媛汇诗》卷首,《四库全书存目丛书》本,集部,第383册,第5页。
④ [明]张正岳:《名媛汇诗序》,《名媛汇诗》卷首,《四库全书存目丛书》本,集部,第383册,第7页。

的一个群体,且具有丝毫不逊色于男性的才能。而钟惺在《名媛诗归》自序里则完全将女性与男性对置而论:"若乎古今名媛,则发乎情,根乎性,未尝拟作,亦不知派……惟清故也。清则存慧……男子之巧,洵不及妇人矣。"①对女性之才情推赏至极,具有"清"之特质的女性作品甚至已俨然成为男性文人的楷模。至清代,这种思想有了进一步的发展,一些文人对女性的才华给予了更多的关注和肯定。如汪淇康熙丁未(1667)撰《分类尺牍新语·闺阁序目》云:"女之异于男者,徒以其形质耳,若夫书盘织锦之才,挽车举案之操,断臂投崖之节,突围讨叛之劝,何一甘出男子之下。又况尺璧碎金如区区鱼笺雁帛乎?吾尝谓女子不好学则已,女子而好学定当远过男子,何也?其性静心专,而无外务以扰之也。"②又如范端昂撰《衾㴒续补·自序》云:"夫诗抒写性情者也,必须清丽之笔。而清莫清于香奁,丽莫丽于美女。其心虚灵,名利牵引,声势依附之,汩默其性聪慧。举凡天地间之一草一木,古今人之一言一行,《国风》《汉魏》以来之一字一句,皆会于胸中,充然行之笔下。诗为奁制,夐乎不可尚已。"③其推情步理将女性诗才合理化之论调,与前述钟惺所论实如出一辙。尤其值得一提的是清代文坛著名诗人袁枚,即如梁乙真在《清代妇女文学史》中所云:"随园勇于疑古,敢道人所不敢道,行人所不敢行,其论诗,专主风趣性灵,不拘格律。故随园之在清代,其影响于思想界者颇大,而其在妇女文学史中,尤有特殊之关系。盖自乾隆而后,百余年间,蔚为妇女文学极盛时期,实其流风余韵故有以潜移默化之也。"④确实,袁枚的女性意识张扬着诗人反

---

① [明]钟惺:《名媛诗归·自序》,《名媛诗归》卷首,《四库全书存目丛书》本,集部,第339册,第2页。
② [清]汪淇:《分类尺牍新语二编·闺阁序目》,汪淇编,徐士俊评:《尺牍新语》卷二十四,清初刻本。
③ [清]范端昂:《衾㴒续补·自序》,《衾㴒续补》卷首,雍正十年(1732)刻本。
④ 梁乙真:《清代妇女文学史》,中华书局1927年版,第62页。

传统、反道学的叛逆精神,他提出"且《诗经》好序妇人:咏姜源则忘帝喾,咏太任则忘太王。律以宋儒夫为妻纲之道,皆失体裁"①,又云:"第目论者动谓诗文非女子所宜。殊不知《易》卦'兑'为少女,而圣人系曰'朋友讲习';'离'为中女,而圣人系曰'重明以丽乎正'。其他三百篇《葛覃》、《卷耳》,谁非女子之作?"②猛烈向阻碍女子作诗的传统观念发难,为女子作诗鸣锣开道,撑腰打气,其对女性地位及其价值之珍视,无不带有开明思想家的特色,尤其是这里所包含的男女平等的思想萌芽,与晚明李贽、徐渭等诸位先驱可谓一脉相承。

正是在这种女性意识新趋向的导引下,女性也开始重新审视自身的意义与价值,有了颇强的"立言"意识。孙蕙媛曰:"予窃慨红楼之媛,绮纨珠翠,其于缥缃弗娴也;绿窗之女,织素流黄,其于泓颖未习也。即沉香亭畔,堪称千古;而倾国玉环,曾不能流连情景,垂传片语,仅仅召青莲一为捧砚。设遇班姬梅媛,湘管频濡,雪儿曼咏,自添一段佳话,必不寂寂乃尔。"③桂尊女史亦曰:"抱贞静之姿者,尽不乏披风款月;具佻达之行者,或不解赋草题花。而况青陵矢志,黄鹄鸣哀,节行弥增其光烈,孰谓诗非壸职所宜有乎?"④从此类论述皆可看出清代女性对其文学才能的自信和强烈的"不朽"的欲望。与此同时,许多女性诗人更是不甘于尘封自己的作品,诚如陈文述所云:"蛾眉都有千秋意,肯使遗编付劫尘。"⑤她们多数希望自己的作品能广泛传播,流芳

---

① [清]袁枚:《随园诗话》卷六,载王志英主编:《袁枚全集》第三册,江苏古籍出版社1993年版,第161页。

② [清]袁枚:《金纤纤女士墓志铭》,《小仓山房文集》卷三十二,载王志英主编:《袁枚全集》第二册,江苏古籍出版社1993年版,第588页。

③ [清]孙蕙媛:《古今名媛百花诗余题词》,《古今名媛百花诗》卷首,康熙二十三年(1684)刻本。

④ [清]桂尊女史:《奁制续渖序》,《奁制续渖》卷首,康熙五十年(1711)刻本。

⑤ [清]陈文述:《颐道堂诗外集》卷六,《颐道堂集》,《续修四库全书》本,第1505册,集部别集类,第468页。

后世,甚至公然标榜自我的"好名"之心,如骆氏在《听秋轩闺中同人集》序言中云:"远近闺秀投赠之作,犹记忆不能忘,深情厚意溢于声韵之外,宛然如对其人。因裒而辑之,以付梓人,使茕茕者知巾帼中未尝无才子,而其传则倍难焉。彼轻量人者,得无少所见多所怪也!兰编是集,既自伤福命不如同人,又窃幸附诸闺秀之后而显矣。"①观其编选意图,与其说是出于对深厚友情之感念,不如说是为了彰显自我的文学才华,深具传播闺阁文学的自觉意识。同样,又有嘉道时期的女诗人赵棻在为自己的诗集《滤月轩集》所作的序中云:"文章吟咏一诚非女子事,予之诗不能工,亦不求工也。世有自知其短,而反暴之以求名者乎?予盖疾夫世之讳匿而耗于夫若子以传者,故不避好名之谤,刊之于木,而命祯儿书此言以为序。"②女诗人不愿自己的作品托男性文人之名以传,而要靠自己的作品争取文学地位,更是坦率地传达出自己对于名声的追求与执着。此二例足可反映出清代知识女性主体意识的强化,编选女性诗歌总集也正是顺应着这一时代的要求。

以上从思想基础的层面对清人在编选女性诗歌总集时可能受到的影响进行了概述性的探讨。至于各家在编选时的具体动机则又不尽相同,总结起来,大致有如下几种情况。

第一,旨在保存女性文献。历来女性诗人数量极少,作品存世不多,极易佚去,已成为清代选家之共识,如范端昂即云:"独是在昔闺吟,人湮世远,或秘于绮阁,或藏于名山;近代名姝,又多产于他邦,贮于金屋。"③王士禄亦云:"惜也羽蠹劫灰,散灭略尽,即世所艳称,若班、左、钟、谢诸媛,所存亦什百之一,而碎金

---

① [清]骆绮兰:《听秋轩闺中同人集·自序》,《听秋轩闺中同人集》卷首,嘉庆二年(1797)刻本。
② [清]赵棻:《滤月轩集·自序》,《滤月轩集》卷首,咸丰八年(1858)刻本。
③ [清]范端昂:《奁泐续补·自序》,《奁泐续补》卷首,雍正十年(1732)刻本。

片羽,复不足厌搴芳猎艳之心。推原其故,岂非以语由巾帼,词出粉墨,学士大夫往往忽之,罕相矜惜,少见流传故,或英华终秘于房闱,或风流旋歇于奕世,还使关家女士空传不栉之名,蜀国名姬独擅扫眉之号,不其惜哉。"①或是由于年代遥远,或是流传不广,或全然为居于中心地位的男性所忽视,种种原因导致女性文献大量散佚。而清人编选女性诗歌总集的重要动机就在于竭力搜辑、传播女性文献。

这一方面的工作大体上可以分为两类。一类是参照或凭借前代已经编就的诗歌总集或别集。例如清初刊行的《唐宫闺诗》为编者刘云份"辑中晚唐诗人,遍阅诸集"②时留意所得,刘氏曾编《中晚唐诗选》《全唐刘氏诗》等,其间"念此帘幕中人,兰静蕙弱,何能搦数寸之管,与文章之士竞长斗工"③,故汇辑有唐一代妇人之诗为书。又如嘉庆年间,松江沈氏所刻《四妇人集》中《唐女郎薛涛诗》为仿南宋陈道人书棚本、《唐女郎鱼玄机诗》为仿明万历己酉池墨堂本、《宋杨太后宫词》为影宋抄本,均为吴门黄丕烈所藏,沈氏从黄处借本翻刻而成,因而能够保留旧本的原貌,为考订这些诗人的作品提供了很多帮助。此类选集大多参考众多历来文献,保存了大量前代女性的诗歌作品,极具史料价值。

另外还有一类,则是清人自己着手,全面辑录女性诗歌文献,用力最勤当属对当代女性诗歌的选辑。如汪启淑辑《撷芳集》,此集旨在彰显"国朝闺秀之盛"④,选家"章搜句讨,亘以年岁,荟萃于兹"⑤,并且"地志家乘,丛编杂记,一切刻本所载,无不

---

① [清]王士禄:《燃脂集·自序》,引自胡文楷:《历代妇女著作考》,上海古籍出版社2008年版,第906页。
② [清]刘云份:《唐宫闺诗·自序》,《唐宫闺诗》卷首,康熙间吴郡大来堂刻本。
③ [清]刘云份:《唐宫闺诗·自序》,《唐宫闺诗》卷首,康熙间吴郡大来堂刻本。
④ [清]汪启淑:《撷芳集·自序》,《撷芳集》卷首,乾隆末刻本。
⑤ [清]倪承宽:《撷芳集序》,《撷芳集》卷首,乾隆末刻本。

遍采"。① 又如蔡殿齐《国朝闺阁诗钞》,"埙篪之响,则采自家庭;磬毲之华,则征诸戚里。镜鸾钗凤,贻珍什于同襟;雪柏霜筠,参遗闻于故帙"②,既充分吸取故帙所遗存,又耗费大量心力收集戚里、同襟之作。这类总集的来源往往多为稿本、抄本或单行小集,所以时常存有集外之作。蔡殿齐辑《国朝闺阁诗钞》收范淑诗三十首,其中便有收录范氏作品最完备的光绪十七年(1891)良乡刊本《忆秋轩诗集》未收的作品一首。此类总集虽然批评意识较弱,但正是由于选家着眼于网罗放佚,巨细靡遗,有意识地辑佚一些已近湮没的诗家作品,或将家藏秘惜之作公布于世,确实取得了极大的成功,从而成为后世全面辑录女性诗歌的嚆矢及重要参考。

第二,承载自家的文学主张。《四库全书总目》中对于总集的功能定位,很重要的一点就是"删汰繁芜,使荞稗咸除,菁华毕出"③。经过如此挑选的总集,一般来说,选家鲜明的诗歌主张或诗歌理论也内蕴其中,通过选本刊刻、流播或直接宣传自身的诗歌理论,或反对前人和别家流派的诗歌观点,这在一些女性诗歌总集中比较常见。

例如清初刊行的季娴《闺秀集》偏重选录闺秀"的古"之作,强调女性诗歌创作中以"三唐"为宗趣,流露出编者对复古主义诗学的一种自觉认同。而稍后的王端淑《名媛诗纬初编》则对近世拟古之风很是不满,其选诗、评诗俨然以风雅为宗,"品定诸名媛诗文,必先扬其节烈,然后爱惜才华"④,为其复兴古诗论张大声势。

---

① [清]沈初:《撷芳集序》,《撷芳集》卷首,乾隆末刻本。
② [清]蔡殿齐:《国朝闺阁诗钞·自序》,《国朝闺阁诗钞》卷首,道光二十四年(1844)刻本。
③ [清]永瑢等:《四库全书总目》卷一百八十六,《集部》三十九总集类一,中华书局1965年版,第1685页。
④ [清]王端淑:《名媛诗纬初编》卷十二"方维仪"条,康熙间清音室刻本。

到清中期,袁枚接连编选《袁家三妹合稿》《随园女弟子诗选》,与其说是为了保存家族闺秀与女弟子的作品,不如说是为了显示作为一个"流派"的诗学内容。编者袁枚摆脱男性的本位主义,发掘女诗人的身影,将其作品编选成集,无论是诗家的选择还是入选诗歌的标准,都如实呈现出其崇情尚真的性灵诗学观点。而与此同时,自乾隆中期兴起的格调派诗学思潮也大量运用女性选集批评来扩大影响,如任兆麟的《吴中女士诗钞》为格调派的诗学主张张目,其自序论道:"闻诸《礼》,女有四德,言居其一,是以三百篇不少女子之作,圣人删之,以列于经传,曰'温柔敦厚',诗教也……宋元以后,诗格日趋卑下,何独女子。结音摛藻,剪截浮靡,始见诗之真面目耳。乌得以女子为宜有异也。此庶几乎先圣以诗立教之恉。世之女子从事于斯者,读三百篇后,当继唐中叶以上诸名家作徐诵之。"①很明显,此集刊刻的目的性非常明确,就是要标榜温柔敦厚的作品,恢复诗教,教化后学,且在审美取向上以宗唐为主。同样,蒋机秀《国朝名媛诗绣针》选评诗作也以温柔敦厚诗教观为鹄的,重比兴而主寄托,崇尚含蓄不露,这与任氏所论又是完全合拍的。

第三,为了提升郡邑与家族的声名。清人编选的许多郡邑与家族类女性诗歌总集除了保存作品外,更多是为了彰显郡邑或家族的声名。如《豫章闺秀诗钞》的编者鲁世保认为"吾乡风尚诚笃,即女子中能诗者颇多,自标真蕴,不骋浮辞,录而存之"②,故特意从《国朝闺阁诗钞》及其续编中选取江西籍女诗人作品,别为编次,裒为《豫章闺秀诗钞》一集。又如《松陵女子诗征》柳弃疾序云:"以全国版图之广,声教之远,断代成书,搜罗尚易。从未有僻在偏隅下邑,而异军特起,壁垒一新,以附庸而蔚

---

① 〔清〕任兆麟:《吴中女士诗钞·自序》,《吴中女士诗钞》卷首,乾隆末刻本。
② 〔清〕鲁世保:《豫章闺秀诗钞序》,《豫章闺秀诗钞》卷首,同治十三年(1874)刻本。

为大国,集人至数百家,集诗至数千首,如我薛子公侠所撰《松陵女子诗征》者。则信乎我邑湖山灵秀钟于巾帼者独厚!"①对乡邦女性才学不无自傲与自炫的心理。而《泰州仲氏闺秀诗合刻》《阳湖张氏四女集》《京江鲍氏三女史诗钞》等均是以家族合集形式刊刻而成,收录有不少当地名士们的序跋文和祝词,借此试图提高作为文化家族的声望。如所撰《阳湖张氏四女集》题跋中即云:"吾邑贤俊林立,诗人代兴,凡怀铅挟椠者,莫不振励,体格辨尚宗风,远抚汉魏,近追三唐,下至闺阁中,如钱浣青、王采薇、庄盘珠、恽珍浦等诗词各集,皆卓然可传,无愧作者。"②借由家族性选集广为传播郡邑女性的诗名与才学。

第四,为了满足个人娱情的需求。在上述各种动因的引导下编就的女性诗歌总集都要通过各种流通渠道直接面对读者,但除此以外,还有一些编纂者的初衷仅仅是满足自己个人娱情之需。例如银屏女史李子骞选辑《国朝女士诗汇》,卷首自序云:"愧余深居闺壸,皆无由见,偶即所阅载籍中吟咏有涉闺襜者辄录之,闲谈稗说亦所不遗,积久渐成厚帙,因择诗之全者诠次之,其有人虽显著而未得其诗,及有而语句不全者,俱故从阙如,略仿厉樊榭《宋诗纪事》,例附本事于其后,俾诵诗者知人焉,非敢妄希西河诸贤也,聊以自娱云尔。"③明确表示此编仅仅是为了"自娱",并不期望与前贤比肩。所以本书未付枣梨,仅手抄本存世。另如道光年间钱锋编选的《古今名媛玑囊》,其例言云:"余于己卯夏消暑之余,偶阅架上书帙间有名媛诗稿。于是录其尤者而入锦囊焉,五更寒暑,汇成二书,故名《玑囊》,不过备消风雨之闷,不敢云选也。名媛大半松筠节操,故发为诗歌,皆感慨悲

---

① 柳弃疾:《松陵女子诗征序》,《松陵女子诗征》卷首,民国华鄠堂排印本。
② [清]洪齮孙:《澹菊轩初稿题跋》,《澹菊轩初稿》卷首,《阳湖张氏四女集》(不分卷),道光三十年(1850)刻本。
③ [清]李子骞:《国朝女士诗汇·自序》,《国朝女士诗汇》卷首,清抄本。

愁,又有少年夭殒被难而亡,仅有单句零篇,尤呕录之,一存其人,不暇计其工拙。至于私情密约,间采一二,亦不以人废诗也。"① 或以人存诗,或以诗存人,但其编选初衷仅仅是"备消风雨之闷",便于自家观览而已。

　　以上对清人编纂女性诗歌总集的动因做了初步的归纳和分析,有些总集的具体编纂情况在下文各章节中还将深入地进行研究和讨论,兹不具论。这里还想指出一点,即上述各种动因之间并非泾渭分明、毫无干涉,而是时常会呈现出重叠交错的复杂现象。有时候,某些编者在编纂不同总集时,其宗旨也会不尽相同。例如刘云份在编选《翠楼集》时"取其诗之工,不遑揽其全"②,且将青楼、名媛之作混为一编,但在稍后编选《唐宫闺诗》时则以"德行"论诗,正、外分卷,且广罗而全录之,将妇德高置于诗品之上。如其自序云:"取其品行端洁者,列为上卷正集;若夫败度逾闲者,列为下卷外集;以其人别之,非论其诗之工拙也。"③ 费密《唐宫闺诗序》亦云:"刘子取人志之无有不同者,定唐之妇人,以为妇人之规。使凡为妇人者,皆安顺守身,退然深静,上之不敢乱国,下之不致污俗。儒者疏经正史,亦于此有取焉耳。"④ 所强调的显然是人以品分的道德准则,与其之前编选《翠楼集》时的想法截然不同。有时候,某一总集虽然是编纂者受到特定原因驱动而编成的,但在当时也可能兼有其他目的,或在客观上起到了其他效果。例如季娴的《闺秀集》,原本是出于"用自怡悦,兼勖女婧"⑤ 的意图,因而其选评也就更多带有个性化的色

---

① [清]钱锋:《古今名媛玑囊·自序》,《古今名媛玑囊》卷首,清抄本。
② [清]刘云份:《翠楼集·自序》,《翠楼集》卷首,康熙十二年(1673)野香堂刻本。
③ [清]刘云份:《唐宫闺诗·自序》,《唐宫闺诗》卷首,康熙间吴郡大来堂刻本。
④ [清]费密:《唐宫闺诗序》,《唐宫闺诗》卷首,康熙间吴郡大来堂刻本。
⑤ [清]季娴:《闺秀集·自序》,《闺秀集》卷首,《四库全书存目丛书》影印清抄本,集部,第414册,第330页。

彩,但与此同时,她的诗学思想也不可避免地投射于其中,使得是书在客观上又起到了标举复古理论的作用。又如毛国姬选辑《湖南女士诗钞》,其编选初衷是有感于"湘中名媛,先后辈出"①,故尽力搜罗郡邑女诗人之断简零章,意欲"使湖湘近时吾属之颂椒咏絮者,不至湮没"②,而在选录旨趣中却又时时流露出"以温柔敦厚为宗"③的诗教观,集中"道光缁尼及青楼失行之妇,虽有雕镂风月之作,概不收录"④。很明显,毛氏深受恽珠《国朝闺秀正始集》的影响,所标榜的显然是闺秀诗的道德教化功能。由于清代各家编纂女性诗歌总集的动因复杂多样,也使得这些总集显示出异彩纷呈的面貌,使得我们可以通过对它们的深入研究,从各个不同的角度来重新审视传统风教与自我肯定的多种书写价值观的对立与互动的复杂关系。

---

① [清]毛国姬:《湖南女士诗钞》例言第一则,《湖南女士诗钞》卷首,道光十四年(1834)刻本。
② [清]毛国姬:《湖南女士诗钞·自序》,《湖南女士诗钞》卷首,道光十四年(1834)刻本。
③ [清]毛国姬:《湖南女士诗钞》例言第一则,《湖南女士诗钞》卷首,道光十四年(1834)刻本。
④ [清]毛国姬:《湖南女士诗钞》例言第七则,《湖南女士诗钞》卷首,道光十四年(1834)刻本。

第二章　清代前期女性诗歌总集

清人着手编撰女性诗歌总集约始于顺、康时期,至乾隆前期为止,可视为清人编选女性诗歌总集的第一个阶段。此一阶段为清代女性诗歌总集的初兴期,总集数量不多,且编选类型也较为单一,主要以断代和通代两种全国性总集为主。而断代类总集中,除刘云份《唐宫闺诗》外,其余如邹漪《诗媛十名家集》及《诗媛名家红蕉集》、刘云份《翠楼集》、季娴《闺秀集》均以有明一代女诗人作为主要选录对象。通代类总集则有王端淑《名媛诗纬初编》与王士禄《燃脂集》两种。

其中尤为引人瞩目的是顺治九年(1652)问世的季娴《闺秀集》,此选不在于描述与保存女性诗坛的现实结构,而是师心自用,通过选诗、评点来表达自己心目中所认可、推崇的闺秀诗歌特性及美学品格,更为重要的是编者作为一位女性选家,第一次以自觉的批评意识主动参与到主流诗潮中,并通过《闺秀集》的选评彰显其崇尚复古的选心,从而为我们见证了复古诗学理念在清初女性诗歌总集中深刻的历史痕迹。

顺治十二年(1655)刊行的邹漪《诗媛十名家集》是清初较早汇编当代女诗人的总集,编者身当明末清初,亲历亡国之痛,"仆本恨人"既是编者大半生的心怀写照,更是其投注毕生精力于女性文献搜集的根源所在。是编为新近发现之文献,对于女性诗歌研究的主要贡献在于它保存、传播了当代女性文学资料。而编者在品评名媛诗作的同时,寄寓了自身沧海桑田的故国之思。

然而,从整个清代前期选坛状况来看,像《闺秀集》这样纯粹的立论之选以及《诗媛十名家集》选评之编皆并非主流,当时的许多选家对于保存女性文献的意念远大于选派立论,他们往往更热衷采取包罗万象、面面俱到的选辑策略,如《名媛诗纬初编》与《燃脂集》即是其中两部最具代表性的通代选集,从选录范围来看,它们都是纵贯古今的,从先秦直至清初,而以明清为重;从选集篇制来看,前者四十二卷,实选诗人八百四十七位,诗作近两千一百首,而后者更是诗、赋、文、说博采兼收,煌煌二百三十卷,规模更胜前者。编者均抱持着保存女性文献的强大使命感,倾注毕生心力,旁搜远绍,在女性文献收集方面取得了很大的成功。与此同时,在风起云涌的清初诗坛背景下,这两部选集还折射出清代诗学思想的不同侧面,呈现出存史与立论并存的复合选型。王端淑《名媛诗纬初编》高举反复古之大纛,推尊风雅,将道德层面的贞烈节义纳入闺秀文学的本体范畴进行阐扬,突出诗歌的教化功能,以企构建与《诗经》纵贯与平行的女性诗史;而《燃脂集》残稿唯一珍存的"诗部"在选评中则时时流露出对清和平远、悠闲自然的诗风的偏好,在闺秀诗歌选录与诗法取向上均表现出与众不同的旨趣。

《名媛诗纬初编》与《燃脂集》的文献价值也极为珍贵,保存了大量女性文学文献,在辑佚、考辨等各个方面为以后的女性诗歌总集的纂辑奠定了基础。尤其是《燃脂集》,即便对今天的研究者而言,仍然不易见到,目前仅知残本二十七卷,但是其中许多女诗人诗作为后世各种选集所失收,且残本以收录诗作为主,所收女诗人别集又大都散失,是故其辑佚价值自不待言。

第一节 第一部女性论诗之选:《闺秀集》

一、选本概貌

编者季娴,字静姎,一字庋月,号元衣女子,江苏泰兴人。吏部主事季寓庸女,侍御季振宜姊,适尚书李思诚子长昂,著有《雨龛集》行世。季娴得以编选《闺秀集》与其所处的家庭环境氛围有着密切关联,父亲季寓庸、大弟季振宜均是当时著名的藏书家,一门风雅,可见其渊源有自。季娴在《闺秀集》自序中亦云:"予幼非颖慧,先慈氏颇不以蒙昧畜予,因不禁止,课以诗书。迨髫龄,侍家大人宦游中州,驱驰燕邸。其间齐鲁冀豫风物多殊,舟车竭来,山川非一,所经所瞩,觉喉吻间有格格欲出者,因取古人诗歌效之。迨归昭易李维章,倾茶撼古,更不以俗辙相羁限。而舅氏宗伯公藏书架满,缣帙灿然,因得肆览焉。"①自幼即肄习诗书,髫龄之际又随父出游,及至出嫁,夫君通达风雅,而家中藏书甚丰,更得遍览群书,宏博闻见,这一切都起到了造就季娴文化品性的重要作用,也最终成就了这部女性诗歌总集《闺秀集》。

据《四库全书总目提要》卷一九四"集部"四十七《总集类存目》四云:"《闺秀集》初编五卷(两淮盐政采进本),国朝闺秀季娴编,季娴字静姎,兴化女子,适李氏。是集选前朝闺阁诸诗,编为四卷,皆近体也,后附词一卷。"②然笔者所见《四库存目丛书》影印《闺秀集》二卷附诗余一卷,为上海师范大学图书馆清抄本,上卷选录诗歌体裁有乐府、四言古诗、五言古诗、七言古诗,与《提要》所云"皆近体"不同,应有四卷刻本。但笔者遍查各类古籍书目及图书馆馆藏目录均未见载录此书,暂存疑于此。《闺秀集》清抄本卷首依次为季娴自序、选例、与选里氏、目次,共选录明代闺秀七十五家,诗三百六十首,词二十七首。自序所题时间为顺治九年(1652),且从序文所云"强付厥氏,予不自谅矣"③等语判

---

① [清]季娴:《闺秀集·自序》,《闺秀集》卷首,《四库全书存目丛书》本,集部,第414册,第330页。
② 《四库全书总目提要》卷一九四"集部"四十七《总集类存目》四,民国十五年(1926)东方图书馆石印本。
③ [清]季娴:《闺秀集·自序》,《闺秀集》卷首,《四库全书存目丛书》本,集部,第414册,第330页。

断,此集刊刻亦当在此时。《闺秀集》之前,专门收录明代女性诗文的尚只有晚明沈宜修《伊人思》一部①。《伊人思》共辑录明代闺秀"原有刻集者"十八人、"未有刻集幸见藏本者"九人、"传闻偶及者"六人、"笔记所载散见诸书者"十一人以及"乩仙"二人,共四十六人,诗一百八十八首,词十四首,文四篇。比照之下,《闺秀集》入选的七十五位诗人中只有十位诗人与《伊人思》相同,而即使是这十位同时入选的诗人,除了姜氏一人外,其余诗人入选诗篇均不同,详见下表:

表2-1 《闺秀集》与《伊人思》所收诗文篇目

诗人选集	《闺秀集》	《伊人思》
方孟式	《陌上桑》、《两头纤纤》、《长相思》(三首)、《思行后》、《感遇》、《蝤矶怀古》、《题柳》、《再吊兰师》、《秋日心远楼野望》、《舟中作》、《秋兴》、《襄阳署中寄孀妹》、《仲冬襄阳闻外出巡》、《和外黄鹤楼作》、《长门怨》、《秋怨》	《维仪妹清芬阁集序》(文)
方维仪	《乌栖曲》、《黄葛篇》、《读史》、《晨海》、《秋声》、《古树》、《黄鹤楼》、《拟古》、《高楼》、《得伯姊诗讯》、《月夜怀吴妹茂松阁》、《春雨》、《征怨妇》、《雪》、《暮秋过玉龙峡有感》、《忆弟》、《陇头水》、《出塞》、《阴夕》、《闻伯姐舟自粤归》、《楚江作》、《舟中寄姚姐倪夫人》、《古意》(二首)、《酬子姨侄女》	《共姜》《寒月忆妹茂松阁》《晓庭》《秋声》《空庭》《暮春与吴姐话别》《古意》《春夕》《夜琴》《同二美人文庄溪望》《独坐》《花影》《至东郊望何夫人居》

① 笔者所据沈宜修《伊人思》为崇祯间刻清修版印本,复旦大学图书馆藏。

续表

诗人选集	《闺秀集》	《伊人思》
王凤娴	《七十初度》《红心驿晨发濠梁道中作》	《寄乔夫人》、《秋夜寄元庆二女》、《寄瑞妹妹》、《悲感元庆二女遗物》(空闺、尘镜、废琴、抛书、砌花)、《忆秦娥》
张引元	《山居》	《初夏寄母》《寄妹》
张引庆	《塞上曲》	《迁居留别母夫人》
沈纫兰	《外君寄怀次韵》《次柔卿孟畹泛月寄怀》《北河阻风》《中秋夜泊清江浦思儿》《渡南旺湖》《客中闻雁》《宿无锡》《寓秣陵风雨满天感怀》《江干春泊》	《湖舫赠杨夫人》、《旅邸伤女》、《酬丁夫人来韵》(二首)、《秋日舟中怀孟畹暨仲芳侄女》
黄淑德	《中秋同泛月鸳湖次项孟畹韵》(其一)	《泛月鸳湖》(二首)、《秋暮寄怀孟婉》
黄双蕙	《给谏家严忤珰被放舟中感赋》	《和会稽女子驿亭三绝》(三首)、《姑苏怀古步孟畹嫂韵》
张娴婧	《煮石处》《秋暮》《夜景》《夜听》《夜吟》	《苔》、《书怀》、《莲》、《秋月》、《春园即事》、《秋夜》、《夜吟》、《挽薄少君》、《菩萨蛮》(问海棠)、又一首(连城山房)、《忆秦娥》(听杜鹃)、又一首(秋夜听雨)
姜氏	《山居》	《山居》

由上表可见,《闺秀集》的选源显然更为丰富,季娴并未从《伊人思》中选诗,而很有可能是直接从这些入选诗人的诗集本身获取诗源。这一点在其所撰自序中亦可得到印证:"时维章犹子映碧以予喜诵诗歌,且尤乐观闺阁中诗也,哀所藏几百种畀予。"①这

---

① [清]季娴:《闺秀集·自序》,《闺秀集》卷首,《四库全书存目丛书》本,集部,第414册,第330页。

些藏书无疑为季娴的编选工作提供了重要选源。是集刊刻后，作者曾有意再纂《续刻》，有识语存于集中："是编虽所阅百余集，每读集中赠遗，翻阅诸题，多有闺秀诗草颇未经见，知天下之大原不止此。倘有秘之帐中未付梨枣，或杀青已久湮没勿传者，幸同人捡搜邮寄，俟成续刻。"①显示出编者收罗务尽的决心，而这正是"选家手眼"的基础。

作为一位女性选家，季娴体察到女性写作和流传的艰难，其自序云："夫女子何不幸而锦泊米盐，才湮针线，偶效簪花咏絮，而腐儒瞠目相禁止曰：闺中人闺中人也。即有良姝自拔常格，亦凤毛麟角，每希觏见，或湮没不传者多矣。"②因此她便借夫君李长昂之口道出："子既羡闺阁之多才，又每叹传人之绝少，曷不为诸才媛谋可传哉？"意欲通过自己的选集来肯定和保存女性作品。这与沈氏《自序》所云"若夫片玉流闻，并及他书散见，俱为汇集，无敢弃云"③多少有些相似。但是，季娴并未因此而选择沈氏汇集式的辑录方式，而是"简览之暇手录一编，遴其尤者，颜以《闺秀集》"④。从诗集几百种到诗作三百六十首，建立在广闻博见基础上的筛选无疑是披沙拣金，淘汰之巨可见。上表中所呈现的不同诗篇也正从一个侧面说明两位女性选家在选刻意图上的巨大差异。如同时入选二集的女诗人王凤娴及其二女，从《伊人思》编者自注"有似余怀故并录之"⑤"绝类余家诸女情景"⑥来看，沈氏与王凤娴同有失女之痛，故与其惺惺相惜，选录作品均

---

① ［清］季娴：《闺秀集·选例》，《闺秀集》卷首，《四库全书存目丛书》本，集部，第414册，第330页。
② ［清］季娴：《闺秀集·自序》，《闺秀集》卷首，《四库全书存目丛书》本，集部，第414册，第330页。
③ ［清］季娴：《闺秀集·自序》，《闺秀集》卷首，《四库全书存目丛书》本，集部，第414册，第330页。
④ ［清］季娴：《闺秀集·自序》，《闺秀集》卷首，《四库全书存目丛书》本，集部，第414册，第330页。
⑤ ［明］沈宜修：《伊人思》"王凤娴"条，崇祯间刻清修版印本。
⑥ ［明］沈宜修：《伊人思》"张引庆"条，崇祯间刻清修版印本。

为三人抒写母女亲情之作。而季娴则以为"瑞卿集虽多,苦无佳句",只选录王凤娴诗作《七十初度》《红心驿晨发濠梁道中作》两首,前者"赏其清脱"①,后者"起颇颓后挺秀"②,并选录张引元"取径不俗"③的《山居》和张引庆"矩度弘朗,亦复富丽"④的《塞上曲》各一首。可见,《伊人思》主要还是以存人为主,在体例上是以人系作品,所选诗也多以怀人为主,尚未有明确的编选标准提出。而《闺秀集》则完全与之不同,集中选诗明显偏于唯美一路,所着眼的不是诗人,而是被选录诗作本身的审美价值。⑤ 季娴在其自序中亦云:"用自怡悦,兼勖女婧,俱凭臆见,浪为点乙。"⑥说明此集兼有教学和鉴赏二用。而正是《闺秀集》这种颇具个性化的编选意图,不仅使其完全不同于之前的《伊人思》,甚至与清代前期女性诗歌总集以选为史的主流亦构成某种异质,呈现出别样的选诗风貌。

《闺秀集》尤可注目之处有二,其一是其独特的编选体例。此集依诗体形式编次,具体如下:卷一乐府三十六首、四言古诗三首、五言古诗三十首、七言古诗二十八首、五言排律十二首;卷二五言律诗七十五首、七言律诗四十四首、五言绝句四十五首、六言绝句三首、七言绝句八十四首;卷三诗余二十七首。这种依诗体分类的体例,至少可溯源至高棅的《唐诗品汇》,这部至少在明中叶至清初这一阶段被广泛阅读的总集,不仅树立了盛唐诗

---

① [清]季娴评王凤娴《七十初度》,《闺秀集》卷一,《四库全书存目丛书》本,集部,第 414 册,第 350 页。
② [清]季娴评王凤娴《红心驿晨发濠梁道中作》,《闺秀集》卷二,《四库全书存目丛书》本,集部,第 414 册,第 354 页。
③ [清]季娴评张引元《山居》,《闺秀集》卷一,《四库全书存目丛书》本,集部,第 414 册,第 367 页。
④ [清]季娴评张引元《塞上曲》,《闺秀集》卷一,《四库全书存目丛书》本,集部,第 414 册,第 363 页。
⑤ 《闺秀集》以诗存人的选录仅有两例,即卷一评甄氏《矢志歌》:"未尝不病其杂,存其志也。"卷二评马氏《秋闺梦成》:"全首不可得,存此以不没其人耳。"除此之外,此集均无不着眼于诗歌本身的审美价值选录闺秀诗作,强调以人存诗。
⑥ [清]季娴:《闺秀集·自序》,《闺秀集》卷首,《四库全书存目丛书》本,集部,第 414 册,第 330 页。

歌的经典地位,而且其以诗歌的美学质性为关注焦点的创新格式开启了如何编纂诗歌总集的新趋向。在女性诗歌总集编撰史上首次仿效高棅此法的是晚明郑文昂的《古今名媛汇诗》,郑氏坚持对所有妇女的诗歌一视同仁,"但凭文辞之佳丽,不论德行之贞淫。稽之往古迄于昭代,凡宫闺闾巷,鬼怪神仙,女冠倡妓,婢妾之属,皆为平等。不定品格,不立高低,但以五七言古今体分为门类。因时代之后先为姓氏之次第"①。作为一位女性编者,季娴亦大胆拒绝把社会身份与道德操守作为取舍标准,而是承续这种以诗体为经纬的分类法。被季娴登入"闺秀"之列的女性,既有朱静庵那样的名媛,也有薄少君这般的贫妇,更有王微、薛素素、柳如是、景翩翩、马守贞、杨宛、郑无美、赵今燕等风尘女子。贫妇、青楼女子与名媛同编一卷,不分先后,不立高低,唯诗品论之。而且,在按诗体形式把诗歌分成不同的类别的同时,编者季娴还有意将所有诗人的名字及"与选里氏"独立置于卷首,使诗人与作品本身得到一定程度的疏离,将人们对女性诗歌创作的焦点由人引向了诗作本身,对作品进行真正审美意义上的鉴赏。

《闺秀集》第二点特别之处在于以夹批和诗末短评的形式品评女性诗作。此集收诗三百六十首,而评点之作就超过二百五十首(包括诗中夹批与诗末短评),占全部诗作近四分之三。如此详细的圈点评赞是此集与其他女性选集最大的不同。多数女性诗歌选集只从事诗作编选的工作,而较少施以评点,往往只是编者在其序言、凡例中略述编选宗旨。如《燃脂集》的编选者王士禄即认为"诗文逐篇有圈点、评赞,古人所无也",甚至在此集"加评过半"后仍坚决"一切划去"②,排除评点之法。确实,对于多

---

① [明]郑文昂:《名媛汇诗》凡例第一则,《名媛汇诗》卷首,《四库全书存目丛书》本,集部,第383册,第10页。
② [清]王士禄:《燃脂集例》"点评"条,《四库全书存目丛书》影印清康熙间刻昭代丛书本,集部,第420册,第736页。

数存史之选来说,选而不评更为选家常用之例,一方面编者无意借助评点之法开宗立派,另一方面也是相对保留了读者阅读的诠释空间。而作为一名女性选家,季娴不仅冲破之前完全由男性主导的诗学批评格局,而且不依循选而不评的惯例,大胆尝试选中有评,句有圈点,篇有评赞,多从诗歌本体意义的视角出发,对女性作品进行切近而细腻的审美品鉴,并以一种先入为主的诗学批评理念意欲指引读者的阅读。正如前文所述,编者手录此编有"用自怡悦,兼勖女婧"①之意图,所以其评点也全然出自一种与读者(包括其女)分享个人阅读经验的热忱,显现出有别于一般的编选态度。尽管编者将自己的评点谦虚地形容为"俱凭臆见,浪为点乙"②,但实际上这种谦词之下深隐的恰是意欲通过编者与读者的对话和分享,从而在更广泛的层面上为女性树立学习和借鉴的诗歌典范的旨趣。是故,与季娴几乎同时编辑女性诗歌的王士禄在其《燃脂集》中即高度评价《闺秀集》是一部"用意良勤"③之选。

二、崇尚复古的选心

季娴生当明清之际,明代诗歌的发展,可说是复古与反复古运动的相互消长,其中又以复古思潮为当时诗坛之主调。复古派在文学思想上主张复古,崇尚真情。永乐、成化年间,李东阳起而崇唐抑宋,已颇受严羽重视"体制""格力"之说的影响,复古倾向初显端倪。迨明代中叶前后七子巍然崛起,倡言"学不的古,苦心无益"④,以学习唐代及其以前的诗文来振兴当时的文

---

① [清]季娴:《闺秀集·自序》,《闺秀集》卷首,《四库全书存目丛书》本,集部,第414册,第330页。
② [清]季娴:《闺秀集·自序》,《闺秀集》卷首,《四库全书存目丛书》本,集部,第414册,第330页。
③ [清]王士禄:《燃脂集例》"缘起"条,《四库全书存目丛书》影印清康熙间刻昭代丛书本,集部,第420册,第735页。
④ [明]李梦阳:《答周子书》,《空同集》卷六十二,《文渊阁四库全书》本,集部,第201册,第540页。

学,先后将复古思想推向高潮。其后复古派在文学界一直受到崇奉,至明末,仍有张溥"复社"、陈子龙"幾社"接续前后七子余绪,主张"文当规摹两汉,诗必宗趣开元"①,可见,复古思潮仍然占据着诗坛的主导地位。《闺秀集》这部女性诗歌总集正是在这样一种诗学环境中应运而生的。

季娴《选例》开篇即云:"自景德以后,风雅一道,浸遍闺阁,至万历而盛矣,启、祯以来,继响不绝。若徐小淑之七言长篇,吴冰蟾、陆卿子之五言,许兰雪之七律,近日李是庵之五律,以迫沈、项诸媛,桐城双节,温润和平,皆足以方驾三唐,诚巾帼伟观也,故所选稍滥。"②首先追溯了从明代中后期到清代初期这一阶段女诗人的崛起与变迁。明中期是女性诗歌创作的发轫期,而此风至晚明更加发扬光大,从此一发不可收,其余绪在清初犹存,而季娴以为上述所列诸家"足以方驾三唐"的作品正是明中期以来"风雅一道,浸遍闺阁"的诗脉传承之所在。将闺秀诗学之兴起暗合于明代中期复古诗学思潮,并明确标举以"三唐"为宗趣,流露出季娴对复古主义诗学的一种自觉认同。所以,在选目上,季娴推赏闺秀"的古"之作。以集中选录诗篇最多的两位女诗人徐媛(三十二首)、许景樊(二十四首)为例,季娴特别瞩意的正是两位闺秀刻意体认古诗典范的作品。如徐媛效李长吉之七言古诗,长吉作为鬼才,诗风瑰丽奇诡,徐媛七言长篇全以李贺作为诗歌创作的效法对象,如"草暖云昏古树低"(《大江行》)③、"山魅漆灯起土隙"(《吊蜀孙夫人》)④、"红兰凝露胭脂

---

① [清]陈子龙:《壬申文选》凡例第一则,《陈子龙文集》,华东师范大学出版社1988年版,第667页。
② [清]季娴:《闺秀集》选例第一则,《四库全书存目丛书》本,集部,第414册,第331页。
③ [清]季娴:《闺秀集》卷一,《四库全书存目丛书》本,集部,第414册,第345页。
④ [清]季娴:《闺秀集》卷一,《四库全书存目丛书》本,集部,第414册,第346页。

泣"(《秋夜效李长吉》)①等诗句明显化自李贺"草暖云昏万里春"(《出城寄权璩、杨敬之》)②、"鬼灯如漆点松花"(《南园田中行》)③、"芙蓉泣露香兰笑"(《李凭箜篌引》)④,但徐媛不是简单撷取长吉诗中的词汇与意象,而是在对长吉诗歌韵味有了深切体悟后重新熔铸而幻化出自己的诗歌语言,而且徐媛效长吉更着意从氛围营造上学习长吉奇诡风格的独具匠心之处。而季娴颇具慧眼地在选集中发掘徐媛这种学李之长,以为徐媛效长吉而能得其"奇",如《江行以纪其事》诗末评赞"起结极劲,章法亦不草草,而奇横无前,几回击节"⑤,如《吊蜀孙夫人》诗末评赞"权奇灭没,极驰荡飞飓之致"⑥,又如《秋夜效李长吉》诗末评赞"一起警健奇丽"⑦,以"奇横""权奇""奇丽"等激赏之语大加褒扬,可见对徐媛效李长吉之七言古诗的充分肯定和推崇。至于许景樊,季娴俨然将这位异域闺秀列为仅次于徐媛的全集第二的位置,其中评价最高的是其刻意学习李攀龙的七言律诗。作为后七子的领袖人物,李攀龙当时特别享誉文坛的是其七言律诗,前人评价甚高,或曰"极高华"⑧,或曰"有明三百年来一人"⑨,甚至推为"千古绝调"⑩。如其《登黄榆马陵诸山是太行绝顶处》(四首选三):

---

① [清]季娴:《闺秀集》卷一,《四库全书存目丛书》本,集部,第414册,第345页。
② [唐]李贺:《李贺诗集》,人民文学出版社1959年版,第8页。
③ [唐]李贺:《李贺诗集》,第117页。
④ [唐]李贺:《李贺诗集》,第3页。
⑤ [清]季娴:《闺秀集》卷一,《四库全书存目丛书》本,集部,第414册,第343页。
⑥ [清]季娴:《闺秀集》卷一,《四库全书存目丛书》本,集部,第414册,第346页。
⑦ [清]季娴:《闺秀集》卷一,《四库全书存目丛书》本,集部,第414册,第345页。
⑧ [明]王世贞:《艺苑卮言》卷七,《续修四库全书》第1695册,第520页。
⑨ [清]陈子龙等编:《皇明诗选》卷十一,宋征舆评,华东师范大学出版社1991年版,第751页。
⑩ [清]陈子龙等编:《皇明诗选》卷十一,陈子龙评,第751页。

太行山色倚巉岏,绝顶清秋万里看。
地坼黄河趋碣石,天回紫塞抱长安。
悲风大壑飞流折,白日千崖落木寒。
向夕振衣来朔雨,关门萧瑟罢凭栏。

西来山色照邢襄,北走并州拥大荒。
巨麓秋阴沙渺渺,石门寒气雨苍苍。
天边睥睨悬句注,树杪飞流挂浊漳。
摇落故人堪极目,朔风千里白云翔。

千峰郡阁望嵯峨,此日褰帷按塞过。
落木悲风鸿雁下,白云秋色太行多。
山连大陆蟠三晋,水划中原散九河。
回首蓟门高杀气,羽林诸将正横戈。①

而被季娴选入《闺秀集》的许景樊的七言律诗正是对李攀龙此类经典作品的自觉体认,现引其中两首:

次伯兄高原望高台韵

层台一柱压嵯峨,西北浮云接塞多。
铁峡霸图龙已去,穆陵秋色雁初过。
山回大陆吞三郡,水割平原纳九河。
万里登临日将暮,醉凭青嶂独悲歌。②

次仲兄筠高原望高台韵

崔嵬云栈接云霄,峰势侵天作汉标。
山脉北临三水绝,地形西压两河遥。
烟尘暮卷孤城出,苜蓿秋深万马骄。

---

① [明]李攀龙:《李攀龙集》卷八,齐鲁书社1993年版,第191页。
② [清]季娴:《闺秀集》卷二,《四库全书存目丛书》本,集部,第414册,第360页。

东望塞垣鼙鼓急,几时重起霍嫖姚。①

　　两者同写秋日登高,景色壮阔,格调豪迈,均为学杜有成之作。前引李氏第三首有"山连大陆蟠三晋,水划中原散九河"两句,许氏"山回大陆吞三郡,水割平原纳九河"两句显从此出,可以看出是刻意学习李攀龙。至于风格,亦是气象宏大。季娴在上述选例中已特意标举许氏之七律"诚巾帼伟观也"②,而在此两首诗末,更分别以"高老雄健"③和"风格全似开、宝"④盛赞之,激赏许景樊诗歌中所体现的盛唐之风,而这正是季娴以为其体认和学习李攀龙之七律最为出色的地方。

　　与此同时,对于一些浅俗之作,季娴也明确表达了不予选录的准则,如其在《选例》中即特意声明:"宫闺名媛,选不一种,大约盈千累牍,臧否并陈,金华宋氏《驿壁诗》,章法序次非不井井磊落,而词甚俚恶,王娇鸾之《长恨歌》汎汎数百言,鄙秽已极,不欲令闺中人言诗道若是浅陋也。"⑤季娴编刊《闺秀集》之时,已有许多种女性选集刊行于世,其中就包括首次收录宋氏《驿壁诗》与王娇鸾《长恨歌》的钟惺《名媛诗归》⑥,但季娴十分

---

① [清]季娴:《闺秀集》卷二,《四库全书存目丛书》本,集部,第414册,第360页。
② [清]季娴:《闺秀集》选例第一则,《四库全书存目丛书》本,集部,第414册,第331页。
③ [清]季娴:《闺秀集》卷二,《四库全书存目丛书》本,集部,第414册,第360页。
④ [清]季娴:《闺秀集》卷二,《四库全书存目丛书》本,集部,第414册,第360页。
⑤ [清]季娴:《闺秀集》选例第二则,《四库全书存目丛书》本,集部,第414册,第331页。
⑥ 关于《名媛诗归》编者问题,陈正宏以为此集"通俗显易,确不似钟氏文体,而观刻本字体,则颇类晚明时的坊刻"(参见陈正宏:《明代诗文研究史1368—1911》,载《中国文学研究》第二辑,江西教育出版社2000年版)。蔡瑜《试论〈名媛诗归〉的选评观》则逐条对伪托说兴起的时间及所持理由加以辨析,说解甚详,可以参阅(蔡文收于罗久蓉、吕妙芬编:《无声之声3:近代中国的妇女与文化(1600—1950)》,台湾"中研院"近代史研究所2003年版)。方秀洁认为钟惺在《名媛诗归》中沿用《古诗归》与《唐诗归》采用的选诗惯例,故肯定其编辑权(参见方秀洁:《性别与经典化的失败——晚明时期女性诗集的编纂》,徐素凤、李小荣译,载张宏生主编:《叶嘉莹教授八十华诞暨国际词学研讨会纪念文集》,南开大学出版社2005年版)。笔者此处采用后两说。

不满这些选集"盈千累牍,臧否并陈"的做法,尤其指出钟氏所选两首叙事诗在语言上甚为"俚恶"和"鄙秽",故在《选例》中特言删除。这与钟惺本人在《名媛诗归》中颇为欣赏的态度大相径庭。钟氏有感于诗作包含的哀恨之情,故评宋氏《题邮亭壁歌》"写得一历如在目前,使人可苦可泣,正以其直也"①。而王娇鸾《长恨歌》更以"哀恨满腹,纵笔所之,直不自知其文也"②褒赞之,对其质直无文并不以为然。从《闺秀集》选评内容来看,季娴当是十分熟悉《名媛诗归》③,所以此集选诗力求不落鄙俗,还是有其针对性。季娴所处的时代正是竟陵流风未泯的时代,对此二诗俚俗之弊的公然讥斥,与其说是作为一位女性选家出于性别意识的道德忧惧,不如说是其对诗歌语言唯美性的一种诉求,这也从一个侧面凸显出编者执着于诗歌本体的复古诗学理念。

而在具体的评点中,季娴尤其重视诗歌在格律声调、语词篇章等诗学本体层面上的规范性和唯美性。④ 可列举如下:

1. 对诗歌"起句"的评点

起得幽俊(王微《起步》⑤)

一起警健奇丽(徐媛《秋夜效李长吉》⑥)

---

① [明]钟惺:《名媛诗归》卷二十六,《四库全书存目丛书》本,集部,第339册,第299页。按:《名媛诗归》所选宋氏诗与《闺秀集》诗作内容同,惟诗名异。

② [明]钟惺:《名媛诗归》卷二十七,《四库全书存目丛书》本,集部,第339册,第313页。

③ 《闺秀集》中论及《名媛诗归》的内容亦见卷一"马氏"条,季娴评:"梦成诗九百首独以芳草无言路不明句见赏于谭友夏,读其诗警句不乏,而全首不可得,存此以不没其人耳。"

④ 方秀洁在其著作第四章"性别与阅读:女性诗学批评中的形式、修辞与社区"(Gender and Reading: Form, Rhetoric, and Community in Women's Poetic Criticism)中已初步指出此一评点特色,然方文主要着眼于编者"兼勖女婧"之意图,详见方秀洁著《作为作家的她:中华帝国晚期的性别、机构与写作》(*Herself an Author: Gender, Agency, and Writing in Late Imperial China*, University of Hawai'i Press, 2008, pp. 136 - 137)。本书与其看法略有不同。

⑤ [清]季娴:《闺秀集》卷一,《四库全书存目丛书》本,集部,第414册,第342页。

⑥ [清]季娴:《闺秀集》卷一,《四库全书存目丛书》本,集部,第414册,第345页。

起得亮(吴朏《感晚》①)

一起有河流怒涌之势(李因《舟发黄河》②)

起句欠自然(方维仪《读史》③)

起得寒酸,中颇秀挺(王凤娴《红心驿晨发濠梁道中作》④)

起调甚卑(朱静庵《惜春》⑤)

2. 对诗歌"结句"的评点

结亦旷远(黄淑德《中秋同泛月鸳湖次韵项孟畹韵》⑥)

结句妙在不尽(徐媛《饮赵夫人山庄》其三⑦)

结句写出乱离情状,不让工部(李因《舟发溧县道中同家禄勋咏》⑧)

结有逸致(朱静庵《白苎词》⑨)

结句使人意远(方孟式《思行后》⑩)

结语飘逸有致(沈纫兰《江干春泊》⑪)

举体幽秀,结亦淡远(王微《西溪探梅》⑫)

三四联甚高亮,结太入套(杨文丽《关山月》⑬)

结亦傲健(陆卿子《悲歌行》⑭)

一结无限情思(叶纨纨《秋日邮居次父韵》⑮)

---

① [清]季娴:《闺秀集》卷一,《四库全书存目丛书》本,集部,第414册,第340页。
② [清]季娴:《闺秀集》卷一,《四库全书存目丛书》本,集部,第414册,第367页。
③ [清]季娴:《闺秀集》卷一,《四库全书存目丛书》本,集部,第414册,第341页。
④ [清]季娴:《闺秀集》卷二,《四库全书存目丛书》本,集部,第414册,第354页。
⑤ [清]季娴:《闺秀集》卷二,《四库全书存目丛书》本,集部,第414册,第368页。
⑥ [清]季娴:《闺秀集》卷二,《四库全书存目丛书》本,集部,第414册,第352页。
⑦ [清]季娴:《闺秀集》卷二,《四库全书存目丛书》本,集部,第414册,第354页。
⑧ [清]季娴:《闺秀集》卷二,《四库全书存目丛书》本,集部,第414册,第357页。
⑨ [清]季娴:《闺秀集》卷一,《四库全书存目丛书》本,集部,第414册,第334页。
⑩ [清]季娴:《闺秀集》卷一,《四库全书存目丛书》本,集部,第414册,第338页。
⑪ [清]季娴:《闺秀集》卷二,《四库全书存目丛书》本,集部,第414册,第371页。
⑫ [清]季娴:《闺秀集》卷一,《四库全书存目丛书》本,集部,第414册,第342页。
⑬ [清]季娴:《闺秀集》卷二,《四库全书存目丛书》本,集部,第414册,第351页。
⑭ [清]季娴:《闺秀集》卷一,《四库全书存目丛书》本,集部,第414册,第337页。
⑮ [清]季娴:《闺秀集》卷二,《四库全书存目丛书》本,集部,第414册,第356页。

3. 对诗歌"结构"之评点

　　劲捷不粘滞（方维仪《乌栖曲》①）

　　沉郁顿挫，结构亦不促薄（方孟式《螺矶怀古》②）

　　结构谨严（范玑《真州偕李震庵看桃花》③）

　　结构颇峻爽（徐媛《过龙谭驿》④）

4. 对诗歌"声调"之评点

　　音节楚楚（方维仪《黄鹤楼》⑤）

　　声调平雅（沈纫兰《寓秣陵风雨满天感怀》⑥）

　　口齿柔脆（叶纨纨《竹枝词》⑦）

　　音节绵缈，读之不易尽（方维仪《月夜怀吴妹茂松阁》⑧）

　　声调不平（许景樊《寄女伴》⑨）

　　调甚高老（李因《舟发郭县道中同家禄勋咏》⑩）

　　由此可见，季娴对诗歌"起结""结构""声调"等各个方面都有其独到敏锐的品析，评点褒贬各有见地，不仅显示出女性选家独有的细腻评析风格，而且体现出其注目于诗歌本体的美学质性的论诗特点。这种论诗特点与其复古诗学理念不无关系。有明一代复古派的诸家，几乎都受到严羽"第一义"的影响，论诗莫不重视体制格调，且成为明代诗歌批评的主流。李东阳《怀麓堂诗话》的"主于法度音调"⑪，以声调格律辨别体制；乃至于前后七

---

① ［清］季娴：《闺秀集》卷一，《四库全书存目丛书》本，集部，第414册，第338页。
② ［清］季娴：《闺秀集》卷一，《四库全书存目丛书》本，集部，第414册，第347页。
③ ［清］季娴：《闺秀集》卷二，《四库全书存目丛书》本，集部，第414册，第358页。
④ ［清］季娴：《闺秀集》卷二，《四库全书存目丛书》本，集部，第414册，第361页。
⑤ ［清］季娴：《闺秀集》卷一，《四库全书存目丛书》本，集部，第414册，第347页。
⑥ ［清］季娴：《闺秀集》卷二，《四库全书存目丛书》本，集部，第414册，第371页。
⑦ ［清］季娴：《闺秀集》卷一，《四库全书存目丛书》本，集部，第414册，第338页。
⑧ ［清］季娴：《闺秀集》卷二，《四库全书存目丛书》本，集部，第414册，第374页。
⑨ ［清］季娴：《闺秀集》卷二，《四库全书存目丛书》本，集部，第414册，第352页。
⑩ ［清］季娴：《闺秀集》卷二，《四库全书存目丛书》本，集部，第414册，第357页。
⑪ 《四库全书总目提要》卷一九六"集部"四十九《诗文评类》二，民国十五年（1926）东方图书馆石印本。

子,虽然各家之说略有不同,然而最终目的都是想透过声调格律以追求古人的高古格调。季娴讲求声调格律之做法,与明代复古派之观点颇为接近。

值得注意的是,明代复古派不但讲究诗法,其复古的口号下同时也包含着对真情的重视。李梦阳所主张者即是以情为本的复古说,何景明亦云"夫诗,本性情而发者也"①,后七子中的王世贞更倡言诗歌要达到"性情之真境"②,可见复古派虽倡言格调,其实乃是主张寓性情于格调中。受此影响,季娴论诗亦是性情与格调兼重。如对于徐媛《重吊孙夫人》,季娴评道:"小淑有才有识,故能每发奇响。"③认为徐媛有才情有学识,所以不刻意求格调而自有格调,这与王世贞所谓"才生思,思生调,调生格"④之说实有相似之处。又如景翩翩《闺情》:"窗前六出花,心与寒风折。不是郎归迟,郎处无冰雪。"⑤季娴评道:"全在齐梁艳情诗中摹写,所以极深、极俏、极韵、极有情。"⑥景翩翩此诗不出艳情范畴,但用语俏皮而情韵深厚,季娴之评很好地抓住了齐梁艳诗中"情"的内核,而以景翩翩诗作比附之,充分肯定学古诗的目的乃是学习古诗中写真情的精神。而"情"字在《闺秀集》中更是季娴常用之评赞语,如"相思语极有情"(陆卿子《赠胡姬》)⑦、"蔼然多情"(叶小鸾《别蕙绸姐》)⑧、"有一步不忍释之意,偏是此等人善作情深语"(景翩翩《怨词》)⑨、"依依惜别之情,发而为声,何限婉

---

① [明]何景明:《明月篇序》,《大复集》卷十四,《文渊阁四库全书》本,集部,第206册,第123页。
② [明]王世贞:《艺苑卮言》卷四,《续修四库全书》第1695册,第470页。
③ [清]季娴:《闺秀集》卷二,《四库全书存目丛书》本,集部,第414册,第371页。
④ [明]王世贞:《艺苑卮言》卷一,《续修四库全书》第1695册,第445页。
⑤ [清]季娴:《闺秀集》卷二,《四库全书存目丛书》本,集部,第414册,第368页。
⑥ [清]季娴:《闺秀集》卷二,《四库全书存目丛书》本,集部,第414册,第368页。
⑦ [清]季娴:《闺秀集》卷二,《四库全书存目丛书》本,集部,第414册,第373页。
⑧ [清]季娴:《闺秀集》卷二,《四库全书存目丛书》本,集部,第414册,第375页。
⑨ [清]季娴:《闺秀集》卷一,《四库全书存目丛书》本,集部,第414册,第343页。

转"(项兰贞《送外赴试》)①,等等,可见其对闺秀诗抒写真情的推崇。

《闺秀集》中值得重视的还有季娴在评点中流露的诗学取向。季娴论诗,往往近体标举"三唐",这在上述选例中以"方驾三唐"之作为闺秀典范的论述中已见宗趣,而在具体评点时更是时有体现。例如评李淑媛《登楼》"不失中晚态度"②,评许景樊《次仲兄筠高原望高台韵》"风格全似开、宝"③,评李因《舟发漷县道中同家禄勋咏》"结语写出乱离情状,不让工部"④,评吴胐《新松》"咏物诗唯老杜称善,此作体制不弱"⑤,评王微《探梅》"不愧青莲"⑥,评方维仪《古意》"立意不让青莲"⑦。无论是从时代特征还是诗坛名家之比照,都以唐诗作为品评之标准,只要有唐诗风味,即为好诗。而在唐诗中,又以李白、杜甫的成就最高,允为唐诗之极则,所以将闺秀诗中具大家气象者以"不让工部""不愧青莲"之词高度褒扬。至于古诗,季娴认为学诗的楷模在魏晋而不在唐,尤其是"乐府"和"五古"两类诗体,评点闺秀佳作时特别突出魏晋诗。例如评陆卿子《悲歌行》(乐府)"在昭明集中可方颜、谢"⑧,评徐媛《闺思代弟妇作》(五古)"大有苏、李家风"⑨,评范淑英《感秋》(五古)"不减颜、谢"⑩,评许景樊《相逢行》(乐府)"风度似魏晋"⑪,评吴胐《艳闺曲》三首(乐府)"三曲

---

① [清]季娴:《闺秀集》卷二,《四库全书存目丛书》本,集部,第414册,第371页。
② [清]季娴:《闺秀集》卷二,《四库全书存目丛书》本,集部,第414册,第371页。
③ [清]季娴:《闺秀集》卷二,《四库全书存目丛书》本,集部,第414册,第360页。
④ [清]季娴:《闺秀集》卷二,《四库全书存目丛书》本,集部,第414册,第357页。
⑤ [清]季娴:《闺秀集》卷二,《四库全书存目丛书》本,集部,第414册,第355页。
⑥ [清]季娴:《闺秀集》卷一,《四库全书存目丛书》本,集部,第414册,第342页。
⑦ [清]季娴:《闺秀集》卷二,《四库全书存目丛书》本,集部,第414册,第367页。
⑧ [清]季娴:《闺秀集》卷一,《四库全书存目丛书》本,集部,第414册,第337页。
⑨ [清]季娴:《闺秀集》卷一,《四库全书存目丛书》本,集部,第414册,第339页。
⑩ [清]季娴:《闺秀集》卷一,《四库全书存目丛书》本,集部,第414册,第341页。
⑪ [清]季娴:《闺秀集》卷一,《四库全书存目丛书》本,集部,第414册,第335页。

极艳婉极蕴藉不让晋魏"①,又如评其《美女篇》(五古)"已具魏晋人资质"②。季娴认为魏晋乐府和五古超越唐人之处在于古质,古音犹存而有情有致,其高厚深老之致,非寻常人所至,所以在评点闺秀拟魏晋之佳作时,也往往注意从"古音"和"情思"两方面加以发掘,如其评许景樊《弄潮曲》(乐府)"情致绵邈"③,评俞汝舟妻《贾容乐》(乐府)"竟入古歌辞佳境"④,评徐氏《秋日怀姊之二》(五古)"静穆有古音"⑤,评方维仪《古树》(五古)"情思澹逸,音调直逼古人"⑥。季娴所注目和肯定的正是这些闺秀诗歌善于学习古诗真精神之处。从以上这些评点,我们也可以很清楚地看出季娴将唐诗与魏晋诗作为闺秀取法乎上的师法对象,在季娴看来,只有这些宋以前的诗歌才真正兼具性情与格调,堪为闺秀诗歌的最高典范。对于宋诗,季娴显然不喜其诗作理语,如在姜氏《山居》"负郭多幽事,为农长道心"首联的夹批中,即云"宋人腐气"⑦,批评姜氏诗句缺乏情思,带有宋儒的迂腐之气,故不足取。而这种意见与七子又不无相通之处。如李梦阳《缶音序》云:"诗至唐,古调亡矣,然自有唐调可歌咏,高者犹足被管弦。宋人主理不主调,于是唐调亦亡。……夫诗比兴错杂,假物以神变者也。难言不测之妙,感触突发,流动情思,故其气柔厚,其声悠扬,其言切而不迫,故歌之心畅,而闻之者动也。宋人主理作理语,于是薄风云月露一切铲去不为。又作诗话教人,不复知诗矣。诗何尝无理,若专作理语何不作文而诗为耶?"⑧认为由

---

① [清]季娴:《闺秀集》卷一,《四库全书存目丛书》本,集部,第414册,第337页。
② [清]季娴:《闺秀集》卷一,《四库全书存目丛书》本,集部,第414册,第340页。
③ [清]季娴:《闺秀集》卷一,《四库全书存目丛书》本,集部,第414册,第335页。
④ [清]季娴:《闺秀集》卷一,《四库全书存目丛书》本,集部,第414册,第335页。
⑤ [清]季娴:《闺秀集》卷一,《四库全书存目丛书》本,集部,第414册,第339页。
⑥ [清]季娴:《闺秀集》卷一,《四库全书存目丛书》本,集部,第414册,第341页。
⑦ [清]季娴:《闺秀集》卷二,《四库全书存目丛书》本,集部,第414册,第355页。
⑧ [明]李梦阳:《缶音序》,《空同集》卷五十二,《文渊阁四库全书》本,集部,第201册,第477页。

于宋人作诗只有理而铲去了情,则诗"神变"之妙荡然无存,故他认为"宋无诗"①。又如谢榛《四溟诗话》云:"诗有辞前意、辞后意,唐人兼之,婉而有味,浑而无迹。宋人必先命意,涉于理路,殊无思致。"②其扬唐抑宋,与李梦阳如出一辙。而李攀龙选《古今诗删》,从古逸诗选到唐,直接明诗,独不选宋元,宋元诗被完全摒弃于诗歌体系之外。季娴取法乎上的诗学取向看来受七子影响颇深。

  总之,从女性诗歌总集编纂史的角度来看,《闺秀集》是清初选坛上非常罕见的一部鲜明的论诗之选。与清初许多以选为史的女性诗歌总集相比,季娴此选对于女性诗学审美典范之标举远胜于保存文献的意图,其独特的编选体例和诗学见解,充分显示了一个极富士大夫气质的女性批评家的胆识和眼光。而颇具意义的是,这也是女性选家第一次以批评家的身份自觉介入主流诗学,在《闺秀集》之前,目前所知女性选诗唯有晚明方维仪《宫闺诗史》与沈宜修《伊人思》两部③,但均选而不评,所以,《闺秀集》是第一部严格意义上的女性论诗之选。作为一位女性选家,季娴不仅冲破之前完全由男性主导的诗学批评格局,而且流露出对当时复古主义主流诗学的一种自觉体认。这种女性自觉渴望介入主流诗学的做法,同时也反映了一种新的诗学倾向,尽管女性选家所运用的仍是男性诗学批评的武器,但至少她们已经意识到,她们不仅是诗人,而且兼有批评家之职责,并试图通过对诗学主流的自觉追随和靠拢,为女性诗歌创作与诗学批评开拓更为广阔的文学空间,而这正是构建女性诗学传统的重要一环。

---

  ① [明]李梦阳:《潜虬山人记》,《空同集》卷四十八,《文渊阁四库全书》本,集部,第201册,第446页。
  ② [明]谢榛:《四溟诗话》卷一,丁福保辑:《历代诗话续编》下册,中华书局1983年版,第1149页。
  ③ 方维仪《宫闺诗史》仅见录于王士禄《燃脂集》,原本已失。

第二节　易代之际的名媛诗选:《诗媛十名家集》

一、编选概况

编者邹漪(1615—?),字流绮,号西村,江苏无锡人。博学多闻,好著述,曾入吴伟业门下。著有《启祯野乘》《明季遗闻》,编刻《名家诗选》《五大家诗钞》。同时,邹氏也是较早从事当代女性诗歌总集编纂的男性诗人,辑有《诗媛八名家集》《诗媛名家红蕉集》。除此之外,王士禄《燃脂集》引用书目中还著录有一种《诗媛十名家集》。

关于《诗媛十名家集》与《诗媛八名家集》两书之关系,已故胡文楷先生认为前者是在后者基础上再"增选二家"而成的。胡先生当时所见《诗媛八名家集》一书为国家图书馆藏的一种残本,"存吴绡、吴琪、柳如是、吴山、卞梦珏五家"。而《诗媛十名家集》此外五家,胡先生依据有关线索,推测为王端淑、黄媛介、季娴、顾文婉、浦映渌。其中王端淑、黄媛介、季娴,从现今的中国科学院图书馆藏本来看①,可以断定胡先生的推测是准确的。然浦映渌,胡先生据《梁溪诗钞》诗人小传中所述"邹流绮《诗媛名家》序云:湘青诗,名籍甚,偕其配深闺倡酬,琴瑟伉俪欢相得,观《望远》诸诗,字字艳字字幽,字字浅却字字深,进于道矣"②得出"以此知有浦映渌诗"的结论恐难成立。此处的《诗媛名家》很可能是《诗媛名家红蕉集》,而非《诗媛十名家集》,不足以证明浦映渌即在《诗媛十名家集》中。③ 今据范景中、周小英净琉璃室影写

---

① 见中国科学院图书馆藏《诗媛八名家集》,邹氏鹭宜斋顺治十二年(1655)刊本,依次收录王端淑、吴琪、吴绡、柳如是、黄媛介、季娴、吴山、卞梦珏八位的作品。
② [清]顾光旭:《梁溪诗钞》卷五十二,嘉庆元年刻本。
③ 朱则杰先生曾质疑胡先生对浦映渌的推测过程,然朱先生又以为胡先生所增两家为顾文婉、浦映渌两人的结论很可能是正确的。详见《清代女诗人丛考》,《江南大学学报(人文社会科学版)》2013年第2期。

清顺治十二年邹氏鹭宜斋刻本所成《诗媛三家集》①,可知所增两家实为谢瑛和避秦人。

胡先生引据《众香词》"射集"目录:"避秦人,姓字无,无锡人。"(《十大家选》)小传云:"见邹流绮《选集》。"推断避秦人诗即在《诗媛十名家集》中,从现今传本来看,这也是正确的。然避秦人即为顾文婉之事实,胡先生却未做进一步考证。查《历代妇女著作考》"顾文婉"条:"贞立,原名文婉,字碧芬,自号避秦人,无锡人,《餐霞子集》。"②胡先生所据同为《众香词》。核之原书,《众香词》"射集"收"避秦人"词作五首,"礼集"又别出"顾贞立"一条,收其词作七首,误为两人③;且"礼集"目录原本作"顾贞立,字碧芬,无锡人,《餐霞子集》",并无"自号避秦人"一说。今见《诗媛三家集》中《避秦人诗》题下亦未署作者名,只署避秦人。实际上,"避秦人为顾文婉自号"的较早记载见陈维崧《妇人集》:"无锡顾文婉,自号避秦人,诗词极多,恒与王仲英相唱和。"④而收顾氏诗最多的当属其族孙顾光旭编纂的《梁溪诗钞》,共收录诗作一百零七首,为全卷闺秀之首。⑤ 其中《秋思》《雨中晚眺》《再归泾里与诸弟话旧感赋》《强索》,与《诗媛十名家集》所选相重。顾文婉《栖香阁词》一集中的《归国遥》《满江红》两阕⑥,亦见录于《诗媛十名家集》。此皆可证避秦人与顾文婉确为同一人。

净琉璃室影写本《诗媛三家集》虽仅影抄谢瑛诗、避秦人诗、柳如是诗三种而成,然所据底本顺治十二年邹漪鹭宜斋刻《诗媛

---

① 此集所据底本为顺治十二年邹漪鹭宜斋刻《诗媛十名家集》,范景中、周小英从中影抄谢瑛诗、避秦人诗、柳如是诗三种而成《诗媛三家集》(中国美术出版社2019年版)。
② 胡文楷编著:《历代妇女著作考》,上海古籍出版社2008年版,第804页。
③ 《众香词》"射集"及"礼集",康熙刻本。
④ [清]陈维崧:《妇人集》,道光刻本。
⑤ 顾诗见《梁溪诗钞》卷五十一,嘉庆元年刻本。周小英先生《避秦人诗》卷首题记中云"诗集则未见",以为"此集殆为孤帙",盖未曾留意《梁溪诗钞》收录情形。
⑥ [清]顾文婉:《栖香阁词》卷二,道光刻本。

十名家集》极为罕见。比照中国科学院图书馆藏《诗媛八名家集》,两书刊刻时间皆为顺治十二年。从版式上看,两书均每半叶八行,行十八字,白口四周单边,为同一底版所出。其中柳如是诗,内容文字全同。所增两家谢瑛、顾文婉诗为《诗媛八名家集》所无,故至此本抄出,十家终成完璧。更为重要的是,《诗媛十名家集》的这份人数不多的选目,有着许多清初女性诗歌选集所不具备的新内容。首先,是编所收录的皆为当代女诗人,"他若徐小淑、陆卿子、王修微、沈宛君辈,久矣名登仙籍,兼之诗满国门,概不复列"。这也是目前所知第一部选录吴山、卞梦珏、谢瑛、顾文婉、吴绡、吴琪、季娴、王端淑、黄媛介的清初女性诗歌总集。①　与此同时,我们可以看到,入选女诗人与编者邹漪的个人关系均较为密切。"予与睿子、文玉、予嘉、世功谊称兄弟,稔知诸夫人宏才绝学,攒为表章。"此处所言丁睿子、许文玉、管予嘉、杨世功,分别为王端淑、吴绡、吴琪、黄媛介之夫婿,邹氏与他们私谊既深,彼此相熟。而诸诗媛之间也互有往来,如王端淑诗入选《诗媛十名家集》,与季娴的帮助不无关系,《名媛诗纬初编》"季娴"条曰:"流绮十名家之选滥列余名,夫人其有以助余也夫"②,又如黄媛介,曾一度客于柳如是绛云楼中,卞氏母女则"与媛介相得甚"③,吴伟业曾作《西泠闺咏》歌咏吴山及其女卞梦珏,诗前小序云"岩子著《同声》之赋,玄文咏《娇女》之篇。辞旨幽闲,才情明慧,写柔思于却扇,先丽句以当窗,足使苏蕙扶轮,左芬失步矣"。与其师吴伟业一样,邹漪十分支持和推赏这些女诗人的创作,从集中选录的吴绡《题邹流绮鹭宜斋次黄皆令韵》、吴琪《题邹流绮鹭宜斋次黄皆令韵》、黄媛介《题邹流绮鹭宜斋——

---

①　顺治九年(1652)刊刻的季娴《闺秀集》中仅见柳如是一人选录,其余九家均未见。
②　[清]王端淑:《名媛诗纬初编》卷十八,康熙间清音室刻本。
③　[清]陈维崧:《妇人集》,道光刻本。

斋额故漳黄石斋先生书赠》及《吕霖生吏部以姬赠邹流绮——漫赋小言奉贺》、吴山《题邹木石先生妾王姬小影》、卞玄文《题邹木石先生妾王姬小影》来看，这些作品或作于邹氏书斋，或题赠邹氏姬妾，皆可证编者本人与她们之间交往甚多。而谢瑛和顾文婉，前者为邹氏同社友人王聿念、刘庆云极力推之，后者为同邑梁溪闺媛，对于编者而言，相对于其他女诗人占有选源上的便利优势，自然又多加采录。当然，对同时代的其他女诗人，编者也予以了充分的关注，"即以越州而论，就予所见，如朱赵璧、张楚纕、郑明湛、祁修嫣、祁湘君、祁卞容、丁步孟、王玉隐辈，指不胜屈。其他若海昌李是庵，兰上王家令，武林王芬从，兴化李莘子，娄东王功吏，南兰浦湘青、巢淑尺，松陵叶蕙绸，海虞瞿若婉，天台胡茂生，西湖柳紫畹，邗水王月妹，莫不户藏天锦，家握隋珠。而邮致为艰，统载嗣集，并求惠教，跂予望之"。编者主动发出"《二集》嗣兴，海内大家，鸿篇秘笈，仰冀赐光"①的吁请，此后邹漪所刊《诗媛名家红蕉集》即是汇编上述诸家的成果。

二、文献价值

《诗媛十名家集》对于女性诗歌研究的主要贡献，在于它保存、传播了当代女性文学资料。现从以下几方面考察其文献价值的具体体现。

（一）文献辑佚

就笔者目前调查，《诗媛十名家集》所收录的十位女诗人中，除王端淑《吟红集》、吴绡《啸雪庵集》、柳如是《湖上草》《戊寅草》、黄媛介《湖上草》、季娴《雨泉庵集》外，其余五位女诗人诗集今均已不得见，幸赖《诗媛十名家集》一编留存其诗，在一定程度

---

① ［清］邹漪：《诗媛八名家集》卷首选例，顺治十二年刻本。

上弥补了女性别集因散佚所导致的损失。其中谢瑛诗集中选录四十首,为目前所知存世的所有作品,文献价值尤见突出。胡文楷先生有感于吴琪《香谷焚余草》和吴山《青山集》已不可得,曾费尽心力辑得《吴蕊仙诗辑本》(计一百零九首)和《吴岩子诗辑本》(计六十四首)各一册,其中吴琪诗一百首、吴山诗三十三首均来自邹氏《诗媛十名家集》。王端淑、吴绡、柳如是、黄媛介、季娴即使有诗集存世,然考虑到邹漪编选《诗媛十名家集》时间较早,所取资的作品多为各家早期所作,故从文献角度来看,又有助于对现存别集的补遗。即以吴绡为例,是编所选《秋雨》《秋夜》《梅》(其二)、《画梅》(其一)、《燕》(其一)均未见录于此后别集。又如顾文婉,虽如上文所述,其诗后曾见收于《梁溪诗钞》,并有《栖香阁词》问世,然比照之下,是编所选还是多有溢出之篇:除《秋思》《雨中晚眺》《再归泾里与诸弟话儿时旧事恻恻在怀漫赋》《强索》外,其余五十六首诗作均未见录于《梁溪诗钞》;所收词作虽仅五首,《西楼子》两首、《忆秦娥》却未见录于《栖香阁词》。从文献角度来看,这些均可作为今后的辑佚之资。

(二) 文字校勘

是编所录诗文内容与别集或其他选集多有异文情形,显示出一定的文字校勘价值。这主要体现在两个方面:一是作为现存女性别集的"他校"之资。兹以吴绡《啸雪庵诗集》与《诗媛十名家集》所选九十九首吴绡诗做一仔细比照。我们发现,同见录于两集的就有三十首诗作在文字上存在一定的相异之处,兹举数例如下:

梅花

汉殿香销怅落梅,飘零无复向春开。
多情宋玉招魂赋,又到罗浮梦里来。

(《诗媛十名家集》)

梅花

汉殿香销怅落梅,飘零无复向春开。
香魂莫待招魂赋,自到罗浮梦里来。

(《啸雪庵诗集》)

己卯家难寄居维扬二分明月庵伤别答赠文玉

造化从来忌上才,肯教双璧种兰台。
邗沟夜月销魂别,巫峡朝云荐梦来。
袍色长条随绿草,屐痕金齿记春苔。
临风一叶乘潮去,断续柔肠刻九回。

(《诗媛十名家集》)

维扬二分明月庵别外

一曲宫商韵正谐,谁谈离凤向琴台。
邗沟夜月销魂别,巫峡朝云荐梦来。
袍色长条随绿草,屐痕金齿记春苔。
临风一叶乘潮去,断续柔肠刻九回。

(《啸雪庵诗集》)

晓怵

梦里鸳鸯妒晓莺,唤来无睡海棠惊。
城隅日射罗敷怨,绮阁朝新江总成。
豆蔻春风怜蝶使,蕙兰芳气和莺笙。
闲凭深浅量花色,催整新妆又懒生。

(《诗媛十名家集》)

晓怵

梦里鸳鸯妒晓莺,唤来无睡海棠惊。

城隅日射罗敷怨,绮阁朝新江总成。
豆蔻春风残力困,蕙兰吹咽语音轻。
闲凭深浅量花色,催整新妆又懒生。

(《啸雪庵诗集》)

腊梅

丛丛依淡日,拂拂带微霜。
檀注轻含紫,凝膏透着黄。
兰芳饶作珮,菊浅称为赏。
借问深宫女,何如额上妆。

(《诗媛十名家集》)

腊梅

丛丛依淡日,拂拂带微霜。
檀注深含紫,凝膏透着黄。
兰芳饶作珮,菊浅称为赏。
借问宫中女,何如额上妆。

(《啸雪庵诗集》)

人面桃

风中能笑露中啼,万点猩红见即迷。
千岁枉教波浪隔,人间一夕便成蹊。

(《诗媛十名家集》)

人面桃

风中能笑露中啼,脉脉无言日又西。
千岁枉教波浪隔,人间一夕已成蹊。

(《啸雪庵诗集》)

梅花白团扇

素魄含清影,摇风发暗香。
婕好怜玉手,公主斗新妆。
折寄行云使,怀为堕月郎。
不愁笛里落,只怨箧中藏。

(《诗媛十名家集》)

梅花白团扇

素魄含清影,摇风发暗香。
可怜班女意,自斗寿阳妆。
折寄行云使,怀为堕月郎。
不愁笛里落,只怨箧中藏。

(《啸雪庵诗集》)

目前存世吴绡《啸雪庵诗集》为康熙三十四年(1695)刻本一种①,为其逝后整理刊行。然邹氏所编《诗媛十名家集》刊于顺治十二年(1655),收吴绡《冰仙诗》一种,诗九十九首,且从"顾冰仙方事九转丹,视文字如土苴,不欲流传人间,落浮名障中,故诗不能多得"等语来看,为编者向吴绡生前索得。而比照两集,上述异文显系版本不同所致。《己卯家难寄居维扬二分明月庵伤别答赠文玉》五首,《啸雪庵诗集》集中收录时,诗题中的写作纪年等信息已缺失,而邹本却保存完整,有助于后人对吴绡生平及诗作的准确理解。故从文献价值来看,《诗媛十名家集》的校勘价值自不可忽视。

二是选集之间的互相比勘。由于《诗媛十名家集》所据资料往往与其他选集来源有所不同,文字互有差异,尤其是在女诗人

---

① 本书所据为国家图书馆所藏康熙三十四年(1695)刻本。凡诗集一卷、题咏一卷、新集一卷。前有黄中瑄、叶襄、邹漪序及自序。

别集无存情形下,其校勘价值尤为珍贵。如《避秦人诗》选录《强索》、《再归泾里与诸弟话儿时旧事恻恻在怀漫赋》、《秋思》(二首),亦见录于《梁溪诗钞》,所见异文具体如下:

强索
好鸟吟香啭绿杨,东风吹断旧罗裳。
怜姬不管人憔悴,故故携笺乞短章。

（《诗媛十名家集》）

强索
好鸟吟香啭绿杨,东风吹断燕泥香。
怜娃不解人憔悴,故故携笺乞短章。

（《梁溪诗钞》）

秋思（其一）
洞庭秋色老难堪,落木萧萧锁翠岚。
万里烟波边塞冷,何人解唱忆江南。

（《诗媛十名家集》）

秋思（其一）
洞庭秋色老难堪,落木萧萧锁翠岚。
万里烟波边塞冷,何人解唱望江南。

（《梁溪诗钞》

秋思（其八）
遥山烟抹是耶非,惟见寒林叶乱飞。
病起不堪风入幕,小窗先试夹罗衣。

（《诗媛十名家集》）

秋思（其二）
遥山烟抹是耶非，惟见寒林落叶飞。
病起不堪风入幕，小窗先试夹罗衣。

（《梁溪诗钞》）

再归泾里与诸弟话儿时旧事恻恻在怀漫赋
落魄无家自可怜，旧游如画转情牵。
梨云香暖三春梦，杏雨诗催二月天。
南国山河存古迹，西邻佳丽说遗钿。
年来几许伤心事，尽赠斜阳惨澹烟。

（《诗媛十名家集》）

再归泾里与诸弟话旧感赋
落魄无家自可怜，旧游回首思绵绵。
繁华易去浑疑梦，贫病纷来懒问年。
南国河山存古迹，西邻佳丽说遗钿。
生平几许伤心事，立尽斜阳惨澹烟。

（《梁溪诗钞》）

考虑到顾文婉诗集今已无存，《诗媛十名家集》所载均可资以为校。如此等等，不一而足，均可体现出是编不能为其他文献所替代的价值所在。

（三）后来选集的重要来源

编刊于康熙六年（1667）的王端淑的《名媛诗纬》[①]收避秦人诗九首、谢瑛诗八首，所选诗作全部见录于《诗媛十名家集》，这就充分体现出编者王端淑在选源上对是编的依赖。而通过进一

---

① ［清］王端淑：《名媛诗纬初编》，康熙间清音室刻本。

步仔细比照,我们亦可发现,《名媛诗纬初编》中两位女诗人小传也多半参考《诗媛十名家集》,如"谢瑛"条:"端淑曰:无锡邹子称夫人诗忠厚和平,无繁音,无靡响,不减《卷耳》《葛覃》诸什。信哉斯论也。至其相夫有孟光之风,抑又难矣。"王端淑交代了选诗所据之来源。检《诗媛十名家集》谢瑛诗前小引"既长归徐,食贫自好,井臼亲操,有古孟光之风",又云"今取而咏诵之,忠厚和平,无繁音,无靡响,不减《卷耳》《葛覃》诸什。益信二子之言为不诬也"。王端淑引述时稍做了改动,但基本承袭邹氏而来。此皆可证王端淑均直接取材于邹漪《诗媛十名家集》。

三、选评特色

《诗媛十名家集》共十卷,人各一卷,不标卷次。每卷先编者小引,次诗目诗作,诗旁又时有编者评点之辞。正如编者在《诗媛名家红蕉集》自序中所言,"仆本恨人,癖耽衾制;薄游吴越,加意网罗",明末清初的遗民情怀以及生不逢时的失意,促使邹漪以更大的精力投注到女性诗文的搜集和整理中。然与稍后刊行的王士禄《燃脂集》无所不包的选录策略不同,编者则颇具选择性地推举了十位女诗人。在卷前小引中,邹漪对每位女诗人加以品评,尤其强调她们有别于男性文人的"清"的诗学特质,"抗、逊、机、云没,而乾坤清淑之气不钟男子,而钟妇人"①。在邹氏看来,乾坤清淑之气,是女性诗歌优于男性的主要原因。是编评吴绡云"居身清素,不异道民释子,案头香一炉,茶一盏,书数卷,笔几枝,侍儿日磨墨以供挥洒。故其为诗清新圆净,不着一尘,如花香,如月光,如水波,如云态,务贵自然,尤善深入,极才人之能事"②。评卞梦珏母女云:"惟卞家母子异是,清越澹远,但见高人,如逸民,如宿衲,

---

① [清]邹漪:《诗媛名家红蕉集·自序》,《诗媛名家红蕉集》卷首,清初刻本。
② [清]邹漪:《诗媛八名家诗集》吴绡诗小引。

如孤客,求一闺阁相了不可得。"①评吴琪云:"潇洒淑郁,有林下风致,工绘事,精八法,故其诗中往往有远山数峰,遥青霭翠,与烟飞雾结,美女簪花之格,亦墨苑之三绝,香奁之独步也。蕊仙不喜尘俗,惊才艳采,旷致高襟,轻钱刀若土壤,尤博极古今书,兼善丝桐。每当月朗风和,与二三闺友鼓流水之清音,奏高山之绝调,真天人也。"②无论是日常生活或是性情特质,这些女诗人无不具有"清"的此质。是故,集中邹氏也尤偏爱以"清"品赏女性诗歌,如评吴绡诗"清新圆净"③、卞氏母子诗"清越澹远"④、谢瑛诗"气醇以清"⑤、顾文婉诗"兴托清窈"⑥、柳如是诗"独标素质"⑦,称赏女诗人因"乾坤清淑之气"所钟而生成的创作才情。

  从具体作品的评点中,编者时时流露出对闺秀学唐之作的推赏。如评谢瑛《雪夜梦中偶得"白玉飞来成小阁"之句晓成二律》(其二)"妍词古调,在义山飞卿之间",评《轻船小咏》"山骄甚奇,似长吉五言",评《剑川兵变移舟远避即次西湖女子"雨丝风片烟波画舸"八韵》(其一)"此昌黎",评《七夕》"杜牧之",评《水碓》"是初盛",评《水鸦》"颇近储光羲"⑧;评吴绡《秋日友人赏桂有韵偶步》"入唐人《才调集》无辨",评《题邹流绮鹭宜斋次黄皆令韵》"唐人妙句",评《新草》"却胜'草色遥看近却无'句"⑨;评吴琪《秋夜》"夜景历历,如在摩诘画中",评《村居》"老杜得意语",评《和妹韵》"盛唐名句",评《题画扇》"杜诗有此温秀",评《初霁》"似孟浩

---

① [清]邹漪:《诗媛八名家诗集》吴绡诗小引。
② [清]邹漪:《诗媛八名家诗集》吴琪诗小引。
③ [清]邹漪:《诗媛八名家诗集》卞氏二媛诗小引。
④ [清]邹漪:《诗媛八名家诗集》卞氏二媛诗小引。
⑤ [清]邹漪:《诗媛三家集》谢瑛诗小引。
⑥ [清]邹漪:《诗媛三家集》避秦人诗小引。
⑦ [清]邹漪:《诗媛三家集》柳如是诗小引。
⑧ 见邹漪《诗媛三家集》谢瑛诗。
⑨ 见邹漪《诗媛八名家诗集》吴绡诗。

然"①；评柳如是《春日我闻室赋》"王江宁有此娟秀"②。值得注意的是，邹氏在具体评点中鲜少从唐诗诗法等艺术技巧着意，而是更加倾心一些情韵生动的篇什。如评柳如是《鸳湖舟中送牧翁之新安》"情似春蚕吐丝"，评《奉和陌上花》其三"情丝袅袅"，评《小至日京口舟中》"有景有致，机流句外"，评《清明行》"行回曲折，一往情深"③，邹氏非但不以柳氏曾为歌姬而轻之，将其列为闺阁诸名家之首，并对柳诗中所包蕴的情思赞赏有加。又如，评吴琪《采莲曲》"无限情思"，评《无题》"寄情旷远"，评《张姬索诗再三戏占》"十四字中有一种幽咽之气"，评《山阁即事》"艳情逸响"，评《赠芳娘闺怨》（其二）"情至语"，评《秋闺》（其三）"凄入肝脾"，评《春夜》"情深奈何"，评《春去依依聊拾落花书怨》"深情若诉"，评《杜丽娘》"惟蕊仙可读得《牡丹亭》，真丽娘知己"④。邹漪以吴琪为杜丽娘真知己，一语中的。邹氏寓居吴门，与蕊仙相熟，对其人其诗可谓推赏备至，他称赏："蕊仙真具绝世之慧才，绝世之高韵，种绝世之幽情者也，诗安得而不至哉？近日女流琢句雕词，斗青俪白，犹之蔓草视长松尔，何足以言诗云。"⑤吴琪慧才高韵，深怀幽情，故其"发为诗歌，悲感淋漓，凄清婉转。听哀猿于静夜，月冻三巴；落飞雁于高秋，云平九塞；间作和平之奏，亦多冷艳之辞"⑥。邹漪以为，吴琪诗之"悲感淋漓"与刻意求格调者不可同日而言，无论是深情还是艳情，皆是女诗人自出胸怀之情，而非雕琢字句的刻意追求，很好地挖掘出了她在诗歌创作中抒写真情的特色。

而在选录题材的取向上，编者的兴趣更多偏向女诗人"气概苍凉"或"摇落多悲"之类的作品，如评柳如是《西泠》"明月乍移

---

① 见邹漪《诗媛八名集诗集》吴琪诗。
② 见邹漪《诗媛三家集》柳如是诗。
③ 见邹漪《诗媛三家集》柳如是诗。
④ 见邹漪《诗媛八名集诗集》吴琪诗。
⑤ ［清］邹漪：《诗媛八名家诗集》吴琪诗小引。
⑥ ［清］邹漪：《诗媛八名家诗集》吴琪诗小引。

新叶冷,啼痕只在子规间"句,谓之"感怀无限"①;评吴琪《幽怀》"边城夜静烽烟隔,故国风生薜荔秋"句,谓之"不堪多读",评《秋闺》其一诗,谓之"写得苍凉",评《道意》诗,谓之"凄然之意",评《秋居感怀》诗,谓之"写得哀怨"②。女诗人兴感江山易代,诗中自然多哀断之音,从品评中也可以看到编者与此相通的遗民情怀。尤其是顾文婉诗,编者不仅对顾文婉"不屑以诗名"深以为然,而且对顾氏现实处境心有戚戚焉。顾文婉为清初著名词人顾贞观之姊,顾贞观曾戏效杜甫《七歌》云"有姊有姊号能文,长者曹昭次左芬",颇以其能文而自豪。顾文婉心性不凡,却所遇非人,又目睹江山易代的悲剧,诗作中常充满无法传递的难言的隐痛,加之以乡愁、旅思及离恨,诗风苍凉感慨,迥别于一般闺秀的婉约风格。如为邹漪选入集中的《归泾阜感旧》其一"闲来偶傍溪前立,不觉愁心到杜鹃"句,其三"万户寒砧敲破泪,半帘秋色织成愁。池塘夜静芙蓉冷,城郭风生薜荔秋"句,其六"乐府春来翻旧曲,霸亭秋老哭残篇。芙蓉独倚清江寂,明月空教古驿悬"句,《归泾里过亡姒墓》"黄鹂似识兴亡恨,呖呖花间相对飞"句,女诗人想抒写的对于人事沧桑的深刻感受,流动于诗中的每一处意象的描写之中,"杜鹃""黄鹂""芙蓉""清江"反射出来的"愁"与"恨",在她笔下毫无掩饰地出现。是故邹漪在选评中,分别以"伤如之何""音节凄壮""中四沉至""触景成悲,不堪多读"一一加以评点,其中"触景成悲"一词更是道出了顾文婉诗愁深思悲的意蕴上的特色。又如,邹漪评《将入城赋答诸弟》"晚妆楼上酌离卮,梦蝶惊心睡起迟"句,"声情婉挚,读之黯然";评《感事》"桃叶渡头乡思杳,木兰舟上客情牵,骚人漫咏兴亡恨,少妇空吟离别篇"句,"青衫应湿";评《月夜有感》其三"寂寞吴宫花草

---

① 见邹漪《诗媛三家集》柳如是诗。
② 见邹漪《诗媛八名家诗集》吴琪诗。

残,朝阳宴罢舞衣寒"句,"说得凄惨"。① 如此细密的评点,既是编者对女诗人顾文婉诗作所包蕴的悲思的解读,从某种意义上也让我们从一个侧面看到了评点者自身所潜藏的故国情怀。顾文婉在《满江红》词中云"仆本恨人,那禁得、悲哉秋气",对邹氏而言,心境何其相似,同为失意之人,同处难堪之境,使邹氏对顾文婉作品的悲思有着感同身受的理解与同情。女诗人的命运悲歌与评点者的遗民怅触,构成了厚重异常的情意网络。而这或许也正是邹漪含蓄地掩藏在《诗媛十名家集》编选活动中的触机与用意。

第三节 以"纬"拟"经"的女性诗史:《名媛诗纬初编》

一、成书动机与内容

编者王端淑,字玉映,号映然子,又号青芜子,浙江山阴人。明末名士王思任次女,适丁圣肇。王端淑自幼才情过人,学识淹博,撰有《吟红》《留箧》《恒心》《无才》《宜楼》诸集,又选录历代诗文为《名媛诗纬》《名媛文纬》二书,并辑有《历代帝王后妃考》。本书所据《名媛诗纬初编》(以下简称《诗纬》)四十二卷为哈佛大学燕京图书馆所藏康熙间清音室刻本②,书前有钱谦益、许兆祥、韩则愈、丁圣肇所撰序文,次王端淑自序,次王猷定、孟称舜为其所撰传记,并附高幽贞所撰《陈素霞传》,以及编者凡例十四则,卷末有周之道所撰跋文。王端淑在凡例中云:"兹选始于乙卯年(崇祯十二年)冬十月,迄于甲辰年(康熙三年)秋九月,凡廿六年。"③而上述五篇序文

---

① 见邹漪《诗媛三家集》避秦人诗。
② 此本名为"初编",编者应有续编或增改的企图。
③ [清]王端淑:《名媛诗纬初编·自序》,《名媛诗纬初编》卷首,康熙间清音室刻本。

中最晚当数撰于康熙六年(1667)的韩则愈一文,由此可以推知此本应该刊刻于康熙六年。

编者以二十六年之力完成这部卷帙浩繁的女性诗歌总集,其编选动机是什么?这个问题从这部总集的名字中就能找到答案。"纬"字之义与"经"直接相对,即"南北之道谓之经,东西之道谓之纬"(《周礼·天官》)。"诗纬"命名之意,王端淑在自序中更有明确的说法:

> 客问于予曰:"《诗》三百,经也。子何取于纬也?《易》、《书》、《礼》、《乐》、《春秋》,皆有纬也,子何独于诗纬也?"则应之曰:"日月江河,经天纬地,则天地之诗也。静者为经,动者为纬,南北为经,东西为纬;则屋野之诗也,不纬则不经。昔人拟经而经亡,则宁退处于纬之,足以存经也。"《诗》开源于窈窕,而采风于游女,其间贞淫异态,圣善兴思,则诗媛之关于世教人心如此其重也。予不及上追千古,而尤恨千古以上之诗媛诗不多见,见不多人。因取其近而有征者,无如名媛,搜罗毕备,品藻期工,人予一评,诗予一鹭,辑成四十余卷。①

编者以"纬"拟"经",相信《诗纬》与《诗经》占有同等的地位,尤其是"不纬则不经"一语,更是着意指出如果没有"纬"的多元性,则"经"的立场将转入沉滞而退化的状况,进而表明自己编选此集的动机,即在于《诗纬》与《诗经》并驾齐驱,共同构成一个经纬交错的完整的诗歌体系。不仅如此,此处"诗纬"的命名之意在某种意义上更在借助《诗经》中所蕴含的女性力量,"诗开源于窈窕,而采风于游女",即追溯《诗经》为女性文学之源头。编者认为,儒家圣贤所编诗集既大多出于女性创作,且具有教化风俗之

---

① [清]王端淑:《名媛诗纬初编·自序》,《名媛诗纬初编》卷首,康熙间清音室刻本。

功能,那么自己便有责任将"诗不多见,见不多人"的女作家作品编为一集,以期与《诗经》比肩,助益"世教人心"。可见,王端淑全然站在史的立场,把辑选女性诗歌视作具有社会教化功能的文化事业,这显然与《闺秀集》"用自怡悦"的个性化编选意图迥然有别。

而正是由于编选动机的不同,这两部同为女性编者选刻且刊行时间相隔不远的诗集却呈现出风格迥异的选貌。就体例来看,《闺秀集》依诗体编次,并将诗人小传置于全集卷首,所着眼的是诗歌本体。而《诗纬》则不同,在体例上是以"集"分部,集下分卷,卷中以诗系人,人各有小传,且小传后以"端淑曰"的形式既评人又评诗,且以评人为主。卷中某一诗人之后,间有"附见"诗人诗作若干,所附者必与前此正文所列之人或诗有关。其编排之次、卷数及内容,列表如下:

表 2-2 《诗纬》编排之次、卷数及内容

卷数	名称	诗人数	诗作数	内容
卷一	宫集	19	41	以后王君公出自宫闱者
卷二	前集	11	21	在元明之交者
卷三～十八	正集	369	1363	夫人世妇以及庶民良士之妻者
卷十九	正集附上	17	45	其或由风尘反正者附于正集之末
卷二十	正集附下	15	34	其或由风尘反正者附于正集之末
卷二十一	新集	17	27	国变以前及清初之后者
卷二十二	闺集上	18	26	其或如绥狐桑濮者
卷二十三	闺集下	19	36	其或如绥狐桑濮者
卷二十四	艳集上	55	79	其或以青楼终不自振者
卷二十五	艳集下	67	69	其或以青楼终不自振者
卷二十六	缁集	15	33	有缁黄外裔能谙风雅者

续表

卷数	名称	诗人数	诗作数	内容
卷二十七	黄集	4	20	有缁黄外裔能谐风雅者
卷二十八	外集	14	27	有缁黄外裔能谐风雅者
卷二十九	幻集上	16	18	其或仙鬼志怪小说齐谐逆谋韫玉
卷三十	幻集下	27	32	其或仙鬼志怪小说齐谐逆谋韫玉
卷三十一	备集	/	/	其或仙鬼志怪小说齐谐逆谋韫玉
卷三十二	遗集上	37	37	擅画事而不能诗者
卷三十三	遗集下	32	32	擅画事而不能诗者
卷三十四	逆集	4	9	其或仙鬼志怪小说齐谐逆谋韫玉
卷三十五	诗余集上	52	56	填词杂著
卷三十六	诗余集下	44	48	填词杂著
卷三十七	雅集上	10	20	填词杂著
卷三十八	雅集下	6	8	填词杂著
卷三十九	杂集	11	16	填词杂著
卷四十	绘集	33	33	擅画事而不能诗者
卷四十一	后集上	1	/	嗣刻
卷四十二	后集下	1	63	王端淑诗

从这张列表中，可以清楚地看到《诗纬》期许构建的女性诗史的概貌：就作者的身份而言，从后妃到闺秀才女、歌妓、比丘尼、外族女子乃至女仙、女鬼等，包容之广，几涉各个阶层、各种身份；而从收录时序来看，基本涵盖整个明代，并兼及其他朝代。因此不论就横向的作者身份还是纵向的时间而言，均可见王端

淑"广收博采,庶尽上下古今之胜"①的良苦用心。而在诗人的排序方面,王端淑未采取通常按诗人时代先后来进行作品编排的方式,反而将女作家的社会身份当作编排次序的惟一依据。如收录后妃、公主等宫闱女子诗作列置卷一,以显其身份之高贵;卷二则收由元入明女遗民诗作,为明清女性文学之前序,题为"前集";卷三至卷十八为"正集",收"庶民良士之妻"的诗作,尤其以贞女节妇为主,将其立为闺秀诗歌的"正途";卷十九、廿为"正集附录",收"由风尘反正者"之作,有别于"正集"的良家妇女;"越礼女子""歌妓""方外"地位则较为低下,分别以"闺集""艳集""外集"收录于卷二十二至二十六。这种注重流品的编选体例推尊的是女诗人的社会身份,尤其强调其身份的纯洁与品性的贤淑,体现出编者重流品、分贵贱的封建伦理观念。

这里有两点值得注意:一是卷二十一以"新集"专收明清易代时期的女诗人诗作,除余珍玉、余尊玉姐妹外,"新集"所录均是动乱中遭遇不幸的女子,或"因乱落籍烟花"或"为兵伍所掠",这种特殊的编排形式实则蕴藏着亲历"国变"的王端淑自己内心深处的"易代之悲",故以诗存史,显现特殊时代之于诗人创作的重大影响;二是最后一卷专收王端淑本人作品,且收录数量达六十七首,为全集最多,由此不难看出王端淑展现"冠压群芳"的才名之心,俨然将己作附于众媛之后,多少也透露出她的自傲心理,可见她对自己才华的看重。

二、宗派意识与选心

如上文所述,王端淑选诗编集,意欲比肩《诗经》,贯通古今,成为真正意义上的"诗史",选型上属于存史一类。然而,此集颇

---

① [清]王端淑:《名媛诗纬初编》凡例第二则,《名媛诗纬初编》卷首,康熙间清音室刻本。

为特殊之处是,编者在若干卷首及每位女诗人诗作前给予一段简短的小传与诗评,借此诗评并佐以其选录诗作,充分展现出编者的宗派意识与选心。所以,此集是兼有存史与立论的复合选型,这在清初选坛亦非个例。关于编者的宗派意识,最直接的宣告是以下这段引人注目的议论:

> 诗有心,心之所在,运则如烟,入则如发。以浮词掩映,浮景摄合者,均非心也。有宋君子,离却幽渺,矜才任气,诗之心已不复见。历下声起,变为弘壮整练,诗之声律愈振,诗之心曲愈杳矣。竟陵始寻思理,一抛宿习,而不误矫枉过正。其派一流浅学,以空拳取胜,竟陵独得处,肤浅人共引为捷径,使抱口怀奇之士,笑为俭腹、为劣才。俱末学之失。今日起衰救弊之道,在别辟孤异,无蹈历下、竟陵余波可也。海内巨眼,当自有去取。①

此段言论以犀利的言词批评了自宋代到竟陵的诗学风气,复古派虽"弘壮整练",但"诗之声律愈振,诗之心曲愈杳矣",竟陵派纯是"以空拳取胜","使抱奇怀才之士,笑为俭腹、为劣才",而真正的"诗心"却不可复见,表达了她对于诗坛现状强烈不满的态度。这与钱谦益反对七子及竟陵派的诗学主张简直如出一辙,钱氏在《列朝诗集》中选李梦阳、何景明、李攀龙等人之诗,一一举其瑕疵,甚至没其所长,恶口相诋;而对于竟陵派,更是以"五行志所谓诗妖者"比之。王端淑与柳如是往来,与钱谦益亦相识,钱氏曾序其集并有赠诗,故其宗派意识受后者影响颇深,当然也会对"七子"与竟陵的诗学主张予以猛烈的抨击。

而在具体的诗歌评点中,王端淑更是流露出对"文必秦汉,

---

① [清]王端淑:《正集》卷前小引,《名媛诗纬初编》卷三,康熙间清音室刻本。

诗必盛唐"标榜之风的无情讥讽:

> 碧天下笔清隽,运墨灵劲,不似痴板手腕,今之海内名流动言盛唐,一趋门面,填塞古人名字,千篇一律,滔滔可笑,宁取此清薄一格,尚可救今日之失耳。(卷六评"潘碧天"条)

> 苍健朴老,末二句直似古乐府竹枝词矣,如此运笔方许言诗,今之名士动称汉魏盛唐,视之定当愧服。(卷七评"沈倩"条)

> 调爽姿秀,绝去庸腐,今人规摩初盛唐入阔板如汉武金人,生气尽矣。(卷十五评"戴淑贞"条)

> 时辈套袭汉魏皮毛,附会唐无古诗语,真乳臭之见,能红此诗庶几不为时流所厌也。(卷二十一评"范能红"条)

从"今之海内名流动言盛唐""今之名士动称汉魏盛唐"等语来看,倡言复古显然还是王端淑所处诗坛的主流诗学,在这种复古之风仍然盛行的氛围里,王端淑追随钱氏反复古主张,不遗余力地攻击七子尤其是七子末流的泥古不化,以"痴板""庸腐"等词讽刺拟古诗文之千篇一律,缺乏生气。在王端淑眼里,上述或"清隽灵劲"或"苍健朴老"或"调爽姿秀"的闺秀之作,与拟古之作有天壤之别,而从"宁取此清薄一格,尚可救今日之失"一语来看,王端淑又俨然将这些闺秀诗视作"起衰救弊之道",确有"别辟孤异"之用心。

与此同时,王端淑对闺秀中的一些拟古之作明确表达自己的不满,并予以严厉指责。如卷七评陆卿子云:"卿子驱使晋魏,挥斥青莲,经史在其胸中,才华应于腕下,自视非大家作手乎?然所得多属糟粕,无乃形似古人也。春秋责备独恕簪珥乎?"在王端淑看来,陆卿子拟魏晋、盛唐诗,"无乃形似古人",属于诗中糟粕,难堪大家之称。又如同卷评徐媛云:"学子美而不得其老,则近于板而俚;学长吉而不得其奇,则近于涩而凿。太白丑处,狂语浮蔓;香山丑处,学究打油。襄阳单俭,东野酸寒。非古人一无是处,俱学而不得其佳也。古人不轻易学,况纷纷历下、竟陵乎!一尺之冠、惹地之袖,倭而低就,发窄帖肤,何长短之效颦乎?且用古典处,非凑即尖,其老句多糟粕耳。越人喙长三尺,卒拾吴儿余唾,可感也。范夫人诗名籍籍,特无神境,以其拟古处未能弹丸脱手。"①指出徐媛学各家诗,却难得各家诗之佳处,王端淑以为古人诗各有长短,一味拟古,连其短处一并沾染,结果适得其反。她进而认为拟古是一条完全行不通的创作道路,尖刻讥嘲历下、竟陵之学古纯粹是徒致效颦、类似拾唾的作风,故而对这位"诗名籍籍"的吴中名媛亦发出名不副实之感叹。"吴中二大家"徐媛、陆卿子属晚明闺秀诗人中的佼佼者,在清初闺秀诗坛也是颇富声名,季娴在《闺秀集》一选中即推赏徐媛、陆卿子两大家诗"足以方驾三唐,诚巾帼伟观"②,王端淑之评价显然与其形成了极其鲜明的对立。现将《闺秀集》与《诗纬》两集收录陆卿子、徐媛诗作情形分别列表如下,以做进一步分析。

表 2-3 《闺秀集》《诗纬》所收徐媛诗作情形

徐媛诗	《闺秀集》共三十二首	《名媛诗纬》共二十四首
七言古诗	《秋夜效李长吉》《吊蜀孙夫人》《骏马行送仲容弟北上》《冬歌》	未选
五言古诗	《闺思代弟妇董》《送孟年伯母还楚》	《秣陵吊故宫》《中山孺子妾歌》
七言律诗	《题山中古墓》《过龙潭骚》《过贵阳道中》	《重酬前韵》《湘神曲》《九月望家报不至闻警》《效古塞曲》

---

① [清]王端淑:《名媛诗纬初编》卷七,康熙间清音室刻本。
② [清]季娴:《闺秀集》选例第一则,《闺秀集》卷首,《四库全书存目丛书》本,集部,第414册,第331页。

续表

徐媛诗	《闺秀集》共三十二首	《名媛诗纬》共二十四首
五言律诗	《送长倩》《咏美人雨中观荷》《寄怀赵四大人》	《寄怀赵四大人》《送长倩北上》《酬赵夫人前韵》
乐府	《邯郸才人嫁为厮养妇》《后行路难》《山神吟》	未选
五言排律	《赠美人》《家园即事》	未选
五言绝句	《秋夜》	《秋夜》《晓步》
七言绝句	《重吊孙夫人》（二首）、《代外题山水图》、《杨玉环》、《塞原秋晚》	《虎丘怀古》、《塞下曲》（二首）、《宿草》、《赠金云卿》、《宫怨》（二首）、《采莲曲》（二首）、《重吊孙夫人》、《竹枝词》、《送邵妹北上》、《桃源咏古》

表 2-4 《闺秀集》《诗纬》所收陆卿子诗作情形

陆卿子诗	《闺秀集》共二十二首	《名媛诗纬》共十首
七言古诗	《赠华夫人》《赠毗陵安美人》	未选
五言古诗	《送张姑还海虞》《拟陶诗》《拟李白古风》	未选
七言律诗	《赠安美人》（口角香脆）、《秋怀》	《出婢》
五言律诗	《山居即事》（四首）、《宫词》、《赠华夫人》	《山居即事》（其一）、《闲居即事》、《山居》
乐府	《行路难》《悲歌行》《邯郸才人出为厮养卒妇》	未选
五言排律	《秋日姪蒋氏剪彩作荔枝贻予赋赠》	未选
五言绝句	《送范夫人从宦滇南》《赠潘夫人》	《送范夫人从宦滇南》《山中》
七言绝句	《李夫人山庄留别》《赠胡姬》《赠某媛》	《塞下曲》（二首）、《赠范夫人》、《赠节妇嬴氏》

由上表可见,同时入选两集的陆卿子、徐媛诗分别只有两首,而其余则均不同,而且从选录诗篇总数来看,《诗纬》均少于《闺秀集》。季娴最为推赏的陆卿子学古之作,如陆卿子之乐府《悲歌行》,季娴赞美其"昭明集中可方颜、谢",又如五古《拟李白古风》则更以"幽洁"褒扬之。而此类乐府、五古诗,《诗纬》中却一首未予选录,王端淑以为"驱使晋魏,挥斥青莲",只是形似古人而已,以"糟粕"一词将其学古之成就一笔抹杀。同样,对于徐媛学李长吉的七言古诗,《诗纬》亦一首未予选录,已如前文所述,季娴颇具慧眼地在选集中掘发徐媛这种学李之长,以为徐媛效长吉而能得其"奇",并时时以"奇横""权奇""奇丽"等激赏之语大加褒扬,充分肯定和推崇徐媛效李长吉之七古,而从《诗纬》选文内容来看,其对季娴《闺秀集》也是颇为熟稔的①,但还是针锋相对地指出"学长吉而不得其奇,则近于涩而凿",尖锐批评徐媛学古之弊。这两份差异极大的选目,正可说明两人迥然不同的诗学立场,季娴是站在崇尚复古的立场上,着意推赏陆、徐学古之长;而王端淑高举反复古之大纛,显然会刻意贬低其学古之作。

　　在反对复古的同时,王端淑时时不忘标举"风雅",如卷二评张静纨云:"文琳三诗俱情思悲怆,怨而不怒,且朗朗明映,绝去堆识,居然风雅遗音。"卷四评杨氏云:"早起口号一诗情思俱正,风雅当存。"卷六评刘苑华云:"独女士之诗,名心不存,才思不炫,风雅一线犹留红粉中。"卷七评祁德琼云:"若其严整深厚,直追风雅处,则不可与近日闺媛一概言也。"从上述诸诗表现内容来看,无非宣扬贞烈节义之类的礼教规范,如杨氏《早起口号》一

---

① 《名媛诗纬初编》卷十八王端淑评季娴云:"夫人名重淮南,所订闺秀诗选传播海内非一日矣,诸名姝得夫人品定可籍以不朽。"即提及季娴之《闺秀集》,并于卷十"吴令则"条,卷十四"周氏"条等,均引有《闺秀集》之诗评。见[清]王端淑:《名媛诗纬初编》,康熙间清音室刻本。

诗:"喔喔喔,邻鸡三唱足,舅姑在高堂,稚子牵衣哭。谁道天未明,帘前见红旭。"浅白如水,诗意全无,王端淑却以"情思俱正,风雅当存"之语高度评价,显然,王端淑真正瞩意的是这些闺秀诗作所承载的符合儒家正统的道德内涵,所以在评点闺秀诗作时,时时将儒家经典《诗经》作为衡量闺秀诗学涵养是否纯正的最重要的标准。如卷四评吴氏云:"皆《关雎》正始之音也,为之击节者终日。"卷六评范氏云:"夫人忆母诗词严而正,意深而厚,是三百篇余音。"卷十评吴令则云:"七言一律不特风雅,亦征温淑,如此立念设想,可追《国风》一脉。"卷十八评谢瑛云:"无锡邹子称夫人诗忠厚和平,无繁音、无靡响,不减《卷耳》《葛覃》诸什,信哉,斯论也。至其相夫有孟光之风,抑又难矣。"其推赏这些闺秀所谓"风雅"之作,最根本的目的也正是要求闺秀诗作上继《诗经》风雅之正轨,注重诗歌的教化功能,与其自序中所言"诗媛之关于世教人心如此其重"[①]是完全一致的。这种推尊风雅的选心与钱谦益论诗强调"发皇乎忠孝恻怛之心,陶冶乎温柔敦厚之教"的主张也是相通的。

所以,较诗之工拙而言,王端淑更为关心的是女性的品德问题,强调人品对于诗品的决定意义,正如其在卷十二评方维仪所云:"予品定诸名媛诗文,必先扬其节烈,然后爱惜才华。"其中"节烈"所指正是女子所应恪守的妇德之重要内容。编者是站在礼教的立场,既编女性诗史,就有如掌史笔,发潜德之幽光,扬贞义之芳洁,俨然将闺秀诗歌的道德内涵高置于文学审美本体之上。《诗纬》一选中对"妇德楷模"所存诗作的选录可谓俯拾即是,如卷十四"龚淑真"条曰:"淑真引刀断指何烈也,孝子、节妇彪烁千古,即无诗亦传,况婉而多风者。"卷十中对吴令则便直称

[①] [清]王端淑:《名媛诗纬初编·自序》,《名媛诗纬初编》卷首,康熙间清音室刻本。

"诗不足重,重此人也。然七言一律不特风雅,亦征温淑,如此立念设想,可追国风一脉";而对于桐城方氏,王端淑则认为"其人其诗皆高",达到了"诗传人,人传诗"的高度。① 上述所列诸人,不惟道德可颂,诗艺亦佳,可谓贞女、烈妇之翘楚。但这类才德兼备的女诗人毕竟只占所选对象的小部分,《诗纬》一集中选录更多的是一些诗无足取而纯粹显扬淑德嘉行的作品。如卷一"铁次女"条曰:"诗叙事多类香山,然冗滥处亦不少,以其节可传也,故存之。"卷六"王氏"条曰:"此诗亦关风教,不必较之工拙耳。"卷十"周志"条曰:"录诗存人,未暇问工拙也。"卷六"刘氏女"条曰:"节义昭然,不必以诗词小计定高下也。"卷十三"郭氏"条曰:"十一首诗俱鄙俚烦冗,难以入选。但其节烈可嘉,故急切中不暇选声律而语意可怜,存此贞节女郎,可为诗家增声价乎?"卷十六"陈安人"条曰:"其纯孝出天性云,妇德如斯,诚足不朽,又何论诗文之末哉。"卷二十二中"周氏"条云:"近于理,中有俗字,已近曲调,存之以奖节烈。"这些诗作之所以入选《诗纬》,纯然是出于封建礼教的标准,可见王端淑在选录时是如何看重诗作在表现内容上的教化功能的。应该指出的是,王端淑对女性道德的评价,还存有遗民特有的立场,尤其重视忠君爱国的女诗人,所以在集中对于表现忠义品质的诗人诗作总是不遗余力地进行表彰。如卷一收录金陵宫人宋惠湘的《邺城题壁》四首,由"将军战死君王系,薄命红颜马上来""谁敢千金齐孟德,殷勤遣使赎文殊"等诗句可知,被掠的女诗人希望明王朝能够早日复国,自己能够像蔡文姬一样回到故土。对此,王端淑评曰:"首作君国云亡,读之气竭其三,只一'齐'字激动世人,惠湘善于游说。"编者对恢复故明抱有热情,最为推崇明遗民中壮怀激烈的忠臣,故而这类抒写复国之志的诗作自然会加以存录。又如卷二王端淑评"兰氏"云:"兰

---

① 〔清〕王端淑:《名媛诗纬初编》卷十,康熙间清音室刻本。

氏不过一民家殊色女子耳,何其烈烈轰轰,临难不苟,从容至此也,录其诗以愧世之丈夫而怀二心者。"选录其诗以期彰显临危不屈的气节。

而对于那些有违礼教的诗作,王端淑则摆出与前者截然不同的选评态度。如卷十八录有何室女一诗云:"冰泮无期暗自哀,支离憔悴倚妆台。倦来欲作高唐梦,何处巫山得入来。"王端淑评云:"以室女而作诗如此,故逸其名。诗意不正,怜其苦衷。"因思春之作有违闺阁诗教,"诗意不正"故被隐去其名;又如评王毓贞《自慰》诗首句"逢人漫说效于飞"云:"自慰首句失雅,故入闺集。"以为此句太露骨,并因此将这位女诗人由"正集"降格为"闺集"。又如评王娇鸾云:"娇鸾有才而无卓氏之鉴宜乎?故曰有卓氏之才之识尚犹不可,而况其下者乎?娇鸾真愚人耳,何必问其才识,《长恨歌》冗俚,存《闺怨》一首。"①从这段评语来看,王端淑对这首记载王娇鸾与其情人之间的浪漫故事与不合礼法的两性关系的诗作,不可谓不熟悉,但是,她对王娇鸾遭到始乱终弃的境遇非但不报以同情,反而嘲之以"愚人",并因其"失德",进而彻底否定王娇鸾的创作才华及其《长恨歌》一诗,这与晚明文人对真情及其强大力量的推崇可谓天壤之别。尽管《诗纬》中亦收录不少"失德"之作,但王端淑明确表示以存宣戒为收录前提。其凡例即云:"诗之高绝老绝者存之,幽绝艳绝者存之,娇丽而鄙离者、淫佚而谑诞者存之,得无滥乎?曰不然。孔子删诗而不废郑卫之音,且限于止一诗也,可以着眼。"②王端淑分明是以孔子删述《诗经》不废郑卫靡靡之音的同等编辑姿态自居,表示收录的本意不在涵咏与效仿,而在于劝戒,以突出自己扬美惩秽的选辑立场。如卷二十六"尼性空"条云:"性空二诗俱涉淫秽,

---

① [清]王端淑:《名媛诗纬初编》卷二十二,康熙间清音室刻本。
② [清]王端淑:《名媛诗纬初编》凡例第七则,康熙间清音室刻本。

然较之后尼,其罪稍轻,何也?性空非后尼,尚不至此。故曰:罪莫大于主谋,谋莫险于潜引,郑卫不删此意也夫。"同卷"明因寺尼"条又云:"吟诗至此,可谓淫荡极矣。以佛门为藏垢之地,其罪尚可容于一日哉?存之以为宣淫之戒。"又如卷十九"杜氏"条云:"诗不足录,特存之以示劝惩。"可见,王端淑以为此类诗作自有宣教戒淫之效,读者在儒家礼教观念的约束之下自会做出道德评判,真正起到教化人心的作用。

《诗纬》中值得注意的还有王端淑在评点中流露的诗学取向。首先是对于初盛唐诗的看法。一方面,王端淑对"诗必盛唐"之说颇不以为然,认为唐诗各期皆有其特色,不必特别标举盛唐。如卷七评"朱德蓉"云:"三唐各不相袭,使并行不悖千百年,岂有长盛唐哉?抹杀中晚,一概才子群趋初盛门面,识陋心愚,胆痴才劣,有识者岂蹈此病!"又如卷八评"邓太妙"云:"秋冬森肃,春气妍丽,朱明则昌大。四时之质,各标其美,而不妒乃成造化。水清山瘦,木殒霜降,人爱其洁,孰知从繁华富贵中来,剥落推迁,所谓绚烂归平澹也。浅人不察其故,睥睨六朝,则奴视徐、庾;涂抹四唐,则心轻温、李。绝代才子,供时讪诋。塚中人笑尔耳食久矣。"王端淑以四季的变化各有其美,来比喻唐诗各代皆有其胜,不应有所轩轾,甚至连六朝、温李诗作都成了其所重视一流。

但另一方面,在许多诗作的评点中却时时流露出对初盛唐诗歌的偏爱,俨然将其置于唐诗各期之上:

> 月士不特才情双绝,而笔力雄健可敌万人,此种格调,惟李、杜能之。(卷一评"曹静照")

> 悲燕诗整练丽劲,有讽有刺,近体至此,直入初盛矣。且声华中忽及寂寞,感深思远。(卷七评"章有淑")

> 弢英以绝色绝才为诗,从无艳态,一归大雅,盛唐气格,

直接蛾眉,忠敏之家教使之然也。(卷十三评"祁德渊")

盛唐雅调,其宛折疏宕几乎少陵,岂东川以下可及。(卷十八评"张琼如")

玉璜才大力胆,是一作手。其诗高旷神远,真可直追初盛唐矣。(卷十三评"章有渭")

长乡先生为一代文人,第文学六朝,诗学温、李,识者犹憾其骨之不劲。

瑶瑟诗喜无词重之病,反过其父,读"若耶烟似雨,步步入荷花"二语,居然画出越中山水,足敌龟龄一赋。(卷六评"屠瑶瑟")

从这些评点可以明显看出,王端淑最为推崇的仍是初盛唐诗歌以及初盛唐之名家,对温、李之作则有骨力不足之憾,换言之,她其实并不否认晚唐稍有不如。这种对初盛唐诗歌自相矛盾的态度,与其推尊风雅的选心是密切相关的。王端淑曲解七子以复古为革新的初衷,片面诋毁其拟古之弊端,自然会毫不留情地攻击"诗必盛唐"一说,但同时又试图取初盛唐诗歌的"雅调"来扭转当下诗坛浮滥的诗风,使之复归风雅之正。所以,在评点闺秀学唐之作时,王端淑一方面极力排斥学诗者对唐诗诗法等艺术技巧的刻意追求,如评张引庆《塞上曲》一诗云:"其《塞上曲》诗反嫌其宝剑、狐裘、龙旗、虎旅、紫雾、黄云等字面眩人耳,然今人目之为盛唐,为李、杜,须选之以塞耳食。"指责张诗学唐太过,模拟太盛。而另一方面,她又明确强调要学习初盛唐诗中所包蕴的雅正精神,如上文评祁德渊诗,特意指出殁英作为大明忠臣祁彪佳之女的身份,其诗之所以能"一归大雅",具有"盛唐气格",王端淑以为是"忠敏家教使之然也",直接将女诗人在道德层面上的性情之正与所谓"盛唐气格"画上了等号。不仅如此,她认为初盛唐诗之好处除了"一归大雅",还在于具有比兴之妙,如章有淑《悲燕》一诗,王端淑所称赏的正是其在"整练丽劲"之外,"有讽有刺",与初盛唐诗同有比兴之妙,故而"感思深远"。可见,王端淑更多是从温柔敦厚的诗教原则和比兴的表达方式出发,着意对格调雅正的闺秀学唐之作加以着力推赏。这与季娴的宗唐旨趣形成鲜明的差异。季娴论诗,追随七子复古理路,注重从唐诗规矩、法度等诗学本体层面倡导闺秀学唐,如同时收入于《闺秀集》中的张引庆《塞上曲》,季娴盛赞此诗"矩度弘朗,亦复典丽",充分肯定张氏学唐之作诗格宏大明朗,于词采又不失典雅华丽之美。即此一例,便足以体现两位女性选家所持的迥然不同的宗唐诗学观。

  其次是主张五古取晋,于古诗尤以陶渊明为极则。如卷十一评黄修娟云:"五古贵苍古隽逸,每于琢句练字处愈淡愈深,愈拗愈隽,故唯魏晋诸公擅绝,唐人便难比次也。"又如同卷评倪仁吉云:"五言诗格取晋,惟彭泽尚焉,以其元淡也。五言古与五言绝同旨而异归,故五言古诗不可有绝句气,五言绝句不可无古诗意,此五绝格法也。"王端淑认为五古胜在魏晋而不在唐,而晋诗又胜过魏诗,而以陶渊明的成就最高,允为五言古诗之极则。王端淑之尊陶,其落脚更多乃在"人格",即渗透着对陶渊明隐逸生活与高洁精神的一种膜拜。如卷十一"倪仁吉"条云:"夫人诗极元淡而性情寓焉……故其诗取实不取华,尚元不必不淡,则又由绚丽而反也。想其会心,盖在'悠然见南山'云,诗人得古人之心如此。"绚烂之极趋于元淡,在"悠然见南山"的会心中复归性情之正,可见陶渊明在其心目中的地位。这种推崇之意并不只上述一例,还散见于其他论诗之处。如卷三"陈德懿"条云"靖节、摩诘、襄阳、龙标,只此气韵,便已超绝今古",卷六"刘苑华"条云"今古诗字之妙,惟渊明、逸少而已",卷八"武氏"条又云"四言妙于渊明,壤于二陆"等,俨然将陶渊明视作古诗诗格之最高典范。王端淑此说与季娴的看法又有甚大差异,季娴的古诗取径较宽,常以魏晋并举,如评许景樊《相逢行》(乐府)"风度似魏晋",评吴胐《艳闺曲》三首(乐府)"三曲极艳婉极蕴藉不让晋魏",又如评其《美女篇》(五古)"已具魏晋人资质"。就五古而言,则多以"苏、李""颜、谢"称赏闺秀诗,如评徐媛《闺思代弟妇作》(五古)"大有苏、李家风"①,评范淑英《感秋》(五古)"不减颜、谢"。正如前文所述,季娴更多着眼于"古音"和"情思"两方面,掘发闺秀拟魏晋诗之特质,所以对于诗风质朴的陶诗并未加以瞩意。相比之下,可明显看出王端淑较之前者不仅取径狭窄,而且诗学内涵上亦较为单一,就其"五言诗格取晋"一说,突出晋诗的本质无非是为了尊陶。

综上所述,身为女性的王端淑,受到男性留名青史的影响,以纬拟经,意欲构建女性诗史,其选诗、评诗极具手眼,俨然名家声口,却未能真正发掘和掌握真正意义上的女性文学批评武器,而复归于男性传统诗教论,在反对复古的同时,又标举"风雅",将道德层面的贞烈节义纳入闺秀文学的本体范畴进行阐扬,突出了诗歌的教化功能,完全遵从男性社会的道德标准对女性诗人诗作做出评判。这样壁垒森严的"女性诗史"的构拟,集中体现了封建礼教的伦理规范,相对忽略了诗歌作为审美本体的特殊性。

第四节　湮没日久的通代选集:《燃脂集》

一、成书与流传

编者王士禄(1625—1673),字子底,清顺治十二年进士,初

---

① [清]季娴:《闺秀集》卷一,《四库全书存目丛书》本,集部,第414册,第339页。

官莱阳教谕,后为吏部考功司员外郎。学力深厚,长于诗文,与其弟王士禛时称"二王"。邓之诚《清诗纪事初编》中说:"士禄修洁不及士禛,而笔力劲健过之。若谓士禛大家,则士禄当为名家。"①徐世昌《晚晴簃诗汇》中断言:"(王士禄成就)殆非渔洋所能掩。"②均充分肯定王士禄在清初诗坛之地位。王士禄一生著述颇丰,尤以诗文成就卓著,著有《表余堂诗存》《炊闻词》《读史蒙拾》等,编撰《燃脂集》一部。该集的命名之意,王士禄自序中已有说明:"颜以'燃脂',则摘取徐孝穆《玉台》序中语云。"③该名却因此受到《四库全书总目》的指责:"《燃脂集例》一卷,国朝王士禄撰。士禄尝欲辑古今闺阁之文为一书,取徐陵《玉台新咏·序》'燃脂暝写'之语为名。然陵所撰乃艳歌,非女子诗,士禄盖误引也。"④尽管如此,王氏此例一开,后世多有以"燃脂"代为女性作品者。如福建近代女诗人萧道管有《燃脂新话》三卷、女诗人傅宛编有《燃脂一百韵》、南社社员王蕴章著有《燃脂余韵》等。

关于《燃脂集》的编选动机,王士禄在自序中云:"惜也羽蠹劫灰,散灭略尽,即世所艳称,若班、左、钟、谢诸媛,所存亦什百之一,而碎金片羽,复不足厌骞芳猎艳之心。推原其故,岂非以语由巾帼,词出粉墨,学士大夫往往忽之,罕相矜惜,少见流传故;或英华终秘于房闱,或风流旋歇于奕世,还使关家女士空传不栉之名,蜀国名姬独擅扫眉之号,不其惜哉!"⑤可见,王士禄对

---

① [清]邓之诚:《清诗纪事初编》卷六,上海古籍出版社1984年版,第675页。
② [清]徐世昌:《晚晴簃诗话》卷二十六,华东师范大学出版社2009年版,第135页。
③ [清]王士禄:《燃脂集·自序》,《燃脂集》卷首,载胡文楷:《历代妇女著作考》,上海古籍出版社2008年版,第909页。
④ 《四库全书总目提要》卷一九六"集部"四十九《诗文评类》二,民国十五年(1926)东方图书馆石印本。
⑤ [清]王士禄:《燃脂集·自序》,《燃脂集》卷首,载胡文楷:《历代妇女著作考》,第907—908页。

女性写作与流传之艰难抱持着深切的同情,再加上其"夙有彤管之嗜",才一头扎进女性文献的搜集,积十余年之功始成这部诗、赋、文、说博采兼收的皇皇巨制。

据王士禄自述云:"辛巳以来,即勤编撰,如扬子云之询《方言》,持铅而摘椠,若白香山之辑《六帖》,列架以置瓶,有得必存,无澄不录。"辛巳年,也就是崇祯十四年(1641),他开始搜罗相关材料,并形容自己如扬子云、白香山当年编辑《方言》《六帖》一样广征博引,精心选录,之后虽然遭遇明清易代的动乱,"颇有放失",但是编选此集的决心丝毫没有改变,而是加倍发奋,在诸弟王士禧、王士祜、王士禛的协助下,于己丑冬,也即顺治六年(1649),"与季弟贻上粗加部署,钞为二十大帙"。后又至乙未年(1655)冬,王士禄趁"端居多暇",开始重订手稿,"厘为四部,析为八十二类,合序目附录之属,共得卷二百三十有奇",并由他属下的"小胥"用工楷缮写一部"贮之寓堂"。① 王士禛为其兄所撰《王考功年谱》云及"按是集成于乙巳,先生病中犹时有订改"②,说明此集重订稿完成于1665年,至1673年王士禄过世前仍在修订补阙。而王士禄自序文末亦题有两个不同的时地:"顺治戊戌中秋日,书于莱之十笏寓堂"与"康熙壬子岁七月上浣,重订于京邸"③,后者康熙十一年(1672)正是王士禄过世前一年,王士禄为这部女性总集可谓倾尽毕生心血。然而遗憾的是,此集完成后,因卷帙太多,王氏竟"无力刻行"④,故此集仅有一部手稿本,至今已散失各地,文献征存,殊非易事,让人颇为感慨。

---

① [清]王士禄:《燃脂集·自序》,《燃脂集》卷首,载胡文楷:《历代妇女著作考》,第909页。
② [清]王士禛:《王考功年谱》,载袁世硕主编:《王士禛全集》,齐鲁书社2007年版,第2517页。
③ [清]王士禄:《燃脂集》卷首自序,载胡文楷:《历代妇女著作考》,第909页。
④ 据王士禛《香祖笔记》所云:"先兄西樵先生撰古今闺阁诗文为《燃脂集》,多至二百卷。……其全书今藏箧笥,无力刻行也。"见王士禛:《香祖笔记》,载袁世硕主编:《王士禛全集》,第4643页。

由于未能刊行,在王士禄身后,《燃脂集》原本即告失传,大约至道光年间,此集重被发现。据著名女诗人沈善宝在《鸿雪楼诗选初集》卷八《题补书图》诗中自注记载:"《补书图》者,白纻村农姜君庆成五旬之照。前者王吏部西樵曾辑《燃脂集》二百数十卷,百余年来散佚殆尽。白纻村农访得残稿仅三十余卷,于是不辞搜采,二十年来得成一百八十卷。集成适逢大衍之辰,遂写图征诗。"①由沈善宝的诗注,可知文人姜庆成不惜金钱,积二十年之功,共搜得一百八十卷,虽非全帙,但其功不可没,而且沈善宝的诗中也透露出一个信息,即当时文人对《燃脂集》的珍视。其《题补书图》诗云:"平生久耳《燃脂集》,每向藏家访斯笈。无奈传闻名异词,深嗟眼福修难及。荣名寿世谁能与,昔日西樵(王士禄号西樵)今白纻(指姜庆成)。若教彤管论功勋,黄金范像瑶龛贮。"②可见,访求此书,一饱眼福,是何等幸运而荣尚的事。

但时至今日,姜庆成所集的一百八十卷也早已散失,就笔者调查,目前存世的《燃脂集》残卷,仅有山东省博物馆藏《燃脂集》两卷和上海图书馆藏《燃脂集》手稿本九册。其中上图本残卷存风雅四卷,又卷一至卷十五,卷二十一至卷三十三(内缺卷十六至二十),前有引用书目一卷,《宫闺氏籍艺文考略》五卷,存卷一卷二(卷三至卷五缺),前有江标撰于光绪七年的题识二页。江标《题识》云:"计余所藏不及原书十之三四,惟其中评赞及圈点均经涂抹,其例中有黜评一条,故确知为子底手墨也。"③又云:"余藏至七言律而止。"④正符合上图本残卷情形,可知,此本当为江标当年所藏。而关于《燃脂集》全帙的记载,目前可依据的主要材料还有王士禄所撰的收于《四库全书总目提要》的《燃脂集

---

① [清]沈善宝:《题补书图》,《鸿雪楼诗选初集》卷八,道光十六年(1836)刻本。
② [清]沈善宝:《题补书图》,《鸿雪楼诗选初集》卷八,道光十六年(1836)刻本。
③ [清]江标:《燃脂集题识》,《燃脂集》卷首,稿本。
④ [清]江标:《燃脂集题识》,《燃脂集》卷首,稿本。

例》,探求这部大型选集的各种情况,目前所能依赖的唯有这九册残本以及一篇《燃脂集例》。

二、体例与选源

从编选时序来看,《燃脂集》与《名媛诗纬初编》几乎同时,且都是网罗古今的通代选集,但二集各有特色。相对而言,王士禄此选在体例上更为精严。在《集例》"部署"条中,王士禄指出:"总集家部署之法正如排当卤薄象车鸾旗云竿斩戟,一失次第,便乖体制,古来文体虽日益月盛,历代总集亦部署各异,然论其大概,赋、诗、序、记,以次而列,即前后略同,仆之此书,颇集采《文选》《文粹》及《弇州四部稿》诸书体例,而间参以己意。"①以总集编选史上最为经典的《文选》等著作为自己的重要参考,依文体部署编次,"按部就班,较为具体"。现将各卷内容列表如下:

表 2-5 《燃脂集》各卷内容

部	类
赋	赋、骚
诗	古诗、三言诗、四言诗、五言古诗、七言古诗、杂言诗、骚体诗、五言律诗、七言律诗、五言排律、七言排律、五言绝句、七言绝句、六言古诗、六言律诗、六言绝句、五言阙句、七言阙句、杂谣语、偈颂、咒、诗余、词余
文	序引、记、传、论、铭、赞、训诫、连珠、评、例、题跋、书疏、表、启、状、檄、书、哀文、悼文、诔、行状、述、墓志铭、墓碣、祭文、上梁文、杂文
说	凡杂著之为一书者

由上表可见,《燃脂集》的编排体例部类分明,"差有条理",

---

① [清]王士禄:《燃脂集例》"部署"条,《四库全书存目丛书》影印清康熙间刻昭代丛书本,集部,第 420 册,第 736 页。

而"诗歌"一部分类极为详细，几乎囊括古今所有诗歌种类，与同样依诗体编次的《闺秀集》相比，后者仅列诗体十一种，较此集少收一半之多。而在具体的分类之下，此集又以时代排前后，并在各代之中以类分次，首宫掖，次戚畹，次闺秀，次女冠，次尼，次妓，对此其《集例》"区叙"条解释道："方夫人《宫闺诗史》、《文史》二书，并有正集、邪集之分，虽义存劝惩，实不必然。尼父编诗，《柏舟》与《墙茨》联章，《鸡鸣》与《同车》接简，贞淫并列，美刺自昭，固无事区别也。故此书编叙宫掖、戚畹、闺秀、女冠、尼、妓之外，不复更立邪正之目。"①在王士禄看来，方维仪采用的正、邪的划分"实不必然"，并以《诗经》为据，证明自己以身份地位列次足以达到"美刺自昭"的品录意图。

而关于诗人小传，王士禄也有自己明确的看法："仆兹斟酌繁简之中，纂为《宫闺氏籍艺文考略》五卷，除疏列姓字里籍外，惟事关艺文，颇复采入，余不泛及，聊俾览者，粗悉梗概，盖兹书之作，以文不以事也。"②仅列姓名，过于简略，而多采事迹，则又太过繁琐，所以，王士禄秉持"以文不以事"的原则撰写繁简得当的女诗人小传，并以《宫闺氏籍艺文考略》名之。而那些"才智皆有过人然非如篇章文句可入编录"的女性，王士禄以为"吾书之所不得不遗"，另编《宫闺志遗》四卷；"有传记称其能文而篇章未睹"者，则作《宫闺待访略》四卷。③ 以上三集中，与"文"相关的《宫闺氏籍艺文考略》"依往例置目录之前"④，其余两集则附在正集之后。所以相比《名媛诗纬初编》诗下系人，人各有小传，且传

---

① ［清］王士禄：《燃脂集例》"区叙"条，《四库全书存目丛书》影印清康熙间刻昭代丛书本，集部，第420册，第736页。
② ［清］王士禄：《燃脂集例》"区叙"条，《四库全书存目丛书》影印清康熙间刻昭代丛书本，集部，第420册，第736页。
③ ［清］王士禄：《燃脂集例》"区叙"条，《四库全书存目丛书》影印清康熙间刻昭代丛书本，集部，第420册，第736页。
④ ［清］王士禄：《燃脂集例》"区叙"条，《四库全书存目丛书》影印清康熙间刻昭代丛书本，集部，第420册，第736页。

多以事不以文的编选体例,王士禄显然更多考虑到文学的本体特征。

至于《燃脂集》的选源,正如其弟王士禛在其《香祖笔记》中所言:"自廿一史以下,浏观采摭,可称宏博精核。"①就《香祖笔记》所载引用书目五十六种以及上图本卷首所列《燃脂集引用书目》九百多种来看,基本上涵盖了编者所处时代耳目所及的最大范围的材料。尤其是明以来与女性相关的主要诗歌总集,如江盈科《闺秀诗评》、钱谦益《列朝诗集》、季娴《闺秀集》、沈宜修《伊人思》、苏竹浦《胭脂玑》、邹漪《诗媛名家红蕉集》及《诗媛十名家集》、梅鼎祚《青泥莲花记》、池上客《名媛玑囊》、钟惺《名媛诗归》、方维仪《宫闺诗史》、郑文昂《名媛汇诗》、江元禧《玉台文苑》、江元祚《续玉台文苑》、赵世杰《古今女史》、张之象《彤管新编》、郦琥《彤管遗编》、田艺蘅《诗女史》、新安蓬觉生《女骚》、卓人月《女才子四部集》、周履靖《宫闺诗选》等,均为其网罗殆尽。② 不仅如此,王士禄在编选过程中,还向四方文士特意发出《征闺秀诗文书》一文:"伏冀当代博雅君子,好事胜流,凡有同心,共为甄采。或常生细君之书,或谢氏闺庭之咏絮,或邮亭驿壁之偶见,或残碑断碣之仅存,以及家乘舆志别集脞录之所纪载,或属完书,或属只句,如汲冢之断简,譬孔壁之古文,并付邮筒。"③俨然将拯救女性诗文于危亡的举动与古时逸书的出土相比,鼓励文士同侪四出访寻旧籍家稿,断碑残简,统统邮寄给他。此文文末王氏还特意附上三个自己分别位于北京、扬州及苏州的邮筒地址。而王氏之号召为众多喜好闺阁之文的文士所响应,纷纷寄去自己收集到的女性作品。如徐士俊《与王西樵》云:"先生《燃脂》之选,为闺阁主盟,将使《香奁》《玉台》奔走笔墨,此

---

① [清]王士禛:《香祖笔记》,载袁世硕主编:《王士禛全集》,第4643页。
② [清]王士禛:《香祖笔记》,载袁世硕主编:《王士禛全集》,第4643页。
③ [清]王士禄:《征闺秀诗文书》,《新城王氏杂文诗词》卷二,康熙间刻本。

千秋胜业也。弟生平所辑《紫珍》一集,中附闺秀诗三卷。间有一二近人,其诗未经梨枣,如御沟片叶流出人间者,尤为珍惜。特此呈上,惟先生采择焉。"①《紫珍》集所附闺秀诗为极为珍贵的未刊稿,在王士禄的征稿广告的推动之下,徐士俊寄呈王士禄,以供其取摭。如前文所述,刊发征稿广告在清初女性选坛已成为较为普遍的总集编刻的操作模式,可见王士禄此选亦不例外。

面对如此丰富的选源,编者王士禄并没有采取全盘照收的选录态度,而是对女性文献显现出极其浓厚的考辨兴趣。女性诗文总集虽自明代中后期日益兴盛,但明代选家互相因袭和故意作伪的现象甚为严重,尤其是在选源上,不辨稿源优劣,甚至在作者、身份都很难证实的情况下,仍然不加去取,直接纳入自己的选集,以形成从上古到元明的阵容浩大的女性作者队伍。较为极端的例子如《名媛诗归》,多有任意改写前代典籍中与女性有关的诗歌的情形;又如《名媛诗纬初编》中甚至有只存人名、无作品的遗集二卷,王端淑固然用心良苦地坚持"以诗存人",但实际上,这种过于泛滥的稿源也往往会破坏女性诗文总集在材料上的真实性乃至艺术上的纯粹性。而《燃脂集》一选对于这些"或不精考,或侈富卷,率多妄收"②的女性选集极为不满,在选源上尤重考辨。其在"核史"条即云:"余撰是集,其文辞见于诸史者,诏令书疏诸大篇,固所不遗;即至锡妻让叔之语,诃妇遗父之词以及金床玉几之歌,都亭曲水之句,单辞短牍并录兼收。"③首先表明自己尊史的立场,而对古史所无纯出好事者假托的闺秀作品,则进行细心辨伪,还其本来面目,并在"刊谬"条中一一列出,就女性诗歌而言,大致可归为以下三类:一是实男性代拟以

---

① [清]汪淇笺定,徐士俊评:《分类尺牍新语二编》卷二十四,清初刻本。
② [清]王士禄:《燃脂集例》"刊谬"条,《四库全书存目丛书》影印清康熙间刻昭代丛书本,集部,第420册,第733页。
③ [清]王士禄:《燃脂集例》"核史"条,《四库全书存目丛书》影印清康熙间刻昭代丛书本,集部,第420册,第732页。

为女性所作者,此类伪托情形最为严重,王士禄列证颇多,如指出姚月华"梧桐叶下黄金井"一首为张籍诗,"银烛清尊久延伫"一首为白居易诗,陈玉兰"夫戍边关妾在吴"一首为王驾诗等①;二是以歌女所歌诗以为歌者所作者,刘采春《啰唝曲》五首其实是当时才子所作,王士禄据洪迈《万首绝句》细心发现原本此诗名下注有"所唱"二字,故非歌者本人所作"元自了然"②;三是因他人作品传误者,如"昨夜梦君归"一首,王士禄指出本是梁武王萧纪所作,后人以"纪"误为"妃"字,据以杜撰"萧妃"这位女诗人③。而对于仙鬼小说中大量以女性口气吟诵的诗歌,前人多附录为外集④,王士禄则以为:"此类多子墨翰林,冯虚设幻,以之作狡狯资谈柄即可。庄录呆纂,无乃儿戏。"⑤所以,才鬼诸书所载女性篇什即便文采斐然,《燃脂集》一选中亦一并割爱,可见王士禄有意以谨严的态度对女性诗歌的选源进行考辨,这也透露出清初考证风气在女性诗歌总集编选中的一种蔓延。

三、选评内容概说

《燃脂集》上图本残稿基本以"诗部"为主,收古诗、唐乐章、三言诗、四言诗、五言古诗、七言古诗、杂言诗、骚体诗、五言律诗、七言律诗,共四百多位诗人,诗作近一千六百首,且多以明清之间闺秀为主。而更为难得的是,诗部中的近半诗作均有诗歌

---

① [清]王士禄:《燃脂集例》"刊谬"条,《四库全书存目丛书》影印清康熙间刻昭代丛书本,集部,第420册,第733页。
② [清]王士禄:《燃脂集例》"刊谬"条,《四库全书存目丛书》影印清康熙间刻昭代丛书本,集部,第420册,第733页。
③ [清]王士禄:《燃脂集例》"刊谬"条,《四库全书存目丛书》影印清康熙间刻昭代丛书本,集部,第420册,第734页。
④ 《名媛诗纬初编》中列《幻集》收录仙诗、鬼诗,并在此卷中以戏笔杜撰唐代鱼玄机降灵诗,来质疑针对女性诗作之真伪的问题,见王端淑:《名媛诗纬初编》,康熙间清音室刻本。
⑤ [清]王士禄:《燃脂集例》"去取"条,《四库全书存目丛书》影印清康熙间刻昭代丛书本,集部,第420册,第735页。

评赞及圈点,尽管在撰写《燃脂集例》时特意标出一条"黜评",以为"诗文逐篇有圈点、评赞,古人所无也",故在"加评过半,后悟此意",便"一切划去"。① 而由于未及刊刻,上图本残稿依然保留着王士禄本人亲为评赞圈点的笔墨,所以这部选评结合的"诗部"残卷仍不失为女性诗歌总集编撰史上颇具特色之选。

王士禄论诗偏好王、孟清远一脉,《文献征存录》记载云:"其兄士禄喜诗,乃取王、孟、韦、柳及常建、王昌龄、刘眘虚数家诗,使手钞写之。"②这一方面反映出"兄道兼师"③的王士禄对王士禛之后标举"神韵"一说影响颇深,而另一方面也透露出王士禄本人对以王维、孟浩然为代表的山水田园诗人的推崇。而王士禛在《蚕尾续文》中评士禄诗云:"先兄考功平生诗,不减二千余篇,已刻者曰《表余堂集》、曰《十笏草堂集》、曰《辛甲集》、曰《上浮集》,海内耆宿论之详矣。杜于皇以为扫绝依傍,期于亲见古人。孙豹人以为取法少陵,稍出入于康乐、东坡之间。汪苕文以为幽闲澹肆,极其性情之所之,而夷然一归于正。尤展成以为如深山道人,草衣木食而神色敷腴,非食肉之相。林铁崖以为登临瞩望,多豪隽非常之词,时逃于贝叶,时逃于绮语。毛驰黄以为磅礴在中,郁纡在外,皆忠爱悱恻之所激发。盖诸公之论云然。而先生尝题襄阳诗曰:'鱼鸟云沙见楚天,清诗句句果堪传。一从时世矜高唱,谁识襄阳孟浩然。'其微旨所寄如此。"④此段评述先集中时人对王士禄诗风的不同看法,"而"字转折后却有意突显王士禄本人之说,"一从时世矜高唱,谁识襄阳孟浩然"一句便

---

① [清]王士禄:《燃脂集例》"黜评"条,《四库全书存目丛书》影印清康熙间刻昭代丛书本,集部,第 420 册,第 736 页。
② [清]钱林辑:《文献征存录》卷二本传,《续修四库全书》,史部,第 540 册,第 81 页。
③ [清]王士禛:《书〈考功年谱〉后》,载袁世硕主编:《王士禛全集》,第 2521 页。
④ [清]王士禛:《蚕尾续文》,载袁世硕主编:《王士禛全集》,第 2016 页。

可表明其独好孟浩然的诗学旨趣。施闰章在《吏部考功司员外郎王君墓碑》中也证实此论："君于诗独爱孟襄阳。"①而这种诗学旨趣在选录与品评闺秀诗作中亦时时有所流露。

首先,从选目来看,王士禄尤其偏爱选录闺秀描摹山水田园之作。② 如仅在七言律诗一类中,王士禄就选录陈结璘《田园杂兴》组诗达十首之多,其中包括《春日田园杂兴》(十录四)、《夏日田园杂兴》(十录四)、《冬日田园杂兴》(十录二)。陈结璘在明代女性诗坛上声名并不显著③,王端淑《名媛诗纬初编》全集仅选录三首陈结璘诗作,且均非田园题材。相比之下,王士禄对这位工绘山水的闺秀则是青睐有加,评价其田园诗"诸笔幽秀妙入自然","夜鹊句写寒夜景色入微""第七句堪画"云云,而且还特意指出"诸作并极摹月泉吟社,不特领异标新,亦复功极锻炼"④;而《燃脂集》选录最多的是晚明名妓王微的山水诗篇,就"诗部"残卷来看,共选录有十五首之多,为全集最多。王微早年与谭元春、钟惺交游,受竟陵诗风影响颇深,王士禄以为王微诗"有钟退谷之清而不落酸馅"⑤,肯定其能得竟陵派清远之旨却无酸馅气。如选录其《冬夜渡江》:"楚云天际似相邀,旅思无端斗沉寥。篙影没寒灯寂寂,树声留咽岸萧萧。波从去雁分斜月,人共栖乌匝

---

① [清]施闰章:《吏部考功司员外郎王君墓碑》,载何庆善、杨应芹点校:《施愚山集》,黄山书社1992年版,第396页。

② 以五言律诗和七言律诗为例,山水田园题材所占比例都近半,这在当时的女性诗歌总集中较为罕见。

③ 季娴《闺秀集》以专收明代女性诗人诗作著称,观其全集却未见收陈结璘诗作,亦可佐证陈氏在当时声名不显之实。见《闺秀集》,《四库全书存目丛书》本,集部,第414册。

④ [清]王士禄:《燃脂集》卷三十三,稿本。按:此处的月泉吟社当是元明之际婺州浦江以吴渭、方凤、谢翱、吴思齐为中心的遗民群体以《四时田园杂兴》为题应征诗作而兴起的吟咏诗社,因浦江县名泉"月泉"而得名,其吟咏诗集遂命名《月泉吟社》。据《四库全书总目》记载,王士禛《池北偶谈》"称其清新尖刻,别自一家,而怪所品高下未当",曾重新进行排名,而王士禄在此集中多以"月泉吟社"作比,如卷三十一评吴柏《田园乐》亦云:"酷似月泉吟社。"可见兄弟二人对该社关注之深。

⑤ 王士禄评《次朱咏白先生韵》语,见《燃脂集》卷二十八,稿本。

半宵。一片离心烟共水,江南江北自归潮。"①此诗确为王微山水诗之代表作,女诗人一生漂泊,常于萧索之景与苍凉之音中融入凄苦无依的身世飘零之感,王士禄"声情双妙"②的评语可谓一语中的。而在《送眉公过夹山漾》一诗中,他更以"右丞、襄阳伯仲之间,诗出修微,脂香粉腻涤除净尽矣"③高度评价之,王维、孟浩然为王士禄最为推崇的唐代诗人,将这位晚明青楼诗人比之王、孟两大家,可见对其创作才华的充分褒扬。而对于那些不以山水田园诗著称的女诗人,王士禄在选录时也往往另辟蹊径,发掘这些女诗人在此题材上的作品。如历来为明清女性诗歌选家所关注的朝鲜女诗人许景樊,其诗流传已颇为广泛,如《闺秀集》和《名媛诗纬初编》选录其诗篇均在二十首之上,而最多的当数《名媛诗归》一集,选录多达六十八首,但大都集中于许氏风格高华的拟古之作。而《燃脂集》一选中却将前人未曾予以关注的篇什,别具慧眼地选入集中。如《呈吴子鱼先生》一诗,诗云:"桃花开后杏花稀,客子来时燕子飞。山郭数村芳草合,野篱三面乱峰围。风尘歧路何年尽,破帽长裙此计非。遥忆故乡归不得,白云春水掩柴扉。"④此诗描绘水村山郭,格调清新,有自然天成之趣,与许景樊许多拟古之作迥然有别。王士禄对此诗情有独钟,评曰:"落在兰雪诗中另是一种风调。"⑤浓厚的山水田园情结,促使王士禄在编选中偏爱该类题材,这在清初选坛的女性诗学批评中显得极为独特。

而在具体评点中,王士禄更是倡导清和平远、悠闲自然的诗风。《燃脂集》集中频频以"清"字品评闺秀诗作,如评方维仪《抄

---

① [清]王士禄:《燃脂集》卷三十一,稿本。
② [清]王士禄:《燃脂集》卷三十一,稿本。
③ [清]王士禄:《燃脂集》卷二十八,稿本。
④ [清]王士禄:《燃脂集》卷三十一,稿本。
⑤ [清]王士禄:《燃脂集》卷三十一,稿本。

冬赠别汪姑姊》：" 足称清绮。"①评端淑卿《隋柳》："清遒。"②评朱无瑕《送潘景升归新安》："高调不肤亦清亦泽。"③评杨宛《春日看残雪》："冉弱清芬。"④评许景樊《效李义山体》："清润如珠泪玉烟。"⑤评翁恒《寄夫子都下》："清新艳绝。"⑥评明宁庶人翠妃《夜思》："清丽。"⑦评郝婉然《清啸园同未央淡如赋》："清细。"⑧评沈宜修《忆君庸弟》："梅花晓角，清怨迢迢。"⑨评李淑媛《青楼怨》："淑媛诗以冉弱行其清绮。"⑩评景翩翩《七夕》："清。"⑪这显然与其偏于神韵一路的"清淡派"的审美理想有关，王、孟、储、韦之类，无不是"才清者"，王士禄对女性诗歌的趣味在相当大的程度上继承了王、孟一脉对"清"的爱好，以此来表征女性诗歌以清为主导的审美倾向。而从上述频繁的用例中，我们注意到王士禄几乎不曾单用"清"字，而是更多使用"清遒""清绮""清芬""清润""清新""清丽"等这些意指较为精确的复合概念，如评点翁恒《寄夫子都下》诗时，王士禄运用了"清新"这一由清构成的最为常见的复合概念，显然是着眼于翁诗在立意与艺术表现上的新颖性；又如"清丽""清绮"，则被王士禄更多地用于褒扬女性诗歌经久修习而获得的一种洗练精致的美感，尤其偏指女性诗人造语的雅洁，具有一种脱俗的气质。与此同时，王士禄又特别欣赏闺秀诗作中由"清"韵升华的悠闲自然之态。如评郑允端《题耕

---

① ［清］王士禄：《燃脂集》卷二十一，稿本。
② ［清］王士禄：《燃脂集》卷二十一，稿本。
③ ［清］王士禄：《燃脂集》卷二十六，稿本。
④ ［清］王士禄：《燃脂集》卷二十六，稿本。
⑤ ［清］王士禄：《燃脂集》卷二十六，稿本。
⑥ ［清］王士禄：《燃脂集》卷三十一，稿本。
⑦ ［清］王士禄：《燃脂集》卷三十一，稿本。
⑧ ［清］王士禄：《燃脂集》卷三十一，稿本。
⑨ ［清］王士禄：《燃脂集》卷三十一，稿本。
⑩ ［清］王士禄：《燃脂集》卷三十一，稿本。
⑪ ［清］王士禄：《燃脂集》卷三十一，稿本。

牧图》:"自在浮阔之意,不屑描摹句格。"①评李淑媛《斑竹怨》:"语语天成。"②陈德懿《春草》:"意思悠闲,无刻画之迹。"③陈结璘《夏日田园杂兴》:"诸笔幽秀,妙入自然。"④反对闺秀诗在修辞上的刻意描摹,肯定以自然天成为上,要求诗歌创造出悠闲自然的审美意境。

在诗歌取向上,对于闺秀中学习汉魏乐府的诗作,王士禄较之前选家流露出更为倾心的态度。汉魏乐府颇具民间书写清新自然之特质,而其风雅回溯直抵《诗经》,在明中期已被前七子及当时文人作为诗之源头而加以推崇和效法,而《燃脂集》一选中更是明确将其作为闺秀诗作取法乎上的师法对象,如评孙娟《携手曲》云:"乐府遗调,以视唐田娥诗,均是后来居上。"⑤评李淑媛《采莲曲》云:"性情声调于古乐府为近,妙在简质。"⑥评屈淑《扬子江阻风》:"绝似乐府。"⑦评顾《妾薄命》云:"往往得乐府意。"⑧上述诗歌多为五古诗体,学习乐府古调,抒写男女真情,风格质朴清新。而对于学乐府的近体诗,王士禄也是颇为欣赏,如评杨文俪五律《采莲曲》:"乐府意入律最古雅可诵。"⑨当然,对于闺秀近体诗,王士禄还是更多地以唐诗作为品评之标准,如评袁九淑《感梦》:"两晋三唐之间。"⑩评顾倩肃《古意》:"宛然唐音。"⑪评吴娟《昭君怨》:"前四句极雅,有唐人高格。"⑫评张琼如

---

① [清]王士禄:《燃脂集》卷十三,稿本。
② [清]王士禄:《燃脂集》卷十五,稿本。
③ [清]王士禄:《燃脂集》卷十五,稿本。
④ [清]王士禄:《燃脂集》卷三十三,稿本。
⑤ [清]王士禄:《燃脂集》卷十五,稿本。
⑥ [清]王士禄:《燃脂集》卷十五,稿本。
⑦ [清]王士禄:《燃脂集》卷十三,稿本。
⑧ [清]王士禄:《燃脂集》卷二十二,稿本。
⑨ [清]王士禄:《燃脂集》卷二十二,稿本。
⑩ [清]王士禄:《燃脂集》卷十三,稿本。
⑪ [清]王士禄:《燃脂集》卷十五,稿本。
⑫ [清]王士禄:《燃脂集》卷二十六,稿本。

《得钱夫人书》:"起有唐人韵致。"①评汤淑英《泊严陵》:"中四语,俊逸宛然唐音。"②评黄媛介《南华山馆》:"极近唐人音格。"③可见,在近体取法唐诗这一点上,王士禄与之前女性诗歌选家还是颇有相近之处的。但值得注意的是,与前人向来推崇闺秀学李杜诗不同,《燃脂集》中对此并没有流露出特别的喜爱,却常常以王孟、温李一脉的诗风来比拟闺秀之作。如评王微《送眉公过夹山漾》:"右丞、襄阳伯仲之间。"④评吴令则《村居》:"孟襄阳。"⑤评黄幼藻《十一月》:"义山入妙处。"⑥评许景樊:"效李义山体,绮艳中缘理甚异,摹玉溪者此为能手矣。"⑦许景樊《春日有怀》:"此首似韦相。"⑧许景樊《天坛》:"义山。"⑨徐简《生春和元微之韵》:"不拟温、韦,自见秾丽。"⑩评沈宜修《清明》:"极似才调集诗。"⑪评明沈贵妃琼莲《送弟溥试春官应制》:"体格略参义山之绮靡。"⑫这种不同不仅折射出编者本人对王孟、温李一脉诗风之偏好,同时也体现出其对女性诗作一种全新的解读方式,强调女性诗歌创作有别于男性的清丽的特质,李杜一路诗风偏于雄壮豪迈,其实与古代女性柔弱之本质并不契合,相反,王孟、温李一脉或清远或绮丽的诗风显然更接近闺秀本色。从上述评点来看,王士禄对更接近闺秀本色的诗风还是充分肯定和推崇的。

最后,值得一提的是,《燃脂集》中在品评女性诗歌时也注重

---

① [清]王士禄:《燃脂集》卷二十八,稿本。
② [清]王士禄:《燃脂集》卷二十八,稿本。
③ [清]王士禄:《燃脂集》卷二十八,稿本。
④ [清]王士禄:《燃脂集》卷二十八,稿本。
⑤ [清]王士禄:《燃脂集》卷二十八,稿本。
⑥ [清]王士禄:《燃脂集》卷二十一,稿本。
⑦ [清]王士禄:《燃脂集》卷二十六,稿本。
⑧ [清]王士禄:《燃脂集》卷三十一,稿本。
⑨ [清]王士禄:《燃脂集》卷三十一,稿本。
⑩ [清]王士禄:《燃脂集》卷二十八,稿本。
⑪ [清]王士禄:《燃脂集》卷三十一,稿本。
⑫ [清]王士禄:《燃脂集》卷三十一,稿本。

以女性自身的传统坐标系作为参照。如其评王微《答寄》:"极似李季兰。"①评郑允端《纪梦》:"与李清照晓梦篇俱非粉墨声口。"②评吴柏《咏镜》:"此篇从郑允端诗脱胎。"③之前的女性诗歌选家完全将女性诗人诗作的风格辨识附于历代男性诗人的风格追摹上,而王士禄此举则突破了单纯在男性语境中重构女性诗史的传统,将唐代李冶、宋代李清照以及明代郑允端俨然置于女性诗歌传统中极具经典性的崇高地位,并以此作为闺秀诗的重要参照系。

---

① [清]王士禄:《燃脂集》卷三十一,稿本。
② [清]王士禄:《燃脂集》卷十三,稿本。
③ [清]王士禄:《燃脂集》卷十五,稿本。

第三章 清代中期女性诗歌总集

清人编选女性诗歌总集的第二阶段为乾隆中后期至道光年间。康雍年间由于清王朝严酷的文化专制统治,清代女性诗歌总集的编撰一度比较沉寂,至乾隆中后期终于显出一点不同凡常的光亮,且随着越来越多当代女性诗集的刊行逐渐形成一股潮流,清代中期女性诗歌总集的数量日渐增多,且编选类型也较前一阶段丰富多样。除了全国性总集外,一些前代罕见或从未出现的总集类型在此时纷纷涌现,如郡邑类总集《吴中女士诗钞》《海昌丽则》,氏族类总集《袁氏三妹合稿》《泰州仲氏闺秀诗合刻》,女弟子类总集《随园女弟子诗选》,闺秀唱和类总集《听秋馆闺中同人集》《种竹轩闺秀联珠集》《曲江亭闺秀唱和诗集》等,使得此一阶段的总集呈现出较为繁盛的局面。除此之外,此一阶段的女性诗歌总集还呈现出以下两点特色。

其一,编纂焦点逐渐聚拢至本朝女诗人诗作。尤其是专收"国朝"女诗人的全国性总集,较之通代类乃至完全采编前代女诗人诗作者,甚至更占优势,如《撷芳集》《国朝名媛诗绣针》《国朝闺秀香咳集》《名媛同音集》等。其中最具代表性的是《撷芳集》一选,此集以丰富庞杂之选源,是力图构建清代女性历史图谱的一部女性诗歌总集。该书主要选录了清初至乾隆中期的女性诗人诗作,入选诗人所涉地域颇为广泛,时间跨度百数年,且以丰富详尽的附录保存了不少女性诗人的生平家世,对于后人了解清代女性诗歌创作面貌,具有非常重要的文献价值和文学意义。

其二,随着主流诗学影响的日益深入,一些标榜流派的女性诗歌总集亦频频问世。这些女性诗歌总集的批评意识较为强烈，且在批评质量上有很大提升。如前后诞生于乾隆末年与嘉庆初年的《吴中女士诗钞》与《随园女弟子诗选》，毫无疑问，最直接地反映出乾嘉之际两大闺阁吟咏群风调殊异的面貌。这两部选集分别出自江苏吴江诗人任兆麟和浙江钱塘诗人袁枚之手，其刊行相隔不到数年，均为专录同一闺秀群体的总集。《吴中女士诗钞》收录吴中女诗人十一位，诗作四百五十首；《随园女弟子诗选》共收二十八位女弟子诗，诗作五百零五首。更为重要的是，《吴中女士诗钞》编者任兆麟托体闺帏，标榜风雅，于闺秀诗主张承继"温柔敦厚"的诗教传统；而《随园女弟子诗选》则直接宣告性灵派女弟子具体的文学表现，以崇尚真情、抒写性灵的诗学主张，在格调派重诗教的浓重儒教气氛中突围而出，直接冲击了乾隆朝以来兴盛的正统诗学观。而稍后刊行的蒋机秀《国朝名媛诗绣针》编选旨趣又与随园背道而驰，温柔敦厚之旨既是蒋氏所编《国朝名媛诗绣针》选人选诗的标准，也是其诗歌批评的标准，说明"诗教"论阴影不散，对当时女性诗坛仍颇有影响。因此，这三部选集实有助于我们对乾嘉之际女性诗学动向有一个较为深入与全面的判断。

从总体上来看，清代中期的女性诗歌总集不仅编选类型日渐丰富，选心兼容并蓄，扩大了女性诗学活动的声势和影响，并为后期女性诗歌总集的编纂积累了不少宝贵的经验。

第一节　清代闺秀的存史之选：《撷芳集》

一、编刻过程

编者汪启淑（1728—1799），字慎仪，号秀峰，又号讱庵，自称印癖先生,安徽歙县人。盐商出身,寓居杭州。年轻时喜爱读书作诗,后与杭世骏、厉鹗在净慈寺结社,称南屏诗社。汪启淑性情古雅不群,好藏书,嗜古成癖,尤爱收藏古籍书画、印章,是清代著名的藏书家和藏印家。编刻有《说文系传》《通志》《撷芳集》,并著有《䚋荛诗存》《水曹清暇录》《续印人传》等。

笔者目前所见《撷芳集》(八十卷)的版本有乾隆五十年(1785)飞鸿堂刻本以及乾隆末飞鸿堂刻本。① 上海图书馆馆藏《撷芳集》虽被著录为乾隆三十八年飞鸿堂刻本,其著录版本的依据当为卷首倪承宽在乾隆三十八年所撰写的序文,但是实际上这样的说法是有问题的,上图本不可能是乾隆三十八年刻成的选集。上图本卷首均有沈初、倪承宽序各一篇,沈序在前,倪序在后,沈序末题有"乾隆乙巳新正平湖愚弟沈初拜撰"字样,乙巳为乾隆五十年,并从沈序内容"积之既久,今始成集"来推断,沈初在乾隆五十年为此集作序,应该是这部选本基本编定成书之时。而从入选诗人诗作的具体情形来看,上图本卷七十选录汪佛珍诗作六首,并在诗人姓名里贯之下附录有王鸣盛为汪佛珍诗稿《贻孙阁诗》所撰序文,云:"(汪佛珍)癸丑九月辞世,年四十有三,先生尽伤于心,既为之传与载,乃奉遗稿来,再拜而泣,请余序之。"②此处癸丑当是乾隆四十八年,王鸣盛为汪佛珍遗稿撰序当在此后。又如同卷选录胡佩兰诗八首,胡佩兰为编者汪启淑的姬侍,其姓氏下则附录有吴筠为胡佩兰《国香楼诗钞》所撰序文③,云:"越十九载乙巳,予复馆驾部家,于是驾部归里已两年矣,硕人之诗居然成秩,驾部因嘱予序之。"④这里十分明确地提到乙巳即乾隆五

---

① 上海图书馆和浙江图书馆分别藏有乾隆五十年飞鸿堂刻本,复旦大学图书馆藏有乾隆末飞鸿堂刻本。此三本版式行款同。
② [清]汪启淑:《撷芳集》卷七十,上海图书馆乾隆五十年刻本。
③ 据吴筠为《国香楼诗钞》序文内容,吴筠在乾隆丁亥至乙巳年间,两度为汪启淑延聘,训其子汪绳武辈。见《撷芳集》卷七十,上海图书馆藏乾隆五十年刻本。
④ [清]汪启淑:《撷芳集》卷七十,上海图书馆藏乾隆五十年刻本。

十年,乃吴筠撰序时间。而以上两文均被收入上图乾隆三十八年飞鸿堂刻本中。所以,上图把《撷芳集》著录为乾隆三十八年刻本是不准确的。倪序撰于乾隆三十八年,此书初竣当在此时,但实际当时并未授梓。据编者汪启淑在凡例中所云"草创甫定,两厄祝融,收拾灰烬之余,十存五六,原本已失,校对维艰,白首颓龄,诚恐汗青无日,故就所现存者急寿枣梨"①,"草创甫定"当指乾隆三十八年此书初竣,倪承宽为之撰序。但其后汪家遭遇两次火灾,直至乾隆五十年,已是"白首颓龄"的汪启淑才收拾残稿"急寿枣梨",并请时为江南学政的沈初为之撰序。上图本所收有乾隆三十八年以后之作,已非"草创"之原貌,当为乾隆五十年刊刻而成。

　　《撷芳集》刻成不久,又陆续重新加以增补锓板。取上图本与浙江图书馆藏乾隆五十年刻本进行比照,我们发现,浙图本版式行款全同上图本,卷首序文、凡例亦同,编者只在若干卷末选择一小部分进行增补,并对卷前诗人目录进行相应的修正,共增补诗人四十四位,诗作八十八首。② 此本对上图本的内容一无改动,且增补数量不多,推断当为上图本之后刊行的一种增刻本。

　　而复旦大学图书馆藏乾隆末飞鸿堂增补本的情况则较为复杂。尽管版式行款亦同上图本,但相异之处颇多。其一,此增刻本调整了上图本倪承宽、沈初两序的顺序,增刻本中倪序在前,沈序在后,且沈序后有上图本、浙图本都未收的戴璐所撰题词一篇。其二,此增刻本中除卷十一、四十三、六十八、七十一与上图本同外,其余每卷末均在上图本基础上增补若干诗家诗作,并对卷前诗人目录进行相应的修正,而且增补诗人三百零五位,诗作七百三十首,数量较为可观。其三,除了增补情形之外,替换诗人诗作的情形在增刻本中也有多例。如上图本卷六十四中序列

---

① [清]汪启淑:《撷芳集》凡例第五则,上海图书馆藏乾隆五十年刻本。
② 惟卷七十五,上图本较浙图本反多收"竹林女子"诗一首。

为六的鲁湘芝，在此增刻本中即被替换成曹贞秀。其四，对位于卷首或卷末的诗人，诗作及小传都时有增补情形。如上图本中卷六十四的卷首，原只收录王薇玉诗两首，而此增刻本中则增补其诗作三首，且将《随园诗话》中"秀才后中丁未榜眼，采薇不及见，悲夫"等语附录诗后。其五，此增刻本也多有对上图本中的讹误加以校正之处。包括对诗人诗目的校正，如上图本中卷十五末收李瑸，小传云其"字天树，山东长山县人，著有《梅花楼诗草》"。而卷三十三复采李氏，云其"山东长山县人，青浦知县李瑸之女，著有《梅月楼草》"。后者小传后附有前者所未收之《山左诗钞》记载："李瑸，字玉树，明户部尚书长白先生士翱裔孙氏。幼承庭训，工书能诗，夫伯麟亦名家子，雅相爱重，年三十八而卒。有《梅月楼草》及诗余一卷，清丽可诵。"显然其诗正出自《山左诗钞》，故增刻本中删卷十五末李瑸，而留卷三十三李氏，并改氏为瑸。又如上图本中卷二十一中季娴，字静娴，号元衣女子，江苏泰兴县人，著有《雨泉龛诗抄》，而卷三十六中复收徐娴，而字号里贯以及诗稿名均同前者，编者在增刻本中删卷三十六中徐娴。又包括对诗句的更正，如将卷三十毕静嘉《送妹柔嘉北征》一诗中"离亭分首尚牵依"更"依"为"衣"字，将卷五十一《白榴花》一诗中"绰约争看百马飞"更"马"为"鸟"字，此类校正不一而足。

由于汪启淑当时编选《撷芳集》的过程中两度遭遇火灾，造成"十存五六，原本已失，校对维艰"的严重缺憾，由以上所述，可见乾隆末增刻本补正之用力，而这也印证了编者在凡例所云"更望同志有所见闻邮寄指教，当续补刊匡"①一语。而从此增刻本中"金逸诗甚清丽，予以选入《撷芳集》"②等语来看，此本亦当为编者汪启淑本人在世时刊刻而成。至于具体的刊刻时间，我们大

---

① ［清］汪启淑：《撷芳集》凡例第六则，复旦大学图书馆藏乾隆末刻本。
② ［清］汪启淑：《撷芳集》卷六十六，复旦大学图书馆藏乾隆末刻本。

致推断如下:此本中卷四十一末增补"陆素心"条中载录陆耕南为其女陆素心《碧云轩诗钞》所撰序文云:"壬子春,徐甥熊飞录其清远有神韵者数十首付诸梓。"①按:徐熊飞字子宣,一字渭扬,号雪庐,浙江武康人。嘉庆九年举人。为陆素心表兄,陆耕南外甥。所以,此处壬子为乾隆五十七年。又如卷六十七增补"葛秀英"条中载录钱大昕为葛秀英《澹香楼诗》所撰序文②,此序亦撰于乾隆壬子年③。这也是增刻本中所出现记事最晚的时间。另外,从此增刻本所利用的袁枚《随园诗话补遗》和顾光旭《梁溪诗钞》来看,《随园诗话补遗》的成书不会早于嘉庆二年(1797)④,顾光旭《梁溪诗钞》的成书亦至少在乾隆五十九年后⑤。而此本中又不避嘉庆帝讳。所以,推断此增刻本的刊刻时间当在乾隆六十年。

二、体例与选源

与之前的女性诗歌选本相比,《撷芳集》八十卷在体例上具有两个特点:一是记载本末,即在每位女诗人姓氏之下,附以详尽的诗人小传。中国古代重"知人论世",所以历代选本中往往会在诗人名后附以小传。但由于女性深处闺帏,不以行实显著,

---

① [清]汪启淑:《撷芳集》卷六十六,复旦大学图书馆藏乾隆末刻本。
② [清]汪启淑:《撷芳集》卷六十六,复旦大学图书馆藏乾隆末刻本。
③ 据复旦大学图书馆藏《澹香楼诗集》,乾隆五十七年刻本。卷首所收钱大昕序内容完同《撷芳集》所载录,此序末书"乾隆壬子清和上瀚嘉定钱大昕撰"。
④ 目前学界对《随园诗话》《随园诗话补遗》成书及刊刻时间意见不一。《中国古籍善本书目》著录:"《随园诗话》十六卷《补遗》十卷,清乾隆五十五、五十七年小仓山自刻本。"《袁枚全集》主编王英志教授认为《随园诗话》"正编最早刻本是乾隆五十五年(1790)随园刻本……《诗话补遗》卷十记有丁巳即嘉庆二年(1797)严小秋事,故《随园诗话补遗》定稿成集不会早于嘉庆二年。"(《袁枚全集》前言)包云志则在《从袁枚佚札佚文看〈随园诗话〉版本及成书时间》一文中认为:"《随园诗话》十六卷、《随园诗话补遗》十卷也不是乾隆五十五年(1790)年刻本,它是乾隆五十七(1792)开雕的。而且正编和补遗并没有分两次刻,而是随定稿随刻,陆续于嘉庆二年(1797)以后完成的。"参考以上诸说,《随园诗话补遗》至少在乾隆五十七年开雕,而其成集不会早于嘉庆二年。
⑤ 据顾光旭《梁溪诗钞》,此集卷首有王一峰所撰序文末云:"乾隆五十九年四月既望梁溪九十五叟王一峰书。"此书当刊刻于乾隆五十九年后。又,法式善《陶庐杂录》云:"《梁溪诗钞》五十八卷,顾光旭集。前有老人王一峰序。刻于乾隆五十九年。"

又无轶事可考,许多女性诗歌的编选者就会采取只书姓氏或止于名下书其字里家世与所著诗集。而《撷芳集》的编者则是竭尽全力搜罗叙录女诗人的生平轶事,"体裁先列小传,继以省志、县志,文同即不复载,如有行状、墓志、诗集叙跋,即节录其要者。至所采取诗话、说部,则悉照原本"①。遍采方志、行状、墓志、诗集叙跋、诗话、说部等各种资料,从而达到"使其言不涉于疑信,而读其诗则其人与其事可知"②的编撰意图。一是依人分类,如汪启淑在《凡例》所云:"是集中稍为分类。盖妇德首重贞节,而缟素岂宜混于祎翟,平康未合厕乎副笲,故特区别,附以无名氏暨仙鬼焉。共成十类。"③正是在"首重贞节"的传统观念的影响下,汪启淑对女性诗人按社会身份和地位的高下进行降序排列,依次为节妇、贞女、才媛、姬侍、方外、青楼、无名、仙鬼。④ 这种人以品分的做法,在女性诗歌总集的编撰上未尝无先例可征,如清初王端淑《诗纬》即把女作家的社会身份当作编排次序的惟一依据,但相比之下,《撷芳集》的分类显然更为详细,先德后才、先贵后贱、先人后鬼,重流品、论贵贱的等级观念尤为突出,折射出当时崇尚雅正、雅俗分离的主流思潮逐渐向女性诗歌总集渗透的一种趋势。⑤

至于《撷芳集》的选源,汪启淑在凡例中云"予生长江左,交游未广,博访无从,不过就所有书翻阅,或得之一二友朋,更望同

---

① [清]汪启淑:《撷芳集》凡例第四则,复旦大学图书馆藏乾隆末刻本。
② [清]倪承宽:《撷芳集序》,《撷芳集》卷首,复旦大学图书馆藏乾隆末刻本。
③ [清]汪启淑:《撷芳集》凡例第三则,复旦大学图书馆藏乾隆末刻本。
④ 《撷芳集》原书只有八目,不知为何与凡例所云"十类"不符,原因待考。具体分卷如下:卷一至卷十一为节妇诗、卷十二至卷十三为贞女诗、卷十四至卷六十六为才媛诗、卷六十七至卷七十一姬侍、卷七十二方外诗、卷七十三至七十四为青楼诗、卷七十五至七十七为无名诗、卷七十八至八十为仙鬼诗。
⑤ 汪启淑这种将青楼、无名、仙鬼诗居末的体例,在《撷芳集》刊行后不久,还是遭到了一些专选女性诗歌选家的强烈质疑。如蒋机秀在嘉庆二年(1797)刊刻的《国朝名媛诗绣针》例言中指出:"倡楼佚荡,漫兴谈诗,说部荒唐,翻疑点鬼。他日遇切庵丈,愿以管见,薄效刍荛。"又如恽珠在道光十一年(1831)刊刻的《国朝闺秀正始集》例言中亦云:"青楼失行妇人,每多风云月露之作,前人诸选,津津乐道,兹集不录。"均从体例上提出了更为严苛和雅正的要求,这一点将在下文做进一步探讨。

志有所见闻邮寄指教",一是直接采录自编者所藏文献,一是由朋友或读者处间接得到。从此集的具体内容来看,尽管途径有别,但选稿的来源基本为固定的书面文献,而极少由口耳相传得来。《撷芳集》的编撰年代已接近乾隆中期,其时女性诗集出版刊刻极其繁盛,而汪启淑本人又是当时江南著名的藏书家,家有开万楼,藏书甚富,编集时所依据的几乎都是从书面文献采录的稿源,主要可以分为以下三大块。

(一) 女性别集

女性别集是《撷芳集》所利用的最为重要的选源。以乾隆末飞鸿堂增刻本为例,此本所据之女性别集有近千种。编者汪启淑突破"生者不录"的选诗通例,对当代才女的别集尽力搜罗,这就扩大了女性别集的搜集范围,及时保存了当时的女性诗歌作品。如骆绮兰、潘素心、严蕊珠、汪玉珍,是当时女性诗坛初露锋芒的人物,其主要的诗学活动尚在嘉庆年间,但尽管如此,《撷芳集》也已经在第一时间将她们的诗篇作为收录对象,从而成为她们最早登上诗坛的一个有力见证。《撷芳集》著录的女性别集还包括为前代女性诗歌选本所忽略的部分。如葛秀英《澹香楼诗集》、陆素心《碧云轩诗钞》,均为两位女诗人的遗稿,前代诗选尚未及时著录,而《撷芳集》不仅取葛、陆两位诗作各七首,而且将集中诗人小传、诗集序跋一并收录。应该补充的是,《撷芳集》编集中编者经眼的女性别集数量能如此之大,与友人与读者寄赠多为女性别集有莫大的关系。这一点可以从汪启淑撰写的《水曹清暇录》中的记载得到印证,如"梦楼王太守文治,闻予选国朝闺秀诗,以同邑茝香鲍之蕙诗一卷见寄,颇有健句"[1],又如"吴门

---

[1] [清]汪启淑:《水曹清暇录》卷六条二百四十六,杨辉君点校,北京古籍出版社1998年版。

友人知予选国朝闺秀诗,顷以康熙时人符受征《百果诗》刻本见寄"①。以上两位女诗人显然都是在编者主动向海内发出"更望同志有所见闻,邮寄指教"②的吁请之后邮致诗稿的。

(二) 各类诗选、诗话

各类诗选与诗话也是《撷芳集》取摭较多的选源,主要有《国朝练音初集》《国朝诗别裁集》《翠楼集》《诗观》《名媛诗纬》《梁溪诗钞》《槜李诗系》《西河诗话》《随园诗话》《莲坡诗话》《香草斋诗话》《树密斋诗话》《柳亭诗话》《爱兰名媛诗话》等数十种之多,汪启淑很大程度上吸收了这些诗选、诗话所收录的作品。这些诗选、诗话有的在当时刊刻不久,如顾光旭的《梁溪诗钞》中有"闺媛"一门,《撷芳集》将其中当代无锡闺秀诗歌全部加以收录。又如袁枚《随园诗话》《随园诗话补遗》,《撷芳集》也是荟萃兼收,将袁枚这两种著作中相关闺秀的诗篇着重载录。有些诗选、诗话今已不传,如王琼《爱兰名媛诗话》,因《撷芳集》的征引,反而保存了极其珍贵的文献。

当然,在利用这些选本和诗话著作时,编者也充分兼顾自己经眼的女性别集,且采取以经眼的女性别集为先的选录原则,如袁机诗尽管已对沈德潜《国朝诗别裁集》进行了选录,沈氏收录其《有凤》《闻雁》两首,并将《有凤》末句"自伤明镜里,日日泪痕新"篡改成"何如鹎与莺,鸣噪得天真",将《闻雁》末句"飞到湘莲下,寒衣尚未成"篡改成"谁许并高节,寒林有女贞"③,使其诗旨完全符合坚持贞节的道德观。汪启淑虽然注意到了沈氏

---

① [清]汪启淑:《水曹清暇录》卷六条二百六十七。
② [清]汪启淑:《撷芳集》凡例第六则,复旦大学图书馆藏乾隆末刻本。
③ [清]沈德潜:《国朝诗别裁集》卷三十一。又,关于《国朝诗别裁集》对袁机改作之具体情形可参看郑幸《袁枚年谱新编》,郑幸在文中推断袁机诗作及小传系由袁枚本人亲自托付与沈氏。本书采用此说。详见《袁枚年谱新编》,上海古籍出版社2011年版,第306页。

的选录①，但还是据经眼的《素文女子诗集》别具慧心地选择了袁机的七首诗作②，而其中并不包括沈氏所选的两首。汪启淑在参考《随园诗话》《随园诗话补遗》的同时，对于无别集在手的女诗人就直接利用袁著，而若手中已有女诗人的别集，便往往依据别集进行作品的裁夺。以袁枚女弟子鲍之蕙为例，《撷芳集》据《清娱阁集》选录鲍之蕙诗作达十首之多③，而袁枚在诗话中颇为赞赏的《舸斋游广陵》《即事》两首均不在列④。可见，编者汪启淑在编撰过程中对具体诗篇的选录并不为其他选家的视野所拘，而是充分利用别集以较大篇幅选录并保存这些女性诗歌作品。

（三）笔记

《撷芳集》中的女性诗人诗作也有部分来自笔记。与别集、诗选、诗话等相对真实可靠的选源不同，笔记中所记载的人和事在多大程度上符合史实、所录的诗篇到底出于谁的手笔，有时往往真伪难辨。但"好奇博爱"⑤的汪启淑却是"凡足迹所至，搜辑遗闻，其有流传佳什，必录而藏之"⑥，为了使得身份不确的作者皆有所本，将笔记作为编撰过程中所据的重要选源之一。

《撷芳集》卷末并仙鬼，乱梦、无稽之谈亦兼收并存，所据大多为虚幻体笔记如《聊斋志异》等书。尽管友人戴璐在为《撷芳

---

① 《撷芳集》中卷六十三袁机姓氏之下所附录的小传，内容文字同《国朝诗别裁集》卷三十一"袁机"条，见《国朝诗别裁集》，《四库禁毁书丛刊》第158册，第717页。
② 《撷芳集》中选录的袁机诗篇具体包括《镜》《灯》《春怀》《送云扶妹归扬州》四首，见《撷芳集》，复旦大学图书馆藏乾隆末刻本。
③ 《撷芳集》中选录的鲍之蕙诗篇具体包括《清娱阁晚眺怀佩芳诗》、《题赏雨茅屋图》、《赠闺秀王玳梁并贺出阁之喜》（二首）、《晚烟》、《春分日得笙山兄手书同舸斋联句代柬》、《湖上杂诗》（四首），见《撷芳集》，复旦大学图书馆藏乾隆末刻本。
④ ［清］袁枚：《随园诗话补遗》卷三，载王英志主编：《袁枚全集》第三册，江苏古籍出版社1993年版，第625页。
⑤ ［清］倪承宽：《撷芳集序》，《撷芳集》卷首，复旦大学图书馆藏乾隆末刻本。
⑥ ［清］沈初：《撷芳集序》，《撷芳集》卷首，复旦大学图书馆藏乾隆末刻本。

集》撰写题词时盛赞汪启淑"稗官野史证遗闻"①,但实际上,《撷芳集》最为后人所诟病的便是这种以"稗官野史"为要典的做法。如蒋机秀在承认"蒐葺之功,莫如职方汪氏"的同时,又云"说部荒唐,翻疑点鬼"。② 又如许夔臣在嘉庆九年《国朝闺秀雕华集》凡例中指出:"仙鬼诗皆文人狡狯,凭虚设幻以资谈柄,篡辑家徒欲丰富卷帙,往往溷录,殊为可笑。凡此荒诞不经之作,吾无取焉。"③显然,以"荒唐"或"荒诞不经"的虚幻体笔记作为女性诗歌的选源已遭到后来选家的彻底否定。

除了虚幻体笔记,《撷芳集》中取摭更多的是记录见闻的纪实体笔记,如《板桥杂记》《西青散记》《秋坪新语》《槐西杂志》《香祖笔记》《妇人集》等,其中汪启淑自著的三部笔记《水曹清暇录》《小粉场杂识》《田园杂记》亦在征引之列。这些笔记内容都较为博杂,均收有风韵各异的闺秀诗作。或许是一向嗜古的编者汪启淑对种种见闻笔记中身份不确的女性怀有一种特殊的兴趣,一并将此纳入猎奇搜艳的视野。如被誉为清代第一女词人的双卿即是其中一位。双卿名下的作品都录自史震林的《西青散记》中有关这位才女的数十则记载。而首次将双卿录入女性诗歌选集的正是《撷芳集》,此集在卷三十九"才媛"一类中收双卿诗达十三首之多,使原本远处女性诗坛之外的双卿第一次取得了"作者"的身份。《撷芳集》在双卿姓氏之下,附有小传一则,"不详其姓,绡山农家女也,适周氏子",此传也完全本于《西青散记》。在双卿姓氏下以大段文字附录《西青散记》中的双卿事迹的记录,而且在每一首诗后,大量地从笔记中征引该诗的本事,将诗的本事与诗作本身同时进行呈现。与仙鬼诗的命运迥然相异的是,这类诗人诗作经《撷芳集》收录,才女的事迹和零篇碎句在之后

---

① [清]戴璐:《撷芳集题词》,《撷芳集》卷首,复旦大学图书馆藏乾隆末刻本。
② [清]蒋机秀:《国朝闺秀绣针集》凡例第五则,嘉庆二年(1797)刻本。
③ [清]许夔臣:《国朝闺秀雕华集》凡例第十则,清稿本。

的女性诗选中一再幸运地流传。《撷芳集》在这些非主流、甚至有可能出自文人杜撰的女性诗人的正统化中起到了一定作用。

从以上记载来看,《撷芳集》所据的资源极其庞杂。尽管目前存世的诗选、诗话也相当丰富,但是当日选诗之规模显然更要远远超出今日之所知。《撷芳集》之所以能够成为搜辑富足的巨帙,与当时多样丰富的选诗渠道是分不开的,它使汪启淑的广开眼界成为可能,为他个人的选诗工作提供了几乎取之不尽的诗稿来源。当然,从严肃的编撰原则来说,诸如从虚幻体笔记《聊斋志异》征引的末三卷仙鬼诗确实是过犹不及之举,但我们也不能以此瑕疵而否定这部大型的女性选本所具有的丰富的文献价值。

三、以选存史的特征

《撷芳集》之前以总集的形式汇纂女性文献的,在清代前期即有王端淑的《名媛诗纬初编》与王士禄的《燃脂集》,汪启淑身当清中期,辑纂本书,虽不复具鲜明的立论色彩,却将前辈选家所开创的以选为史的风气发挥得淋漓尽致。编者汪启淑忠实地记录下了有清百数年来女性诗歌发展进程中所涌现出的各种作家、各类作品,其目的在于对"国朝闺秀之盛"做一个全景式的扫描,并没有特别的诗学倾向。[①] 选家"章搜句讨,亘以年岁,荟萃于兹",并且"地志家乘,丛编杂记,一切刻本所载,无不遍采"[②],也反映出选家主观上并没有以选为论的动机,而上文所述随刻随补的编刻过程更决定了它便于存人备史,因此保留了有清百数年的女性诗史资料。所以从女性诗歌编撰史的角度来看,《撷

[①] 汪启淑《撷芳集》凡例中云:"自韦縠《才调集》中已列闺秀专门一卷,前明则江绿萝《闺秀诗评》、李时远《诗统》、《名媛玑囊》诸书,而国朝未有专选,每限于方外之后,寥寥无几,予故不揣管见,特为专辑,以见国朝闺秀之盛尤超越前代云。"可见,编者鉴于前朝多有闺秀诗选,有清一代闺秀诗人之盛超越于前,而未有专选,因以为憾,故而爰加搜辑,汇而成书。见《撷芳集》,复旦大学图书馆藏乾隆末刻本。

[②] [清]沈初:《撷芳集序》,《撷芳集》卷首,复旦大学图书馆藏乾隆末刻本。

芳集》堪称第一部以清代女性诗歌为选录范畴的存史之选。

笔者以乾隆末飞鸿堂刻本为据,除无名诗、仙鬼诗外,此本仍收有诗人一千七百八十一家之众,所属省份可考者一千五百五十八人,不可考者二百二十三人。对前者分省统计如下:

表3-1 《撷芳集》所收女性诗人分省统计

省份	人数
江苏	682
浙江	482
安徽	121
福建	61
江西	29
山东	28
直隶	26
广东	23
湖南	20
湖北	20
山西	13
河南	13
旗人	10
四川	8
奉天	6
陕西	3
广西	3
贵州	3
顺天	3
云南	2
朝鲜	1

从上表可见，排在前面的依次为江苏、浙江、安徽、福建、江西五省，共一千三百七十五人，占总数的百分之八十八；其余省和旗人（包括朝鲜一人）共一百八十三人，只占总数的百分之十二。在南方七省中，江浙两省就有一千一百四十六人，占统计人数的百分之七十三。也就是说，在《撷芳集》所收清代女诗人中，南方诗人占到将近九成，其中位于东南沿海的江浙两省则占七成多。《撷芳集》所呈现的以南方为主的清代女诗人的分布格局，实际上反映了江南闺秀文化在历史上的一种传承与延续。自南宋以来，中国诗坛中心逐渐南移，明清时期的诗坛大家、名家大半在江浙地区，知识分子写诗蔚然成风，而江南这种独特的文化氛围也孕育了一大批女性诗人。江浙女子作诗，于明代即颇流行。钱谦益在《列朝诗集闺集》中评说道："诸姑伯姊，后先娣姒，靡不屏刀尺而事篇章，弃组纴而工子墨。松陵之上，汾湖之滨，闺房之秀代兴，彤管之诒交作矣。"①可以想见当地闺秀学诗风气之一般。至清代，此风更是大为盛行，蕉园七子、吴中十子、随园女弟子等相继兴起，江浙女诗人正是清代闺阁诗群中的一批佼佼者，其人数之多、作品之富使其他地区的女性不敢望其项背。

就具体诗人的选择而言，《撷芳集》也展现出彰显一代之盛的气度。虽然早在康熙五十五年，胡孝思就编刻了专选有清一代女诗人的《本朝闺秀诗钞》，但由于受到编撰年代的限制或是选家主观偏向的影响②，还不足以全面反映清代女性诗坛之蔚兴。《本朝闺秀诗钞》中选录的女诗人总共只有五十七人，选诗三百多首。③汪启淑无疑是在前辈选政的基础上大大前进了一

---

① ［清］钱谦益：《沈宜修传》，《列朝诗集小传》，上海古籍出版社2008年版，第753页。

② 《本朝闺秀诗钞》尽管专选有清一代女诗人，实际上仅止于从清初至康熙中期数十年，选录范围过于狭窄。

③ 本书所据为康熙五十五年（1716）年平江胡氏凌云阁刻本《本朝名媛诗钞》六卷，哈佛大学燕京图书馆藏。

步,无论诗人还是作品数量都远超前者。在《撷芳集》中,汪氏几乎将当世名媛悉数点过一遍,或因诗取人,或因人取诗,在选人的处理上又轻重得当、主次分明。《撷芳集》(此处不包括末三卷仙鬼诗)选人一千九百多家,诗六千多首,平均每人不到四首。集中入选诗作十首以上的诗人选目如下表:

表3-2 《撷芳集》选入十首以上诗作的诗人

诗人姓名	诗作数量
顾若璞	12
吴永和	15
钱凤纶	11
章有湘	19
张令仪	14
杨素中	11
陈玉岑	16
吴绡	19
吴山	20
朱中媚	13
王端淑	11
双卿	13
杨克恭	11
徐瑛玉	11
梁瑛	18
方芳佩	14
沈缃	11
钱孟钿	13
商景徽	11

续表

诗人姓名	诗作数量
江珠	11
陈皖永	13
曹锡淑	13
柴静仪	13
徐昭华	18
林瑛佩	16
刘氏(张渊度继室)	11
蒋操	12
商采	14
苏世璋	11
黄克异	12
冯娴	11
屈秉筠	13
庞蕙缃	13
林以宁	18
张佛绣	12
金至元	11
赵邠	12
郭芬	20
杨凤姝	14
邵梅宜	30
葛宜	13
戴素蟾	11
钟令嘉	13

《撷芳集》中选诗十首以上的诗人总共四十三人,尽管以上选目中如郭芬、杨克恭、黄克异诗才平平,编者却仅出于对安徽同籍女诗人的地域认同,将之置于优秀女诗人之列,同时,更因殊趣所致,选录两位身份不确的女性双卿诗十三首与邵梅宜诗三十首之多。① 但是,总体来说,这份基本囊括清初至乾隆中期女性诗坛上的优秀诗人的名单,既有明清过渡时期的女诗人如吴绡、商景徽、王端淑、朱中楣、吴永和、章有湘、徐昭华、顾若璞等,也有清初成长起来的女诗人如林以宁、柴静仪、钱凤纶、冯娴、梁瑛等,还有代表女性诗坛新生势力的方芳佩、钱孟钿、屈秉筠、江珠等,可谓不同时期各有代表。

更为重要的是,《撷芳集》的这份选目有着许多之前女性诗歌选本所不具备的新内容,这也是近五十年来女性诗坛发生重大改变后的新气象之所在。首先,清初选家最为推崇的商景兰、徐灿两大家并不在以上这份选目之中,《撷芳集》中收商景兰诗四首、徐灿诗两首,选诗数目很少,处于倍受冷落的地位,而与之形成鲜明对比的是,顾若璞不仅位列《撷芳集》卷一之首的显著位置,而且选诗也多达十二首。从年龄上来说,尽管顾若璞要年长商、徐两位,但是从选本这一接受维度来看,在清初很长一段时间内,顾若璞总体上是无法与商景兰、徐灿比肩的。正因为如此,至《撷芳集》行世,在卷一之首的显著位置以较多篇幅汇辑顾若璞的作品,是第一次真正给予顾若璞闺秀诗坛领袖的地位。这在某种意义上其实也代表着清代中期选家开始确认顾若璞而非徐灿为蕉园诗社核心人物的身份。徐灿虽为蕉园五子之长,但实际上是晚年因盛情难却,仅在名义上加入了诗社,在诗词创作上并未花费太多心思。吴骞的《过南楼感旧》述及徐灿晚年寂

---

① 卷六十八选邵梅宜《薄命辞》组诗三十首。见《撷芳集》,复旦大学图书馆藏乾隆末刻本。

寥的生活时,云其"日惟长斋绣佛,初不问户外事"。而真正在蕉园诗社的背后,始终点拨教谕,备受诗社成员敬重的领袖人物则正是顾若璞。顾若璞对诗社闺秀的授业可谓不遗余力,她在《古香楼集序》中写道:"侄女玉蕊夫人(顾之琼),才名鹊起,藻缋益工,果然积薪居上矣。孙妇钱凤纶,玉蕊夫人之次女也,自其儿时弄墨,花鸟品题,已有谢家风致,父母绝爱怜之。年十六归余仲孙。适余家中落,组纫之余,不辞操作,陈馈之隙,亦事染翰,间就正于余。"①因此,顾若璞尽管没有直接加入蕉园诗社,实为诗社的核心人物,若论诗社之"长",则非顾若璞莫属。而《撷芳集》之所以扬顾抑徐,其意似乎更在对蕉园诗社的文脉传承的源头进行女性诗学史上的重新确认。

与此同时,我们可以看到,《撷芳集》中引领女性诗坛风会的也正是以顾若璞为核心的蕉园诗社。在此之前,蕉园诗社成员见于选本的就只有胡孝思的《本朝名媛诗钞》,对蕉园诗社成员组成并未提及,且入选人数尚只有柴静仪、柴贞仪、顾长任、朱柔则四人。而在《撷芳集》中,卷二"钱凤纶"姓氏里贯之下,附录茅应奎《絮吴羹》,云:"(钱凤纶)与顾姒启姬、柴静仪季娴、林以宁亚清、冯娴又令、张玉琴槎云、毛媞安芳,号蕉园七子,皆有集。"②明确了蕉园诗社的组成成员。此集中真正入选的蕉园诗社成员也颇为壮观③,既有以"蕉园七子"著称的顾姒、柴静仪、林以宁、钱凤纶、冯娴、张昊④、毛媞,也有后期"蕉园五子"中的徐灿、朱柔则,还有顾长任、柴贞仪、傅静芬等加入蕉园诗社的西泠

---

① [清]汪启淑:《撷芳集》卷二,复旦大学图书馆藏乾隆末刻本。
② [清]汪启淑:《撷芳集》卷二,复旦大学图书馆藏乾隆末刻本。
③ 蕉园诗社具体成员的考究,详见胡小林:《清代初年的蕉园诗社》,《古典文学知识》2008年第2期。
④ 按:《撷芳集》卷十六"张昊",字槎云,浙江钱塘人。与茅应奎《絮吴羹》中蕉园七子之一"张玉琴槎云"实为同一人,后者误把"昊"改成"玉琴"。见《撷芳集》,复旦大学图书馆藏乾隆末刻本。

闺秀,甚至还包括顾若璞五世孙媳梁瑛①,人数远远超过《本朝名媛诗钞》中选录的。而且,在以上这份选诗十首以上的名单里,人数最为庞大的女性吟咏群也正是蕉园诗社,除顾若璞外,尚有柴静仪、林以宁、钱凤纶、冯娴、梁瑛,并以林以宁、梁瑛选诗最多,各有十八首。由此可见,在清代中期,蕉园诗社在女性诗歌史上的地位已经得到普遍的承认,从而成为选家青睐的对象。

而比较能够代表女性诗坛新生力量的是随园女弟子诗群。② 尽管与引领诗坛风会的蕉园诗群相比,随园女弟子诗群尚不具备完全与之抗衡的势力,从上表可以看到,有十首以上诗作入选的随园女诗人只有屈秉筠、钱孟钿两位,人数不多,但如果我们仔细比勘乾隆末飞鸿堂增刻本较之上图本的增补名单,会发现一个有意思的现象:上图本中,只有廖云锦、孙云凤、归懋仪、陈长生、袁机、袁杰六人入选③,而在增刻本中,就增补数量而言,随园女弟子可谓占尽风流,有王倩、骆绮兰、孙云鹤、汪玉珍、钱琳、金逸、席佩兰、鲍之蕙、屈秉筠、徐德馨、严蕊珠、王碧珠、朱意珠、陈淑兰、王蕙卿、毕慧、汪绣祖、汪妽、汪妯、张允滋,还有袁家女诗人袁杼,阵营十分庞大,总计有二十一人之多。④ 尽管此时的随园女弟子群体在女性选坛上的规模和声势似乎还稍逊蕉园诗群,比如每位诗人选诗数量还相对较少,也存在一些随园女

---

① 蕉园诸子在《撷芳集》中的卷次如下:卷十九顾姒、卷十六柴静仪、卷二十五林以宁、卷二钱凤纶、卷二十七冯娴、卷十六张昊、卷三十毛媞、卷一徐灿、卷十七朱柔则、卷二十五顾长任、卷十六柴贞仪、卷五十一梁瑛。
② 随园女弟子的具体成员详见王英志:《关于随园女弟子的成员、生成与创作》,《井冈山师范学院学报》2002年第1期。
③ 上图本《撷芳集》中入选的随园女弟子具体卷次如下:卷九廖云锦,卷五十四孙云凤,卷五十三归懋仪、袁杰,卷六十五陈长生,卷七袁机、袁裳。
④ 《撷芳集》乾隆末刻本在以下若干卷末增补随园女弟子,具体卷次如下:卷六十六王倩,卷五十八骆绮兰,卷五十四孙云鹤,卷四十七汪玉珍,卷四十四钱琳,卷四十一金逸,卷四十席佩兰,卷三十一鲍之蕙,卷三十三屈秉筠,卷七徐德馨、毕慧,卷二十三严蕊珠,卷十一袁杼,卷六十九王碧珠,卷六十九朱意珠,卷六陈淑兰、王蕙卿,卷六十六汪绣祖、汪妽、汪妯、张允滋。

弟子的诗稿还尚未刊刻,以致编者仅据当时的诗话著作加以摘录的情形。不过,其蓬勃迅速的发展势头引起了当时女性诗歌选坛的关注,尤其是在从乾隆五十年刻本至乾隆末的后印增刻本这近十年的时间里,充分关注当下女性诗坛和诗学动向的选家汪启淑,将队伍逐渐壮大的随园女弟子纳入了自己编选的视野。考虑到之前尚无其他女性诗歌选本对随园女弟子进行如此集中的选录,《撷芳集》也就成为目前所知的第一部选录随园女弟子诗群的作品的女性总集。当然,随园女弟子诗群的经典性地位的真正确认,还有待袁枚选辑的《随园女弟子诗选》的刊行。

汪启淑以一人之力,穷数十年的时间,编成这部卷帙庞大的女性诗歌总集。从女性诗歌总集编刊史的角度看,《撷芳集》最突出的成就在于其收罗宏富,资料详赡,基本构建了清初至乾隆中期百数年女性诗歌发展的历程。而紧随《撷芳集》之后,女性诗歌编撰史上出现了一个前所未有的当代女性诗歌总集的编撰高潮,编刊于嘉庆二年(1797)的《国朝名媛诗绣针》在文献方面很大程度上吸收了《撷芳集》的成果,当然,其编选特征已然是与前者完全疏离的另一种面貌了。

第二节　宗尚风雅的吴中十子合集:《吴中女士诗钞》

清代中期女性选坛百花齐放,制作如林,既产生了《撷芳集》这样规模庞大的存史之选,又不乏专选某一闺秀诗群的总集,其中较具代表性的是《吴中女士诗钞》与《随园女弟子诗选》,前一种为吴中十子诗集之合刻,后一种则汇选随园女弟子诗。这两部选集最直接地反映出乾嘉之际两大闺阁吟咏群风调殊异的面貌,且与乾嘉之际女性诗学动向颇有关联,值得为之一书。本节拟对《吴中女士诗钞》展开论述。

一、编者与选本概貌

编者任兆麟,初名廷麟,字文田,号心斋,江苏震泽(今吴江)人。诸生。少习举业应试,耻有司防检,遂弃去,潜心经学。嘉庆元年(1796)举孝廉方正,以侍养再辞。辟莲径精舍,课徒自奉。其人以朴学名世,为同时名流王鸣盛、段玉裁、钱大昕所重,与族兄任基振、任大椿有"三任"之目,著有《毛诗通说》《春秋本义》《字林考逸补正》《心斋文稿》及其他杂著。而其人在诗史上所可称道者在于广收女弟子,在僻处偏隅的吴江与其妻张允滋共倡风雅,与诗坛"广大教化主"袁枚成犄角之势。①

本书所据《吴中女士诗钞》为上海图书馆藏乾隆五十四年刻本,书前有石均题词、许宝善、潘奕隽序文及任兆麟自序,并有"姓氏"一篇,列吴中十位女士姓名、字号、作品集,并简述身世。是编不分卷,依次收录如下:

《潮生阁诗稿》,匠门女史张氏滋兰著,选诗四十一首。卷首乾隆戊申任兆麟序,次乾隆戊申龙铎题词,次江珠题词,次沈纕题词,次陆贞题词。卷末有清溪表侄宋林跋,次王琼题词。

《两面楼诗稿》,张芬紫蘩著,选诗八十二首,词八阕。卷首乾隆五十六年任兆麟序,次尤澹仙题词。集中杂有张滋澜、王寂居、王琼、张蕴等人与紫蘩唱和之作。

《赏奇楼蠹余稿》,素窗女史陆瑛著,选诗十一首,词九阕。卷首有张紫蘩题词,次江珠题词。

---

① 然颇具意味的是,任氏晚年却不再涉足女性文学活动。道光癸未吴县戈载为归懋仪《绣余序草》所撰序中云:"予闻三十年前袁随园太史、任心斋征君,皆有女弟子。太史择能诗者,定十八女学士之称。征君则为刊《吴中女士诗钞》,共十余家。予生也晚,仅一见太史,不得躬逢其盛。征君则去年顾访家君,予始获晤,年七十外,近勤于经史,不复谈前事,是一时之流风雅韵,固已兰枯香灭,无有人慕而道之矣。"任氏似对当时的流风雅韵流露出后悔之意。

《琴好楼小制》，婉兮女史李嬿著，选诗十首，词二首。卷首有王悟源题词。

《采香楼诗集》，云芝女史席蕙文著，选诗三十二首。卷首有乾隆己酉江珠序。

《修竹庐吟稿》，朱宗淑翠娟著，选诗三十二首。卷首有乾隆己酉任兆麟序。

《青黎阁诗集》，吴中女史江珠碧岑著，选诗三十五首，词五首。卷首有乾隆戊申江珠自序，次任兆麟题词。诗集卷末附有心斋先生所作新腔三叠。

《翡翠楼集》，散花女史沈纕蕙孙著。《翡翠楼集》由《绣余草》与《浣纱词》构成，前者选诗六十一首，后者选词二十二阙。《浣纱词》前有沈蕙孙自序，次张滋兰题词，次任兆麟《书〈浣纱词〉后》。

《晓春阁诗稿》，寄湘女子尤澹仙著，选诗五十六首，词十阙。卷首有乾隆己酉任兆麟序，次沈持玉序。

《停云阁诗稿》，皎如女子沈持玉著，选诗二十二首，卷首有乾隆己酉尤澹仙序。

末附王琼《爱兰诗钞》一卷、沈纕《翡翠林雅集》一卷及《箫谱》一卷。其中《爱兰诗钞二集》选诗七十二首，文五篇。卷首有乾隆甲寅王鸣盛序，次同年任兆麟序，次张芬序，次马素贞序，次金逸序，次诸家题词。卷末有季耀南跋文。

据是编扉页镌"己酉夏镌"字样，故一般著录刊刻时间为乾隆五十四年。然考集中任兆麟《两面楼诗稿叙》作于乾隆五十六年十二月，又，是书所附王琼《爱兰诗钞二集》卷首有乾隆五十九年甲寅王鸣盛、任兆麟等人序，任氏《序》云："余尝品鹭十子诗……将续十子编后……时乾隆岁在甲寅仲夏。"①可知，是书当

---

① [清]任兆麟：《爱兰诗钞二集序》，《吴中女士诗钞》附《爱兰诗钞二集》卷首，乾隆间刻本。

始刻于乾隆己酉(1789)年夏,后陆续补入闺秀诗作,最后于乾隆甲寅(1794)递刻而成。①

是编书名异称颇多,其卷首眉端横书"十子合集"四字、石钧《题吴中十子诗词》,及集中马素贞《爱兰诗钞序》所云:"余尝读心斋先生所辑《吴中十子合集》。"②可知是编亦名《吴中十子合集》或《吴中十子诗词》,而集中所选十家闺秀(除王琼外)当有"吴中十子"之称。这是一群与随园女弟子同时代的诗人。然与随园女弟子遍布吴越各地不同,此十子以吴江本地人居多,往往多为姻亲戚属,如陆瑛、李嬿是姑嫂,张芬、张允滋是从姊妹,沈持玉为尤澹仙之外妹。在姻亲的基础上,又推展至以编者任兆麟为中心的文人交游圈,如江珠为江藩三妹,由任兆麟文集《有竹居集》中江藩为任氏所撰《书任心斋诗后》中所言"昭阳单于之岁,余归邗上,任君文田辱寄心斋诗稿。余适有平山之行,挟其诗而至平山诵于青松翠柏间"③,可见江、任两人诗文交往之情形。而任兆麟与陆昶虽未见文字上的直接往来,但从王鸣盛在辑选《国朝二十家诗钞》时收录任兆麟《林屋吟卷》八十首,且又为陆昶《历朝名媛诗词》撰写序文,可见陆、任二人所处文人圈的交叠。是故,"吴中十子"之纽带实为任兆麟之属的男性文人,并借由男性文人圈及交游脉络,从而扩展、联结每位身居闺阁之中的成员。④

---

① 据任氏《清溪诗稿叙》所记:"清溪女史……因录其所作,请余决择。……并示碧岑阅定一卷,先付梓,而香溪《南楼》、蕙孙《翡翠林》、月楼《别雁》、碧岑《小维摩》诸集将次选存续出,以俟采风者。"亦可得到印证。
② [清]马素贞:《爱兰诗钞二集序》,《吴中女士诗钞》附《爱兰诗钞二集》卷首,乾隆间刻本。
③ [清]江藩:《书任心斋诗后》,见任兆麟:《有竹居集》卷首,嘉庆二十四年(1819)两广节署《有竹居集》刻本。
④ 吴中十子的交友圈在一定程度上已经摆脱家族性,但与稍后之随园女弟子吟咏群仍有所差异。随园女弟子中不少人为袁枚笋舆游访时以慕名请赞的形式罗致,其中如骆绮兰,更是完全依靠自我的社会交游关系穿越闺门投师请益。相比之下,随园女弟子之交游圈更为广泛和开放。

二、宗尚风雅的特征

在《吴中女士诗钞》刻行之前，同样选录有吴中女士的选集尚有《吴中香奁诗草》抄本一种，这不能不引起我们比较的兴趣。参读二集，可以看到两者在内容上的确存在诸多相合之处。《吴中香奁诗草》前有题为沈起凤所作《香奁吟社集小引》，落款为乾隆五十六年（1791），此文与《吴中女士诗钞》卷首石韫之《题吴中十子诗词》文辞几乎全同，惟署名异。① 是本卷前依次抄录有沈纕《书寄清溪张夫人》、尤澹仙《两面楼诗序》、张芬《赏奇楼诗序》、王悟源《琴好楼诗序》、江珠《青黎阁诗自序》、张允滋《品香书屋分题与散花沈妹启》、朱宗淑《题浣纱词卷》、沈持玉《晓春阁诗序》，且序文内容与《吴中女士诗钞》所录相同。是集以诗系人，共收录女诗人二十七家②，诗作九十五首，其中《吴中女士诗钞》收录的十位女诗人（除王琼外）均见抄，入选诗作共三十一首。凡此数端，皆可推断吴中十子当为香奁吟社之成员，《吴中香奁诗草》很可能为当时流传于吟社成员中、却未曾刊刻的一种抄本，与专门选录吴中十子的合集《吴中女士诗钞》自然有绝大关系。

但是，《吴中香奁诗草》与《吴中女士诗钞》这两部总集毕竟还是存在着许多重要区别。就前者选录内容来看，除卷首沈起凤所作小引外，集中所录诗文皆为闺秀唱酬、分韵联吟之作，全然没有男性介入，与其吟社之名"香奁"颇为吻合。可以说，《吴

---

① 《吴中香奁诗草》此文末书"时维乾隆岁次辛亥小春月篑渔沈起凤桐威氏书"，而《吴中女士诗钞》则书"远梅氏石韫题"。另前者有许守之记，称其"旅寓沈氏江曲书庄……偶检几案间，得香奁吟社稿本"，则此抄本当为沈氏所有。
② 十子以外，此书另抄录十七人诗，分别为：王悟源（寂居，一字拈花）、张蕴（桂森）、张芳（一名莲芳，字浣江）、张棠（秋霞）、叶兰（畹芳，一字畹香）、刘芝（采之）、周澧兰（素芳）、徐映玉（若冰，号香溪）、张因（净因）、钟若玉（元圃）、周佛珠（砚云）、孙旭英（一名旭媖，字晓霞，一字如婉）、凌素（静宜）、陶庆余（名善，一字月溪，号琼楼）、蒋瑶玉（月琴）、陆贞（佩琼）、赵镂香（兰心）。

中香奁诗草》基本呈现出当时闺秀结社之原初生态。相比之下,《吴中女士诗钞》则更多地体现出男性指导者任兆麟对女性社集之影响与作用。任氏不仅指点诸女为诗,如李嬿《晴窗偶书呈心斋先生》自注所云"是日心斋先生至,阅拙稿,为窜正几字"①,更有为诸女命题诗课之事。今所知诗课之作,有张芬、席蕙文、朱宗淑之《虎丘竹枝词》,朱宗淑、沈缵《题赵承旨画兰》,席蕙文、朱宗淑《拟谢朓晚登三山还望京邑作》②。又据张芬《晚春小饮怀碧岑江姊》(其二)自注所云"己酉闰五,林屋吟榭会课《白莲花赋》"③,众人尝为赋课,所作诸赋并见《翡翠林闺秀雅集》,各赋后有任兆麟、徐朗斋或赵味辛之评语。任兆麟进而品定诸作,以江珠、沈缵、张允滋、尤澹仙四人之作为"超取",朱宗淑、张芬、沈持玉、刘芝四人之赋为"优取"。然而,作为主持风雅的主盟者,任兆麟对女性社集的影响还远不止于此,其"以选为宗派图"的主观倾向,使得《吴中女士诗钞》呈现出完全不同于《吴中香奁诗草》的风格。任氏自谓于诗"持论不斤斤时代,不拘拘家数,要求当于古人温柔敦厚之旨"④。从其创作实践看,其诗风属"格调"一派,而于袁枚性灵说颇为不屑。其《于止轩诗集序》谓曹贞亮:"尝规袁子才不能为诗,且勿自吵,以伤风教,斯其识诚有大过人者。"⑤而在《吴中女士诗钞叙》一文中,任氏更是以选家之口明确表达了自己以风雅为宗的诗学观念:

---

① [清]李嬿:《琴好楼小制》,《吴中女士诗钞》(不分卷),乾隆间刻本。
② 《吴中女士诗钞》中诸闺秀诗课之作,均在诗题之下注有"心斋先生课",而见录于《吴中香奁诗草》的同题诗并无此注。
③ [清]张芬:《两面楼诗稿》,《吴中女士诗钞》(不分卷),乾隆间刻本。
④ [清]任兆麟:《心斋文稿五·祝湘珩诗集序》,《有竹居集》卷九,嘉庆二十四年(1819)两广节署《有竹居集》刻本。
⑤ [清]任兆麟:《心斋文稿五·于止轩诗集序》,《有竹居集》卷九,嘉庆二十四年(1819)两广节署《有竹居集》刻本。

闻诸《礼》，女有四德，言居其一，是以三百篇不少女子之作，圣人删之，以列于经传，曰"温柔敦厚"，诗教也。又曰发乎情，止乎礼义。诗以言乎，持也。兹所采集清藻若选，古腴若陶，近体则不减唐贤，《玉台》《香奁》之颓波扫涤殆尽。或以女子真面目当不若是，余为庄诵李白氏之诗，曰圣代复元古，垂衣贵清真。宋元以后，诗格日趋卑下，何独女子。结音摘藻，剪截浮靡，始见诗之真面目耳。乌得以女子为宜有异也。此庶几乎先圣以诗立教之恉。世之女子从事于斯者，读三百篇后，当继唐中叶以上诸名家作徐诵之。①

文中的核心概念是"诗教"，编者虽有为女性书写正名，然其所据却是更为普遍的诗教论，女性书写价值之存有仍以道德高标为依归。与此相应，其对女性书写的基本主张则有两点：其一，强调女性要上继诗经"温柔敦厚"的诗教传统，其二，学习的榜样乃是唐中叶以上诸名家。可见，任氏之推崇女性诗，并未考虑男女书写本质上的差异，其动机与意图正在显扬女性诗"玉台香奁之颓波扫涤殆尽"之后所具有的诗教价值。

正是在这种诗学观的支配下，相比《吴中香奁诗草》所呈现的较为庞大的闺阁吟咏队伍，是编仅选录十一人，其中固然有一定人情因素，然最根本的一点，与选家本身在编选时十分强调入选者与编者之间在诗学观念上声气相通有莫大的关系。如入选的江珠、沈纕两位女弟子，早在编选此集前，任兆麟就已将此两位划入自己的诗学圈子，如任氏在《祝湘玠诗集序》一文中即云："吴中近尚纤靡诡怪之习，余与二三子高谭风雅，若张思孝、王芑孙、石钧、顾承、段骧、钮树玉诸子以及江、沈诸女士，并世而起，而吾道益振。盖始而哗，继而疑，终则翕然论随以定，故年来吴

---

① ［清］任兆麟：《吴中女士诗钞·自叙》，《吴中女士诗钞》卷首，乾隆间刻本。

中诗教颇尚清真。"①其中所谓"江、沈"即是指江珠、沈缙,俨然成为任氏领袖一方的中坚支持力量之一,与张思孝、王芑孙、石钧、顾承、段骧、钮树玉诸子一道追随任氏"高谭风雅",并以"清真"诗风力摧"纤靡"之习。而在《吴中女士诗钞》一集中,任兆麟更是宣称与江、沈两闺秀诗学旨趣相投,如任氏评定沈缙《绣余草》云:"碧岑出示近作媛诗题词,因论集中古今体制并工,古体尤卓绝,类非唐宋以下诸家所克逮,又谓田家诸什当推压卷,与鄙意亦若左契合也。"②褒扬之词中,尤可见三人友朋声气。是故,两人入选《吴中女士诗钞》自然是情理之中。再如王琼,其诗观与任氏亦甚为相投,王琼在《名媛同音集》自序中云:"诗者,持也,所以持其志也。使不能持其志,流于秋纤新巧,淫佚邪荡,其害遂至不可言。"③其论调与任氏所谓"发乎情,止乎礼义。诗以言乎,持也"极其神似,均是训"诗"为"持",强调诗歌具有自持其心和扶持家邦的教化功能。是故,王琼虽未曾列名《吴中香奁诗社》,编者仍着意以附刻形式将其《爱兰书屋》集编入《吴中女士诗钞》,并盛赞王琼诗"大抵皆清超越俗之音"④。而据任氏为王琼《爱兰书屋》所撰序中提及:"近又得三子,暨琼而四,将续十子编后亦极一时之盛矣。三子者,一为汪玉轸,字宜秋,陈生昌室;一为金逸,字仙仙,陈生基室;一为马素贞,字波仙,陆生尔爕室,皆余门弟子。"⑤可知,同时与王琼师从任氏的尚有金逸、汪玉轸、马素贞三人,然任氏推赏王琼,对于早慧且有诗名的金逸却一诗

---

① [清]任兆麟:《心斋文稿五·祝湘珩诗集序》,《有竹居集》卷九,嘉庆二十四年(1819)两广节署《有竹居集》刻本。
② [清]任兆麟:《绣余草序》,见沈缙:《绣余草》卷首,乾隆间刻本。
③ [清]王琼:《名媛同音集·自序》,《名媛同音集》卷首,乾隆间刻本。
④ [清]任兆麟:《爱兰诗钞二集序》,《吴中女士诗钞》附《爱兰诗钞二集》卷首,乾隆间刻本。
⑤ [清]任兆麟:《爱兰诗钞二集序》,《吴中女士诗钞》附《爱兰诗钞二集》卷首,乾隆间刻本。

未收,二人在选家心目中的高下立判。① 由上可见,《吴中女士诗钞》的选人方向的确能够反映出编者任兆麟所谓"高谭风雅"的追求。

而就选录诗作的题材来看,《吴中香奁诗草》一选中,除了张因《武侯祠》、钟若玉《杜陵草堂》、尤澹仙《读武侯传》及《读吴志》四首外,其余九十多首多为写景咏物之作;比照之下,题咏书史一类(包括题词、题画)题材在《吴中女士诗钞》中却尤见突显,选录多达九十四首,几占全集诗作数量的五分之一。其中既有评论历史人物之作,如《咏王昭君呈心斋》《咏卓文君》《真娘墓》,又有读诗论史的感叹论断之作,如《读心斋先生纲目通论偶成咏史十首奉呈》十首、《夜卧听弟子读离骚》、《读吴志》、《读武侯传》,即便对近时闺友品评诗画之作,如《题心斋先生诗后》《读研云同学诗稿题此寄慰》《题梁溪孙媛旭英峡猿集》等,其内涵择取仍以意见评论为主。此类题咏书史的作品,实不属于女性闺情婉约之书写范围及风格,若不指明出于闺秀创作者之手,读者甚难察觉其性别区隔。《吴中女士诗钞》一编中如此众多的题诗咏史之作的选录,自是女性书写现象之突破,编者任氏着意对此类"脱离脂粉之气"的诗篇加以圈点,更可见其推崇之意。然而必须指出的是,这些表现女性颇具"高超思想境界"的作品明显皆以风教礼义为准则,未必果真具有独立抒写个人识见之地位。如朱宗淑《题江岑碧姊》:"寒夜长吟一卷诗,斯人何幸得同时?直教孔思周情合,始觉班香宋艳卑。经史不妨充蠹腹,文章从此属蛾眉。惭余笔砚应焚却,欲步芳尘悔已迟。"②朱宗淑在诗中赞美江珠之诗作,以江珠同时而生为幸,并在诗中展现其诗学观点,由

---

① 汪玉轸、金逸后来转投随园门下,其原因固然有多重,但两人的诗学才能当时未能深得任兆麟之赏识,且稍后随园性灵派声势日益壮盛自然是不容忽视的原因。

② [清]朱宗淑:《修竹庐吟稿》,《吴中女士诗钞》(不分卷),乾隆间刻本。

"直教孔思周情合,始觉班香宋艳卑"两句可见其受传统诗教影响之深。又如其《冬夜读寄湘尤妹诗率成八韵奉赠》云:"展卷契余心,一臠足尝鼎。概自诗教微,唐宋分畦町。不本真性情,区区摩咳謦。郑声日已遥,非君孰能拯。风雅得宗师,主持功莫并。"①所流露的同样是作者本乎诗教、追溯风雅的诗观。再如张滋兰《题沈蕙孙绣余集即集》:"群雅吴中推碧岑,剪红刻翠亦何心?扶轮又得如椽笔,重构风人正始音。"②王琼《题吴中女士集再呈清溪夫人》云:"红笺竞写簪花笔,白雪争成咏絮篇。自古贤媛皆博洽,元音先自国风传。"③均是借由对师友诗学才能的评价,展露自我的见解与价值判断,而究其主要议论内涵,则不外乎追溯风雅、直承诗教,强调诗歌"和性情,厚人伦,匡政治"的道德功用。除此之外,集中所选录的一些咏史论古之作,更是全然以道德为中心评论标准,如沈蕙孙《读心斋先生纲目通论偶成咏史十首奉呈》中的《隋》:"宫前百戏竞婆娑,酒馔陈时闲绮罗。略以阿房与土木,滂夸齐园集笙歌。泥沙金帛悲何限,蝼蚁人民怨自多。转瞬烟尘弥望起,杨花落去奈愁何。"④此诗于历史人事叙述中虽有得失判断与个人理解评定,然其最后持论仍是基于朝代兴衰之关键,即在于其人之是否有德的立场。又如尤澹仙《读武侯传》则云:"经世推王佐,伊周共瘁勤。君才能一统,天意定三分。饮血承遗诏,功新静徽氛。英雄终古恨,泪洒出师文。"⑤既有颂扬身为人臣忠君节义之道德,又对武侯之角色与悲剧遭遇有所评论,寄予自己的同情。如从正统诗教观来看,此诗恰具伦理道德之审美意涵。而此类诗作中不乏刻意迎合男性文人趣味的创作企图。如沈缲《读心斋先生纲目通论偶成咏史十

---

① [清]朱宗淑:《修竹庐吟稿》,《吴中女士诗钞》(不分卷),乾隆间刻本。
② [清]张滋兰:《潮生阁诗稿》,《吴中女士诗钞》(不分卷),乾隆间刻本。
③ [清]王琼:《爱兰诗钞二集》,《吴中女士诗钞》(不分卷),乾隆间刻本。
④ [清]沈缲:《翡翠楼集》,《吴中女士诗钞》(不分卷),乾隆间刻本。
⑤ [清]尤澹仙:《晓春阁诗稿》,《吴中女士诗钞》(不分卷),乾隆间刻本。

首奉呈》十首及张芬《咏史同蕙孙妹作》两首,任氏有数量颇丰的考史文章,并且注重人物品评,任氏《有竹居集》中即收录有十七篇史论作品。而沈、张两人之作皆是读任兆麟《纲目通论》所作咏史之诗篇,其为获取任氏之肯定与赞赏之意深为明显。是故,此类题咏书史之作固然使女性诗人有了表达"一己之意"的论述机会,其思想却未见独立或超越之处,以趋附男性的表达姿态,对固有传统多有维护巩固,呈现出宗尚风雅的特征。

值得注意的是,《吴中香奁诗草》中尤澹仙《秋日偶成》、沈持玉《春泛》、陆瑛《湖上泛舟同清溪姊作》、李嬿《和沈蕙孙秋夜闻笛韵》、席蕙文《虎丘竹枝词》并未见录于《吴中女士诗钞》。此五首诗作均非任氏所推重的题咏书史类,皆为描述女性日常的交游唱酬之作。如陆瑛《湖上泛舟同清溪姊作》云:"一棹沿流去,初晴洲气新。梅花湖上路,杨柳笛中春。远水澹含好,色风都及晨。蓬窗闲倚望,面西远山颦。"①此诗所描绘的是初春湖上泛舟所见之景,其文辞、境界上都不算高妙,却能较为真实地展现女性平凡的闲赏生活。由此推断,是编虽为合刻型总集,然选家对诸闺秀之诗集原作明显进行了增删改定②,尤其是此类日常化题材的诗作却鲜少见录于《吴中女士诗钞》中,足可证选家之采编旨趣所在。

而在诗歌风格取向上,编者尤为偏爱闺秀的拟古之作,正与前文所及"当继唐中叶以上诸名家作徐诵之"之论调相呼应。如擅写拟骚体的朱宗淑,任氏盛赞其《修竹庐》云:"女子歌诗出入唐宋间,今春以近稿相质,风格遒上,烈妇行一篇直造古人堂奥

---

① 见《吴中香奁诗草》清抄本。
② 将同时入选两集的诗作互较,亦可见任兆麟对诸闺秀诗作的改定情形。如《吴中香奁诗草》中沈缵《采莲曲》"小立新凉掠鬓丝,娇喉唱罢玉参差"句,在《吴中女士诗钞》中题作《采莲曲同婉兮姊作》,并改成"小立新凉掠鬓丝,画楼吹罢玉参差",可与前文所及任氏指点诸女为诗相印证。

矣。"①朱宗淑《烈妇行》诗云：

> 妾命薄兮奈何,托君子兮丝萝。洗手作羹兮事姑,姑色不喜兮妇心独苦,回问小姑兮姑意云何。哀哀逐子,中心孔忧。维妾之故,罗此谴尤。嗟哉!徒有子妇,欲侍堂上靡由。庭前树,一朝枯。秋风急,啼栖鸟。君一去兮妾身孤,忍死兮为此呱呱。天降祸兮孰知其端,巢既覆兮卵不完,静言思之摧心肝。妾不能事姑,又不能抚子。偷生何为,饿死相从地下耳。白云悠悠,清泉洄洄。妾心苦兮谁知,妾命薄兮如此。②

诗篇女主人公为嘉定烈女郑氏,"夫丧以柏舟自矢,携其子归,子又殇,遂无意人世,不食而思"③,全诗以拟骚体抒写诗人对烈妇悲惨命运的同情,同时又体现出女诗人对其贞烈德行的充分肯定。任氏所谓"直造古人堂奥",盖是指此诗能够上溯风雅,具有古人追怀淑德之深远意境。

对于近体诗,则任氏又屡屡推崇闺秀学唐之作。如任氏《清溪诗稿叙》中云:"清溪女史幼秉家训,娴礼习诗,尝以韵语质香溪徐夫人,香溪亟赏之……因录其所作,请余抉择,徐诵之,颇见清超之致,碧岑女史所称为唐人格调也。"④不仅赞美其妻张允滋之才学其来有自,更是借由江珠之口盛赞其妻张允滋诗风近于"唐人"笔法,并俨然将张氏《潮生阁集》冠之卷首第一的位置。又如任氏赞赏《两面楼诗稿》云:"大都斟酌三唐,发源选体,匪徒袭其貌似而已。盖月楼夙秉慧业,又偕寂居、碧云诸子参禅论学,由其性真所发虑,而不类句栉字比者之为,是契无上乘

---

① [清]任兆麟:《修竹庐序》,见朱宗淑:《修竹庐吟稿》卷首,乾隆间刻本。
② [清]朱宗淑:《修竹庐吟稿》,《吴中女士诗钞》(不分卷),乾隆间刻本。
③ [清]朱宗淑:《修竹庐吟稿》,《吴中女士诗钞》(不分卷),乾隆间刻本。
④ [清]任兆麟:《清溪诗稿叙》,见张滋兰:《潮生阁诗稿》卷首,乾隆间刻本。

者。"①指出其创作出于"性真",而不徒饰辞藻,究其源流盖以三唐为诗法所宗。是故集中所选张芬《拟唐人四季宫词》《拟唐人秋宫曲》《拟唐人关山月》等多为所谓"斟酌三唐"之作。

就集中选录具体诗作来看,诸闺秀拟唐之作往往模拟痕迹较深。如张芬《拟唐人四季宫词》诗云:"戏掷榆钱唤小奴,拟描春醉作新图。宫花御柳争芳艳,那信长门雨露无。华清浴罢不胜娇,舞态翩翩试碧绡。昨夜采莲歌宛转,君王亲和凤凰箫。"②此诗明显摹写自白居易《长恨歌》,却无白诗之风韵,不仅"徒袭其貌似",且诗歌所表达的情感亦极为平淡。再如席蕙文的拟杜之作,如《杜甫草堂》诗云:"万里桥边结伴游,草堂景物倍清幽。针阳衰草成荒径,老树寒鸦变慕秋。潦倒半生悲患难,文章千古擅风流。先生遗址谁题句,凭吊重教旅客愁。"③若以此诗与杜甫凭吊诸葛武侯的《蜀相》诗同读比较,便不难看出席蕙文拟杜甫诗法的痕迹。二诗皆七律,上四写遗址,下四感事迹,且从诗的意境、情思、结构安排到诗艺都相同。席诗从形式上模拟过多,而沉雄苍老之致则与杜诗差距颇大。可见此类拟古之作痕迹未化,显然并非任兆麟所誉之"是契无上乘者"。

总之,《吴中女士诗钞》无论是选人还是选诗均呈现出宗尚风雅的特征。吴中女士虽借由任氏此编得以"流播海内"④,然其声名实远不如同时代甚而稍晚的随园女弟子,即如广搜海内人才,尤瞩意闺阁才媛的《随园诗话》于任兆麟及其吴中十子(后另投随园门墙的汪玉轸、金逸除外)也并无所及,这在很大程度上确有声气不同而笔端不至的因素存在。

---

① [清]任兆麟:《两面楼诗稿叙》,见张芬:《两面楼诗稿》卷首,乾隆间刻本。
② [清]张芬:《两面楼诗稿》,《吴中女士诗钞》(不分卷),乾隆间刻本。
③ [清]席蕙文:《采香楼诗集》,《吴中女士诗钞》(不分卷),乾隆间刻本。
④ 法式善《梧门诗话》卷十五记载:"结林屋十子吟社,分笺角艺,然成帙,兆麟刻以行世,流播海内,真从来所未有也。"见《梧门诗话》卷十五,《清代稿本百种汇刊》,台湾文海出版社1974年版,第543页。

第三节 独标一格的女弟子诗选：《随园女弟子诗选》

一、编者、成书及体例

《随园女弟子诗选》的编者袁枚（1716—1797），字子才，号简斋，浙江钱塘人。居于江宁小仓山随园，世称随园先生，晚年自称随园老人、仓山居士、仓山叟。早年家境穷困，而嗜书如命。于乾隆三年（1738）考中举人，次年又一鼓作气中进士，选庶吉士，入翰林院。但不久又因满文考试下等，外放江南任县令，先后任溧水、江宁两县县令，期间又曾短期出山赴陕西任职。乾隆二十年（1755）急流勇退，移家入随园定居，与诗友聚会，或埋头著述，游山玩水，悠闲自在，成为乾嘉之际文坛上的一大在野闻人。袁枚主要著述有《小仓山房集》《随园诗话》《随园随笔》《子不语》等。

袁枚自乾隆七年（1742）外放江南县令直至病故，一生广收弟子，自称"以诗受业随园者，方外缁流，青衣红粉，无所不备"①。所谓"红粉"即是女弟子。在袁枚之前，名士招收女弟子已屡见不鲜，如"昭华（徐媛昭华）之于西河（毛太史奇龄），素公（吴媛绡）之于定远（冯文学班），采于（张蘩）之于西堂（尤太史侗），若冰（徐媛暎玉）之于松崖（惠文学栋）、沃田（沈征士大成），芷斋（方媛芳佩）之于霁堂（翁国子照）、堇浦（杭侍御世骏），其尤焯著者"②。但是，袁枚随园招收女弟子人数之多、范围之广、影响之

---

① ［清］袁枚：《随园诗话补遗》卷九，载王英志主编：《袁枚全集》第三册，第781页。
② ［清］任兆麟：《晓春阁诗集序》，《吴中十子诗钞》（不分卷），乾隆间刻本。

大、整体实力之强,实难有出其右者。① 这自然与袁枚揄扬性灵诗学、推广女性文学的作为密切相关。

袁枚大力提倡女子作诗:"俗称女子不宜为诗,陋哉言乎!圣人以《关雎》《葛覃》《卷耳》冠《三百篇》之首,皆女子之诗。"②将诗经的经典之作视为女子之诗,以征圣援经之术公然向阻碍女子作诗的传统观念挑战,颠覆了"女子无才便是德""女子不宜为诗"的传统价值观,为女子作诗鸣锣开道,撑腰打气。而且,这位乾隆诗坛的盟主还在杭州西湖与苏州绣谷园组织诗会雅集,与女弟子交游唱和。门生王汝翰曾撰文言之:

> 先生则年登老耋,瓜李无嫌;口唤曾孙,姬姜尽拜。闺中淑艳,尽识耆卿;梱内英奇,群钦张祐。翩然立雪,有女如云。或半面未逢,先寄瑶华千字;或片语初接,立呈丽制数篇。或清谈甫竟,旋美膳之亲调;或画象偷描,辄心香以供奉。或千篇手绣,五色买幼妇之丝;或一字代更,三匝下兜罗之拜。琉璃研北,非白傅之什不吟;翡翠窗南,惟徐陵之序是乞。先生手持玉尺,量向金闺,开高会于圣湖,征新篇于茂苑。簪花之格,临池而争角其工;赋茗之章,入手而群惊其丽。敏传击钵,大张娘子之军;誉起连城,足夺士夫之气。此惟夏侯授经义于宫中,差齐兹盛举;彼东坡遇名媛于海上,尚逊此休风者矣。③

此说极力描绘了袁枚晚年大收女弟子之盛况,其思想和态度名动闺帷,吸引众多名媛才女倾慕其文才,其中有"半面未逢"者,

---

① 王英志:《随园女弟子的成员、生成与创作》,《井冈山师范学院学报》2002年第1期。
② [清]袁枚:《随园诗话补遗》卷一,载王英志主编:《袁枚全集》第三册,第570页。
③ [清]吴锡麒:《随园前辈八十寿言》,《随园前辈八十寿言》卷一,载王英志主编:《袁枚全集》第六册,江苏古籍出版社1993年版,第7页。

亦有"片语初借"者,以各种形式向袁枚求教,并且"开高会于圣湖,征新篇于茂苑",两次湖楼盛会声势极其壮大。随园女弟子的名声因袁枚的提倡而流风远播,也成了当时名媛闺秀学习的对象。

为了传播、表彰女弟子的创作,袁枚于嘉庆元年(1796)编辑出版《随园女弟子诗选》①。此集卷首有嘉庆元年(1796)汪谷的题序,依序分为六卷,收录二十八位女弟子的著作,五百零五首作品。卷一有席佩兰与孙云凤,分别为七十二首与四十三首;卷二惟独金逸一人,收录了七十七首之多;卷三有四人,分别为骆绮兰的四十三首、张玉珍的三十五首、廖云锦的十三首与孙云鹤的十八首;卷四有八人,分别为陈长生的十首、严蕊珠的二十七首、钱琳的十首、王玉如的五首、陈淑兰的二十七首、王碧珠的七首、朱意珠的六首与鲍之蕙的十四首;卷五有八人,包括王倩的四十二首、卢元素的二十二首与戴兰英的二十首,其中张绚霄、毕智珠、屈秉筠与许德馨四人有目无诗;卷六有六人,为吴琼仙的四十一首,归懋仪、袁淑芳、王蕙卿、汪玉轸与鲍尊古五人有目无诗。

以上二十八位女弟子,就其籍贯来看,江苏计有:苏州金逸、王碧珠、朱意珠,吴江严蕊珠、吴琼仙、袁淑芳、汪玉轸,常熟席佩兰、归懋仪、屈秉筠,松江张玉珍,青浦廖云锦,丹徒鲍之蕙,南京陈淑兰,镇江骆绮兰,江都卢元素、许德馨,太仓张绚霞、毕智珠;浙江计有:杭州孙云凤、孙云鹤、陈长生、钱琳、王玉如,绍兴王倩,嘉兴戴兰英(其中王蕙卿、鲍尊古籍贯不明)。可知,这些随园女弟子均属江浙地区,其中江苏共有十九位,浙江七位。而就身份言,除了汪玉轸为少见的贫家女子,其余均是家境尚可的知识女性。值得一提的是,其中王碧珠、朱意珠、张绚霄、王玉如都

---

① 目前所见最早的版本有《随园女弟子诗选》嘉庆丙辰(1796)初刻本,国家图书馆、上海图书馆均有藏,笔者所据即为国图本。晚此本翻刻迭出,目前所见有光绪十八年(1892)上海图书集成印书局印《随园女弟子诗选》和民国十八年(1929)上海会文堂石印《增注随园女弟子诗选》,所据底本均为嘉庆丙辰(1796)初刻本。

是姬侍身份,如王碧珠、朱意珠为汪心农之妾,张绚霄为毕沅之妾,王玉如为孙嘉乐之妾,身份地位较为低下,但袁枚不论贵贱,一反俗流,将这些姬侍与才媛并列选入集中。当汪心谷认为意珠、碧珠两人"年幼初学操觚,不敢与女公子及诸夫人并列"时,袁枚却援引《春秋》加以反驳:"齐桓晋文合诸侯时,同盟者岂皆鲁、卫大邦,竟无邾、莒附庸执玉帛而来与会者耶?子何所见之狭也。"①以邾、莒小国加入诸侯同盟来证明侍姬进入诗选的合理性,提高了侍姬其人其作的地位和价值。其中固然有袁枚对汪心农资助出版之私谊的考虑,但未尝不是编者袁枚对传统等第观念的一种反拨。

二、抒写性灵的选心

《随园女弟子诗选》的编选,袁枚"就其所呈篇什,都为拔尤选胜而存之"②,透过入选作品的风格趋向以及所构筑的经典作品,不仅略见随园女弟子当时的生活风貌,亦可洞悉袁枚抒写性灵之选心。

(一) 最爱言情之作

袁枚论诗专主性情。所谓"性情",本是意指"性"与"情"两部分,然身份殊异使诠释有所不同。理学家着眼于"性",袁枚则指涉于"情"。他曾说:"千古善言诗者,莫如虞舜,教夔典乐曰:诗言志。言诗之必本乎性情也。"③以"性情"即"情"诠释志,把两者等量齐观,以"诗言志"的外壳来包裹其诗写真情的内瓤,是对"诗言志"之"载道"本义的一种革命。而在《再答李少鹤》一文

---

① 〔清〕汪心农:《随园女弟子诗选序》,《随园女弟子诗选》卷首,嘉庆元年(1796)刻本。
② 〔清〕汪心农:《随园女弟子诗选序》,《随园女弟子诗选》卷首,嘉庆元年(1796)刻本。
③ 〔清〕袁枚:《随园诗话》卷三,载王英志主编:《袁枚全集》第三册,第86页。

中,袁枚对此有更具体深入的阐发:"来札所讲'诗言志'三字,历举李、杜、放翁之志,是矣。然亦不可太拘。诗人有终身之志,有一日之志,有诗外之志,有事外之志,有偶然兴到、流连光景、即事成诗之志。'志'字不可看杀也。"①。尤其是"志不可看杀也"一句,袁枚旨在强调"志"不可拘于"理"的羁绊,而是应该抒写多样丰富的诗人情感,这样的"志"就完全走进了"情"的各个领域,与汉儒"诗言志"之说相距甚远。《毛诗序》亦主张诗"吟咏情性",但强调"发乎情,止乎礼义",要求以封建伦理纲常限制人之感情,而袁枚所强调的性情则有不受封建道德束缚的一面,完全落实在一个"情"字上。

《随园女弟子诗选》的编选和袁枚论诗专主性情的文学观可谓一脉相承。女弟子作品中抒写男女之情、亲子之情、手足之情、师生之情、朋友之情的皆属选录范畴。而其中最为引人瞩目的,则是选录了许多书写男女之情的作品。袁枚认为诗由情生,男女情爱之作即属真情流露,不假造作的自然呈现。选录这些抒写男女之情的诗作是袁枚对"余最爱言情之作"一说最有力的践行。如集中收诗最多的女诗人金逸,就是一位将爱情视作其生命全部的女诗人。如《寒夜待竹士不归——读红楼梦传奇有作》:"轻寒酿雪逼人寒,宛转香消玛瑙盘。待尔未来抛梦起,遣愁无计借书看。情惟一往深如许,魂不胜销死也难。弹尽珠泪犹道少,细思与我甚相干!"②此诗一往情深而言由衷发,表达女诗人对爱情至死无悔的追求。又如其抒写与丈夫相隔两地之相思的诗作:"小庭雨线约风丝,织得心愁薄暮时。隔着帘栊天样远,那教人不说相思?"(《闺中杂咏》③)"如何万里关山隔,一夜相

---

① [清]袁枚:《小仓山房尺牍》卷十,载王英志主编:《袁枚全集》第五册,江苏古籍出版社1993年版,第208页。
② [清]袁枚:《随园女弟子诗选》卷二,嘉庆元年(1796)刻本。
③ [清]袁枚:《随园女弟子诗选》卷二,嘉庆元年(1796)刻本。

思已断魂?"(《绝句》)①均可谓深情款款,传达出女诗人缠绵的思念之情。而在《书怀呈竹士》中,她更是以"百年何所愿?生死只同归"②一语深情道出与爱侣生死同归之心愿。又如在编选吴琼仙的诗作时,袁枚也收录了其表达相思之情的篇什,如《寄外》诗云:"尝尽相思味,方知离别难。为怜春病瘦,转忆客衣单。点鼠禁魂怯,孤灯逼梦寒。小姑不解事,来报杏花残。"③用笔细腻,借描摹整日为离别愁绪缠绕的种种情状,抒写难以言传的相思之情。又如《夏日忆外》诗云:"高楼竹树夜阴阴,十里相思几许深。"④寄相思于草木,情韵委婉。吴琼仙更有仿乐府古调纯朴自然的风格,直接表达相思之情的《自君之出矣》:"自君之出矣,不复对菱花。思君如春荠,一路到天涯。"⑤跳脱曲折的表情方式,俨然回到乐府诗直抒胸臆、自然纯真的格调。

除了相思之作,集中亦收录了许多令人动情的悼亡之作。恩爱夫妻一旦遭遇丧侣之痛,这种肝肠寸断的悲悼之情赋之于诗,就往往具有震撼肺腑的感情力量。如以下几首:

> 虚陈俎豆泪双垂,形影凄凉守幔帷。
> 尘世何人怜孝子,文章从古忌蛾眉。
> 生前想象情犹在,梦里追寻少见期。
> 百折回肠肠更断,泉台只愿早相随。
>
> (张玉珍《丁未除夕苦先夫子》⑥)

频年只自苦相思,搜箧惊看手泽遗。

---

① [清]袁枚:《随园女弟子诗选》卷二,嘉庆元年(1796)刻本。
② [清]袁枚:《随园女弟子诗选》卷二,嘉庆元年(1796)刻本。
③ [清]袁枚:《随园女弟子诗选》卷六,嘉庆元年(1796)刻本。
④ [清]袁枚:《随园女弟子诗选》卷六,嘉庆元年(1796)刻本。
⑤ [清]袁枚:《随园女弟子诗选》卷六,嘉庆元年(1796)刻本。
⑥ [清]袁枚:《随园女弟子诗选》卷三,嘉庆元年(1796)刻本。

读罢伤心浑忘却,情痴转欲盼归期。

(戴兰英《捡箧得先夫子手札凄然有作》①)

在《随园女弟子诗选》中,这类书写男女之情的诗篇收录颇多,而袁枚之所以如此别具慧眼地加以选录,与其对男女爱情问题的观点是一致的。关于此一论题,袁枚与沈德潜的辩论势同水火,颇为深刻。沈德潜于《唐诗别裁集》中不收李商隐的"无题"诗,又在《国朝诗别裁集》凡例中,不选王次回的艳情诗,认为风教不宜,正所谓"动作温柔乡语,如王次回《疑雨集》之类,最足害人心术,一概不存"②。袁枚不满沈氏此番言论,他于《诗经》中最推崇《国风》之表现男女之情,认为:"《关雎》为《国风》之首,即言男女之情。孔子删诗,亦存《郑》《卫》。"又云:"《关雎》一篇,文王辗转反侧,何以不忆王季、太王,而忆淑女耶?孔子厄于陈、蔡,何以不思鲁君,而思及门耶?"③援引《诗经》,为王次回诗辩护,显示出袁枚性灵诗学观与沈氏诗教观之间的尖锐对立的立场。清中期许多女性诗歌总集,尤其是深受诗教论影响的选家们,如任兆麟《吴中女士诗钞》、蒋机秀《国朝名媛诗绣针》,对此类诗歌完全持一种摈而不录的态度。即使如选源丰富的存史之选《撷芳集》中也少见收录,其关注的重心在表现夫妻人伦之和,仅选录表现琴瑟和谐的某些篇什。而袁枚则充分肯定爱情诗的文学价值,凸显这些诗篇所承载的真挚之情,特别是相思之作、悼亡之作,都是独抒性灵的血泪文字,呈现出人性的本色之美。他完全摆脱传统礼教的束缚对爱情诗予以充分肯定,并坚信"情之所先,莫如男女"④,这种观念正是对诗教观的一种极力反拨。

---

① [清]袁枚:《随园女弟子诗选》卷五,嘉庆元年(1796)刻本。
② [清]沈德潜:《国朝诗别裁集》凡例第七则,《四库禁毁书丛刊》,第158册,第132页。
③ [清]袁枚:《随园诗话》卷一,载王英志主编:《袁枚全集》第三册,第15—16页。
④ [清]袁枚:《答蕺园论诗书》,《小仓山房文集》卷三十,载王英志主编:《袁枚全集》第二册,江苏古籍出版社1993年版,第526页。

（二）自然天成为佳

袁枚论诗强调人各有所长，亦各有所短；为文贵为己处，反对模拟前人。他在《随园诗话》中借杨万里的话明确表示了对沈德潜格调说的非议："从来天分低拙之人，好谈格调，而不解风趣。何也？格调是空架子，有腔口易描；风趣专写性灵，非天才不辩。"①他主张文学要抒写"性灵"，反对人们动辄打着"盛唐"的招牌，扛起"杜韩"的家数。在他的《随园诗话》中又云："余作诗，雅不喜叠韵、和韵及用古人韵。以为诗写性情，惟吾所适。一韵中有千百字，凭吾所选。尚有用定后不惬意而别改者；何得以一二韵约束为之？既约束，则不得不凑泊，既凑泊，安得有性情哉？"②此外，袁枚论诗常以"天籁""人籁"对比发挥，以"天籁"比喻诗歌作品的不假雕饰、自然天成与情真意切等特点。而随园女弟子既为袁枚门下，也在《随园女弟子诗选》一集中多有秉承此项特点：如席佩兰之"沉思冥索苦吟哦，忽听儿童踏臂歌。字字入人心坎里，原来好景眼前多"，"风吹铁马想轻圆，听去宫商协自然。有意敲来浑不似，始知人籁不如天"③，强调作品以真情流露、自然浑成为美，反对矫揉造作。王倩《论诗八章》亦然，所谓"宇宙皆诗，本乎天真"④，强调创作的重点在于自然，再融合个人的情感，使之成为动人的篇章。

《随园女弟子诗选》选录的作品与这种"诗贵自然"的主张自有其相通之处。袁枚特别欣赏发自性灵、近乎出口成章的亲切自然的小诗，现将此集选录诗篇的诗体与题材的特点具体列表如下⑤，以做进一步分析：

---

① ［清］袁枚：《随园诗话》卷一，载王英志主编：《袁枚全集》第三册，第2页。
② ［清］袁枚：《随园诗话》卷一，载王英志主编：《袁枚全集》第三册，第3页。
③ ［清］席佩兰：《论诗绝句》，《长真阁集》卷四，民国十四年(1925)扫叶山房本。
④ ［清］袁枚：《随园女弟子诗选》卷五，嘉庆元年(1796)刻本。
⑤ 古体诗因收录篇什不多，为统计方便，不再细分诗类；题画、题照、题词、题壁四种均归入"题画题词"题材范围。

表3-3 《随园女弟子诗选》诗体与题材

题材	诗体					
	五言律	七言律	五言绝	七言绝	古体诗	小计
闺友酬唱	18	30	4	46	0	98
从师问学	6	26	7	33	8	80
题画题词	8	45	8	37	4	102
咏怀咏物	14	13	14	58	11	110
行旅纪游	4	22	6	24	6	62
其他	5	10	8	25	5	53
小计	55	146	47	223	34	505

从诗体来看,《随园女弟子诗选》中选录的多为近体小诗,达四百七十多首,尤以七言绝为最,而古体诗则相对较少,只有三十四首,其中长篇古体诗更少,此集收录仅席佩兰《夫子报罢归,诗以慰之》、孙云凤《媚香楼歌》等若干首。这是因为古体诗,尤其是长篇古体诗需要才学,亦多用典故。而近体小诗喜以白描口语化的文字抒写性灵,较少用典。这一方面固然与女性诗人重感性、直觉的特点相关,但从诗体取向上的偏好来看,也说明作为编者的袁枚对不好用典的近体小诗的偏爱,性灵说于诗反对堆砌典故,推崇"诗有天籁最妙"[1],"口头语,说得出便是天籁"[2],自然不喜欢选录大量用典的古体诗作。

从题材来看,集中几乎都是日常性、个人化的闺阁题材的篇什,主要有咏物咏怀、题画题词、闺友酬唱、从师问学等,内容多为平凡、琐细的个人遭遇和生活琐事。由于生活范围与生活方

---

[1] [清]袁枚:《随园诗话补遗》卷五,载王英志主编:《袁枚全集》第三册,第666页。
[2] [清]袁枚:《随园诗话补遗》卷二,载王英志主编:《袁枚全集》第三册,第598页。

式的限制,随园女弟子诗篇中以宏大的题材表现深刻的社会意义的作品并不多见。所表现的都是极其私人化的情感生活领域,所选择的题材自然不可能事关宏旨,但是这样的平凡、琐细的题材正与女性身份十分吻合,因而具有自然亲切的优点。如钱琳的《偶成》:"独坐西窗下,萧萧雨不成。芭蕉三两叶,多半作秋声。"①《落花》:"觅路乍迷三里雾,含情如怨五更风。"②王玉如《绣余吟》:"绣余静坐发清思,煮茗添香事事宜。招得阶前小儿女,教拈针线教吟诗。"③陈淑兰《晚思》:"弱质怯春寒,名花带月看。惜花兼惜影,不忍倚阑干。"④金逸《绿窗》:"忍将小病累亲忧,为问亲安强下楼。渐觉晓寒禁不得,急将帘放再梳头。"⑤所选景物是秋雨芭蕉、风中落花、带月名花这类寻常小景,所表现的是拈针伴儿、吟风弄月、问亲下楼、放帘梳头这类琐细的情形,但无不是写诗人一时的感受,亦恰到好处地抒写了女诗人各自的真性情,自然天成,且有风趣,不追求境界大小,格调高低,讲究自然而不雕饰,平淡中见新奇。而且,这类题材的小诗在语言上也常以白描和口语化的形式自然成章,无一用典,又都写得真实自然,正符合袁枚"自然天成"的选诗标准。

而这种"自然天成"诗学观念的践行,在某种意义上未尝又不是对闺阁本色的一种尊重和维护。在清代中期趋正趋雅的风尚之下,格调派论女性诗歌必以"本乎性情之贞,发乎学术之正,韵语时带箴铭,不可于风云月露中求也"⑥"巾帼中多吟风弄月语,不足尚也"⑦论之,而一些女性诗人在这种传统诗教观的熏染

---

① [清]袁枚:《随园女弟子诗选》卷四,嘉庆元年(1796)刻本。
② [清]袁枚:《随园女弟子诗选》卷四,嘉庆元年(1796)刻本。
③ [清]袁枚:《随园女弟子诗选》卷四,嘉庆元年(1796)刻本。
④ [清]袁枚:《随园女弟子诗选》卷四,嘉庆元年(1796)刻本。
⑤ [清]袁枚:《随园女弟子诗选》卷二,嘉庆元年(1796)刻本。
⑥ [清]沈德潜评柴静仪诗,《国朝诗别裁集》卷三十一,第158册,第702页。
⑦ [清]王豫:《江苏诗征》引《荻汀录》,《江苏诗征》卷十,道光间刻本。

之下,自己也常常以"脂粉习气"为耻,崇唐模宋,讲求诗必雅正,从而失去了真正具有自己闺秀面目的诗歌特色,使女性诗歌仅仅沦为道德伦理的附庸。而袁枚倡导诗贵"自然天成",即使女性所描写对象多是季节的变化、日月花草、家庭的日常琐事,与社会政治无涉,但这些平凡、琐细的题材恰恰贴近女诗人基本的生活状态,可以毫不伪饰地抒写真性情,保存了女性天真、纯洁的灵性,而只有这样的诗作才是真正的自然天成之佳作。袁枚在《随园女弟子诗选》中选录的诗作大都是这样一些"吟风弄月"之作,可以说,袁枚的选录正是对女性追求这种自然天成的审美标准的充分肯定和鼓励,只有这样,女性诗歌才能成为以男性为主导的诗歌史上绝少依傍,而真正具有自己面目的诗歌。

(三) 兼收众体、风格多样

袁枚不赞成唐诗、宋诗之说,曾有言:"诗分唐、宋,至今犹恪守。不知诗者,人之性情;唐、宋者,帝王之国号。人之性情,岂因国号而转移哉?"①以时代论诗常意在提倡某种风格,只会造成模仿盛行,而袁枚主张具体地讨论问题,他举杜甫诗作进一步辩驳道:"杜少陵之'影遭碧水潜勾引,风妒红花却倒吹','老妻画纸为棋局,稚子敲针作钓钩',琐碎极矣,得不谓之宋诗乎?"②袁枚此论其实是针对沈德潜"唐诗蕴蓄、宋诗发露"一说而发,沈氏诗宗盛唐,提倡风雅,一时附和者众。如与袁枚同时的任兆麟在教导其女弟子时,就十分强调女子学习的榜样乃是唐中叶以上诸名家,"宋元以后,诗格日趋卑下,何独女子。结音摘藻,剪截浮靡,始见诗之真面目耳。乌得以女子为宜有异也。此庶几乎先圣以诗立教之恉。世之女子从事于斯者,读三百篇后,当继唐

---

① [清]袁枚:《随园诗话》卷六,载王英志主编:《袁枚全集》第三册,第190页。
② [清]袁枚:《随园诗话》卷七,载王英志主编:《袁枚全集》第三册,第234页。

中叶以上诸名家作徐诵之"①。而针对当下流行的取法盛唐的做法,袁枚颇不以为然,他主张诗兼众体,能取众家之长,他说:"学汉魏《文选》者,其弊常流于假;学李、杜、韩、苏者,其弊常失于粗;学王、孟、韦、柳者,其弊常流于弱;学元、白、放翁者,其弊常失于浅;学温、李、冬郎者,其弊常失于纤。人能吸诸家之精华,而吐其糟粕,则诸弊尽捐。"②所以对于编选诗集,袁枚也认为当众体兼收,不可偏废,正所谓"凡人全集,各有精神,必通观之,方可定去取"③,选诗不可偏颇,必通观而定去取,"诗之奇平艳朴,皆可采取,亦不必尽庄语也",又云"一集中不特艳体亦收,即险体亦宜收,然后诗之体备而选之道全"。④而《随园女弟子诗选》事实上也印证了袁枚宽广而开放的诗学取向。

《随园女弟子诗选》中的作品展现了随园女弟子吟咏群诗兼众体的特点。以孙云凤为例,云凤最擅长之诗体为五律,如其山水行旅之什:

> 蜀门西望外,直是上青天。
> 路出重云外,人来夕照边。
> 秋风三峡水,暮雨百蛮烟。
> 丞相空祠在,千秋一黯然!
>
> (《巫峡道中》其一)

> 径仄盘涡响,泉流峭壁分。
> 晚风牛背笛,残雨马头云。
> 故垒生新草,荒碑失旧文。

---

① [清]任兆麟:《吴中女士诗钞·自叙》,《吴中女士诗钞》卷首,乾隆间刻本。
② [清]袁枚:《随园诗话》卷四,载王英志主编:《袁枚全集》第三册,第99页。
③ [清]袁枚:《随园诗话》卷十四,载王英志主编:《袁枚全集》第三册,第449页。
④ [清]袁枚:《再与沈大宗伯书》,《小仓山房文集》卷十七,载王英志主编:《袁枚全集》第二册,第285—286页。

客程行未已,杜宇莫教闻。

(《巫峡道中》其二)

客思西风里,车尘暮霭间。
虫声黄叶路,人语夕阳山。
鸟去一何速?我行犹未还。
临溪羡渔者,幽意独闲闲。

(《山行》)

梧桐摇落后,虫语傍苔幽。
以尔呻吟苦,添余寂寞愁。
西风半床月,凉雨一灯秋。
孤馆难成梦,凭阑感旧游。

(《闻虫》)[①]

　　作者以景写情,非常善于抓住景物的审美特征来营造意境,或描绘"径仄盘涡响,泉流峭壁分"惊心动魄、波涛汹涌的行旅,或刻画"梧桐摇落后,虫语傍苔幽"萧瑟清寂的秋景,皆无不蕴含旅人之客心乡愁。而从结构上来看,其对偶句中诸意象常呈并列状,纯用名词,而无动词或虚词,语断而意连,如"秋风三峡水,暮雨百蛮烟""晚风牛背笛,残雨马头云""虫声黄叶路,人语夕阳山""西风半床月,凉雨一灯秋"句,每联皆为四个意象并列,无连接语或动词,然由作者羁旅之愁的意绪网结起来,显示出更为丰富的意蕴,其韵味不减唐人,与杜甫"渭北春天树,江东日暮云"、温庭筠"鸡声茅店月,人迹板桥霜"实有同出机杼之妙。

　　然孙云凤不但擅写五律,其七古诗也深得袁枚之推赏,袁枚在《随园诗话》卷十曾云:"闺秀少工七古者,近惟浣青、碧梧两夫

[①] [清]袁枚:《随园女弟子诗选》卷一,嘉庆元年(1796)刻本。

人耳。"①其中的碧梧即指孙云凤。云凤七古最为脍炙人口的当数咏史怀古之作《媚香楼歌》②,此诗凡四十八句,四句一转韵,以赋体的形式,记叙明末秦淮名妓李香君的一生经历,其结构是由楼写人进而写史,表达诗人对李香君刚烈性格的高度赞美。此诗虽无五律体之典雅,然其气厚力足,纵横跌宕,足以上追李太白之风。

与兼收众体相应的是,集中所录女弟子诗作风格亦极为多样,由上举孙云凤诗来看,其五律多苍老沉郁,七古自属奔腾豪迈一类。而金逸诗的主导风格则是幽怨凄楚的,如"鸳鸯知未眠,不定枯荷影"(《秋词》),"残雪店寻前度酒,夕阳钟破隔溪烟"(《竹士同作》),"一缕诗魂扶不起,茫茫残月逼床空"(《绝句》),"落叶生空想,凉风着意吹"(《寄怀宜秋院主》)。③ 这些枯荷、残雪、破钟、残月之类的意象,都寓有萧瑟凄冷之意,呈现出病态的美。

当然,袁枚在《随园女弟子诗选》选录较多的还是清新风趣的篇什。如骆绮兰《咏鞋》:"弓鞋未审始何时,赢得闲阶小步迟。行到花阴深径里,苍苔滑处自支持。"④席佩兰《以指甲赠外》:"掺掺指爪脆珊瑚,金剪修圆露雪肤。付与檀奴收拾好,不须背痒倩麻姑。"⑤严蕊珠《纤梅、翠岩两兄弟读书浮玉楼,爰呈二律》其一:"风送渔歌来研席,灯催燕影上链钩。定知兄弟凭栏吟,不吸长江势不休。"⑥即使主导风格较为幽怨的金逸也不乏风趣之作,如《次韵胡石兰女史四绝》其二《掬水月在手》:"竹林笼袖碧云寒,

---

① [清]袁枚:《随园诗话》卷十,载王英志主编:《袁枚全集》第三册,第325页。
② [清]袁枚:《随园女弟子诗选》卷一,嘉庆元年(1796)刻本。
③ [清]袁枚:《随园女弟子诗选》卷二,嘉庆元年(1796)刻本。
④ [清]袁枚:《随园女弟子诗选》卷三,嘉庆元年(1796)刻本。
⑤ [清]袁枚:《随园女弟子诗选》卷一,嘉庆元年(1796)刻本。
⑥ [清]袁枚:《随园女弟子诗选》卷四,嘉庆元年(1796)刻本。

池上幽寻夜漏残。痴性未除潜弄水,捉将明月唤郎看。"①写的都是生活琐事,但用的是风趣之笔,风格清新,别具一格。

以上这些作品或豪迈沉郁,或幽怨凄楚,或清新风趣,证明了随园女弟子不遑多让的写作格局。而这些不同诗体与风格的诗歌均汇集于《随园女弟子诗选》中,亦从一侧面印证了袁枚兼收众体、风格多样的编选原则。

由此看来,《随园女弟子诗选》正是一部充分反映袁枚性灵诗学观的女性诗歌选本。编者袁枚摆脱男性的本位主义,发掘女诗人的身影,为之编选成集,序言的解说、诗家的选择、作品的数量、入选诗歌的标准都如实呈现了其崇情尚真的诗学观点。《随园女弟子诗选》中收录了为数不少的男女情诗,直指传统士大夫所不敢直面的男女之情,主张诗贵自然天成,肯定女性诗歌乃女性自己心灵真诚而自然的抒写,并且兼收众体,强调女性诗歌风格的多样性,从而使该集迥异于前人的众多女性诗歌选本。借助袁枚本人的影响,以及他编选《随园女弟子诗选》的行为,随园女弟子自此声名鹊起,袁枚及其女弟子也被视为中国古代两性文人交往的代表,虽招致不少抨击,却也引发许多追慕。

第四节 推尊格调的名媛"精"选:
《国朝名媛诗绣针》

一、选本概貌

编者蒋机秀,字泾西,江苏奉贤人,著有《三益堂文稿》《是亦书屋诗草》等。目前所见的《国朝名媛诗绣针》版本有嘉庆丁巳

---

① [清]袁枚:《随园女弟子诗选》卷二,嘉庆元年(1796)刻本。

(1797)怀恩堂刻本①,此本共五卷,凡收录从毕著到吴静婉等女诗人一百六十四人,诗作三百四十首。全书以人系诗,每卷先列诗人小传,次诗目诗作,诗后又时有编者评点之辞。②《国朝名媛诗绣针》所选诗人自晚明李因、吴绡以降,其时代出处大约自明崇祯朝以来直至当代,不过,集中像李、吴这样纯粹的晚明女诗人寥寥无几,只是一种点缀,其主体部分仍然是有清一代女诗人,所选诗人在地域上也相对集中在江浙两地,其中较为突出的见下表:

表3-4 《国朝名媛诗绣针》所选诗人出身地域

地域	人数	诗人
松江府	25	章有湘、夏惠吉、杨凤姝、张静、顾文琴、张月芬、静维、王芬、曹柔和、陈敬、王如圭、陶文柔、陆凤池、顾英、张藻、董雪晖、张佛绣、邵氏、廖云锦、姚允迪、陈殻、叶慧光、叶鱼鱼、唐贞、庄棻
杭州府	18	柴静仪、钱凤纶、林以宁、茅玉媛、朱柔则、徐德音、陈长生、方芳佩、姚霞龄、赵淑、顾若璞、王元礼、袁圭、袁机、孙云凤、汪纫、静诺、石岩
苏州府	25	汤洲英、沈缵、吴绡、沈持玉、金宿素、尤澹仙、张灵、朱轻云、张滋兰、钟若玉、朱宗淑、徐瑛玉、上鉴、庞蕙缵、沈蕙玉、性道人、徐灿、钱纫蕙、李婧、白浣月、陆瑛、蒋季锡、归懋仪、许孟昭
嘉兴府	10	侯怀风、吴瑛、孔继瑛、徐锦、孔兰英、吴若云、杨素书、陆素心、徐简、李因

表中苏州、松江两府女诗人数量居首,尤其是松江一地,收录诗人数量在杭州之上③,与编者蒋机秀本身为松江府人不无关系。表中诗人选阵均为江浙环太湖流域女诗人群体,其他如扬

---

① 目前此本仅见藏于中国科学院图书馆,本书所据即为此本。
② 此集评点之作超过二百五十首,占全部诗作近三分之二。
③ 据《撷芳集》统计,杭州府收录女诗人数量仅次于苏州府,位居全国第二。

州、通州、无锡、绍兴亦有若干诗人入选,可见清代中期江南一带诗风之盛。除此之外,《国朝名媛诗绣针》中还选录了直隶、山东、安徽、云南各地女诗人之诗,对当代女性诗坛的把握可谓较为全面。可是如果据此即认为《国朝名媛诗绣针》是一部与《撷芳集》一样侧重于存人存诗的备史之选就未免草率了。事实上,就编者蒋机秀而言,他有着明确的选诗标准,从《撷芳集》与《国朝名媛诗绣针》两种选本的具体比照中,我们也许能更清楚地看到后者在选型上的特色,现列表以做分析:

表3-5 《撷芳集》与《国朝名媛诗绣针》选诗比较

诗人	《撷芳集》	《国朝名媛诗绣针》
毕著	4首	2首(所选与《撷芳集》相同)
章有湘	19首	1首(所选与《撷芳集》相同)
顾若璞	12首	1首(所选与《撷芳集》相同)
徐灿	2首	2首(《撷芳集》未选)
许景樊	4首	4首(所选与《撷芳集》相同)
纪映淮	4首	1首(所选与《撷芳集》相同)
吴山	20首	3首(所选与《撷芳集》相同)
王端淑	11首	1首(所选与《撷芳集》相同)
汤洲英	7首	2首(所选与《撷芳集》相同)
方维仪	8首	1首(所选含《撷芳集》1首)
方维则	1首	1首(所选与《撷芳集》相同)
王璐卿	7首	3首(所选含《撷芳集》2首)
夏惠姑	3首	1首(所选与《撷芳集》相同)
王炜	8首	1首(所选与《撷芳集》相同)
侯怀风	4首	1首(所选与《撷芳集》相同)
孟坤元	1首	1首(所选与《撷芳集》相同)

续表

诗人	《撷芳集》	《国朝名媛诗绣针》
倪仁吉	3首	1首（所选与《撷芳集》相同）
柴静仪	13首	9首（所选含《撷芳集》2首）
吴绡	19首	5首（所选含《撷芳集》2首）
范姝	10首	1首（《撷芳集》未选）
夏泚	2首	1首（所选与《撷芳集》相同）
黄之柔	3首	1首（所选与《撷芳集》相同）
钱凤纶	11首	3首（所选含《撷芳集》2首）
彭氏	3首	3首（所选与《撷芳集》相同）
徐氏	5首	1首（所选与《撷芳集》相同）
林以宁	18首	3首（所选含《撷芳集》2首）
茅玉媛	1首	1首（所选与《撷芳集》相同）
张氏	4首	2首（所选与《撷芳集》相同）
王慧	9首	7首（所选含《撷芳集》3首）
吴永和	15首	2首（所选与《撷芳集》相同）
庞蕙纕	17首	4首（所选与《撷芳集》相同）
徐昭华	17首	2首（《撷芳集》未选）
吴氏	8首	4首（所选与《撷芳集》相同）
周巽	6首	1首（所选与《撷芳集》相同）
沈蕙玉	8首	5首（所选含《撷芳集》1首）
孙淑	1首	1首（所选与《撷芳集》相同）
吴巽	9首	3首（所选含《撷芳集》2首）
王元礼	8首	2首（所选与《撷芳集》相同）
张氏	3首	1首（所选与《撷芳集》相同）
蔡琬	5首	4首（《撷芳集》未选）

续表

诗人	《撷芳集》	《国朝名媛诗绣针》
金法筵	8首	2首（所选与《撷芳集》相同）
谢秀孙	1首	1首（所选与《撷芳集》相同）
方京	7首	2首（所选含《撷芳集》相同）
杨氏	3首	1首（所选与《撷芳集》相同）
董氏	3首	1首（所选与《撷芳集》相同）
张令仪	14首	5首（《撷芳集》未选）
马士琪	8首	1首（所选与《撷芳集》相同）
陶文柔	6首	1首（所选与《撷芳集》相同）
朱柔则	5首	4首（所选含《撷芳集》1首）
钱纫蕙	5首	2首（所选与《撷芳集》相同）
许孟昭	2首	1首（所选与《撷芳集》相同）
李源	10首	1首（所选与《撷芳集》相同）
倪瑞璇	7首	4首（所选与《撷芳集》相同）
陈豰	10首	2首（所选与《撷芳集》相同）
陆凤池	5首	1首（《撷芳集》未选）
许权	8首	3首（所选含《撷芳集》2首）
吴兰	9首	2首（所选与《撷芳集》相同）
顾英	8首	1首（《撷芳集》未选）
吴瑛	7首	3首（所选与《撷芳集》相同）
邵思	6首	1首（所选与《撷芳集》相同）
毛秀惠	7首	2首（所选与《撷芳集》相同）
杨凤姝	14首	8首（《撷芳集》未选）
计氏	1首	1首（所选与《撷芳集》相同）
董雪晖	8首	2首（所选与《撷芳集》相同）

续表

诗人	《撷芳集》	《国朝名媛诗绣针》
张静	9首	2首(《撷芳集》未选)
汪瑶	1首	1首(所选与《撷芳集》相同)
谢玉娘	2首	1首(所选与《撷芳集》相同)
周洲履	6首	1首(所选与《撷芳集》相同)
黄幼藻	6首	2首(所选与《撷芳集》相同)
蒋季锡	5首	2首(所选与《撷芳集》相同)
钟令嘉	13首	1首(所选与《撷芳集》相同)
徐德音	7首	3首(所选与《撷芳集》相同)
归懋仪	7首	1首(所选与《撷芳集》相同)
叶慧光	10首	2首(所选与《撷芳集》相同)
苏世璋	11首	1首(所选与《撷芳集》相同)
郭芬	20首	2首(所选与《撷芳集》相同)
尹琼华	4首	1首(所选与《撷芳集》相同)
袁机	7首	1首(《撷芳集》未选)
李含章	7首	3首(所选与《撷芳集》相同)
陈长生	6首	4首(所选与《撷芳集》相同)
姚霞龄	9首	1首(所选与《撷芳集》相同)
陈敬	12首	1首(《撷芳集》未选)
周仲姬	8首	1首(所选与《撷芳集》相同)
徐瑛玉	11首	2首(所选含《撷芳集》1首)
花含英	0首	1首
张佛绣	12首	3首(所选与《撷芳集》相同)
王芬	6首	1首(所选与《撷芳集》相同)
凌瑞珠	1首	1首(所选与《撷芳集》相同)

续表

诗人	《撷芳集》	《国朝名媛诗绣针》
金霍素	5首	1首(所选与《撷芳集》相同)
曹柔和	7首	2首(所选与《撷芳集》相同)
李学温	6首	1首(所选与《撷芳集》相同)
张灵	1首	1首(所选与《撷芳集》相同)
方芬	6首	1首(所选与《撷芳集》相同)
徐锦	6首	1首(《撷芳集》未选)
姚允迪	7首	5首(《撷芳集》未选)
叶鱼鱼	4首	4首(所选含《撷芳集》3首)
林氏	2首	1首(所选与《撷芳集》相同)
黄卷	5首	1首(所选与《撷芳集》相同)
袁杰	1首	1首(所选与《撷芳集》相同)
李嬿	4首	1首(所选与《撷芳集》相同)
陆瑛	3首	1首(《撷芳集》未选)
张滋兰	5首	3首(所选含《撷芳集》2首)
孔兰英	6首	1首(所选与《撷芳集》相同)
邵氏	3首	1首(所选与《撷芳集》相同)
钟若玉	7首	1首(所选与《撷芳集》相同)
吴若云	3首	2首(所选与《撷芳集》相同)
汪韫玉	8首	1首(所选与《撷芳集》相同)
叶令嘉	1首	1首(所选与《撷芳集》相同)
钱孟钿	13首	4首(所选与《撷芳集》相同)
覃光瑶	6首	1首(所选与《撷芳集》相同)
李氏	4首	2首(所选与《撷芳集》相同)
方芳佩	14首	3首(《撷芳集》未选)

续表

诗人	《撷芳集》	《国朝名媛诗绣针》
闵慧媛	5首	1首(所选与《撷芳集》相同)
吴年	8首	2首(所选与《撷芳集》相同)
汪景山	5首	2首(所选与《撷芳集》相同)
席蕙文	0首	3首
陈广逊	1首	1首(所选与《撷芳集》相同)
陈氏	1首	1首(所选与《撷芳集》相同)
江珠	11首	4首(所选含《撷芳集》2首)
朱宗淑	0首	3首
邵氏	1首	1首(所选与《撷芳集》相同)
沈氏	1首	1首(所选与《撷芳集》相同)
吕畹兰	3首	1首(所选与《撷芳集》相同)
杨素书	11首	1首(所选与《撷芳集》相同)
唐贞	0首	3首
陈发祥	4首	1首(所选与《撷芳集》相同)
何采	9首	1首(所选与《撷芳集》相同)
庄焘	7首	8首(所选含《撷芳集》2首)
廖云锦	7首	3首(所选含《撷芳集》2首)
屈凤辉	7首	1首(所选与《撷芳集》相同)
彭玉嵌	3首	2首(所选与《撷芳集》相同)
杨琼华	2首	2首(所选与《撷芳集》相同)
沈缠	14首	7首(所选含《撷芳集》3首)
顾文琴	2首	3首(所选与《撷芳集》2首)
汪紃	9首	1首(所选与《撷芳集》相同)
孙云凤	4首	1首(所选与《撷芳集》相同)

续表

诗人	《撷芳集》	《国朝名媛诗绣针》
沈持玉	4首	3首（所选含《撷芳集》2首）
尤澹仙	7首	4首（所选含《撷芳集》3首）
张月芬	4首	1首（所选与《撷芳集》相同）
王如圭	5首	1首（《撷芳集》未选）
赵淑	7首	2首（所选与《撷芳集》相同）
陆素心	7首	6首（所选含《撷芳集》2首）
王琼	5首	5首（所选含《撷芳集》2首）
李因	7首	2首（所选与《撷芳集》相同）
林文贞	6首	2首（所选与《撷芳集》相同）
徐简	5首	1首（所选与《撷芳集》相同）
朱轻云	6首	1首（所选与《撷芳集》相同）
王氏	1首	1首（所选与《撷芳集》相同）
张氏	1首	1首（所选与《撷芳集》相同）
尹氏	1首	1首（所选与《撷芳集》相同）
白浣月	2首	1首（所选与《撷芳集》相同）
不署名姓	5首	2首（所选与《撷芳集》相同）
静维	6首	3首（所选与《撷芳集》相同）
静照	6首	1首（所选与《撷芳集》相同）
上鉴	10首	4首（所选与《撷芳集》相同）
性道人	11首	4首（所选与《撷芳集》相同）
智圆	3首	1首（所选与《撷芳集》相同）
石岩	6首	2首（所选与《撷芳集》相同）
静诺	11首	1首（所选与《撷芳集》相同）
失名	1首	1首（所选与《撷芳集》相同）

续 表

诗人	《撷芳集》	《国朝名媛诗绣针》
吴静婉	1首	1首（所选与《撷芳集》相同）
庄氏	2首	1首（所选与《撷芳集》相同）
张藻	8首	6首（所选与《撷芳集》相同）
孔继瑛	6首	1首（所选与《撷芳集》相同）

首先必须承认，《国朝名媛诗绣针》在选源方面确实在很大程度上吸收了《撷芳集》所收录的作品，表中一百二十位诗人所选诗作全部都见录于《撷芳集》，这体现出蒋机秀对《撷芳集》一选的借鉴。但是，上表也表明蒋机秀承继《撷芳集》的同时另有考虑，他在例言第五则中即特别指出："搜葺之功，莫如职方汪氏。顾其诗不加去取，博采兼收，窃以为犹可商者。"①蒋氏固然重视汪启淑编辑《撷芳集》的"搜葺之功"，但他显然对其"不加去取，博采兼收"的编选方针十分不满，从选人与选诗两个方面着手对其进行大刀阔斧地删减，正如上表所示，与《撷芳集》选录近两千位诗人的庞大数目相比，《国朝名媛诗绣针》只选录了一百六十四位诗人，作品数量也从近两千首剧减至三百四十首，尽管前述一百二十位女诗人选录诗作未超出《撷芳集》之范围，但是有一百零四位女诗人，蒋氏均在《撷芳集》的选诗基础上或多或少进行了删减，甚至多有对汪氏所选十首以上者仅选录其中一两首的情形。可见蒋氏"选"中蕴含着强烈的"不选"的意味，这就决定了此集不太可能以存史为主要目的，这是其一。其二，在大幅度删减诗人的同时，蒋氏此选还有意识地补充汪启淑所未备，朱宗淑、席蕙文两位女诗人溢出《撷芳集》之外。从选诗方面

---

① ［清］蒋机秀：《国朝名媛诗绣针》例言第五则，《国朝名媛诗绣针》卷首，嘉庆二年(1797)怀恩堂刻本。

来看,《国朝名媛诗绣针》中四十四位女诗人均选有未见录于《撷芳集》的诗作,尤其是杨凤姝、范姝、张令仪、方芳佩、陈敬等人,汪氏所选多达十首以上,而蒋机秀却一概不取,别有所录,这些更加说明蒋氏此选不是为了搜罗断简残篇、存佚备史,而是意欲突显自身的选诗宗旨。所以,《国朝名媛诗绣针》客观上虽然有存史之用,但是与"博采兼收"的《撷芳集》相比,此集显然是一部经过编者"精"心挑选的立论之选。

二、推尊"诗教"的选心

乾隆诗坛诗教论日益兴盛,格调派代表诗人沈德潜论诗首标"诗教",力图恢复诗歌的政教功用,如其在《国朝诗别裁集》凡例中云:"诗必原本性情,关乎人伦日用及古今成败兴坏之故者,方为可存,所谓其言有物也。若一无关系,徒办浮华,又或叫号撞搪以出之,非风人之指矣。"[①]沈氏同时认为,闺秀诗作的辑选亦应遵循温柔敦厚之旨,要求女性诗歌创作"本乎性情之贞,发乎学术之正,韵语时带箴铭,不可于风云月露中求也"[②]。蒋机秀在诗学思想上显然引沈氏诗教论为同调,其在《国朝名媛诗绣针》例言第二则中即云:"温柔敦厚,诗教也。秋士多悲,春女善怨,然而二南钟鼓,音节平和。不闻桃未灼其有花,梅即标而无实也。遇不同,所以贞其遇者无不同,是谓无乖风雅。"[③]明确标榜"温柔敦厚"之旨,强调女性作品应该音节平和,以风雅为归。蒋机秀友人徐祖鎏对其此番良苦用心深有体察,徐氏曾在为此集所撰序文中特意指出:"至若芳龄越礼,缘绮情深,晚境贻讥,黄华句妙。柳枝陌上,

---

① [清]沈德潜:《国朝诗别裁集》凡例第七则,《四库禁毁书丛刊》,第158册,第132页。
② [清]沈德潜:《国朝诗别裁集》卷三十一,《四库禁毁书丛刊》,第158册,第702页。
③ [清]蒋机秀:《国朝名媛诗绣针》例言第二则,《国朝名媛诗绣针》卷首,嘉庆二年(1797)怀恩堂刻本。

空沾北里之尘；桃叶江头，莫醒东风之梦。腻思无益，名教有乖。凡此滥觞，概从删节，则有诸家所不逮，而是选为较精也。"①《国朝名媛诗绣针》之所以能在徐氏眼中成为"诸家所不逮"的"精"选，正在于删节了与"腻思无益，名教有乖"之作，而所谓求"精"的选诗特色，无非就是从"诗教"出发，以"温柔敦厚"作为最根本的选录原则。

首先从选人选诗来看，从表3-5中我们可以发现，此选以闺秀作为主要选录对象，却未见任何一位青楼诗人被选录其中。清初一度为女性诗歌选家所热衷的青楼才女，在清代中期地位已急剧下降，《撷芳集》虽收录青楼诗人，但已然将其置于卷末之位置，但即便如此，蒋机秀对此仍颇有微词，批评汪氏所选"倡楼佚荡，漫兴谈诗"②。蒋氏在选录中严格限定编选对象的社会地位，将"佚荡"的青楼诗人逐出女诗人的创作队伍，与清初以来风行已久的青楼创作彻底划清了界限。而对同为闺秀身份的创作者，《国朝名媛诗绣针》一选中也难免流露出有所轩轾的态度。最为引人注目的是乾隆诗坛两大女诗人吟咏群——随园女弟子诗群与清溪吟社彰隐有别的地位。在队伍庞大的随园女弟子诗群中，蒋机秀仅收录了孙云凤、归懋仪、廖云锦、陈长生、钱孟钿、袁机、袁杰七人诗十二首，而袁枚的"闺中三大知己"席佩兰、金逸、严蕊珠，以及随园女弟子中较有影响的佼佼者如骆绮兰、汪玉轸诸人均不在选中之列。然若据此判断蒋机秀忽略随园女弟子诗群中的佼佼者是以不知其人其诗，则又不尽其然。此本在选源上取撷最多的《撷芳集》较为集中而全面地选录了这两大吟

---

① ［清］徐祖鎏：《国朝名媛诗绣针序》，《国朝名媛诗绣针》卷首，嘉庆二年(1797)怀恩堂刻本。

② ［清］蒋机秀：《国朝名媛诗绣针》例言第五则，《国朝名媛诗绣针》卷首，嘉庆二年(1797)怀恩堂刻本。

咏群体的主要诗人的诗作①,而就选诗实践来看,《国朝名媛诗绣针》中即有直接选录自《随园诗话》的诗人,如"林氏"条诗人小传云"福建人,载入《随园诗话》",并选录其《贺黄莘田重赴鹿鸣》诗一首。凡此种种,皆可以说明蒋氏对于同样选录于《随园诗话》中的席佩兰、严蕊珠、金逸等随园女弟子不应无知。然而蒋氏终未在《国朝名媛诗绣针》中予以选录,更有甚者,此集非但忽略随园女弟子中最擅长抒写性灵诗的代表诗人,而且就入选的若干随园女弟子诗作来看,编者对性灵诗风视而不见,所选一味偏向雅正。如袁机仅录其《有凤》,其诗曰:"有凤荒山老,桐花不复春。死还怜弱女,生已作陈人。镫影三更梦,昙花顷刻身。何如蜩与莺,鸣噪得天真。"②此诗抒写亡女之痛,从题材来看,颇能体现女性贤淑贞静之德。③ 这与《随园诗话》与《撷芳集》选录情形均有强烈反差。袁枚《随园诗话》中所选诗作皆天趣盎然,充满诗情,如《秋夜》云:"不见深秋月影寒,只闻风信响阑干。闲庭落叶知多少,记取朝来着意看。"《闲情》云:"欲卷湘帘问岁华,不知春在几人家?一双燕子殷勤甚,衔到窗前尽落花。"他如:"女娇频索果,婢小懒梳头。"(《偶作四绝句》其一)"怕引游蜂至,不栽香色花。"(《偶作四绝句》其三)④汪启淑《撷芳集》则选录其《镜》《灯》《春怀》及《送云扶妹归扬州》(四首)⑤,七首诗作题材也较为多样,且总体来看也还是以清新之作为主。而蒋机秀对这些诗作一概不取,如此排斥性灵派女诗人及其作品,可见其与袁枚等所标举之风调有不合之处确是事实。反观清溪吟社,其发起人

---

① 《撷芳集》收录随园女弟子二十六人,诗作二十二首,清溪吟社诗群八人,诗作二十二首。
② [清]蒋机秀:《国朝名媛诗绣针》卷三,嘉庆二年(1797)怀恩堂刻本。
③ 蒋氏所选与沈德潜《国朝诗别裁集》则颇有趋同之处,前及沈德潜选录袁机诗作《有凤》与《闻雁》两首,而蒋氏则从中选取其一,且改作情形一如《国朝诗别裁集》。
④ [清]袁枚:《随园诗话》卷十,载王英志主编:《袁枚全集》第三册,第330页。
⑤ [清]汪启淑:《撷芳集》卷六十三,乾隆末刻本。

任兆麟标举温柔敦厚的诗学观:"闻诸《礼》,女有四德,言居其一,是以三百篇不少女子之作,圣人删之,以列于经传,曰'温柔敦厚',诗教也。"①强调女子要上继《诗经》"温柔敦厚"的诗教传统。任氏女弟子马素贞对吴中十子诗也有"温柔敦厚"的评价:"诗道性情,故必以温柔敦厚为宗……余尝读心斋先生所辑《吴中十子合集》,或议论沉雄,或词旨俊逸,不专一家。而究其旨归,殆与温柔敦厚之风,其庶几焉。"②与其在诗学观念上声气相投的蒋机秀在《国朝名媛诗绣针》一选中对清溪吟社诗群突显有加,吴中十子除张芬外,张滋兰、陆瑛、李媺、席蕙文、朱宗淑、江珠、沈缥、尤澹仙、沈持玉九人均被选录集中,诗三十三首,其中席蕙文、朱宗淑两位女诗人为《撷芳集》失收,却见录于《国朝名媛诗绣针》,甚至以诗集附刻于《吴中十子诗钞》的王琼因与清溪吟社渊源颇深,选录诗作亦多达五首之多。由此可见蒋机秀对由任、袁两位各自倡导的女性吟咏群亲疏有别的态度。

在具体选评诗作时,蒋机秀又无不以温柔敦厚诗教观为鹄的,尤为重视闺秀诗的教化功能。可列举如下:

忠孝智勇,一诗具备。(毕著《纪事》)③

忠臣之女,宜有是诗。(侯怀风《感昔》)④

以兄仇未报而身自任之,读之觉笔底行间犹凛凛有生气也。(钱凤纶《苦伯兄》)⑤

卖国适自卖,是千古小人结局。(倪瑞璇《阅明史马士英传》)⑥

---

① [清]任兆麟:《吴中女士诗钞·自叙》,《吴中女士诗钞》卷首,乾隆间刻本。
② [清]马素贞:《爱兰诗钞二集序》,《吴中女士诗钞》附《爱兰诗钞二集》卷首,乾隆间刻本。
③ [清]蒋机秀:《国朝名媛诗绣针》卷一,嘉庆二年(1797)怀恩堂刻本。
④ [清]蒋机秀:《国朝名媛诗绣针》卷一,嘉庆二年(1797)怀恩堂刻本。
⑤ [清]蒋机秀:《国朝名媛诗绣针》卷一,嘉庆二年(1797)怀恩堂刻本。
⑥ [清]蒋机秀:《国朝名媛诗绣针》卷二,嘉庆二年(1797)怀恩堂刻本。

人心不死,公道所以长存也,议论恰合五人身份。(归懋仪《五人墓》①)

立朝谪戍,详叙平生,而一种忠爱之忱妙,从如意上曲曲传出,不是泛然咏史。(曹柔和《赵忠毅公铁如意歌同芳亭作》②)

保身之哲不待言矣,词意极深湛。(杨凤姝《读古》③)

此以慎独自箴。此以谨言自箴。此以勤劳自箴。此以和敬自箴。(沈蕙玉《自箴》四首④)

全从至性流出,此种诗愿催科书上考者敬而听之。(郭芬《陌上桑》⑤)

从仕学一源意归到践履笃实,语有根柢,极恺切,极详明。(张藻《送子沅巡抚陕西》⑥)

不愤不矜,虽识小题,具见德行,诗不徒作。(杨素书《咏弈》⑦)

这些评点所阐扬的内容不外乎忠信孝义类的传统伦理纲常。如上举沈蕙玉《自箴》四首,其中二诗云:"先民有言,言不出阃。牝鸡之晨,厥家用损。节以应佩,琴以和神。辞苟或费,宁默而存。勿尚尔舌,寸心是弛。既悔而追,不胫千里。暖哇愚盲,慎其德音。鹦鹉多言,只名文禽。冀妻如宾,孟光举案。夫岂矫情,偷惰斯远。啼眉折腰,邦国之妖。彼昏罔知,反以用骄。幽闲贞静,日配君子。载色载笑,若佐之史。敬而能和,穆如清

---

① [清]蒋机秀:《国朝名媛诗绣针》卷三,嘉庆二年(1797)怀恩堂刻本。
② [清]蒋机秀:《国朝名媛诗绣针》卷三,嘉庆二年(1797)怀恩堂刻本。
③ [清]蒋机秀:《国朝名媛诗绣针》卷二,嘉庆二年(1797)怀恩堂刻本。
④ [清]蒋机秀:《国朝名媛诗绣针》卷二,嘉庆二年(1797)怀恩堂刻本。
⑤ [清]蒋机秀:《国朝名媛诗绣针》卷三,嘉庆二年(1797)怀恩堂刻本。
⑥ [清]蒋机秀:《国朝名媛诗绣针》卷三,嘉庆二年(1797)怀恩堂刻本。
⑦ [清]蒋机秀:《国朝名媛诗绣针》卷四,嘉庆二年(1797)怀恩堂刻本。

风。修身准此,维以令终。"①全诗以四言为主,好似一个腐儒在枯燥地说教,实际上就是以韵语形式创作的一篇女教之作,旨在论妇人的立身之道,涵盖了德言容功四德。此诗为《撷芳集》所未收,而蒋机修此集不仅收录此诗,并俨然将其置于卷二之首,并在小传中盛赞沈氏"聪秀端默,尤以贤孝称,故其诗气体和平,令读者不觉油然以感也"②。又如上引张藻《送子沅巡抚陕西》,张藻为毕沅之母,毕沅出抚秦中,张氏乃作诗箴诫,望其诚慎惕历,"不负平生学,不存温饱志",后高宗南巡,赐以"经训克家"。③蒋氏推崇此长达三百字的诗篇,并以为"语有根柢,极恺切,极详明",可见,蒋氏推赏这些具有教诫功能的诗篇,其真正的目的正在于利用闺秀诗作以教化世人,而使人们遵守所谓的礼教规范。

也正因为主张以温柔敦厚的诗教来阐扬载道的观念,所以蒋机秀在评诗论诗时,自然会像汉儒解经一样,重比兴而主寄托,崇尚含蓄不露,如评王慧《邻女幼归儒家因婿无籍沦于塞下闻而有感》云:"蕴藉。"④评金法筵《偶然作》云:"结更弦外有音。"⑤评柴静仪《子用济有远行诗以贻之》云:"以安分勖子也,通体是比六义之遗。"⑥评《与冢妇朱柔则》云:"潜龙一联,耐人咀味。"⑦评智园《吊彭娥》云:"极不堪事,写得蕴藉。"⑧又评尹氏《泗州鲍集店壁》云:"语极含蓄。"⑨必须指出的是,蒋氏此处推崇诗之蕴蓄,并非纯粹立足于诗歌审美本体,以追求一种"言有尽

---

① [清]蒋机秀:《国朝名媛诗绣针》卷二,嘉庆二年(1797)怀恩堂刻本。
② [清]蒋机秀:《国朝名媛诗绣针》卷二,嘉庆二年(1797)怀恩堂刻本。
③ [清]蒋机秀:《国朝名媛诗绣针》卷三,嘉庆二年(1797)怀恩堂刻本。
④ [清]蒋机秀:《国朝名媛诗绣针》卷一,嘉庆二年(1797)怀恩堂刻本。
⑤ [清]蒋机秀:《国朝名媛诗绣针》卷二,嘉庆二年(1797)怀恩堂刻本。
⑥ [清]蒋机秀:《国朝名媛诗绣针》卷一,嘉庆二年(1797)怀恩堂刻本。
⑦ [清]蒋机秀:《国朝名媛诗绣针》卷二,嘉庆二年(1797)怀恩堂刻本。
⑧ [清]蒋机秀:《国朝名媛诗绣针》卷五,嘉庆二年(1797)怀恩堂刻本。
⑨ [清]蒋机秀:《国朝名媛诗绣针》卷五,嘉庆二年(1797)怀恩堂刻本。

而意无穷"的艺术境界,而主要是基于诗歌的教化功能,强调以比兴之法阐扬温柔敦厚之旨,使诗歌在表达上具有从容委婉、温厚和平之象。即以柴静仪《子用济有远行诗以贻之》为例,诗云:

> 吾子廉吏孙,读书昧生理。
> 三十未成名,徒然还乡里。
> 外侮旋复来,内忧方未已。
> 忽然远行役,披衣中夜起。
> 明星光在天,河流正渺渺。
> 行云有返期,游子靡所止。
> 揽涕下高堂,长途从此始。
> 野雀从南来,翩翩思择木。
> 感此主人贤,飞鸣集其屋。
> 才高非独优,处卑愿亦足。
> 矧有嘉树林,朝昏托栖宿。
> 鹰鹯过莫窥,罻罗无由触。
> 哀彼黄鸟诗,长谣念邦族。①

　　观其内容,纯是以安贫乐道之语劝慰仕途失意的儿子,不过柴氏教诫说理之词不是直语告白,而是"托物连类以形之"②,表达从容委婉,而深为蒋氏倾心的正是此诗"通体是比六义之遗",却能"勖子"以"安分"。在蒋氏看来,此类托物比兴之法可以更好地传达深厚醇正的道德内涵,更有效地进行讽咏。所以,与其说蒋氏强调比兴之法是其对含蓄蕴藉的诗歌艺术特征的偏好,不如说正是出于"温柔敦厚"准则,蒋氏将"比兴"完全作为委婉述事言理的一种不可或缺的手段。

　　在诗歌取向上,蒋机秀最为推崇闺秀的学唐之作。如评王

---

① [清]蒋机秀:《国朝名媛诗绣针》卷一,嘉庆二年(1797)怀恩堂刻本。
② [清]沈德潜:《说诗晬语》卷上,《说诗晬语》二卷,乾隆间刻本。

琼《寄骆秋亭夫人》："唐音。"①评叶鱼鱼《红叶同儿德言作》："音韵何减唐人。"②评李含章《万固寺》："与唐人'时有落花至，远随流水香'句，同一自然。"③评陶文柔《秋日东归夜泊》："唐人名句。"④即使在小传中，亦时时标榜闺秀学唐，如评钱凤纶："所著诗歌杂文皆高古，具唐人骨力。"⑤评钱纫蕙："厥配亦高风格，趋步唐音。"⑥评王琼："音韵清超，直有唐贤风格，《随园诗话》只采《扫径》一绝，不足以尽之。"⑦或明言仿效唐体，或点出闺秀诗体与唐体风格的相似之处，均无不以唐诗为尊。而于唐诗各家中，蒋氏又尤为推崇杜甫，如评王慧《山阴道中》："各领其私，从少陵诗翻出。"⑧评王元礼《屋漏歌》："规其命意，殆希风少陵者耶？"⑨评范姝《闻蟋蟀有感》："少陵风格。"⑩评李因《舟发溧县道中同家禄勋咏》："结意真挚，脱胎少陵。"⑪从上述诗作的具体内容来看，蒋机秀在评点闺秀学杜时，为了更好地彰显诗歌的教化功能，对杜甫感世伤怀、忧国忧民的伟大人格表现出格外的推崇，并以此作为闺秀诗歌学杜的根本出发点。如范姝《闻蟋蟀有感》，其诗首句云："秋声听不得，况而发哀吟。游子他乡泪，空闺此夜心。"⑫闻蟋蟀而怜远行，与杜甫《促织》诗如出一辙。又如王元礼《屋漏歌》中诗云："大女如痴小女拙，卧啼门东索果栗。怒骂不应反挽肩，家贫怜女安能斥。九日泥泞一日晴，遥望山林转

---

① ［清］蒋机秀：《国朝名媛诗绣针》卷四，嘉庆二年(1797)怀恩堂刻本。
② ［清］蒋机秀：《国朝名媛诗绣针》卷三，嘉庆二年(1797)怀恩堂刻本。
③ ［清］蒋机秀：《国朝名媛诗绣针》卷三，嘉庆二年(1797)怀恩堂刻本。
④ ［清］蒋机秀：《国朝名媛诗绣针》卷二，嘉庆二年(1797)怀恩堂刻本。
⑤ ［清］蒋机秀：《国朝名媛诗绣针》卷一，嘉庆二年(1797)怀恩堂刻本。
⑥ ［清］蒋机秀：《国朝名媛诗绣针》卷二，嘉庆二年(1797)怀恩堂刻本。
⑦ ［清］蒋机秀：《国朝名媛诗绣针》卷四，嘉庆二年(1797)怀恩堂刻本。
⑧ ［清］蒋机秀：《国朝名媛诗绣针》卷一，嘉庆二年(1797)怀恩堂刻本。
⑨ ［清］蒋机秀：《国朝名媛诗绣针》卷二，嘉庆二年(1797)怀恩堂刻本。
⑩ ［清］蒋机秀：《国朝名媛诗绣针》卷一，嘉庆二年(1797)怀恩堂刻本。
⑪ ［清］蒋机秀：《国朝名媛诗绣针》卷五，嘉庆二年(1797)怀恩堂刻本。
⑫ ［清］蒋机秀：《国朝名媛诗绣针》卷一，嘉庆二年(1797)怀恩堂刻本。

萧瑟。"①又极类杜甫《茅屋为秋风所破歌》。而蒋氏着意选录这类学杜之作,并加以高度褒扬,正是看重杜诗所具有的温柔敦厚之旨。所以从某种意义上来说,蒋机秀宗尚唐诗,本质上是欲利用学唐的闺秀诗作来彰显其温柔敦厚的诗学宗旨,这与沈德潜在《国朝诗别裁集》凡例所云:"唐诗蕴蓄,宋诗发露。蕴蓄则韵流言外,发露则意尽言中。愚未尝贬斥宋诗,而趋向旧在唐诗。故所选风调、音节俱近唐贤,从所尚也。"②用温柔敦厚之旨来绳墨宗唐之清诗的旨趣又不无相通之处。

总而言之,《国朝名媛诗绣针》不是一般意义上的综合性选本,而是一部推尊"诗教"的立论之选,温柔敦厚之旨既是编者蒋机秀选人选诗的标准,也是其诗歌批评的标准,从后来女性诗歌选家的记述来看,只有恽珠《国朝闺秀正始集》略有提及蒋氏此选③,其知名度远不如同期的《吴中女士诗钞》与《随园女弟子诗选》,这自然与蒋氏本人声名不显有关。而从女性诗歌总集编撰史的角度来看,此集之价值恰在于能为我们提供一个更为真实地反映乾嘉之际女性诗歌的选坛活动与选本批评方式的具体参照。

---

① [清]蒋机秀:《国朝名媛诗绣针》卷二,嘉庆二年(1797)怀恩堂刻本。
② [清]沈德潜:《国朝诗别裁集》凡例第九则,《国朝诗别裁集》卷首,《四库禁毁书丛刊》第158册,第132页。
③ [清]恽珠:《国朝闺秀正始集》例言第七则,《国朝闺秀正始集》卷首,道光十一年(1831)红香馆刻本。

第四章　清代后期女性诗歌总集

　　道光朝至清末是清人编选女性诗歌总集的第三个阶段。此一时期的女性诗歌总集在清中期总集类型多样的基础上又有所发展，全国性总集逐渐增多，且出现了几部规模较为庞大的总集，如《国朝闺秀雕华集》《国朝闺秀正始集》系列、《国朝闺阁诗钞》《国朝闺秀诗柳絮集》等。郡邑类、氏族类、女弟子类总集继续保持旺盛势头，如郡邑类有《湖南女士诗钞》《豫章闺秀诗钞》《粤闺诗汇》《三台名媛诗辑》《青浦闺秀诗存》《松陵女子诗征》等，氏族类有《湘潭郭氏闺秀集》《阳湖张氏四女集》《慈云阁合刻》《京江鲍氏三女史诗钞》等，女弟子类则有《碧城仙馆女弟子诗》《麦浪园女弟子诗》等。然而，相比乾嘉时期，这一时期总集的诗学色彩却明显暗淡许多，"以诗存人"或"以人存诗"成为总集编纂的主要动机，上述以记录性和表彰性为主的郡邑、氏族类等总集，往往又多以表潜阐扬为主旨，诗学价值乏善可陈。

　　从女性诗歌总集编纂史的角度来看，这一时期最值得一提的是两部围绕女性"才""德"论争的总集。由山东任城诗人许夔臣选辑的《国朝闺秀雕华集》于道光初年问世，此集以《国朝闺秀香咳集》为蓝本增衍而成，共选录当代闺秀诗人四百九十多位，诗作近一千五百首，编者许夔臣虽在凡例中标榜"温柔敦厚之旨"，然而在选诗实践中却对女性艺术化才情推崇备至，其实际选貌无不呈现出偏尚才情的特征。几乎与此同时编选的《国朝闺秀正始集》辑选清初至道光初年闺秀共九百多人，诗作达一千七百多首，编者恽珠自觉站在正统立场，标榜教化，推尊"雅正"，并意欲借编选当代女性诗歌，建立以妇德为中心的女宗典范。

从总体上看,这两部总集的选诗面均相对较宽,并不以开宗立论为主。但是,面对当时女性诗坛最为关注的两个面向——"才"与"德",两位编者之选择与定位却迥然有别,由此折射出时人对建构理想女性典范的多元价值观。

此外,由于女性诗歌积累的日渐丰富,这一时期的丛编型总集仍颇为盛行,相比清代中期,不仅数量上并不逊色,而且篇制更趋庞大,其中最具代表性的是蔡殿齐于道光二十四年(1844)刊行的《国朝闺阁诗钞》,是编以女诗人专集为纽带系录诗作,每一家为一卷,合十卷为一册,全书十册,计全书所收,合为一百卷,嗣后于同治十三年(1874)又刊续编,另收初编所未及的女性诗人二十家,诗二十卷。其容量之大、流传之广,为历来丛编型女性诗歌总集之最。更为可贵的是,编者旁搜远绍,在辑佚、校勘等各个方面都取得了不少成绩,为后来的选家提供了一定的文献基础。而刊于民国七年的《松陵女子诗征》则是一部比较典型的郡邑总集,从编纂体量来看,相比同时期的地方女性总集,如钱学坤的《青浦闺秀诗存》和黄瑞的《三台名媛诗辑》,是编无论是选录人数还是作品数量均胜出,共收录了吴江一地涌现出的二百七十三名作家及其诗作两千余首。编者抱持着保存地方女性文献的使命感,与柳亚子等同好一道,尽力收集地方女性文献,而选录中也呈现了家族性的唱和交往与群体维系以及家族之外的文学因缘。

第一节　许夔臣与《国朝闺秀雕华集》

一、版本源流探考

《国朝闺秀雕华集》(以下简称《雕华集》)编者许夔臣,字山臞,山东任城人。此集未曾刊梓,无刻本行世,各种公私书目几乎都未见著录,据笔者调查,目前仅有孤本见存于南京图书馆,为抄本四册,共十二卷,其中卷五、卷六缺。南图馆藏《雕华集》封面有"国朝闺秀雕华集"七字,卷首有戴鉴、完颜麟庆的序文,以及许夒臣自序各一篇,三序最后署名之下均盖有序作者本人的红色篆字印章各两枚,其中戴鉴序末钤印"戴鉴""石坪",麟庆序末钤印"见亭""麟庆",许序末钤印"夒臣""山臞",卷一、卷三、卷七、卷九、卷十一下方均钤许夒臣印,正文字迹与许序相符,由此当可推断为许夒臣亲定手稿本。虽麟庆序文与许氏自序均未署撰写时间,但据戴鉴序文末所书"嘉庆二十有一年岁次丙子首夏",又,麟庆序文记云:"宦游梁园,浔遇许夒臣。"此处"梁园"指河南一带,道光五年,完颜麟庆由安徽颍州知府升任河南开归陈许道①,麟庆与许氏相遇当在此时,则可推知《雕华集》定稿成集不会早于道光五年(1825)。

值得注意的是,许夒臣还编有一部女性诗歌总集《国朝闺秀香咳集》(以下简称《香咳集》),浙江大学图书馆藏有稿本十卷,此集卷首只有戴鉴序和许夒臣自序各一篇,无完颜麟庆序文,而戴、许两序各自字体以及序末所盖印章均与《雕华集》同,所不同处在于戴序文末所书时间为嘉庆九年(1792),与《雕华集》中戴序所书时间相距有十二年之多。

那么到底《雕华集》与《香咳集》之间的渊源何在?将《雕华集》与《香咳集》仔细比照后,我们发现两部选本均是以人编次,主要选录对象均为有清一代的闺秀诗人,《香咳集》共选女诗人四百二十二家,诗作九百六十七首,含青楼诗人二十二家,诗作二十八首;《雕华集》则选女诗人四百九十三家,诗作一千四百八

---

① 完颜麟庆《鸿雪因缘图记》(复旦大学图书馆道光二十九年刻本)第一集下册《上南抢险》载:"道光乙酉麟庆年三十五岁正月,接准部文,知十一月奉旨升授河南开封,归陈许道。"又,据第二集上册《梁苑咏雪》所记,"己丑十月二十二日移居司署,吾母喜甚,仍寓东院""多少梁园风雅士,续貂深愧学温义"云云。

十六首,含青楼诗人二十家,诗作六十首。① 其中有二百五十四位诗人的诗作在两部选本中是完全一样的,分别是:刘若蕙一篇、秦昙一篇、张氏六篇、浦映渌一篇、李蘩月两篇、吴玉音一篇、吴年一篇、张勤淑两篇、韩韫玉两篇、吴丝一篇、吴山五篇、卞梦珏两篇、邱邵英两篇、朱中楣四篇、尤澹仙三篇、方芬一篇、叶氏一篇、陈结璘四篇、杨珊珊一篇、王薇玉三篇、毕著两篇、蒋季锡两篇、金逸二十六篇、钱洁一篇、陆观达两篇、葛宜三篇、马淑禧一篇、朱逵一篇、颜铆一篇、张瑶瑛两篇、汪玉轸七篇、姚霞龄一篇、徐暗香两篇、张学雅两篇、王演之一篇、张昊两篇、吴永和七篇、陈学钟一篇、倪仁吉一篇、方维则一篇、王元礼两篇、鲍诗三篇、魏凤珍一篇、毛蕚华十三篇、董氏两篇、李国梅三篇、张似谊一篇、吴巽三篇、程慰良两篇、方氏一篇、胡芳兰两篇、吴蕙一篇、查惜三篇、王芬两篇、陶文柔一篇、沈持玉一篇、莹川四篇、叶兰谷两篇、章有湘六篇、闻人徽音一篇、巢麟征一篇、李氏两篇、王璐卿两篇、周映清三篇、陈长生五篇、周星薇四篇、叶令仪三篇、叶令嘉一篇、叶令昭一篇、姜氏一篇、梁顾两篇、孙潮两篇、陈琼芭三篇、范姝一篇、吴氏四篇、叶凤威一篇、陆眘西一篇、侯蓁宜一篇、侯承恩一篇、马福娥两篇、沈兰两篇、曹烔三篇、史丽君三篇、金至元两篇、蒋操四篇、庞畹五篇、戴淑贞一篇、吴黄一篇、陈琼圃一篇、何采两篇、王琼瑶两篇、陆青存三篇、张昂两篇、严蕊珠四篇、陈素一篇、王玉如两篇、朱德容两篇、温慕贞一篇、温廉贞一篇、吴静一篇、葛秀英四篇、张佩兰一篇、钱蕙一篇、归湘一篇、吴柔之一篇、王静淑两篇、张灵一篇、唐在东一篇、胡云英一篇、陈兰徵一篇、许德馨两篇、刘淑五篇、沈淑英一篇、沈淑兰两篇、李赤虹五篇、邵氏一篇、吴氏一篇、徐裕馨两篇、汪元照两篇、

---

① 据南京图书馆藏《国朝闺秀雕华集》卷首载诗人姓氏及所选诗作数量,计四百九十三人,诗一千四百八十六首,除卷五、卷六因缺未校外,其余各卷实际所选与目录相合。

王碧莹一篇、陈坤维一篇、王瑞贞一篇、吴凤仪一篇、舒映棠一篇、高幽贞一篇、应世婉两篇、王素娟一篇、桂兰玉一篇、顾莹一篇、沈蕙玉五篇、苏荥两篇、梁青笏两篇、许权八篇、蒋蕙两篇、钱纫蕙一篇、许孟昭一篇、钟令嘉一篇、季娴一篇、蒋氏一篇、陈觳两篇、姚益麟两篇、吴荔娘三篇、任婉一篇、钱敬淑一篇、杜若两篇、陈麟瑞两篇、金士珊两篇、赵兰妤一篇、戴韫玉两篇、袁杼一篇、袁棠一篇、陆素心一篇、冷玉娟四篇、钱琳五篇、刘世坤一篇、黄卷一篇、曹我闻一篇、徐瑶一篇、硕塔哈三篇、钟睿姑三篇、沈氏一篇、范德两篇、方静四篇、黄荃一篇、富梦琴两篇、朱灵珠两篇、廖云锦六篇、陈淑旗一篇、李嬿一篇、柯锦机一篇、王姮一篇、梅史十篇、江珠三篇、张采茝一篇、盛丽珠一篇、陈氏两篇、赵淑一篇、刘氏一篇、孔兰英三篇、汪纫两篇、吴师韫一篇、彭孙倩两篇、李学温一篇、申元善一篇、王炜一篇、汪是两篇、冯履端一篇、袁倩两篇、陆易迁一篇、王琼三篇、蒋绣征一篇、毛觳一篇、金兑两篇、江峰青一篇、汪璀两篇、张氏一篇、董白两篇、陈玉瑛四篇、张皖江两篇、孙凤台两篇、陈淑兰四篇、孔继坤两篇、姚益敬两篇、方可三篇、庄素磐一篇、杜芳英一篇、王竹素两篇、陈素安两篇、刘运福一篇、顾蕴玉五篇、张秀一篇、姚瑛玉一篇、周澧兰三篇、石学仙一篇、龙循一篇、石氏七篇、吴禹媖两篇、葛覃两篇、吴兰两篇、李檀一篇、吴湘三篇、许德媛两篇、黄璞四篇、纪琼两篇、商可两篇、戴俶两篇、鲍之兰一篇、鲍之蕙两篇、屈秉筠一篇、覃光瑶三篇、戴兰英三篇、范云两篇、尤瑛一篇、陈素素三篇、沈稚一篇、钟清两篇、冯湘一篇、王丽娟一篇、徐翱五篇、蔡闰一篇、朝霞一篇、陈翠云一篇、文娥两篇、洪梦梨一篇、张粲两篇、祁德琼两篇、汪妽两篇、方氏一篇、方瑛一篇、薛琼一篇、吴静一篇、葛秀英四篇、徐裕馨三篇、吴凤仪一篇、舒映棠一篇、秦昙一篇。

尽管如上所述,两部选本之间在内容上多有相合,但其中差异又极为明显,主要表现在以下三个方面。

其一,《雕华集》对《香咳集》凡例条目次序及内容多有删改之处。如《雕华集》把《香咳集》第三条凡例"诗人名后附以小传,始于元遗山《中州集》,论世知人深为得体,然妇人女子不以行实显著,且深处闺帷,亦无轶事可考,兹但于名下书其字里家世,与所著诗集余不多赘"移至第五条,并改成"诗人名后附以小传,始于元遗山《中州集》,论世知人深为得体,兹先书其字里家世,与所著诗集,其有传志可录或诗话杂记可采者,辄掇数语述其梗概,宁简勿烦。盖妇人女子不以行实显著,且深处闺帷,亦难征其轶事。阅者幸勿以略见讥笑"。如《香咳集》凡例末条云:"是集之选积有岁时,冬炉夏扇不惮批阅之劳。至商酌弃取校订鲁鱼,则戴子石坪、道子葆岩与有功焉。"在《雕华集》中此条仍置末,但其中参与校订的人员已有变动:"是集之选积有岁时,海噬山陬时切征求之力,冬炉夏扇不惮批阅之劳。至校订鲁鱼,则桐城方香墅(仲勤)、武进屠子垣(湘)、同里戴石坪(鉴)、史梅裳(襄龄)诸君与有功焉。"又如《雕华集》凡例条六云:"诗出闺阁选者,多不甚求备,萧兰无辨,玉石并收,是集斟酌去取,汰之又汰,格律声调莫不出入风雅,实因诗以存人,非因人以存诗。"而此条却为《香咳集》所无。

其二,《雕华集》的诗人小传内容明显比《香咳集》丰富。限于篇幅,这里仅举两位为例:

> 王慧,字兰韫,江苏太仓人。学使王长源女,常熟诸生朱方来室。著有《凝翠楼集》。(《香咳集》卷一)

> 王慧,字兰韫,江苏太仓人。学使王长源女,常熟诸生朱方来室。著有《凝翠楼集》。王氏世以文章名世,兰韫生有隽才,克承家学,雅工词翰,所天早亡,帘栊深掩,姻戚罕见其面。诗集为其兄吉武进士刊以传世,其佳句"萧萧竹影遮红叶,细细波纹映白鱼""杨柳溪桥初过雨,杏花楼阁半藏

烟""泪淹红袖伤离日,愁在黄昏细雨中""墙角红残桃结子,石盆青浅菊分芽""柳絮飞残青满径,豆花凌乱绿园村""棠梨谢后犹花信,樱笋过时已麦秋""几处溪山留薜荔,一秋风雨在芭蕉",皆为王阮亭所称赏。(《雕华集》卷一)

  熊琏,字淡仙,江苏如皋人。著有《淡仙诗钞》。(《香咳集》卷十一)

  熊琏,字商珍,号淡仙,又号茹雪山人,江苏如皋人。著有《淡仙诗钞》。淡仙早许字同里陈,陈旋得疾,陈父不欲误淡仙终身,请毁婚,淡仙坚不从,卒归于陈。贫不能给,故半生依母弟居,霜晨月夕顾影凄然,幽忧抑塞之怀,辄以诗赋自遣。淡仙诗慕德者贤之,爱才者惜之。(《雕华集》卷十一)

《香咳集》一选中,王慧、熊琏两位女诗人小传仅列其字里家世及所著诗集,寥寥数行,极为简略,相比而言,《雕华集》无论是文字篇幅还是具体内容均较前者有明显扩展。其中"王慧"条,编者摘采王渔洋《池北偶谈》所载"王慧"诗,以突显女诗人之"隽才","熊琏"条则着意强调其才人命蹇之悲,无不具有"知人论世"之助益。而如此增益之情形,与其各自凡例所述又恰相吻合。

  其三,《雕华集》与《香咳集》所选诗人诗作互有增删,具体见下表:

表 4-1 《雕华集》与《香咳集》所选诗人诗作

诗人	《香咳集》	《雕华集》
柴静仪	8	16
纪映淮	3	4
玉书	0	2
许楚畹	0	1

续表

诗人	《香咳集》	《雕华集》
程云	0	3
柏盟鸥	2	3
林以宁	10	20
黄幼藻	0	2
张芬	0	1
朱柔则	9	11
应学韫	0	1
黄幼蘩	0	1
王慧	11	13
冯娴	1	3
李芹月	1	2
赵性成	0	3
杨凤姝	0	8
林氏	0	1
倪瑞璿	5	6
赵同耀	1	3
李因	2	3
吴喜珠	3	4
陈治筠	1	2
张繁	2	5
杨琇	4	5
陈绛绡	1	2
庄焘	0	3
唐庆云	0	9

续 表

诗人	《香咳集》	《雕华集》
方京	3	4
金顺	3	8
高凤	0	3
刘思蕴	0	2
陈守范	2	3
金鹤素	3	2
朱意珠	0	1
范淑钟	0	2
邵琨	0	2
吴中闺秀	1	0
蔡琬	5	6
彭氏	3	4
潘素心	0	10
郝蕙	0	2
张恭人	0	1
董琴	4	5
商婉人	1	0
王倩	2	3
杨继端	0	5
张锡龄	0	9
方婉仪	1	2
周氏	1	2
萧湄	0	2
张盈盈	0	1

续表

诗人	《香咳集》	《雕华集》
殳默	1	2
王毓贞	1	2
胡琼	2	1
王碧珠	0	1
彭贞	0	1
周文	0	3
张莹	2	1
张学典	2	3
陆贞	0	2
姚婉儿	0	1
吴媛	0	1
张学象	3	5
戴陵涛	1	2
李源	3	7
紫源	0	3
颜畹思	0	2
高洁	0	2
徐横波	1	0
张屯	1	2
程瑜秀	1	3
顾长任	0	2
汪亮	0	2
冒德娟	0	2
高蕴玉	0	1

续 表

诗人	《香咳集》	《雕华集》
高景芳	1	0
李湘芝	3	8
方维仪	2	3
徐氏	1	2
方寿	0	2
曹柔和	0	1
江鸿征	0	4
袁寒篁	1	4
吴朏	2	3
闻璞	2	4
叶鱼鱼	0	1
黄仲姬	0	1
杨素书	1	3
骆绮兰	6	13
黄媛介	2	4
毕汾	0	2
唐贞	0	1
李佩金	0	5
何氏	2	3
叶宏缃	3	4
柳是	3	2
左慕光	4	2
颜淑龄	0	2
徐绣春	0	10

续 表

诗人	《香咳集》	《雕华集》
张令仪	5	7
李含章	5	8
钱凤纶	3	5
梁兰漪	0	4
张因	0	3
周琼	3	10
祁德琼	2	2
张介	1	3
顾信芳	2	3
范贞仪	1	4
杜玠	1	2
王范	1	2
林馨	0	2
席蕙文	0	4
吴若云	0	3
熊琏	1	12
周淑履	5	10
张汝传	1	3
毛秀惠	1	2
顾可贞	1	2
彭氏	1	4
琅琊长女	2	0
琅琊次女	2	0
许飞云	1	2

续 表

诗人	《香咳集》	《雕华集》
史筠①	2	12
吴琪	2	4
徐德音	3	14
盛氏	4	7
吴绡	2	5
梁瑛	2	8
陶善	2	7
薛娟	2	0
陆凤池	4	3
曹锡珪	1	2
曹锡淑	2	3
林瑛佩	4	6
陈洁	1	2
顾英	2	3
张藻	6	11
曹鉴冰	2	3
张玉珍	4	7
方芳佩	3	4
王德宜	2	3
吴雯华	2	0
孙云凤	16	22
孙云鹤	3	5

---

① 《国朝闺秀香咳集》"史筠"作史筠娥。

续表

诗人	《香咳集》	《雕华集》
方璞	0	1
马士琪	0	1
萧鹤娘	0	1
翁珠楼	1	0
何莲鱼	4	0
赵邠	7	4
张德蕙	0	1
彭纫玉	0	1
毕慧	1	5
王端淑	1	3
沈缥	5	7
商采	4	5
姚蕴生	1	3
陈敬	0	2
陈娟	0	1
胡秀温	0	1
姚秀英	1	4
周姞媛	1	2
胡慎仪	1	18
胡慎容	3	6
张佛绣	3	6
许燕珍	5	7
孙淡霞	2	3
潘冷香	1	2

续　表

诗人	《香咳集》	《雕华集》
陈广逊	3	4
杨琼华	1	2
董雪晖	3	5
霍双	1	0
杭澄	1	2
沈蕙玉	5	5
陈珮	2	5
郑镜蓉	1	2
徐媛	1	0
蒋葵	1	4
孙廷桢	1	0
陈麟瑞	2	2
陆诵芬	1	4
黄嘉	2	4
袁机	3	4
左如芬	2	5
吴云素	0	8
陈传姜	0	2
杨氏	0	1
庄贲荪	1	2
周仲姬	1	3
沈绮	8	28
廖淑筹	1	4
李心敬	1	4

续 表

诗人	《香咳集》	《雕华集》
潘意	0	3
张蕙	0	2
沈佩桂	0	4
曹淑英	0	1
归懋仪	1	17
范龄	1	2
孔丽贞	2	3
汤朝	1	3
钟韫	0	1
邵笠	0	1
彭氏	0	1
黄淑畹	3	2
汪缵祖	1	3
李素贞	0	1
江兰	0	1
徐蕙文	1	0
曹贞秀	3	2
黄之柔	0	2
吴吴	0	2
姚嫣俞	0	1
于洁	1	2
潘夫人	1	0
顾姒	0	1
施坤	0	1

续 表

诗人	《香咳集》	《雕华集》
颜氏	4	5
方筠仪	1	0
张静	2	4
孔继瑛	1	3
吴氏	1	2
郑青蘋	0	1
苏世璋	0	2
钱孟钿	6	7
郭芬	2	3
吴瑛	2	4
徐七宝	2	4
柴源	1	3
陈氏	1	2
于素安	1	0
蒋氏	6	2
汪韫玉	2	1
柴贞仪	0	2
盛蕴贞	0	5
席佩兰	19	22
丁瑜	1	2
曹炯	0	3
李文慧	0	8
鲍之芬	2	3
卢元素	1	3

续 表

诗人	《香咳集》	《雕华集》
卫融香	4	5
祁德茞	0	2
夏淑吉	0	1
曹锡堃	0	2
郑如英	3	4
乔容	2	1
商景徽	0	1
徐昭华	0	4
曹寿奴	0	2
赵彩姬	2	0
沈雅	1	2
林秋香	1	0
祁德渊	0	1
王瑶湘	0	3
夏惠姞	0	1
湘烟	1	0
许玉筠	1	0
陆瑶仙	1	3

通过比照，我们发现有上表中有二十位女诗人见录于《香咳集》而未选入《雕华集》①，且《香咳集》中金鹤素、胡琼、张莹、左

---

① 这二十位女诗人为：吴中闺秀、商婉人、徐横波、高景芳、琅琊长女、琅琊次女、薛娟、吴雯华、翁珠楼、何莲鱼、霍双、徐媛、孙廷桢、潘夫人、方筠信、于素安、乔容、林秋香、湘烟、许玉筠。其中如商婉人、徐横波、琅琊长女、琅琊次女、孙廷桢、方筠信、乔容、林秋香、湘烟、许玉筠等人为主要生活在晚明的女诗人，编者未予选入《国朝闺秀雕华集》，盖不无时代因素的考虑。

慕光、陆凤池、赵邠、柳是、陆凤池、黄淑畹、曹贞秀、蒋氏、汪韫玉十二人诗篇至《雕华集》确有删减。但除此之外，上表更为集中而明确地显示出《雕华集》对《香咳集》的重要补充，许氏在《香咳集》的基础上搜罗了近百位《香咳集》未选之人，其中包括闺秀八十四人，诗作二百首，青楼八人，诗作二十三首，自觉补充《香咳集》所未备。不仅如此，上表二百六十位女诗人中，有一百三十五人之诗《雕华集》都在《香咳集》选诗的基础上或多或少地进行了增补，共增加诗作多达近三百首，其中归懋仪、沈绮、胡慎仪、徐德音、史筠、熊琏、林以宁等增幅均在十首以上。①

综合上文所述，我们已经知道，《雕华集》与《香咳集》在选人、选诗两个方面都有千丝万缕的联系，《雕华集》编纂于《香咳集》之后，对后者多有继承和发展。许夔臣选《香咳集》时，盖因闻见有限，故所选容量稍小，其后十多年中所读当世女诗人诗集渐富，遂以《香咳集》为蓝本，在此基础上广为搜寻，增衍而成十二卷本《雕华集》。值得一提的是，《雕华集》一直以来基本处于沉埋状态，故其文献殊可珍重，尤其是此集较《香咳集》所增益的诗人诗篇，如江苏常熟女诗人沈绮，《香咳集》中见录只有八首，而《雕华集》中则选录二十八首，居全集之冠，其中十八首均未见录于其他选集，而这也是沈氏存世的全部作品。又如李文慧、郝芊、徐绣春、高凤等女诗人，直到《雕华集》的编纂才第一次出现在清代女性诗歌总集中。这些女诗人在清代闺秀吟咏群中并非鼎鼎大名之辈，甚至可能属于世无知之者一流，后来选家亦鲜见收录，幸赖《雕华集》得以保存，宝贵之极。

---

① 《国朝闺秀雕华集》均是在《国朝闺秀香咳集》的基础上加以增补新的诗篇，惟归懋仪一人，原《国朝闺秀香咳集》所载《赠曹四姑于归》一首未予选入《国朝闺秀雕华集》中，后者另行选录新作十七首。

二、偏尚才情的特征

关于选诗动机,许夔臣在凡例中有所交代:"闺秀诗古人选本如颜竣、殷淳、徐勉、崔光、蔡省风、陈彭年诸人所辑湮没已久,不可得见,至前明《闺秀诗评》《名媛玑囊》《名媛诗归》《巾笥小册》《宫闺诗选》等书都近鄙琐,无足称焉。国朝选者亦有数家,陈其年有《妇人集》,毛西河有《闺秀诗选》,胡抱一有《名媛诗钞》,然寥寥数人,未称大备。兹集得四百余家,虽闺阁之中尚多风雅,亦为盛世文教之一征。"①从这段评述可以看出,选家对闺秀诗选之现状颇为不满:历代选本或是"湮没已久",或是"近鄙琐,无足称焉";而当代选本虽有数家,但所辑诗人不多,"未称大备"。所以许氏有意操持选政,"为盛世文教之一征"。在列举当代女性诗歌选本时,编者并未提及乾嘉年间已经刊行的两部当代女性诗选《撷芳集》与《国朝名媛诗绣针》,也许是出于无意,也许是出于有意,具体目前尚无从考证。而实际上,从选录情形来看,《雕华集》并没有因袭上述两部诗选之处,体现出迥然有别的编选旨趣。

《雕华集》所选各家女诗人,选诗数在十首以上的诗人如下表所列:

表 4-2 《雕华集》选诗在十首以上的诗人

诗人	诗作数量
柴静仪	16
席佩兰	22
金逸	26
孙云凤	22
骆绮兰	14

---

① [清]许夔臣:《国朝闺秀雕华集》凡例第一则,清稿本。

续表

诗人	诗作数量
归懋仪	17
沈绮	28
林以宁	20
朱柔则	11
胡慎仪	18
徐德音	14
徐绣春	10
王慧	13
潘素心	10
史筠	12
熊琏	12

　　这份诞生于道光初年的闺秀诗人选目,在一定程度上可以体现出清代女性诗家之经典地位的流变。上表中,一向为妇德与诗才兼具的典范,如柴静仪、林以宁、徐德音,固然仍处在相对突出的位置,但是我们发现,编者更为推崇的是以"才情"甚至"才色"名世的诗坛新近之杰,如沈绮,许氏即在小传中深情描述道:"素君才色皆绝,读书数行并下,行文千言立就,博通经史、律历之学。"①其间并无只字言及德行,相反却对女诗人之"才色"加以着意的显扬,并俨然将其高置于全集第一的醒目地位,选诗多达二十八首。同样,随园女弟子诗群在集中广泛而大量的选录情形,也颇能说明这种趋势。本书第三章有关《撷芳集》的章节中,笔者曾列表分析了随园女弟子吟咏群在当时选本中的接受状态,指出《撷芳集》第一次将随园女弟子作为一股独特的女性

---

① [清]许夔臣:《国朝闺秀雕华集》卷九,清稿本。

诗坛力量推上前台,但是即便在《撷芳集》中,与引领诗坛风会的蕉园诗群相比,随园女弟子诗群当时尚不具备与之抗衡的势力。在《撷芳集》之后,《国朝名媛诗绣针》选录随园女弟子仅为七人,诗作十二首,实在属于相对淡漠的态度。在清代综合性选本中,除去《雕华集》,再没有第二种女性诗选如此清晰地将随园女弟子中的佼佼者金逸、席佩兰、骆绮兰、归懋仪、孙云凤与"蕉园吟社"之首柴静仪、林以宁并置于女性诗坛顶峰的地位。相比柴静仪、林以宁这类德高望重的女先贤,随园女弟子无疑是当下以诗才极尊的女性诗人群体的头魁,无论是"扫眉才人"孙云凤,还是"诗才清妙"的席佩兰、"神解尤超"的金逸,春兰秋菊,各有一时之秀,又无不以其聪慧的创作才气写诗,其影响力已远胜清初之"蕉园吟社"许多。此外,编者许夔臣还别具只眼地选录了许多女性诗坛的新面孔,如熊琏、史筠、周琼、梅史、徐绣春等,入选之诗数量不菲,其地位之高,在清代女性诗选中仅此一见,她们在德行上虽无声望,但均富有才情。如史筠,许氏云其:"惊才绝艳,绮情藻思,寄兴讽咏,早岁即以梅花诗驰誉闺闼,居恒高髻素妆,体度娴雅,红蕉黄菊,罗列门户,宛然具隐士家风。"①这位才色双绝的女诗人,在《雕华集》之前,少有女性诗歌选家予以关注,而许氏反其道而行之,十分关注其人其诗,不仅在小传中对其才情高度肯定,更选录其诗作达十二首之多,以广流传。从这种较为微观的诗家定位来看,选家对"妇才"的理解显然并不偏狭,并试图通过自己的选诗工作,来提升并巩固富有才情的新近女诗人不可替代之地位。

关于《雕华集》所选诗作的风格与标准,许夔臣自己也有交代:

> 选家多专执一体,合者收之,不合者去之,按诗品二十

---

① [清]许夔臣:《国朝闺秀雕华集》卷十二,清稿本。

有四,若拘于一格,未免出奴入主之蔽。是集但论工拙,不分门户,其体制虽殊,要不失温柔敦厚之旨。①

从这段评述来看,选家对于具体诗风并无偏向,其基本主张是要求闺秀诗歌"不失温柔敦厚之旨"。从表面上看,这样的诗学观念与《国朝名媛诗绣针》中以选正音的选心似乎极为相似,然而与蒋机秀严格按照"诗教"说来进行诗歌选评不同,《雕华集》的实际选诗面貌与其选诗理论并不完全相符,甚至多有违背之处。

首先,就选诗内容来看,较之《国朝名媛诗绣针》,此集所选诗篇在内容题材上更为多样,并未局限于"格调"论者所着意体现的妇德内容。比如郭芬,尽管许氏在小传中称颂其"性至孝"②,而选诗三首为《山居秋暝》《暮春山庄率题》《春日感怀寄外》③,前两首拟王摩诘之体,描摹山水,风格清新,而后一首则是寄托相思之作,情致绮靡,所选诗作内容完全与女诗人之妇德无关,相反却将其诗才发挥得淋漓尽致。相比之下,《国朝名媛诗绣针》所选郭芬诗作内容较为单一,两首《秋日》与《陌上桑》皆为思亲之作,蒋氏评前者"'凭栏渐觉朱颜改,况复高堂已白头',令读者怦怦心动,非世俗流连风月者比"④,对后者更是以"全从至性流出,此种诗愿催科书上考者敬而听之"⑤之语加以褒赞,与其小传所云"集中思亲之作居多,天性孝友可知也"⑥相吻合,所突显的无非是女诗人以孝为先的德行。又如吴永和,同样是一位具有"孝思义气"⑦的女诗人,《国朝名媛诗绣针》选录其《语外子

---

① [清]许夔臣:《国朝闺秀雕华集》凡例第四则,清稿本。
② [清]许夔臣:《国朝闺秀雕华集》卷七,清稿本。
③ [清]许夔臣:《国朝闺秀雕华集》卷七,清稿本。
④ [清]蒋机秀:《国朝名媛诗绣针》卷三,嘉庆二年(1797)怀恩堂刻本。
⑤ [清]蒋机秀:《国朝名媛诗绣针》卷三,嘉庆二年(1797)怀恩堂刻本。
⑥ [清]蒋机秀:《国朝名媛诗绣针》卷三,嘉庆二年(1797)怀恩堂刻本。
⑦ [清]许夔臣:《国朝闺秀雕华集》卷二,清稿本。

玉苍》一首，其诗末云："安稳此生贫亦好，眼前漂泊欲何如。"①此诗盖吴永和为"累试不售，郁郁成疾"②的夫君所作劝慰之辞，蒋氏选录此作，意在证明其安贫乐道且贤惠淑良的妇德。而《雕华集》选录诗作则多达七首，除了蒋氏所选之外，增加了《题山中旧居》二首、《奉赠澹庵舅氏赴召》、《雨后》、《虞姬》、《语女伴》③，其中既有写景之作，如"晓镜湖光入，春衫花气飞"，又有"惜哉太史公，不纪美人死"的慷慨史论，展现出女诗人多方面的创作才华。

不仅如此，编者许夔臣还选录了许多与"温柔敦厚之旨"甚不相符的诗作，比如徐绣春《感春诗五首用玉生主人送春元韵即志东昌之别》以及《接读玉生赐和感春志别之作复叠元韵奉酬》十首，现引数首如下：

无端心事乱丝牵，燕懒莺娇欲晓天。
自着轻衫怜瘦影，悄临明镜惜华年。
桃花不筑藏春坞，榆荚休输买笑钱。
为问几生修得到，戎装细马共扬鞭。
（《感春诗五首用玉生主人送春元韵即志东昌之别》其一）

待将零落叹香消，那及移花早自浇。
免得怀人还送别，未妨低唱与吹箫。
闲愁黯黯同飞絮，新病恹恹到舞腰。
愿学持竿随钓客，一生长泛浙江潮。
（同上其二）

小青诗句令魂销，苏小坟头酒自浇。
举世全无疗嫉药，赚人都有卖饧箫。

---

① ［清］蒋机秀：《国朝名媛诗绣针》卷一，嘉庆二年（1797）怀恩堂刻本。
② ［清］蒋机秀：《国朝名媛诗绣针》卷一，嘉庆二年（1797）怀恩堂刻本。
③ ［清］许夔臣：《国朝闺秀雕华集》卷二，清稿本。

> 当年大贾多枵腹,此日名流半折腰。
> 生怕浔阳秋易老,琵琶声里泣寒潮。
> (《接读玉生赐和感春志别之作复叠元韵奉酬》其一)

> 绿窗天气半晴阴,往事回头感不禁。
> 敢谓无缘成凤侣,设如有计赋琴心。
> 胸中念绝因人热,坐上香留落水沉。
> 焉得化为燕子双,双飞双宿并红襟。

> (同上其二)①

此诗作者徐绣春为山东聊城名妓,女诗人将自己的身世情感寄托在诗句中,既有顾影自怜的惆怅,如:"无端心事乱丝牵,燕懒莺娇欲晓天。自着轻衫怜瘦影,悄临明镜惜华年。"更有对爱情大胆的表白,如:"待将零落叹香消,那及移花早自浇。免得怀人还送别,未妨低唱与吹箫。"又如:"胸中念绝因人热,坐上香留落水沉。焉得化为燕子双,双飞双宿并红襟。"而从诗题可知,这两组诗是女诗人与其情人玉生主人的酬唱之作,明显暗示了两人之间有违伦理的暧昧关系。这样的诗作正是为沈德潜所极力斥责的一类,沈氏在《国朝诗别裁集》凡例中有云:"闺阁诗,前人诸选中,青楼失行妇女诗,多取风云月露之词,故每津津道之,非所以垂教也。"②而许氏本人虽亦在集中声明:"妇人才与德并重,是集所录皆淑女贤媛之作,可与班史韦经辉映千古,至于桑间濮上之音,俱不入选。"③但还是在"实因诗以存人,非因人以存诗"④的标准下,对青楼才女芳怀蕴藉之作以附录

---

① [清]许夔臣:《国朝闺秀雕华集》附录,清稿本。
② [清]沈德潜:《国朝诗别裁集》凡例第十三则,《四库禁毁书丛刊》第158册,第133页。
③ [清]许夔臣:《国朝闺秀雕华集》凡例第四则,清稿本。
④ [清]许夔臣:《国朝闺秀雕华集》凡例第六则,清稿本。

形式加以选录,而且选录组诗十首之多,足可见证其怜才之用心。

而在诗歌风格上,《雕华集》对于各种风格的诗作都能兼采。现以随园女弟子中入选诗作排名前三的金逸、席佩兰、孙云凤为例:

表4-3 《雕华集》所选金逸、席佩兰、孙云凤诗篇

诗人	诗篇
金逸 (28首)	《书怀呈竹士》、《静绿轩夜坐》、《牡丹》、《次韵和吴兰雪石溪观桃花》、《寄怀汪宜秋闺友》、《题香苏山馆图》(二首)、《绿窗》、《秋闺漫兴》、《随园先生来吴门召集女弟子绣阁余因病未曾赴会率赋二律呈先生》、《吴玉淞太史除夕四客游山图》(二首)、《竹士同作》(二首)、《秋日有怀王碧云女史》、《病中得郭频伽赠诗并读近作》(二首)、《次韵兰雪讯病之作》、《静绿轩夜话同竹士作》、《病起》、《次竹士韵》、《记梦》、《舟中即目》、《西溪舟次》、《题汪宜秋内史诗稿后》(三首)
席佩兰 (22首)	《夫子报罢诗以慰之》、《织女叹》、《古镜》、《喜外归》、《杨花》、《上袁简斋先生》(三首)、《十四夜月》、《十五夜月》、《病怀》(二首)、《柳絮》、《寄衣曲》、《南归日题上郡署壁》、《夜坐》、《春游》、《哭安儿》、《陆行》、《晓行观日出》、《感燕巢于旧垒》、《刺绣》
孙云凤 (22首)	《听泉》、《再游飞云洞》(二首)、《贵州道中》、《山行》(二首)、《题净香女史小照》、《晚溪》、《题万近蓬先生拈花小照》、《媚香楼歌》、《舟中度岁》、《入峡》(二首)、《巫峡道中》(四首)、《和随园太史留别西湖原韵》(四首)

上表中孙云凤《媚香楼歌》为咏史怀古之作,凡四十八句,四句一转韵,以赋体的形式,记叙明末秦淮名妓李香君的一生经历,其末云:"最是秦淮古渡头,伤心无复媚香楼。可怜一片清溪水,犹向门前呜咽流。"①语言朴素,却句句含情。而此诗由楼写人进而写史,格局纵横跌宕,又具史识,风格自属奔腾豪迈一类。

---

① [清]许夔臣:《国朝闺秀雕华集》卷十一,清稿本。

而席佩兰《晓行观日出》则是行旅山水之作,眼界开阔而气格雄豪,尤其描写日出奇观句:"俄顷云雾中,红光绽一线。初如蜀锦张,渐如吴绡剪。倏如巨灵擘,复如女娲炼。绮殿结乍成,蜃楼高又变。……精光所聚处,金镜从中见。破空若有声,飞出还疑电。火轮绛宫转,金柱天庭贯。阴气豁然开,万象咸昭焕。"①更是以极富想象力的语言,展示出红日大放光明之时的壮美和奇丽。而选家在选录这些突破传统闺阁限制的咏史行旅之作的同时,又不忘肯定女性独有的细腻柔情。如席佩兰《病怀》:"坐废晨梳倦废眠,病人心事困人天。桃花流水刚三月,柳絮因风又一年。偶检药方翻绣谱,暂开帘押放炉烟。绿纱窗口屏山角,最爱清阴最恼蝉。"②虽是写病中之琐事,却系有感而发,真实刻画病中情怀,笔调清而不枯。又如其《喜外归》:"晓窗幽梦忽然惊,破例今朝雀噪晴。指上正轮归路日,耳边已听入门声。纵怜面目风尘瘦,犹睹襟怀水月清。好向堂前勤慰问,敢先儿女说离情。"③惊喜之意毫无掩饰,足见伉俪细腻真挚之情,风格则以"内美贵有含"而取胜。此类诗作的选录表达的正是选家对各种不同诗风一视同仁的态度。然而,值得推敲的是选家对随园三大女弟子席佩兰、孙云凤、金逸之排序。一般来说,以博雅而论,席佩兰第一,孙云凤次之,金逸居末,这主要表现为金逸不擅写古体,而古体常用典;以诗风而论,席佩兰、孙云凤皆刚柔兼具,金逸则纯属阴柔,较之前者学力偏弱。而从上表所示三人选录诗作篇目来看,金逸第一,席佩兰、孙云凤次之,恰与之颠倒,折射出选家对更具女性特质的阴柔诗风的偏尚。如集中所选金逸作品,或是以幽怨凄楚的笔调抒写闺阁情怀,如《病起》:"碧梧移影

---

① [清]许夔臣:《国朝闺秀雕华集》卷十二,清稿本。
② [清]许夔臣:《国朝闺秀雕华集》卷十二,清稿本。
③ [清]许夔臣:《国朝闺秀雕华集》卷十二,清稿本。

上林扉,西院无人晓日微。病起名香焚不得,花阴小立当薰衣。"①如《绿窗》:"花房风子晴留梦,竹院棋声冷带秋。驹隙年华容易过,西风扶病强登楼。"②又如《记梦》:"膏残灯尽夜凄凄,梦淡如烟去往迟。斜月半帘人不见,忍寒小立板桥西。"③皆是柔弱久病、多愁善感的抒情主人公形象。或是趣逸情真,多清新疏朗之风,如《次竹士韵》以白描绘女子羞涩之情态:"梧桐疏雨响新秋,换得轻衫是越绸。忽地听郎喧语笑,帕罗佯掉不回头。"④又如《次韵和吴兰雪石溪观桃花》拟人赋春禽以情意:"红云飞隔水,应是雨催开。游屐缘溪入,春禽约客来。"⑤尽管席佩兰、严蕊珠亦不乏此类抒写闺阁本色之作,但相比而言,金逸诗之阴柔特质在随园女弟子诗群中无疑是最为突显的,她既无席佩兰之丰富阅历,又无孙云凤之高见卓识,作诗惟重感性、直觉,凭女子聪慧才气写诗,而选家却对此倍加推许:"纤纤天才俊敏,性耽风雅,与竹士伉俪甚笃,日以酬唱为乐,体素孱弱,尝卧病,有投诗者,遣小婢强扶起坐,走笔和之。"⑥着意褒扬女诗人极具天才的诗歌创作能力,并俨然将其置于随园女弟子之首,体现出选家的审美个性。

  由此看来,许夔臣虽在凡例中标榜"温柔敦厚之旨",然而在实际选文实践中却对女性艺术化才情推崇备至,其选录诗人诗作(包括诗歌风格取向)无不呈现出偏尚才情的特征。当然,从总体上来说,这部女性诗歌总集还是重在存人存诗,通过上述选目也可以发现,其选诗面还是很宽的,其用心并不在推举任何一种具体的流派宗风,而对于我们今天的研究者而言,由于是书未曾刊梓且未见著录,其文献价值或许更远远高于批评上的意义。

---

① [清]许夔臣:《国朝闺秀雕华集》卷十,清稿本。
② [清]许夔臣:《国朝闺秀雕华集》卷十,清稿本。
③ [清]许夔臣:《国朝闺秀雕华集》卷十,清稿本。
④ [清]许夔臣:《国朝闺秀雕华集》卷十,清稿本。
⑤ [清]许夔臣:《国朝闺秀雕华集》卷十,清稿本。
⑥ [清]许夔臣:《国朝闺秀雕华集》卷十,清稿本。

第二节 恽珠与《国朝闺秀正始集》

一、编者与选本概貌

编者恽珠(1771—1833),字珍浦,号星联,晚号蓉湖道人,又称蓉湖散人、毘陵女史,江苏阳湖人。恽珠出身毘陵望族,幼承家学,年在龆龀即"与二兄同学家塾,受四子、《孝经》、《毛诗》、《尔雅》"①。稍长,父亲恽毓秀亲授诗学,"谆谆以正始为教"②。其画学受之于族姑恽冰,深得瓯香馆笔意。乾隆五十三年(1788)适满族贵族完颜廷璐,婚后"相夫有政声,训子以实学",且"以孝闻"。③尝慕李颐先生以孝子为醇儒,重刊其《二曲集》,又刻《逊庵先生遗稿》,以述祖德、明家学,著有诗集《红香馆诗草》,辑有《国朝闺秀正始集》(以下简称《正始集》)二十卷,并仿照《列女传》,博采史志,编纂《兰闺宝录》六卷。另据其子完颜麟庆《国朝闺秀雕华集序》所记,"萱堂适辑一书,溯自姚姒以来节孝贞烈诗文歌词,分类分体,名曰《闺鉴》。兹集亦采什之二三,枣梨迄役,余行将奉教山膁"云云,可知恽珠应还著有《闺鉴》,今未见。④

《正始集》一书的编纂,乃是恽珠"数十年心力"搜罗而成。⑤ 在少女时代,恽珠有感于"闺中传作较鲜",遂开始留心抄

---

① [清]恽珠:《国朝闺秀正始集·弁言》,《国朝闺秀正始集》卷首,道光十一年(1831)红香馆刻本。
② [清]恽珠:《国朝闺秀正始集·弁言》,《国朝闺秀正始集》卷首,道光十一年(1831)红香馆刻本。
③ [清]李兆洛:《武进阳湖合志》,道光二十三年(1843)刻本。
④ [清]完颜麟庆:《国朝闺秀雕华集序》,《国朝闺秀雕华集》卷首,清稿本。
⑤ [清]潘素心:《国朝闺秀正始集序》,《国朝闺秀正始集》卷首,道光十一年(1831)红香馆刻本。

录名媛诗集。婚后,恽珠恪尽妇道,忙于"经理米盐",但仍断断续续地经营此事。其间,亦不断有"闺秀诸同调"投赠其作,以文会友。① 此外,长子完颜麟庆对诗稿收集的助益尤为突出。麟庆是嘉庆十四年(1809)进士,官终河道总督,历宦皖、豫、黔、鄂,曾奉母命"访求闺中佳作,采辑十五载,得诗三千余首,于己丑钞呈"②,在言不出阃仍被许多女性奉为圭臬的年代,能够搜罗到三千多首闺秀之作,可见其搜罗不遗余力。当然,这与麟庆显赫的地位也是分不开的,《正始集》中即有许多对其幕客纷纷投赠家中闺秀之作的记载:

> 春洲适俞九载而寡,以清节称,吴生金陛,其甥也,索稿付选,春洲秘不肯示,强之后可。金陛字苕香,以难荫授云骑尉,不就,宿学能文,屡试未遇,现客大儿麟庆幕中。(卷十九华文若条)
>
> 方雨能诗文,工篆隶,屡试不遇,曾客大儿麟庆幕中。意萱其爱女也,早寡无子,以苦节称。(卷二十程启条)
>
> 文芸为程生荧锷内戚,诗即生所代呈。荧锷字伯廉,大儿守徽郡时府试第一,寻来汴,留幕中。(卷二十鲍文芸条)
>
> 凝香,江苏阳湖人,诸生文珏女,典史廖寿孙室。按文珏,字闻泉,十试北闱,屡荐未售,曾为夫子笔札,继客大儿麟庆幕中,相依最久。寿孙字禹卿,为画史廖裴舟子,亦曾客幕中者。(卷二十李静华条)

上述闺秀诗稿均是经由其幕下的男性文人而间接得到的,"令子之母"的身份显然使得恽珠在编集时可利用的资源变得更为丰富。是故,单士厘在《清闺秀正始再续集》例言中就有感于

---

① [清]恽珠:《国朝闺秀正始集·弁言》,《国朝闺秀正始集》卷首,道光十一年(1831)红香馆刻本。
② [清]完颜麟庆:《再至侍选》,《鸿雪因缘图记》第二集下册,道光二十九年(1849)刻本。

恽珠"所处地位闳肆"而自叹弗如。

值得注意的是,在麟庆呈诗后,恽珠并未答应儿子"请付诸筑氏,以广流传"①的请求,而是"结习不忘,披读一过,翻病其繁"②,对收集诗作亲加点定,最终"汰繁取精,所存仅得其半"③。且选定之后又"犹恐去取之未当也,以稿本就正于闺秀诸大家"④,始得告成。整个过程环环相扣,酝酿足有两年之久。

道光十一年(1831),《正始集》正式付梓,由汴省龙文斋刷印装订成书。首有编者自撰弁言,次潘素心序,次黄友琴序,次例言十则,次诗人目录,载各卷诗作数量。卷后附二十三名闺秀题词,共计四十六首,末有石黛卿所撰后序及程孟梅跋语。正文二十卷,共计选诗一千五百六十三首;附录一卷,选诗八十一首;补遗一卷,选诗九十二首。共计选诗一千七百三十六首,涉及闺秀诗人九百三十三人。按照卷数先后,由孙女伊兰保、金粟保、妙莲保每人一卷、三卷一轮回,依次校字。咸丰十一年(1861),此书在北京得以重印。⑤ 笔者所据乃上海图书馆所藏初刻本。

道光十三年(1833)夏,恽珠逝于汴梁官舍。临终前,她将自己未能完成的续编事业托付给了孙女妙莲保,自言如能竟其事,则"吾死无憾"。妙莲保"继承先志,潜心编次,踵而成之,得诗十卷,附录补遗挽言各一卷,统名之曰《正始续集》"⑥。而据妙莲保

---

① ［清］恽珠:《国朝闺秀正始集·弁言》,《国朝闺秀正始集》卷首,道光十一年(1831)红香馆刻本。
② ［清］恽珠:《国朝闺秀正始集·弁言》,《国朝闺秀正始集》卷首,道光十一年(1831)红香馆刻本。
③ ［清］恽珠:《国朝闺秀正始集·弁言》,《国朝闺秀正始集》卷首,道光十一年(1831)红香馆刻本。
④ ［清］程梦梅:《国朝闺秀正始集·跋》,《国朝闺秀正始集》卷末,道光十一年(1831)红香馆刻本。
⑤ 《国朝闺秀正始集》重印本现藏国家图书馆,由京都琉璃厂厂桥西路南富文斋刻字铺吴姓刷印装订成部,卷首有蒋重申序。
⑥ ［清］恽珠、金翁瑛:《国朝闺秀正始续集序》,《国朝闺秀正始续集》卷首,道光丙申(1836)红香馆刻本。

在《正始续集》卷首小引中所言,恽珠生前收集的作品均被毫无增减地编进了续集,这在续集中的小传亦可以找到证据。① 可见,《正始集》乃至《续集》的结集成书确为编者恽珠殚精竭虑、耗费毕生心血的成果。

《正始集》收录诗人和诗作数量所涉及的地域之广、诗人民族身份之复杂,非寻常总集可比。"滇、黔、川、粤均不乏人,且有蒙古命妇、哈密才媛、土司女士、海滨渔妇,末卷又附载朝鲜国四人,更足征圣朝文教昌明,声教所讫,无远弗届。此内土司、哈密均隶版图,故散载各卷;朝鲜虽自天聪年间即奉正朔,究系属国,故归《附录》之后。"②这一点在清代女性诗歌总集中是较为突出的。《撷芳集》虽规模稍盛,但所收录的非汉族女子仅为八人,《国朝名媛诗绣针》则更少,全集唯杨琼华一人而已。相比之下,《正始集》对女性诗人的民族身份有特殊的敏感性,视野所及覆盖以汉语写作的少数民族女诗人,其中入选满族女诗人二十七人,选诗六十四首,其中汉军旗女诗人共计二十五人,选诗五十四首,蒙古女诗人共四人,选诗六首,土司女诗人入选一人,选诗一首,哈密女诗人一人,选诗两首,以及朝鲜女诗人四人,选诗十首。恽珠对少数民族的珍视与关注,一方面自然与其身为满族贵夫人的身份有关,另一方面也不无对当朝统治者的致意,尤其是对身处荒辟偏远之地的女诗人的选录,究其实质,更在标明盛

---

① 《国朝闺秀正始续集》卷首妙莲保所撰小引:"越今三载,严慈服阕礼成,乃请于二亲,复加点定,其祖慈所手定者一无增减,共得十卷,又附录一卷,计四百五十九人,诗九百一十九首。吾母复辑补遗一卷得一百三十四人,诗三百十首,末附挽诗一册,以志雅谊。"又,《续集》卷一席慧文条云:"余在豫七载,深以前集所采较少为恨,而怡珊又以于归金闾石氏误书寄籍,止录一诗,兹幸邮示全稿,并写岁朝图以将意,贤而有文,尤足为中州士女生色,故亦破格补选,登诸卷首以志因缘。"同卷徐若玉条云:"余因年久仅记后二句,是以未入前集,今检旧箧得之,不禁狂喜,用登卷首以志遗征。"

② [清]恽珠:《国朝闺秀正始集》例言第七则,《国朝闺秀正始集》卷首,道光十一年(1831)红香馆刻本。

世教化之功,文明传播之远。①

　　与之前许多女性诗歌总集相比,《正始集》尤为突出之处还在于选家经常有意地显示出自己和诗作者的种种关联,使得读者感到很鲜明的当下感。如集中不时采录闺秀对《红香馆诗草》《正始集》《兰闺宝录》的评点之作,如鲍文芸《题〈红香馆〉诗集后》称道:"才华谁第一,香奉太夫人。"②顺氏《赠珍浦太夫人》赞曰:"正始集诗崇雅正,无关风化恰宜删。"③极度称颂编者之才华与德行。且在卷末附载多达四十六首的女性题词,或描述自己和恽珠的因缘,或直接褒扬《正始集》之编纂。如蒋征《珍浦太师母夫人所选〈正始集〉鉴列之精,取材之博,持论之高,体裁之正,为自来闺阁所未曾有,小诗亦蒙采入,不胜荣幸,谨撰七古书于卷末》④,从诗题即可看出蒋氏对《正始集》的看重与推崇。又如潘焕荣《辛卯孟春,颐园兄自梁园返署,以方伯麟太夫人所选〈正始集〉相示》一诗云:"钟郝风仪树典型,怜才博访眼垂青。俚词也入珊瑚网,却胜名登千佛经。"⑤潘氏深以己作被采录为荣,对编者更是充满仰慕与感激之情。由此可见,《正始集》在某种程度上不仅成为可供女性发表的园地,也成为恽珠本人人际关系的最佳网络。尽管恽珠并未将己作选入集中,但是通过上述与己相关的诗人诗作的大量选录,借他人之力大大提升自己的声名,使其俨然被置于当时女性诗坛的中心。

---

　　① 恽珠不仅在例言中表明"圣朝文教昌明",而且在收录这些女诗人的小传中也一再申述。如卷十李筠仙条云:"崇善县隶太平府界接越南,以极边烟瘴之地,而有才品兼优之女士,设非沐浴圣化,曷可得此?"又如卷十七赵明霞条云:"哈密(甘肃)在嘉峪关外,驿路十八日程,地本回疆,民俗朴野,于康熙末始入版图。休养百年,闺阁中竟有此人,足征文教化行之远。"这些评价均可视为编者对清朝文治武功之称颂。
　　② 〔清〕恽珠:《国朝闺秀正始集》卷二十,道光十一年(1831)红香馆刻本。
　　③ 〔清〕恽珠:《国朝闺秀正始集》卷十五,道光十一年(1831)红香馆刻本。
　　④ 〔清〕恽珠:《国朝闺秀正始集》卷末,道光十一年(1831)红香馆刻本。
　　⑤ 〔清〕恽珠:《国朝闺秀正始集》卷末,道光十一年(1831)红香馆刻本。

二、编选动机与旨趣

在《正始集》之前,清代专选闺秀诗的选本已大量涌现,恽珠在凡例中也不乏提及:"我朝专选闺秀诗者,有王西樵《燃脂集》、陈其年《妇人集》、胡抱一《名媛诗钞》、汪心农《撷芳全集》、蒋泾西《名媛绣针》、许山膄《雕华集》;其以女史选诗者,则有王玉映《名媛诗纬》。然多采历代闺秀,且未免偏尚才调。"①实际上,除《名媛诗纬初编》《燃脂集》外,其余几部都是以有清一代的闺秀诗人为主要选录对象的。但令恽珠仍感不足的是,这些选集"未免偏尚才调",其中甚至包括在编选旨趣上推尊格调之选《国朝名媛诗绣针》。由此可见,恽珠本人选人选诗显然不是着眼于女诗人的才情。那么,《正始集》的编选动机与旨趣何在?这个问题似乎可以从这部总集的名字中找到答案。"正始"在传统儒家诠释系统中,意为合乎礼仪、法则之始,如《文选·卜商〈毛诗序〉》云:"《周南》《召南》,正始之道,王化之基。"刘良注曰:"正始之道,谓正王道之始也。"②恽珠在《弁言》中清楚地表达了自己对"正始"的理解:"总集定集名曰正始,体裁不一,性情各正,雪艳冰清,琴和玉润。庶无惭女史之箴,有合风人之旨尔。"③即在遥应经典,合乎诗教,彰显其为闺门树立妇德典范的意图。而其良苦用心也深为其闺友潘素心所体察,潘氏在为《正始集》所撰序文中云:"太夫人积数十年之力,搜罗既富,选择必精,用以微显阐幽,垂为懿范,使妇人女子之学诗者,发乎情,止乎礼义。尽删夫风云月露之词,以合乎二南正始之道,与班姬伏女媲美千秋,

---

① [清]恽珠:《国朝闺秀正始集》例言第七则,《国朝闺秀正始集》卷首,道光十一年(1831)红香馆刻本。
② [唐]李善等:《六臣注文选》,中华书局2012年版,第57页。
③ [清]恽珠:《国朝闺秀正始集·弁言》,《国朝闺秀正始集》卷首,道光十一年(1831)红香馆刻本。

而岂徒斤斤于章句也。"①这些赞美之词无不是强调是集"微显阐幽"的道德教化功能。而《正始集》的选辑在某种意义上正是对"风云月露之词"的一种肃清,是对妇德的变相的倡导。

在这种编选动机的支配下,《正始集》严格限定编选对象的社会地位,强调其身份的纯洁与品行的贤淑。如其例言中云:"以性情贞淑,音律和雅为最,风格之高尚其余事。至女冠缁尼,不乏能诗之人,殊不足以当闺秀,概置不录。"②在恽珠看来,女冠缁尼虽多才性,却并不能称闺秀之名;至于青楼女子,更是不值一提,"青楼失行妇人,每多风云月露之作,前人诸选,津津乐道,兹集不录"③。而前明女诗人如商景兰、蔡玉卿因"其夫既以大节殉明,妇人从夫,自应不选,以全其志",故仅附于她人小传中。更有甚者,集中编排入选闺秀之次序时,选家也以女诗人的人格修养高低与所具身份地位(主要指家学背景及男性的官职)作为主要依据,恽珠在例言中明确声明:"排比次序,第一首录宗室红兰主人女县君作,尊天潢也;次述先高祖姑科德氏,述祖德也;次录族姑恽清于作,重家学也;次录毕韬文,标奇孝也;次录伊夫人作,美贤淑也;次录伊太夫人,召慈范也;次录林氏作,扬贞烈也;次录希光,彰苦节也;次录沈慧玉作,示女箴也;次录李氏作,敦诗品也。"④其中"天潢"至"家学"着眼的是闺秀的社会与家庭地

---

① 〔清〕潘素心:《国朝闺秀正始集序》,《国朝闺秀正始集》卷首,道光十一年(1831)红香馆刻本。
② 〔清〕恽珠:《国朝闺秀正始集》例言第九则,《国朝闺秀正始集》卷首,道光十一年(1831)红香馆刻本。
③ 在涉及缁尼、青楼的问题时,恽珠同时又强调以在特定的历史情形下气节的刚烈与坚贞来抵消其曾经的"失行"。如其例言云:"然如夏龙隐、周羽步诸人,实有逃名全节之隐,故特附录,以扬潜德。""柳如是、卞融香、湘云、蔡闰诸人,实能以晚节盖,故遵国家准旌之例,选入附录,以示节取。"所凭恃的重要依据无非还是选录对象的德行。当然,无论怎样收归"正道",她们还是有别于普通的闺秀诗人,选家仅以附录形式将其置于卷末,且就实际选录情形来看,选诗数量极少。
④ 〔清〕恽珠:《国朝闺秀正始集》例言第三则,《国朝闺秀正始集》卷首,道光十一年(1831)红香馆刻本。

位,"奇孝"至"女箴"则是纯粹的妇德内核,作为衡量诗歌美学价值的诗品被置于末位。这种尊皇敬祖、德先才后的排序,显然为其重流品、论贵贱的等级观念所支配,体现出编者浓厚的道德教化意识。将其与蒋机秀《国朝名媛诗绣针》相比,此集可谓有过之而无不及,尽管蒋氏所选亦排斥青楼之作,而女冠缁尼之作却仍不乏选录,编者以为其人"红粉参禅,翠鬟慕道,大半水穷山尽,有迫使然",其作品更是"纯是血泪挥洒而成,不觉落落词高,飘飘意远"①,不仅对女冠诗人的不幸遭遇充满同情,而且以"词高""意远"推赏由此不幸遭遇引发的血泪诗篇。而在具体排比名媛之次序时,《国朝名媛诗绣针》则以"闺阁诗非有门第官阀与其行辈可以参考"②,大致依若干年为一段落略做排序。相比之下,《正始集》一选中对编选对象的身份与排比次序的限定显然更为严苛,实为历来女性诗歌选本中所罕见。

在具体选录诗作时,选家则力求"就见闻所及,择雅正者付诸梨。体制虽殊,要不失敦厚温柔之旨"③。《正始集》中大量宣扬妇德女教之作的选入,即是此"雅正"原则的最好诠释。书中较集中地选录了许多女诗人的教诫之作,如沈慧玉的《自箴》四首④,仿《诗经》四言体,旨在论妇人的立身之道,涵盖了德言容功四德。又如广东阳山李氏所作《妇诫》《训婢》⑤,《妇诫》洋洋六百字,从"出嫁事舅姑,恩义同父母"开端,申论"贤母笃义训,心婵志自舒",分别从媳妇、妻子、母亲的角色一一论述所应遵循之教诫;至于《训婢》,则是教导晚辈女性亲属如何管理婢女,"矜愚加

---

① [清]蒋机秀:《国朝名媛诗绣针》例言第八则,《国朝名媛诗绣针》卷首,嘉庆二年(1797)怀恩堂刻本。
② [清]蒋机秀:《国朝名媛诗绣针》目次末,《国朝名媛诗绣针》卷首,嘉庆二年(1797)怀恩堂刻本。
③ [清]恽珠:《国朝闺秀正始集》例言第一则,《国朝闺秀正始集》卷首,道光十一年(1831)红香馆刻本。
④ [清]恽珠:《国朝闺秀正始集》卷一,道光十一年(1831)红香馆刻本。
⑤ [清]恽珠:《国朝闺秀正始集》卷一,道光十一年(1831)红香馆刻本。

训诲,赦过策老劝",说明以仁厚治家的实际做法。两人均被置于卷首,尊为"诗品""女箴"之典范,可见选家借以传扬妇德妇职之用心。而更多的教诫之作则来自教子成名的贤母。如张藻为毕沅之母,毕沅出抚秦中,张氏作《送子沅巡抚陕西》箴诫儿子,望其戒慎惕厉,"不负平生学,不存温饱志"①。又如钟令嘉为蒋士铨之母,其《腊日寄铨儿》云:"恃才防暗忌,交友戒多言。结习还当扫,新诗莫诉冤。"②对在外为官的儿子多有叮嘱。再如何玉瑛"课子甚严,成名进士,乡里钦慕"③,其《口占勖儿》云:"殖学精于勤,取法贵乎上。功无一息宽,志欲千古抗。"④则是母亲激励儿子考取功名的殷殷教导。恽氏不但选录这几位贤母的诗篇均多达十首之上,而且在各自小传中对其德行更是多有称颂,如在张藻小传中特意记载:"高宗南巡,沅居忧里门,谒于行在,具陈母氏贤行,圣书'经训克家'四字以赐之。"⑤以此彰显张氏因教子有方所得的巨大荣耀,也体现出编者对其贤母之风的崇仰之意。

此外,宣扬贞女烈妇之诗篇亦在《正始集》中占了重要地位,选家不惜篇幅,收录大量关于贞烈的书写,意欲彰显女子的志节。如林氏《绝命词》云:"生有命死有命兮,妾身危死兮,妾心定。"⑥如凌存巽《遗诗》:"自甘同穴去,不许井生波。"⑦又如郝湘娥《绝命词》:"一女如何事二天,甘心毕命赴黄泉。誓为厉鬼将冤报,肯向人间化杜鹃。"⑧既有因乱不愿受辱者,有因夫死而殉之者,亦有含冤以明志者。此类绝笔之作,语言枯燥,诗意苍白,选家却俨然将其视作践行闺范的典范予以选录,着意肯定和推

---

① [清]恽珠:《国朝闺秀正始集》卷八,道光十一年(1831)红香馆刻本。
② [清]恽珠:《国朝闺秀正始集》卷七,道光十一年(1831)红香馆刻本。
③ [清]恽珠:《国朝闺秀正始集》卷九,道光十一年(1831)红香馆刻本。
④ [清]恽珠:《国朝闺秀正始集》卷九,道光十一年(1831)红香馆刻本。
⑤ [清]恽珠:《国朝闺秀正始集》卷八,道光十一年(1831)红香馆刻本。
⑥ [清]恽珠:《国朝闺秀正始集》卷一,道光十一年(1831)红香馆刻本。
⑦ [清]恽珠:《国朝闺秀正始集》卷十,道光十一年(1831)红香馆刻本。
⑧ [清]恽珠:《国朝闺秀正始集》卷七,道光十一年(1831)红香馆刻本。

赏这些女性从容就义的奇激之行。除此之外，《正始集》中不乏女诗人表扬他人贞烈义行的诗篇，如汪端《孙节妇诗》①、陈广逊《黄节妇歌》②、许琛《挽刘烈女淑妤》③、宋景卫《正俗歌为陈嫒作》④等，限于篇幅，节引《正俗歌为陈嫒作》如下：

> 礼义廉耻四维立，纲常名教万古植。
> 无愧于口无愧身，无愧于身尤汲汲。
> 妇人再醮知身污，若乃未婚心每惑。
> 一身那可容二心，心失谁云身不失。
> 卓哉陈嫒毓名闺，五经先生兰芽苗。
> 习礼明诗幼字林，桃夭未赋所天卒。
> 烈女不肯更二夫，相从地下寻灵匹。
> 见者哀号闻者悲，大吏上言采访实。
> 卓哉陈嫒大节章，浩然正气两间塞。
> 伤悲自署望门寡，门在望矣未许即。
> 既云寡矣难再双，兹言至正非偏刻。
> 鹄甘独宿歌三年，鸠告双飞媒一逼。
> 遂将性命付轻绡，仅留心事传遗墨。
> 视死如归岂博名，舍生取义宁图逸。
> 惟嫒家学《五经》明，察于伦理昭作述。
> 天经地义古今垂，永永幽光争皎日。

此诗洋洋洒洒，长达千字，对封建女教极尽阐扬之墨。恽珠不仅全文照录，而且在小传中更是明确表达自己对贞节女子的赞美："余叹观止，即取以殿斯集焉。"作者宋景卫本是"以节赐旌"而闻名乡里的节妇，其诗所称颂的陈嫒则是一位为守节而自

---

① ［清］恽珠：《国朝闺秀正始集》卷二十，道光十一年(1831)红香馆刻本。
② ［清］恽珠：《国朝闺秀正始集》卷四，道光十一年(1831)红香馆刻本。
③ ［清］恽珠：《国朝闺秀正始集》卷十，道光十一年(1831)红香馆刻本。
④ ［清］恽珠：《国朝闺秀正始集》补遗，道光十一年(1831)红香馆刻本。

经死的烈妇。从诗作内容来看,无非是"一女不事二夫"的陈腐说教,并没有多少文学价值,但是恽珠将其作为全集的压轴之作,并以节妇与烈妇两相"辉映",足见恽氏发潜阐幽之良苦用心。

当然,从全集范围来看,在遵循温柔敦厚准则的前提下,恽珠还是选录了一些颇具"才调"的女诗人诗作,家族吟咏群有家学渊源的周映青姑妇姊妹、俱有诗才的袁氏三姊妹等,至于结社吟咏者,如柴静仪、林以宁等人的"蕉园吟社",张允滋、张芬等的"清溪吟社",即使是随园女弟子吟咏群,恽珠也表现出一定的关注,金逸、席佩兰、孙云凤等人的诗作多有选入。但必须指出的是,在选录她们的诗作时,编者还是刻意避免对才情的过分推赏,这又往往与许氏所选《雕华集》形成鲜明的对比。以金逸为例,正如前文曾述及,《雕华集》在小传中对金逸之才情多有褒扬,而《正始集》中恽珠所撰金逸小传却只述其姓字、里籍,寥寥几字,极为简略。然若据此判断恽珠是因不知《雕华集》所载资料,则又不尽其然。恽珠在例言中已提及《雕华集》,而据是集卷十九许琼鹤小传记载:"(许夔臣)曾辑女史诗为《雕华集》,待梓,翁绣君女诗史借以相示,余因得津逮。但原选未免专尚风华尔。"①可见,选家对许氏《雕华集》非但了解,而且对其"专尚风华"的旨趣不以为然,故在编集时恽珠有意摆出一种避免过分推赏才情的姿态,将许氏所撰诗人小传直接加以删减。而在具体选录诗作时,《雕华集》一集选录金逸诗二十六首,而《正始集》仅选了五首,显然与金逸作为"吴门闺秀之祭酒"的诗名与才情都是极不相称的。即使就入选诗歌的题材来看,《雕华集》所选录的抒写男女之情的作品如《书怀呈竹士》,以及表现女诗人与袁枚师生交游情谊的篇什如《随园先生来吴门召集女弟子绣阁余

---

① [清]恽珠:《国朝闺秀正始集》卷十九,道光十一年(1831)红香馆刻本。

因病未曾赴会率赋二律呈先生》等,均未见录于《正始集》,是集选录《静绿轩夜坐》《牡丹》《题吴玉松太史除夕四客游山图》《病起》《舟中即目》①,多为写景绘物之作,风格也较为单一。

同样体现出这种特点的做法还有选家对柴静仪诗作的选录,现将二集所选柴静仪诗做一比较。如下表所示:

表4-4 《正始集》与《雕华集》所选柴静仪诗比较

诗人	《正始集》	《雕华集》
柴静仪	《燕燕篇》《子用济有远行诗以贻之》《与冢妇朱柔则》《观牡丹有怀长子用济》《长子用济归自都中诗以慰之》《冯又令命子中皋见过》《秋分日忆子用济》《怀子江右》 (卷四)	《燕燕篇》《子用济有远行诗以贻之》《与冢妇朱柔则》《长子用济归自都中诗以慰之》《冯又令命子中皋见过》《秋分日忆子用济》《怀子江右》《春闺》《中秋前一夜邀林亚清不至》《送顾启姬北上》《偶题》《黄天荡咏梁氏》《长信宫》《清溪叔玛姊小影属题漫成长句》 (卷一)

《雕华集》中所选诗篇题材较为多样,《黄天荡咏梁氏》《长信宫》是怀古咏史之作,《清溪叔玛姊小影属题漫成长句》《中秋前一夜邀林亚清不至》《送顾启姬北上》则是闺友唱和之作,当然也不乏书写慈母懿范的诗篇。这十六首诗既能体现出柴氏"秉性贞慧,才学兼优"②的特点,也恰好反映出其"与闺友林亚清诸人结蕉园吟社"③的交游活动。而恽珠所选八首诗作,选录范围未溢出《雕华集》,却多是体现女诗人母子关系的作品。此类表达母子情深的作品本无可厚非,但足以表明选家本人对此类诗作的不厌其烦。就编选旨趣而言,对于这位才德兼具的"女中儒者",选家所秉持的仍是女性的德性懿行高于才情文笔的准则。所以对于柴氏呈现结社唱和、怀古咏史之作,因其过于彰显诗才

---

① [清]恽珠:《国朝闺秀正始集》卷十四,道光十一年(1831)红香馆刻本。
② [清]许夔臣:《国朝闺秀雕华集》卷一,清稿本。
③ [清]许夔臣:《国朝闺秀雕华集》卷一,清稿本。

而刻意忽略。与之相反,选家所偏爱的是柴氏诗集中纯粹以妇德为主要表现内涵的作品,如《子用济有远行诗以贻之》《与冢妇朱柔则》《长子用济归自都中诗以慰之》,婉解曲喻,援古诫今,对长子长媳加以殷殷教导;《怀长子用济》《冯又令命子中皋见过》《秋分日忆子用济》《怀子江右》则抒写慈母对爱子的叮嘱与牵挂。这些诗篇的精心选入显然是为了彰显女诗人身为"女中儒者"的母教之德,与其小传中"子用济以诗名,皆母教也"①似有呼应。

以上两例均可说明恽珠虽参考《雕华集》,但相比许氏偏尚才情的选择,《正始集》则以"雅正"为原则慎重筛选,尤其是对闺阁诗作的创作意趣要求十分严格,甚至可以说近乎苛刻。恽珠生长于诗礼之家,婚嫁满族官宦之门,其诗学观与乾隆时期兴盛的正统诗学观取得一致,亦在情理之中。这也是她得诗三千余首,择定后"仅得其半"的重要原因。② 但即便如此,在是编成书后,恽珠却仍惶恐于此类"才调"的选录,遂编《兰闺宝录》加以弥补,"将与是编同寿梨枣,盖扬班左之才华与示郝钟之礼法,意有并重,所以垂教闺门者至深且远矣"③。可见其道德教化意识已经到了无以复加的地步。

总而言之,《正始集》一选对于闺秀诗的选择并不是采取文学审美的角度,而是本着为闺门树范的目的,认真照录许多女性的道德诗篇,记载其堪为传扬的事迹,在某种程度上巩固了传统妇德的价值,建构了足为后世模范的贤德妇女。恽珠的这种编选旨趣对后来选家产生了不容忽视的影响,但也得到了一定程度的修正。崇明施淑仪的《清代闺阁诗人征略》所选诗人生平事迹采自《正始集》处颇多,但同时她也表达了自己的意见:"恽氏

---

① [清]恽珠:《国朝闺秀正始集》卷四,道光十一年(1831)红香馆刻本。
② [清]恽珠:《国朝闺秀正始集·弁言》,《国朝闺秀正始集》卷首,道光十一年(1831)红香馆刻本。
③ [清]程梦梅:《国朝闺秀正始集·跋》,《国朝闺秀正始集》卷末,道光十一年(1831)红香馆刻本。

《正始集》以黄忠端、祁忠敏殉节前朝,不录蔡、商两夫人诗。不知著述乃个人之事,与夫无与。两夫人能以文学、美术传世,不为两公忠节所掩,正女界绝大光荣……恽氏当日未明男女平权之理,以为妇人从夫,自应不选;今既认女子亦具独立人格,故仍从甄录。"①至晚清时女性自我意识与外来思想文化合流,促成妇女解放运动的兴起,施氏受此时代风气的感召,对于女性文学创作的独立价值和地位进行了更为明确、更为彻底的宣扬。

第三节　存史之用的合刻型总集:《国朝闺阁诗钞》

一、选本概貌

编者蔡殿齐(1816—1888),字紫翔,号粿盦、眉安,后改名寿祺,江西德化(今属九江)人。道光二十年(1840)进士,授翰林院编修。因沉滞不迁,曾入胜保幕。著有《梦绿草堂诗钞》十二卷、《梦绿草堂诗余钞》二卷,选辑《国朝闺阁诗钞》及续编。是编编撰之缘起,盖受其姊蔡紫琼、其妻万梦丹影响颇深,《国朝闺阁诗钞》自序云:"柳絮庭前,早得联吟之姊;椒花堂上,又添作颂之妻。镜槛邀题,灯窗助读。银烛芳兰之句,酬唱遂多;玉台香茗之编,收藏亦富。吟翰方畅,商弦倏凄。砚匣长封,辍重挥之粉墨;缇囊独捡,余未竟之丹黄。眷言顾之,吁其悼矣!于是理兹散佚,加以删存。"②其中"联吟之姊"与"作颂之妻"正是指其姊蔡紫琼、其妻万梦丹,两人皆一时知名诗媛,爱好吟咏,并喜收藏"玉台香茗之编",但又皆芳龄早逝,为纪念亡姊亡妻,编者"理兹

---

① 〔清〕施淑仪:《清代闺阁诗人征略》凡例第十一则,崇明女子师范讲习所编,民国十一年(1922)铅印本。
② 〔清〕蔡殿齐:《国朝闺阁诗钞·自叙》,《国朝闺阁诗钞》卷首,道光二十四年(1844)刻本。

散佚,加以删存",进而"爰发遗缄,更搜别录"①,由整理其遗作发展到在戚里、同襟、故畹中捃摭更多的女性作品,且借其"职在编摩"之便②,组成一个分跨七个县制的八人编次校勘团体③,"芟繁汰滥,摘艳标奇"④,最终在京师完成编纂。

本书所据《国朝闺阁诗钞》及其续编为国家图书馆藏娜嬛别馆刻本。初编刊于道光二十四年(1844),其体例与元明诗名家选集大致相同,其所著录各家,首列其人小传,次就其人诗集,选录若干首,而仍以其诗集原名为题,每一家为一卷,合十卷为一册,全书十册,计全书所收,合为一百卷。⑤ 编首自序、参订姓氏,皆不入卷。同治甲戌十三年(1874)蔡殿齐又刊《国朝闺阁诗钞续集》,体例从前,另收初编所未及的女性诗人二十家,为二十卷。至此,是编共收录诗人一百二十家,得诗两千余首。具体见下表:

表4-5 《国朝闺阁诗钞》与《国朝闺阁诗钞续集》所收诗人诗篇

诗集	诗人及主要活动时期	入选诗篇数	籍贯
镜阁新集	朱中楣(顺康年间)	10	江西庐陵

---

① [清]蔡殿齐:《国朝闺阁诗钞·自叙》,《国朝闺阁诗钞》卷首,道光二十四年(1844)刻本。

② 据鸥波小榭编《韵香书室图题咏集》(上海图书馆藏道光刻本)卷首蔡殿齐于道光二十六年(1846)所撰《元配万安人墓志铭》云:"己亥秋余乡捷报至,安人喜曰:'君父母生君晚,常恐不见君成名,今幸秋榜获隽,由此努力直上,庶可少遂乌私也。'未几复生一子,产后得疾,遂以十一月念八日戌时卒,年二十有五,距生于嘉庆乙亥年七月二十二日亥时。所著有《韵香书室遗稿》,前岁余在都中刻入《闺阁诗钞》,外有《彤管新编》数卷,其手录未竟者也。安人即卒之明年,余成进士,改庶常,又明年授编修直史馆。"可知,蔡殿齐妻病逝后两年,即道光二十一年,蔡殿齐授翰林院编修,而《国朝闺阁诗钞》刊成于道光二十四年,当可推知是书为其在京师任编修时所编纂,故自叙中有"职在编摩"之说。

③ 《国朝闺阁诗钞》卷首自叙后,列有参订姓氏:德化蔡殿齐编次,奉新甘晋中望辑传,吴县潘曾莹星斋覆辑,南丰汤云林桂生校阅,彭泽张馥兰坡校阅,湖口梅士兰湘帆覆校,彭泽欧阳士玉六寄覆校,瑞昌雷寿南竹虚覆校。

④ [清]蔡殿齐:《国朝闺阁诗钞·自叙》,《国朝闺阁诗钞》卷首,道光二十四年(1844)刻本。

⑤ 赵尔巽撰《清史稿·艺文志》著录本书为九十九卷,误。见[清]赵尔巽:《清史稿》志一百三十《艺文》四,民国十七年(1928)清史馆铅印本。

续表

诗集	诗人及主要活动时期	入选诗篇数	籍贯
啸雪庵诗钞	吴绡(顺康年间)	12	江苏长洲
卧月轩诗稿	顾若璞(顺康年间)	10	浙江仁和
徐都护诗	徐昭华(康熙中期)	12	浙江上虞
青山集	吴山(顺康年间)	15	安徽当涂
素赏楼诗稿	陈皖永(康熙年间)	11	浙江海宁
凝翠楼诗集	王慧(康熙年间)	11	江苏镇洋
凝香室诗钞	柴静仪(康熙年间)	13	浙江钱塘
砚隐集	张学象(康熙年间)	8	山西太原
玉窗遗稿	葛宜(康熙年间)	14	浙江海宁
蕴真轩小草	蔡琬(康熙年间)	16	直隶辽阳
林下清风集	李国梅(康熙年间)	8	江苏兴化
湘灵集	冯娴(康熙年间)	9	浙江钱塘
古香楼诗集	钱凤纶(康熙年间)	12	浙江钱塘
竹隐楼诗草	贺桂(康熙初年)	11	江西莲花
凤箫楼诗集	林以宁(康熙年间)	12	浙江钱塘
绣余小稿	纪琼(不详)	13	湖北汉阳
蠹窗诗集	张令仪(康熙年间)	13	安徽桐城
疏影轩诗稿	何玉瑛(康熙年间)	11	福建侯官
片石斋烬余草	马士琪(康熙年间)	9	四川西充
培远堂诗集	张藻(乾隆年间)	12	江苏长洲
悟雪堂诗钞	吴若冰(乾隆年间)	19	江西南城
绿净轩诗钞	徐德音(乾隆年间)	8	浙江钱塘
柴车倦游集	钟令嘉(乾隆年间)	23	江西余干
玉芳亭诗集	陈淑秀(乾隆年间)	11	贵州贵筑

续 表

诗集	诗人及主要活动时期	入选诗篇数	籍贯
静香阁诗草	倪瑞璿(康雍年间)	7	江苏宿迁
清香阁诗钞	姚德耀(乾隆年间)	10	安徽桐城
一桂轩诗钞	李毓清(乾隆年间)	6	广东阳山
鸿宝楼诗钞	杨凤姝(不详)	10	江苏吴县
瑞圃诗钞	苏世璋(顺康年间)	11	福建漳浦
问花楼诗集	许权(雍正年间)	9	江西德化
在璞堂吟稿	方芳佩(乾嘉年间)	18	浙江钱塘
浣青诗草	钱孟钿(乾嘉年间)	14	江苏武进
卧雪轩吟草	杭澄(乾隆年间)	7	浙江仁和
绣余草	李葆素(雍乾年间)	15	江西广丰
职思居诗钞	张佛绣(乾隆年间)	11	江苏青浦
聊一轩诗稿	沈蕙玉(乾隆年间)	12	江苏吴江
绿秋书屋诗集	张因(乾隆年间)	10	湖北江夏
听月楼遗草	汪韫玉(乾隆年间)	11	安徽休宁
红雪轩诗稿	高景芳(康熙年间)	11	汉军
蘩香诗草	李含章(乾隆年间)	7	云南晋宁
长离阁诗集	王采薇(乾隆年间)	10	浙江武进
石兰诗钞	胡慎仪(乾隆年间)	10	直隶大兴
盈书阁遗稿	袁棠(乾隆年间)	16	浙江钱塘
采香楼诗草	席蕙文(乾隆年间)	13	江苏吴县
吟香摘蕊集	杨悝悝(不详)	15	江西德化
鹤语轩诗集	许燕珍(乾隆年间)	9	安徽合肥
两面楼诗稿	张芬(乾隆年间)	13	江苏吴县
兰圃遗草	胡佩芳(乾隆年间)	12	江西星子

续表

诗集	诗人及主要活动时期	入选诗篇数	籍贯
青藜阁诗集	江珠(乾隆年间)	10	江苏甘泉
瑶草轩诗钞	闵素英(乾隆年间)	12	江西奉新
不栉吟	潘素心(嘉道年间)	16	浙江会稽
澹如轩吟草	朱镇(不详)	10	广西临桂
起云阁诗钞	鲍之兰(乾嘉年间)	7	江苏丹徒
修竹庐吟稿	朱宗淑(乾隆年间)	11	江苏长洲
花语轩诗钞	金若兰(道光年间)	20	安徽歙县
韵松楼诗集	顾慈(不详)	10	江苏金匮
味雪楼诗稿	宋鸣琼(乾隆年间)	16	江西奉新
望云阁诗集	郭芬(乾隆年间)	11	安徽全椒
清娱阁吟稿	鲍之蕙(乾嘉年间)	11	江苏丹徒
唐宋旧经楼稿	孔璐华(乾嘉年间)	7	山东曲阜
白凤楼诗钞	杨舫(嘉道年间)	14	江西湖口
长真阁诗稿	席佩兰(乾嘉年间)	17	江苏昭文
玉箫楼诗集	孙云凤(乾嘉年间)	10	浙江仁和
瘦吟楼诗草	金逸(乾隆年间)	26	江苏长洲
绿阴红雨轩诗钞	帅翰阶(道光年间)	14	江西奉新
听秋轩诗稿	骆绮兰(乾嘉年间)	17	江苏句容
寄梅馆诗钞	王倩(乾隆年间)	16	浙江山阴
织云楼诗稿	廖云锦(乾嘉年间)	10	江苏青浦
贻砚斋诗稿	孙荪意(乾隆年间)	8	浙江仁和
绘声阁诗稿	陈长生(乾嘉年间)	11	浙江钱塘
琴香阁诗笺	蒋徽(嘉道年间)	10	江西东乡
晓春阁诗集	尤澹仙(乾隆年间)	13	江苏长洲

续表

诗集	诗人及主要活动时期	入选诗篇数	籍贯
贮月轩诗稿	郭佩兰(嘉庆年间)	13	湖南湘潭
翡翠楼诗集	沈纕(乾隆年间)	13	江苏长洲
绣余小草	归懋仪(乾隆年间)	9	江苏常熟
吟香馆诗草	汪芦英(不详)	11	江西奉新
环碧轩诗集	沈绮(乾隆年间)	10	江苏常熟
藕香馆诗钞	何佩玉(乾隆年间)	7	安徽歙县
露香阁诗草	严蕊珠(乾隆年间)	14	江苏元和
环碧轩诗集	沈绮(乾隆年间)	10	江苏常熟
瑶草珠华阁诗钞	席慧文(嘉道年间)	11	河南渑池
澹鞠轩诗稿	张姗英(道光年间)	13	江苏阳湖
吟红阁诗钞	夏伊兰(不详)	8	浙江钱塘
绿窗吟稿	王素雯(不详)	17	湖北孝感
绣箧小集	高簪(乾嘉年间)	9	江苏元和
养花轩诗钞	吴芸华(嘉道年间)	27	江西东乡
簪花阁诗钞	郭润玉(道光年间)	16	湖南湘潭
自然好学斋诗集	汪端(嘉道年间)	8	浙江钱塘
绣吟楼诗钞	谭紫璎(嘉道年间)	14	江西德化
鹄吟楼诗钞	傅紫璘(嘉道年间)	18	湖北黄梅
印月楼诗集	王璊(不详)	13	湖南湘潭
小鸥波馆诗钞	陆韵梅(道光年间)	15	江苏吴县
锦槎轩诗稿	张襄(道光年间)	12	安徽蒙城
絮雪吟	朱景素(道光年间)	39	江苏上元
敏求斋诗集	王继藻(嘉道年间)	12	湖南湘潭
焚余小草	甘启华(道光年间)	14	江西崇仁

续表

诗集	诗人及主要活动时期	入选诗篇数	籍贯
镜倚楼小稿	章孝贞(不详)	16	江苏江宁
佩湘诗稿	范涟(道光年间)	14	江西德化
花凤楼吟稿	蔡紫琼(嘉道年间)	68	江西德化
韵香书室吟稿	万梦丹(嘉道年间)	72	江西德化
绿槐书屋诗稿	张纶英(道光年间)	—	江苏阳湖
怡然阁诗钞	裘纫兰(咸丰同治年间)	19	江西新建
邻云友月之居诗稿	张纨英(道光年间)	15	江苏阳湖
瘦云馆诗稿	辛丝(道光年间)	20	山西灵石
琴北诗钞	何淑蘋(道光年间)	19	福建光泽
鸿雪楼诗集	沈善宝(道光年间)	16	浙江钱塘
碧梧楼诗钞	张秀端(道光年间)	16	广东番禺
随宦吟草	辛素霞(道光年间)	16	江西万载
兰吟阁诗草	陈友琴(道光年间)	12	四川金堂
征柔阁诗草	朱荣珍(道光年间)	17	江苏上元
睡香花室诗钞	汪纫兰(不详)	18	江苏吴县
绮余室吟草	陈葆贞(道光年间)	36	浙江嘉善
芸芳阁诗钞	杨玉莲(道光年间)	21	陕西泾阳
忆秋轩诗集	范淑(道光年间)	30	江西德化
灌香草堂诗稿	吴兰畹(咸丰前后)	14	江苏常熟
吟红小榭诗草	钱瑗(咸丰前后)	20	云南昆明
听月轩诗草	李娓娓(咸丰同治年间)	20	陕西延川
映秋轩诗钞	丁幼娴(咸丰同治年间)	30	江西九江
清香绣阁诗稿	何如兰(不详)	20	福建光泽
冰壶玉鉴轩诗草	蔡泽苕(咸丰同治年间)	41	江西九江

由上表可见,这部迄于同治而卷帙最大的丛编型总集,在选目方面存在明显的偏向。一是从诗人的地域分布来看,明显详南略北,且南方又主要集中于编者本人的家乡——江西地区。如上表所示,江苏籍三十一人,江西籍二十五人,浙江籍十九人,安徽籍九人,占总数的近八成。其中又以江西籍女诗人之地位较为突出,不仅在总数上超越浙江籍,仅次于江苏籍,位居第二,而且诗歌收录总数多达近五百首,远远高于江苏、浙江两地,位居第一。二是从诗人所处年代来看,是编详近略远,基本不选生于前明清初尚存的女诗人之作,而对盛清时期尤其是乾嘉女性诗坛尤多关注,其选录几占一半之上。

作为一名翰林院编修,编者"职在编摩,敢分珥笔之余闲,遽续玑囊之剩纂"①,俨然以史家职述自命,意欲推出一批彰显国朝之盛的著名女诗人,故其尽可能地收录能够代表各种流派的女诗人,如集中所选就既有随园女弟子代表人物,如骆绮兰、金逸、孙云凤、席佩兰、严蕊珠等,也有"清溪吟社"成员,如尤澹仙、席蕙文、江珠、沈缠等,并没有流露出特别的偏向。然而必须指出的是,是编所选仅一百二十家,在具体选录过程中挂漏实多,主要表现在以下两个方面。

其一,所收诸集未能尽取名家,且有偏私。依各家选诗数量排比,前六家依次为:万梦丹七十二首、蔡紫琼六十八首、蔡泽苕四十一首、范淑三十首、丁幼娴三十首、吴芸华二十七首。蔡殿齐掌握的女诗人及作品似乎很有限。若蕉园七子、袁氏三妹、顾氏太清等有清一代著名女诗人,是编或遗漏,或仅取一两人,实属非是。而前六家万梦丹、蔡紫琼、蔡泽苕、范淑、丁幼娴、吴芸华,无论是名气还是实际创作成就,均不当列名家之列,入选数

---

① [清]蔡殿齐:《国朝闺阁诗钞·自叙》,《国朝闺阁诗钞》卷首,道光二十四年(1844)刻本。

量如此之多,实与编者蔡殿齐的个人因素密切相关。其中前三位分别为其姊、其妻、其女,后三位则是与之论诗定交的同里之家眷。① 所以对于编者而言,她们相对于其他女诗人占有选源上的便利优势,而且私谊既深,编者自然多加采录。

其二,所选之诗未能尽得其菁萃。尽管蔡殿齐在自序中标榜自己所选诗作"丝皆五色,行行幼妇之题;锦是七襄,幅幅天孙之制"②。而就实际选录来看,则多有手眼不高、持择不严的情形。如汪端诗作颇丰,集中仅选九首,其中又将《孙节妇诗》③列卷首,用意显在标榜妇德,且所选诗作几无一首能代表汪端那种清苍雄健的典型风格。又如李毓清所选诗作共七首,其中四言诗《咏古》两首、《妇诫》三首、《训婢示长媳耿氏》两首④,皆充斥道德说教气息,实在平庸无可称。再如万梦丹选诗达七十二首之多,其中虽不无佳制,但像《洪烈女诗》《郑烈妇诗》一类诗作⑤,则属滥竽之作,应是编者出于阿私持择不严所致。

从女性诗歌总集编纂史的角度来看,《国朝闺阁诗钞》在某种程度上可以说是对有清一代女诗人的成就做了一次不太成功的汇总展示,编者一方面"芟繁汰滥,摘艳标奇"⑥,甚至期望自己所编《国朝闺阁诗钞》"敢比元诗选辑,拜下泉台;倘同潘挂流遗,迹存翰墨"⑦;但另一方面,编者的乡土意识以及客观上资料的局

---

① [清]蔡殿齐:《国朝闺阁诗钞·自叙》,《国朝闺阁诗钞》卷首,道光二十四年(1844)刻本。
② 按,陈世庆《九十九峰草堂诗钞》(同治八年刻本)卷首蔡殿齐所作《陈世庆传》云:"与同里范元亨暨寿祺论诗订金石交焉。"又,范淑,字性宜,号菊农,为范元亨妹;丁幼娴,字静芳,为范淑外甥女;吴芸华,字小茶,号石溪渔女,为陈世庆妻。
③ [清]蔡殿齐:《国朝闺阁诗钞》第九册卷八,道光二十四年(1844)刻本。
④ [清]蔡殿齐:《国朝闺阁诗钞》第三册卷八,道光二十四年(1844)刻本。
⑤ [清]蔡殿齐:《国朝闺阁诗钞》第十册卷十,道光二十四年(1844)刻本。
⑥ [清]蔡殿齐:《国朝闺阁诗钞·自叙》,《国朝闺阁诗钞》卷首,道光二十四年(1844)刻本。
⑦ [清]蔡殿齐:《国朝闺阁诗钞·自叙》,《国朝闺阁诗钞》卷首,道光二十四年(1844)刻本。

限,又使他不自觉地让《国朝闺阁诗钞》在某种程度上充当了江西地域女性诗歌总集的角色,并进而使某些篇章接近蔡氏家集汇刻,终使《国朝闺阁诗钞》给人以"盛名之下,其实难副"的感觉。①

二、文献价值

《国朝闺阁诗钞》对于女性诗歌研究的主要贡献在于它保存、传播了大批同治朝以前的女性文学资料。现以集中所选江西地域女性诗歌为中心,从以下几方面考察其文献价值的具体体现。

(一) 文字校勘

是编所录诗文内容与别集或其他选集多有异文情形,显示出一定的文字校勘价值。这主要体现在两个方面:一是作为现存女性别集的"他校"之资。兹以范淑《忆秋轩诗集》②与《国朝闺阁诗钞》所选三十首范淑诗做一仔细比照,我们发现,除《月夜偕清宜五姊端宜八妹分韵》一首外③,其余同见录于两集的二十九首诗作在文字上均存在一定的相异之处。略举几首作为例证:

林下

竟日碧云中,默坐浑忘暑。
凉风飒然来,绿竹动清渚。
好鸟歇幽林,梳翎复自语。
不知下有人,此心静如许。

(《国朝闺阁诗钞》)

---

① 有学者将这部丛编型总集视为有清一代著名女诗人的集大成之选,高度评价《国朝闺阁诗钞》"直可代表道光以前底清朝一代的女诗人",此论实恐有过誉之嫌。见陈东原:《中国妇女文学史》第七章,上海书店出版社1984年版,第257页。
② 本书所据为上海图书馆所藏光绪十七年(1891)良乡官刻本。
③ 此诗仅见录于蔡殿齐《国朝闺阁诗钞》续编,而范淑《忆秋轩诗集》未载。

林下

竟日碧云下,默坐已无暑。
凉风自何来,绿竹动清渚。
好鸟歇幽林,梳翎复自语。
不知下有人,此心静如许。

(《忆秋轩诗集》)

雨夜感怀

谁料严寒未有期,薄棉典尽落花叶。
窗风凄紧灯先觉,庭雨高低竹自知。
乍见遥山犹聚雪,不堪明日又无炊。
闲愁一夜其如水,坐到深更漏转迟。

(《国朝闺阁诗钞》)

风雨夕(其二)

谁料严寒未有期,薄棉典尽落花叶。
窗风凄紧灯先觉,庭雨高低竹自知。
传说遥山犹聚雪,不堪明日又无炊。
闭门无异隆冬境,消受长更静背诗。

(《忆秋轩诗集》)

晚望

秋色渺何极,晚来天气晴。
近日余夕照,无树不蝉声。
万木输孤塔,长天断一城。
何来飞鸟下,荒圃啄苔行。

(《国朝闺阁诗钞》)

晚眺

秋色渺何极,风光薄暮清。
四山呈夕照,无树不蝉声。
万木输孤塔,长天断一城。
临风飞鸟下,荒圃啄苔行。

(《忆秋轩诗集》)

检旧作

未曾学道心先澹,已觉人间百不宜。
绝爱微凉好风雨,秋窗自品十年诗。

(《国朝闺阁诗钞》)

偶成

未曾学道心先澹,直到悲深死已迟。
绝爱微凉好风雨,秋窗自品十年诗。

(《忆秋轩诗集》)

  目前存世范淑《忆秋轩诗集》惟有光绪十七年辛卯(1891)良乡官刻本一种,为其侄范履福在其逝后整理刊行。据其兄范元亨所撰《性宜六妹传》所云:"妹虽为诗,自言已得,不务名誉,蔡编修殿齐选《国朝闺阁诗钞》征其稿数四,妹终不愿示人。予嘉其意,不强也。将卒之前日,悉以诗付予。"①然蔡殿齐《国朝闺阁诗钞》续编于同治十三年(1874),收范淑《忆秋轩诗集》一种,诗三十首,盖为范淑殁后向其家人索取而得,且从时序来看,是编刊行早于范履福良乡官刻本,其"以选校集"的校勘价值自不可忽视。

  二是选集之间的互相比勘,订正讹误。由于《国朝闺阁诗钞》所据资料往往与其他选集来源有所不同,文字互有差异,尤

---

① [清]范淑:《忆秋轩诗集》卷首,光绪十七年(1891)良乡官刻本。

其是在别集无存的情形下,其校勘价值尤为珍贵。如《国朝闺阁诗钞》所载蒋徵小传中云:"蒋宜人徵,字琴香,一字锦秋,号石溪渔妇。江西东乡县人。"①此与《国朝闺秀正始集》所记录的"字锦林,别号石溪渔妇"②相异。按,《江西通志》记载:"蒋徵,字琴香,一字锦秋。"③又如《国朝闺阁诗钞》选录钟令嘉《登太行山》:"绝磴马萧萧,群峰气力骄。苍云横上党,寒色满中条。返辙河如带,扪车迹未遥。龙门划诸水,禹力万年昭。"④此诗亦见录于《撷芳集》,其中后半首文字则为:"返辙当河浹,扪车指驿骚。龙门划诸水,真觉禹躬老。"⑤而钟氏诗集今已无存。《国朝闺阁诗钞》所载均可资以为校。如此等等,不一而足,均可体现出是编不能为其他文献所替代的价值所在。

(二)文献辑佚

就笔者目前调查,《国朝闺阁诗钞》所收录的二十五位江西籍女诗人中,除宋鸣琼《味雪楼集》、许权《问花楼集》、范淑《忆秋轩诗集》以及甘启华《焚余小草》四种外,其余女诗人别集今均已不得见,幸赖《国朝闺秀诗钞》一编留存其诗,在一定程度上弥补了大量女性诗歌别集因散佚所导致的损失。其中李葆素、蔡紫琼、万梦丹、杨舫、杨惺惺、范涟、朱荣珍、丁幼娴、蔡泽苕、吴芸华十位女诗人首次见录于《国朝闺阁诗钞》,且集中选录诗作均为其目前所知存世的所有作品,文献价值尤见突出。而贺桂、蒋徵虽已见录于之前选集,但比照之下,是编所选还是多有溢出之篇。《国朝闺阁诗钞》初编成书前,载有贺氏诗作的诗集只有《撷

---

① [清]蔡殿齐:《国朝闺阁诗钞》第八册卷二,道光二十四年(1844)刻本。
② [清]恽珠:《国朝闺秀正始集》卷十八,道光十一年(1831)红香馆刻本。
③ [清]刘坤一编:《江西通志》卷五十六,光绪七年(1881)刻本。
④ [清]蔡殿齐:《国朝闺阁诗钞》第三册卷四,道光二十四年(1844)刻本。
⑤ [清]汪启淑:《撷芳集》卷八,乾隆末刻本。

芳集》和《江西诗征》两部,前者收录《独漉篇》①,后者另录有《忆画》《秋日避病渔家》《暮秋》《冬月》《感怀》《独坐》《偶吟》《晓过梧溪》《科儿公车北上赋此寄怀》②,而是编则在此基础上另搜得《竹隐楼偶题》一首③,同时又是《国朝闺阁诗钞》最先辑得蒋征除《题潘伴霞漱芳阁诗稿》《读正始集寄呈珍浦太师母》《登开元寺阁》《香海棠巢燕集》《题岳绿春女史画兰遗幅》《忆石溪馆》之外的四首诗,即《琴香阁夜坐》《作画》《步月》《题张云裳女士邓尉探梅图》④,这也是两人目前所知存世的所有作品,足见是编对保存女性文献的掇拾之功。

值得注意的是,由于《国朝闺阁诗钞》不仅取资于易见的别集,而且还"镜鸾钗凤,贻珍什于同襟;雪柏霜筠,参遗闻于故帙"⑤,故还有助于对现存别集进行补遗。正如上文提及,《国朝闺阁诗钞》中选录的一首题名为《月夜偕清宜五姊端宜八妹分韵》的七律,即未见录于《忆秋轩诗集》,其诗云:"人间天上不分明,壶漏初传第二更。菊忽离魂因月影,秋原无语借出声。满园露湿林花䍿,万里风寒寒外惊。今夜冰轮同照处,可怜都不忆前生。"此诗诗笔蕴藉,含思凄婉,对全面了解女诗人之创作风格自有助益,而从文献角度来看,又正可作为今后辑佚之资。

(三) 为后来选集的重要来源

由于《国朝闺阁诗钞》入选诗人有不少为编者女眷及同里的闺秀,使得是编保存了不少家族及地域女性诗人的诗作,这为以

---

① [清]汪启淑:《撷芳集》卷十一,乾隆末刻本。
② [清]曾燠辑:《江西诗征》卷八十五,嘉庆九年(1804)刻本。
③ [清]蔡殿齐:《国朝闺阁诗钞》第三册卷四,道光二十四年(1844)刻本。
④ 在蔡殿齐《国朝闺阁诗钞》初编成书前,载有蒋征诗作的似只有恽珠《国朝闺秀正始集》及其续编,初编收录《题潘伴霞漱芳阁诗稿》,续编收录《读正始集寄呈珍浦太师母》《登开元寺阁》《香海棠巢燕集》《题岳绿春女史画兰遗幅》《忆石溪馆》。
⑤ [清]蔡殿齐:《国朝闺阁诗钞·自叙》,《国朝闺阁诗钞》卷首,道光二十四年(1844)刻本。

后的女性诗歌总集的纂辑奠定了基础。编刊于咸丰八年(1858)的《国朝闺秀诗柳絮集》①在很大程度上吸收了《国朝闺阁诗钞》初编的地域女性文献成果,其所收江西籍女诗人与《国朝闺阁诗钞》初编重叠者有二十人,两集所录诗篇对比如下:

表4-6 《国朝闺阁诗钞》与《国朝闺秀诗柳絮集》所收诗人诗篇数

诗人	《国朝闺阁诗钞》	《国朝闺秀诗柳絮集》
贺桂	11	7(所选与《国朝闺阁诗钞》相同)
胡佩芳	12	7(所选与《国朝闺阁诗钞》相同)
闵肃英	12	11(所选与《国朝闺阁诗钞》相同)
钟令嘉	23	22(所选与《国朝闺阁诗钞》相同)
蒋徽	10	6(所选与《国朝闺阁诗钞》相同)
朱中楣	19	19(所选与《国朝闺阁诗钞》相同)
杨舫	14	5(所选与《国朝闺阁诗钞》相同)
谭紫璎	14	6(所选与《国朝闺阁诗钞》相同)
甘启华	14	17(所选含《国朝闺阁诗钞》14首)
杨惺惺	15	10(所选与《国朝闺阁诗钞》相同)
汪芦英	11	5(所选与《国朝闺阁诗钞》相同)
李葆素	15	6(所选与《国朝闺阁诗钞》相同)
吴芸华	27	13(所选与《国朝闺阁诗钞》相同)
吴若冰	19	52(所选含《国朝闺阁诗钞》19首)
范涟	14	5(所选与《国朝闺阁诗钞》相同)
蔡紫琼	68	10(所选与《国朝闺阁诗钞》相同)
帅翰阶	14	27(所选含《国朝闺阁诗钞》14首)

---

① 本书所据黄秩模《国朝闺秀诗柳絮集》为咸丰三年(1853)刻本,上海图书馆藏。

续　表

诗人	《国朝闺阁诗钞》	《国朝闺秀诗柳絮集》
万梦丹	72	29（所选与《国朝闺阁诗钞》相同）
许权	9	6（所选与《国朝闺阁诗钞》相同）
宋鸣琼	16	40（所选含《国朝闺阁诗钞》11首）

　　除吴若冰、甘启华、帅翰阶、宋鸣琼四人外，《国朝闺秀诗柳絮集》中十六位女诗人所选录诗篇不仅数量上均少于蔡氏所选，且所选诗作全部见录于《国朝闺阁诗钞》初编，这就充分体现出《国朝闺秀诗柳絮集》在选源上对《国朝闺阁诗钞》初编的极大依赖。

　　而通过进一步仔细比照，我们亦可发现，《国朝闺秀诗柳絮集》中的诗人小传也多半参考甚至直接取自《国朝闺阁诗钞》初编。以下仅举两例：

　　　　杨惺惺，字柳枝，江西德化人。处士家震次女，诸生李成蹊室。著有《吟香摘藟集》。（《国朝闺秀诗柳絮集》卷十九）

　　　　杨惺惺，字柳枝，江西德化人。处士家震次女，诸生李成蹊室。与姊匹鸳并工诗。著有《吟香摘藟集》。（《国朝闺阁诗钞》第五册卷五）

　　　　杨舫，字小桥，江西湖口人。济南典史运综女，诸生十联姊，彭泽监生汪陶镕室。著有《白凤楼诗钞》。（《国朝闺秀诗柳絮集》卷十九）

　　　　杨舫，字小桥，江西湖口人。济南典史运综女，诸生十联姊，彭泽监生汪陶镕室。著有《白凤楼诗钞》。（《国朝闺阁诗钞》第七册卷二）

　　当然，有一种可能性是必须考虑到的，即《国朝闺阁诗钞》与《国朝闺秀诗柳絮集》的诗人小传均取材于某种类似艺文志的文献。不过,迄今为止尚未发现在《国朝闺阁诗钞》编成之前有过此类文献存在的证据。

另外值得一提的是,现存第一部专选江西女性诗歌的总集《豫章闺秀诗钞》①,实际上即是以蔡殿齐《国朝闺阁诗钞》为母本删节之选。据卷首鲁氏所撰序文云:"柴桑蔡𥟎盦先生前后所选闺阁诗钞百六十家,纂组耀目,几萃熙朝名媛之隽而陈列之,方之古韦常集《香茗吟》诚不相让。去冬同里丁德芝大令入都,取集中豫章闺秀廿余家,嘱世保别为编次,吾乡风尚诚笃,即女子中能诗者颇多,自标真蕴,不骋浮辞,录而存之。"②时在京师的江西籍文人丁德芝于同治十二年(1873)选取《国朝闺阁诗钞》及其续编中的江西籍女诗人作品,并嘱托鲁世保"别为编次",裒为《豫章闺秀诗钞》一编,并于次年孟春月刊于京师。而这种"别为编次"很大程度上就是利用了《国朝闺阁诗钞》以诗人专集为纽带来系录作品的体例特点,只是在旧版的基础上删减诗人,是故其对《国朝闺阁诗钞》在选源上的依赖更是可见一斑。

综上所述,尽管《国朝闺阁诗钞》并未成功地推出足以代表有清一代的著名女诗人群体,所选诗作亦不免流露世俗之见,但其文献价值与贡献还是有目共睹的,理应获得适当的评价。

第四节　郡邑闺彦的典范之选:《松陵女子诗征》

一、编者与选源

《松陵女子诗征》由费善庆和薛凤昌编选。费善庆,字伯缘,

---

① 本书所据《豫章闺秀诗钞》为复旦大学馆藏同治十三年(1874)刻本,卷首有鲁世保书于同治甲戌(同治十三年,1874)京师宣南寓斋序文一篇。
② [清]鲁世保:《豫章闺秀诗钞序》,《豫章闺秀诗钞》卷首,同治十三年(1874)刻本。

薛凤昌,字公侠,均为江苏吴江人,且皆好读书,收藏甚富,曾与柳亚子等一起创建"吴江文献保存会",汇编县内十二家所藏印成《吴江文献保存会书目》一册,以"文献流传,后生之责,维桑与梓"十二字作藏书家代号,其中柳亚子藏书号为"文",费善庆藏书号为"献",薛凤昌藏书号为"后"。在《松陵女子诗征》之前,费善庆曾辑有《松陵女士汇录》,然自病其简略,乃时与表弟薛凤昌相商榷,合力广为诗征,历经数年,终于民国七年正式刊行。

正如柳亚子在序言中所云:"以全国版图之广,声教之远,断代成书,搜罗尚易。从未有僻在偏隅下邑,而异军特起,壁垒一新,以附庸而蔚为大国,集人至数百家,集诗至数千首,如我薛子公侠所撰《松陵女子诗征》者。"①同时期以总集的形式汇纂地方女性文献的有钱学坤的《青浦闺秀诗存》和黄瑞的《三台名媛诗辑》,然从编纂体量来看,无论是选录的人数还是作品,皆远不及此编。"吾邑为人文之渊薮,风雅之会归,秀出一时莫与之抗者,代不乏人。"②编者薛凤昌此语虽不无自矜,然相比其他郡邑,吴江历来文风之盛确是毋庸置疑的事实。尤其是在明清之际,在士大夫文人群体的提倡和支持下,当地闺阁之间亦多名媛,"松陵之上,汾湖之滨,闺房之秀代兴,彤管之诒交作矣"③。及至清代乾嘉时期,闺秀文学更呈繁盛之势,"吴趋翡翠,尚湖环碧。阅百余年流风未泯,闺阁多彩,于兹为盛"④。《松陵女子诗征》收录了吴江一地涌现出的二百七十三家名作家及其诗作两千余首,忠实地记录下了自南宋初至清末近八百年以来地方女性诗歌的创作情况。

关于《松陵女子诗征》的选源,部分采自编者薛凤昌、费善庆

---

① 柳亚子:《松陵女子诗征序》,《松陵女子诗征》卷首,民国七年刻本。
② 薛凤昌:《吴江叶氏诗序序》,《吴江叶氏诗录》卷首,清稿本。
③ [清]钱谦益:《沈宜修传》,《列朝诗集小传》,上海古籍出版社2008年版,第753页。
④ 费善庆、薛凤昌编:《松陵女子诗征》卷首凡例,民国七年刻本。

自身所藏。《吴江文献保存会书目》中收录女性别集三十五种，柳亚子所藏为三十三种，位居十二家之首，薛凤昌以二十七种位居其次。其中严针《宜琴楼遗稿》、袁希谢《绣余吟》、梅芬《绿筠轩诗草》、吴琼仙《写韵楼遗草》为柳亚子从薛凤昌处借抄录副而成，两人的收藏实不分仲伯。尽管如此，薛凤昌本人还是竭尽所能搜罗其他相关材料，"造藏书之家，访图书之馆，搜讨而记录之者无数矣。赫蹄之书，四出征采，尤不遗余力。客邸旅镫，雪钞露纂，五易星霜，积稿数寸"①。就此编所引书目来看，包括不少地方文献，如袁景辂《国朝松陵诗征》、徐达源《禊湖诗拾》与《平湖诗拾》、翁广平《平望志》、柳树芳《分湖小识》、陈去病《笠泽词征》等，而于闺秀总集如钟惺《名媛诗归》、蒋机秀《国朝名媛诗绣针》、恽珠《国朝闺秀正始集》、单士厘《闺秀正始再续集》等也多有取摭。值得一提的是，薛公侠在编选过程中还得到了一批热心乡邦文献的同好的大力支持。"赞助之力为多，其始终尽力以畀余者，柳子亚子一人，次则丁子初我、金子讱庵服初、沈子眉若、颖若、陈子佩忍、费子馥岩、钱子强斋、陆子廉夫、叶子印莲、周子嘉麟也。"②此在是编的女诗人小传后的按语中亦可得到印证，如"顾月瑛"条："是为吾友沈君颖若所告，并示录三诗如下。"③"汝兰"条："纫秋为顾君无咎之外祖姑也，无咎曾于陶君亦园处得其手写遗诗一册，字迹娟秀，诗亦清隽拔俗。"④"钱静娟"条："凤昌辑此编时，征韵蕉女士诗于其弟强斋许，强斋复余曰：先姊遗稿名《雨花楼》，盖临终前有'雨中花落泪痕多'句也，书笥丛残久不整理，惟十七年前有自写帐颜一角，皆录先姊诗，今录示。"⑤此处的沈颖若、顾无咎、钱强斋均为吴江本地文人，他们都

---

① 费善庆、薛凤昌编：《松陵女子诗征》卷首凡例，民国七年刻本。
② 费善庆、薛凤昌编：《松陵女子诗征》卷首凡例，民国七年刻本。
③ 费善庆、薛凤昌编：《松陵女子诗征》卷九，民国七年刻本。
④ 费善庆、薛凤昌编：《松陵女子诗征》卷九，民国七年刻本。
⑤ 费善庆、薛凤昌编：《松陵女子诗征》卷九，民国七年刻本。

热心帮助收集和录示女性诗作。

而对是编影响和赞助最多者则非柳亚子莫属。柳氏素来留心乡邦文献的搜罗,其《灵兰精舍诗选序》云"弃疾复以狂胪乡邦文献尽耗其金"①,在《柳亚子自撰年谱》中也多有对不惜举债而"狂胪乡邦文献"的豪举的记载②。在苦心收集的女性文献中,不少是柳亚子从友人处借抄的,"此册从邑前辈袁稚松先生(汝锡)手写本录副"(魏于云《焚余稿》跋),"沈本末页附有'梦兰诗'六首,淡墨斜,字极娟秀,殆出闺中人手自写存者,不为祖龙所攫亦云幸矣。仍未录副,附订此本之末"(李梦兰《吟晓楼稿》跋),"从芦墟陈丈祥叔(文濬)所藏旧抄本录副"(李琼《秉简编》跋),"原帙未见,此册乃顾生悼秋从他书中辑录者"(许琼思《苑怀韵语》跋)③,魏于云、李琼、许琼思、李梦兰四位女诗人均见录于《松陵女子诗征》,且是编"魏于云"条所引按语即出自柳氏④,"许琼思"条云"柳子录示顾君无咎选录之稿"⑤,又与柳氏跋语所云相合。柳亚子对《松陵女子诗征》的助益,屡屡为编者薛凤昌在集中提及,如"许珠"条"然集外之作所见亦正不少,兹所录者集外之作有九首,皆柳君亚子所录示云"⑥,"徐小螺"条"其唱和小草及图之题词,为余友柳子亚子邮示,故得录诗数首"等⑦,可见柳氏确为是编提供了不少可利用的资源。不仅如此,《松陵女士诗征》一书中引用柳氏按语处也颇多,或对女诗人经历、性格、诗作的特点略做交代,或据乡邦典籍对有关史实进行一定的考证,甚至在具体编纂过程中还时加指点一二,如

---

① 柳亚子:《灵兰精舍诗选序》,《灵兰精舍诗选》卷首,民国十一年刻本。
② 柳亚子:《自传·年谱·日记》,上海人民出版社 1986 年版,第 18 页。
③ 以上诸跋分别见《磨剑室文录》上册(上海人民出版社 1993 年版)第 910、952、987、1081 页。
④ 费善庆、薛凤昌编:《松陵女子诗征》卷四,民国七年刻本。
⑤ 费善庆、薛凤昌编:《松陵女子诗征》卷五,民国七年刻本。
⑥ 费善庆、薛凤昌编:《松陵女子诗征》卷六,民国七年刻本。
⑦ 费善庆、薛凤昌编:《松陵女子诗征》卷九,民国七年刻本。

"方氏"条"凤昌按：方氏籍桐城,初以无与乡邑置之,既柳子亚子谓氏曾寓分湖,而死于震泽,宜依项佩、陆观莲例增入,乃补录之"①。对流寓本地的女诗人,因其行迹与吴江颇有渊源,录之入编,固非无见。编者吸收柳氏意见,使这部总集更体现出"乡邦文献"的特色。

二、编选内容概说

从《松陵女士诗征》收录诗人情况来看,卷一除杨皇后、杨娃两人外,其余皆为明代诗人,共十七位;卷二至卷九载明清诗人,共二百五十六位;卷十附载待征录。具体如下：

表 4-7 《松陵女士诗征》所收诗人诗歌

卷目	诗人	诗歌篇数
卷一	杨皇后	1
	杨娃	9
	沈倩友	1
	庞淑顺	1
	沈素瑛	2
	项贞女	2
	周慧贞	3
	沈大荣	1
	沈倩君	12
	沈静专	62
	沈媛	6
	沈宜修	45
	沈智瑶	1

① 费善庆、薛凤昌编：《松陵女子诗征》卷二,民国七年刻本。

续表

卷目	诗人	诗歌篇数
卷一	张倩倩	4
	李玉照	17
	顾氏	2
	沈静筠	1
卷二	陈烈妇	1/2
	杨尹娴	1
	董如兰	2
	周兰秀	19
	叶纨纨	31
	叶小纨	38
	叶小鸾	34
	叶小繁	10
	沈蕙端	1
	沈少君	2
	沈宪英	7
	沈华鬘	6
	沈关关	1
	宁若生	3
	吴芳	1
	颜佩芳	6
	王锡蕙	1
	王氏	1
	潘畹芳	1
	庞蕙缥	11

续表

卷目	诗人	诗歌篇数
卷二	瞿观至	1
	邹淑芳	1/2
	易眜娘	2
	吴溇女子	1
	方氏	1
	项佩	9
	陆观莲	8
	殳默	5
	周文	26
	徐翙	5
	柳是	26
	顾眉	2
	周琼	14
	叶文	3
	姚湘云	1
卷三	徐月英	1
	顾烈女	1
	顾氏	1
	徐灿	2
	徐文琳	1
	吴文柔	1
	张蘋	1
	金氏	9
	周氏	1

续表

卷目	诗人	诗歌篇数
卷三	金法筵	9
	沈淑兰	3
	沈畹	2
	吴雯华	4
	沈树荣	2
	沈友琴	4
	沈御月	5
	沈蕃纫	5
	吴贞闺	2
	吴静闺	2
	沈咏梅	4
	金氏	1
	陈诗	2
	沈蕙玉	13
	沈端玉	2
	梅芬	35
	汪瑶	1
	姚栖霞	26
	吴蕙	5
	钱珂	1
卷四	姚汭	1
	王梦兰	9
	魏于云	15
	陈氏	1/2

续表

卷目	诗人	诗歌篇数
卷四	沈纫兰	1
	沈缃芷	1/2
	王摩净	1
	李氏	2
	袁清凤	4
	顾文婉	2
	朱雪英	3
	钱宛鸾	2
	钱宛兰	1
	沈淑孙	1
	夏氏	1
	陆端玉	1
	姚秀英	2
	陆燕燕	2
	江静韵	1
	薛贞瑛	3
	陈玉珍	1
	张芝庭	1
	张忆梅	1
	金氏	1
	陈氏	1
	谢氏	1
	顾瑞麟	4
	钱蕙	2

续表

卷目	诗人	诗歌篇数
卷四	许淑芳	1
	吴玉文	2
	刘桂娥	1
	蓟素秋	1
卷五	李琭	33
	王珣	1
	钮素	1
	金兑	5
	丁阮芝	1
	沈氏	2
	袁兰贞	3
	李凤梧	1
	孟文辉	3
	吴钟慧	5
	张灵	1
	沈缥	24
	张允滋	15
	石峨	2
	邱碧沄	2
	徐秀芳	3
	徐彩霞	2
	吴德馨	7
	许琼思	24
	丁月邻	5

续表

卷目	诗人	诗歌篇数
卷五	汪玉轸	38
	钱与龄	4
	严蕊珠	52
	宋笭	2
	柳线	7
	王蕙芳	6
	盛寿	4
	袁淑芳	24
	吴琼仙	44
	范玉	7
	郭氏	1
	顾锦裳	4
	唐吟兰	1
	邱慰陶	1
卷六	张畹瑛	5
	吴士坤	1
	王琴香	2
	唐淑英	1
	庄康	1
	董云鹤	15
	宋静仪	4
	周兰芬	4
	周宝生	2
	戴素蟾	18

续 表

卷目	诗人	诗歌篇数
卷六	计蕙仙	9
	计瑞英	1
	计小鸾	1
	钮默	1
	计氏	1
	周氏	2
	李嬽	6
	丁筠	3
	周古云	1
	吴文淑	2
	许珠	21
	沈氏	1
	陈敏媛	12
	王淑	30
	梅氏	1
	钱峙玉	10
	宋贞琇	4
	宋贞珮	2
	宋贞球	4
	宋贞琬	4
	谈韵莲	1
	谈韵梅	1
	席钰	1
	徐佩兰	1

续表

卷目	诗人	诗歌篇数
卷六	陈宝钿	1
	李庭梅	1
	倪蕴璇	1
卷七	任崧珠	25
	朱兰	20
	赵畹兰	20
	沈绮	18
	赵征兰	2
	吴椀桃	17
	李持玉	13
	沈瘦玉	3
	周琼珠	3
	姚榴卿	1
	黄蕙	2
	姚素梅	1
	黄芸馨	5
	唐彩	1
	费淑	26
	陈素芬	3
	汪桂芬	7
	叶璃华	35
	钱清婉	3
	徐应嬿	49
	朱萼增	26

续表

卷目	诗人	诗歌篇数
卷七	朱慧珠	1
	王静卿	1
	陈昌绣	1
	某氏	2
卷八	陆惠	38
	张淑	1
	张润	2
	沈姵坤	2
	丁慧金	3
	程庭昭	1/2
	陈氏	1
	蔡氏	1
	秦蕊珠	1
	庞梦兰	1
	于晓霞	24
	刘溟兰	1
	陈筠湘	2
	顾含春	6
	顾佩芳	22
	袁希谢	30
	沈小芳	1
	陆萱（蕟）	2
	徐蕴珠	1
	徐菱	2

续表

卷目	诗人	诗歌篇数
卷八	徐玖	37
	程云和	2
	顾宛制	1/2
	吴淑巽	2
	吴淑升	41
	邱宝庆	4
	邱宝龄	1
	邱宝琳	1
	邱双庆	1
	邱兰卿	1
	邱丽仙	1
卷九	莺湖女子	2
	吴秀淑	1
	张凤娥	11
	计珠仪	15
	计珠容	1
	计埰	13
	陶餲	2
	陶馥	22
	陶餎	1
	费景华	2
	徐兰清	1/2
	徐小螺	12
	陶云凤	2

续表

卷目	诗人	诗歌篇数
卷九	严针	13
	王宝珠	2
	费吟芝	6
	赵若荪	1
	秦璧	2
	吴丽珍	8
	黄婉容	1
	朱静溇	1
	程绛裳	2
	金慧	10
	顾佩英	3
	汝兰	18
	华婉若	29
	顾月瑛	3
	王道昭	34
	钱静娟	13
	沈久芳	1
	洪如鸾	1
	陈倚云	1
	金芸	7

从上表可见，所收明清女诗人中，家族诗人群几占半壁。如水西沈氏一门，沈大荣、沈倩君、沈静专、沈媛、沈宜修、沈智瑶从姊妹六人皆为女诗人，一传而为沈玉霞、沈惠端、沈惠思、沈端容、沈关关，再传而为沈树荣、沈友琴、沈御月、沈蓞纫，三传而为

沈咏梅,四世相传,流风未泯。而一时执箕帚来归者,张倩倩、李玉照、金法筵等又皆旗鼓相当,号称大敌。次则分湖叶氏一门,叶绍袁四女叶纨纨、叶小纨、叶小鸾、叶小繁皆有诗才,人人有集。至清代中期,吴江世家大族更是彬彬郁郁,蔚为大观。如计氏一门:金兑、丁阮芝、沈清涵、宋静仪、计蕙仙、计瑞英、计捷庆、计趋庭、计小鸾、许珠仪、计珠容、计七襄;邱氏一门:吴德馨、许琼思、丁筠、周古云、邱碧云、邱慰陶、邱宝庆、邱宝龄、邱宝琳、邱双庆、邱兰卿、邱丽仙;宋氏一门:戴素蟾、宋贞琇、宋贞珮、宋贞球、宋贞琬;周氏一门:陈敏媛、王淑、陶馥;吴氏一门:吴淑巽、吴淑随、吴淑升。编者在女诗人小传中着意交代诸名媛所居的乡邑及各人间的亲属姻族,勾勒出环分湖的女诗人家族分布和谱系图,这实际上也反映出当时闺秀文化最为突出的家族性特征。明清时期,尤其是经济较发达的江南地区,出现了许多名门望族,这些大家族大都是典型的书香门第,具有深厚的文化根基,对女性来说,家学熏染对她们的思想意识和文学修养的提高无疑具有较大的影响,"中庭之咏,不逊谢家,娇女之篇,有逾左氏"①,家庭唱和而斐然成章,实为一代风气所趋。

值得注意的是《松陵女子诗征》对沈氏闺秀家族谱系的源头在家族史上的重新确认。在此之前,作为首开家族化风气之先的吴江沈氏闺秀诗群,已纷见于各女性诗歌选本,如季娴《闺秀集》、王端淑《名媛诗纬初编》、刘云份《翠楼集》等,然与以上选集皆以沈宜修为家族核心人物不同,《松陵女子诗征》赫然将沈静专列于沈宜修之前,且以全集第一的篇幅汇辑其作品六十二首。集中对于沈静专的诗,引用沈南疑评论"葱蒨郁蔚,居然风雅,其字句局法,非闺中人所知",透过此等评语,可见编者认同沈南疑的论诗观点,也流露出他对诗风清新、别是一调的沈静专诗作的

---

① [清]钱谦益:《沈宜修传》,《列朝诗集小传》,第753页。

喜爱。此为其一。其二,编者着意突显沈氏家族谱系之源本,如薛凤昌在凡例中云"溯自词隐,倡导风雅,一门彬彬",词隐即沈璟,静专为沈氏季女,相比其他闺秀,家学既深。柳亚子在序言中则直言"沈大荣、沈倩君、沈静专首开其端,沈媛、沈宜修、沈智瑶紧随其后",明确将沈静专置于沈氏闺秀群之开创者的地位,这在某种意义上其实也意味着作为郡邑总集的选家开始从家学传承的谱系上认可沈静专,视其为沈氏闺秀群的核心人物。

与此同时,从入选诗人的生平小传或诗题中,我们可以看到,编者试图呈现这些世家闺秀彼此间的唱酬及交往情形。如沈宜修与其诸女之间,互为诗友,吟诗酬唱,沈宜修有《次仲女蕙绸韵》《次季女琼章韵》,叶小纨有《秋夜和琼章妹》,叶小鸾有《庚午秋父在都门寄诗归同母暨两妹和韵》等;或以诗表达思念,叶小鸾有《秋夜不寐忆蕙绸姊》《秋暮独坐有感忆两姊》,叶小纨有《寄五妹》等;或题词诗集,沈宜修有《题疏香阁》,叶纨纨有《题琼章妹疏香阁》等。叶小鸾、叶纨纨姐妹因病早逝后,沈倩君、沈静专、沈媛、张倩倩等皆以诗吊之,如沈静专《悼甥女叶昭齐》云"愿儿世世绝情缘,芳魂莫作催化使",沈媛《挽叶琼章甥女》云"煮梦未成秋梦短,蕉窗佳话美人贻",感伤叶氏姐妹有才却多病。又如计氏一门,金兑为诗雅正,其三女计小鸾、计捷庆、计趋庭皆"禀父母训,工书好吟咏,家庭之间,更唱迭和,有午梦堂风"。金兑弟媳丁阮芝亦性耽吟咏,曾作《白燕》诗,结句云"红襟紫颔都非侣,寄语霜翎好自珍",计瑞英、计小鸾、计七襄、计珠皆有同题唱和之作。又如集中所选如计蕙仙《招瑞英妹诗以代柬》、计小鸾《立夏和南初姊韵》等,亦可见家族闺秀间的交游团聚之乐。

当然,编者不仅止步于展现家族间的唱和交往,更以选集的形式勾勒出松陵女诗人在家族之外的文学因缘。女性的从师问学、结社吟咏,以及与家族外男性文人的诗文互动,皆由《松陵女子诗征》中的选录作品可见一斑。如收录沈静专诗作时,编者首次将《哭钟伯敬先生诗》选入此集,其序云:"余早失怙,未娴书,雅好诗歌,惜无援引。偶阅钟先生《诗归》,见其评阅,能鉴作者命意,余因亦有所得。每有怀寄咏,率尔成帙,思欲一就正先生,而先生已赋玉楼数载矣。人琴之感,能无动焉。"钟惺曾选录历代女子诗为《名媛诗归》,沈静专与钟惺虽无直接交往,然是心追慕之,晚期诗风受其影响甚深。又如严蕊珠、汪玉轸、吴琼仙、袁淑芳,皆先后受业于袁枚,其中后三位与郭频伽、朱铁门、陈燮、袁湘湄等吴江文人又多有诗文互动、和诗题词,如汪玉轸,编者在其小传中引恽珠语"宜秋诗不多作,时人不知其能诗,及题郭频伽水村图云'深闺未识诗人宅,昨夜分明梦水村,万梅花拥一柴门',频伽见之,大加叹赏,诗名遂著"。而从选录作品的诗题《典质已穷无以卒岁赖竹溪诸诗人敛金相周诗以志感》《题郭频伽先生水村第四图》《频伽因予诗句复画万梅花拥一柴门图索题为赋二绝》《送铁门内弟》《春暮寄铁门》《送袁湘眉先生之淮上》《题潘寿生闲居图》《题郭丹叔池塘春梦图》《题陈秋史亭角寻诗图》等,亦可见汪玉轸与当时诗坛文人的互动交往之密切。

更有甚者,编者还将这种文学因缘延展至极其私密领域的异性之间的情感交往。比如,此编选录李琓诗作多达二十四首,李琓为吴江某匠室,小传中引柳亚子高祖柳树芳语:"(梦香)慕其才,以诗相投赠,绣云答之,其间往来倡和之作,如璧合珠。"选录的诗作皆为女诗人李琓与梦香逸史彼此唱和的艳情诗,如《杂忆》云"忆得相携湖石下,桃花飞雨乱红裙""忆得风流京兆笔,画眉深浅入时多""忆得千金宵刻好,漏声不为合欢迟"等,可推知编者对此类艳情诗的喜爱。而对此类诗作的收录,更多的意义应在于揭示出女诗人不易为人知晓的情感世界,并借此异性之间的文学因缘,令一些原本远处诗坛之外的女性取得女诗人的身份。

第五章　清代女性诗歌总集与女性诗学批评

长期以来,女性在诗史上一直居于附庸的位置,女性诗作极少被许为"典范",得到更多被阅读与流传的机会。明以前专门收录历代女性文学作品的总集加起来不足十种,诗话中亦鲜少论及女诗人及其作品。直至明代中后期,崇尚真情和复古的文学思潮逐步复苏,尤其是晚明性灵诗学重性情的审美倾向将诗学视角转向闺阁,促使此一时期女性诗歌总集编刊热潮骤然兴起,至清代则达到繁盛状态。而从某种意义上来看,每一部女性诗歌总集的形成都是选家在特定的诗学观念的支配下的对女性诗歌创作的一次品鉴和认知过程,这些限定性别的诗歌总集到底以何种方式参与探索清代主流诗学的核心问题,成为一个引人关注的议题。本节试以清代女性诗歌总集为论述中心,对此展开初步的探讨。

第一节　性灵与闺阁本色的审美理想

明中后期李贽在阳明心学的基础上提出"童心说",把"童心"作为为人为文的核心,"他之提倡'童心'而反对'从闻见而入'的'道理',乃是因为他意识到这些'道理'——社会规范——是与人性相对立、扼杀人性的;这与他的反对'德礼''政刑'正相一致"[①]。以袁宏道"性灵说"为代表的晚明文学新思潮继承和发

---

① 章培恒、骆玉明:《中国文学史新著》(下卷),复旦大学出版社 2020 年版,第 191 页。

展李贽的传统,至清代虽有消减,但并未停滞,清代文人多有在文学思想上标举"性灵"者,尤以袁枚为著。一些选家在性灵文学思想的指导下从事女性文献的编选实践,主张抒写真情、崇尚童心的本色纯真,以为女性从事诗歌创作,尽管在教育、经历等方面都难以与男性相比,但这种境况却使得女性可以保存天真、纯洁的灵性,其诗发乎慧心、天机自动。是故,不少清代女性书写的倡导者在编选闺集、追溯女性写作的历史时,往往更趋向于对闺阁本色特质的强调与肯定。

首先,是将女性的本质与"真""清""性灵"的诗歌美学联系在一起,以此来提拔女性文学的地位与价值。这种策略在中晚明已多有发明。如钟惺在《名媛诗归》序中推崇女性"清"之特质,如其所云:"夫诗之道亦多端矣,而吾必取于清。向尝序友夏《简远堂集》曰:诗,清物也,其体好逸,劳则否;其地喜静,秽则否;其境取幽,杂则否。然之数者,未有克胜女子者也。盖女子不习轴仆舆马之务,缛苔芳树,养纫薰香,与为恬雅。男子犹籍四方之游,观知四方……而妇人不尔也,衾枕间有乡县,梦魂间有关塞,惟清故也。清则慧……嗟乎,男子之巧,洵不及妇人矣。"①在此,"清"被说成一种天地的灵秀之气,也是女性诗歌优越于男性的主要原因。中晚明士人的此种论调多为清初女性书写的倡导者所承继,如清初的邹漪在《诗媛名家红蕉集》中即云:"乾坤清淑之气不钟男子,而钟妇人。"②雍正年间的范端昂《奁泐续补·自序》更是以"高山则可仰,景行则可行"的态度来看待女性诗歌中的"清"的素质:"夫诗抒写性情者也,必须清丽之笔。而清莫清于香奁,丽莫丽于美女。其心虚灵,名利牵引,声势依附之,汨默其性聪慧。举凡天地间之一草一木,古今人之一言一

---

① [明]钟惺:《名媛诗归·自序》,《名媛诗归》卷首,《四库全书存目丛书》本,第339册,第2—3页。
② [清]邹漪:《诗媛名家红蕉集·自序》,《诗媛名家红蕉集》卷首,清初刻本。

行,《国风》、汉魏以来之一字一句,皆会于胸中,充然行之笔下。诗为奁制,复乎不可尚已。"①值得注意的是,随着清代女性诗学实践的日益深入,尤其是在袁枚倡导性灵诗学潮流下,女性诗歌中"清""真""性灵"的特质有了进一步拓展的时代意义,呈现出与中晚明同中有异的旨趣。

相比之下,清代选家们的品评视角更多立足女性诗歌本体。中晚明虽不乏士人认同"真""清""性灵"等特质与女性之间的天然联系,然其旨趣正如有学者所指出的:"意在以一种鉴赏的心态,张扬女性特质,意欲通过对女性才情的认同,向传统儒家对男性的正统性生活理想提出挑战,从而为自己才情至上的个体文化价值观寻找合法性。这是以一种与男性趋异的标准来表彰才女文化,但却是男性新的生活理念的一种投射。"②此期的编选者明显带有一种"自我投射"的目的,倾向于将女性诗歌理想化,因此其所谓"真""清""性灵"意涵,往往更多偏指当日社会女性的生活、性情特质。而相比之下,清代女性书写的倡导者们则更多立足于女性诗歌本体,以"真""清""性灵"这些诗学概念着重揭示女性诗作的具体审美特质,从而充分显扬女性自身的才情。如邹漪在《诗媛八名家诗集》中评卞梦珏母女诗:"惟卞家母子异是,清越澹远,但见高人,如逸民,如宿衲,如孤客,求一闺阁相了不可得。"③所称赏的是卞氏母女遭逢国难却能洁身自好,其意涵更多偏指两人诗作中所包蕴的道德之"清"。评吴绡云:"为诗清新圆净,不着一尘,如花香,如月光,如水波,如云态,务贵自然,尤善深入,极才人之能事。"评吴琪:"故其诗中往往有远山数峰,遥青霭翠,与烟飞雾结,美女簪花之格,亦墨苑之三绝,香奁之独

---

① [清]范端昂:《奁泐续补·自序》,《奁泐续补》卷首,雍正十年(1732)刻本。
② 参见陈广宏:《中晚明女性诗歌总集编刊宗旨及选录标准的文化解读》,《中国典籍与文化》2007年第1期。
③ [清]邹漪:《诗媛八名家集》卞梦珏诗小引,《诗媛八名家集》卷首,清初刻本。

步也。"所肯定的是两位女诗人因"乾坤清淑之气"所钟形成的清新自然的诗风。而评谢瑛诗"气醇以清"、顾文婉诗"兴托清窈"、柳如是诗"尽洗铅华、独标素质",又是从各个角度道出了诸名媛诗作的"清"的特质。如袁枚为女弟子席佩兰《长真阁集》所撰序文中云:"字字出于性灵,不拾古人牙慧,而能天机清妙,音节琤琤。似此诗才,不独闺中罕有其俪也。其佳处总在先有作意,而后有诗。今之号称诗家者愧矣。"①推赏女诗人独抒性灵、不拘格套的创作特点。又如胡履春在《麦浪园女弟子诗序》中云:"予谓诗以道性情,故三百篇不乏闺闱之作。今诸女诗虽未遽臻其极,然风入草而成韵,蕉得雨而送音,天假之鸣,靡弗善者,奚妨录之,俾存其真。"②从"天假之鸣"出发,揭示女性诗作真情抒写的可贵。这些论述皆以"真""清""性灵"等概念对女性诗歌本身的审美境界和风格特征给予积极的肯定。

与此同时,与中晚明士人常以一种较为泛化的形式品评不同,清代女性诗歌总集的选家对于女性诗人与诗歌的推阐,尤其是在品评内涵上,则更为具体丰富。

(一)"清"

以"清"为角度检视女性诗作时,各家所指意涵亦呈现多样性:如王士禄《燃脂集》中频频以"清"字品评闺秀诗作,如评方维仪《秒冬赠别汪姑姊》:"足称清绮。"③评端淑卿《隋柳》:"清遒。"④评朱无暇《送潘景升归新安》:"高调不肤亦清亦泽。"⑤评

---

① [清]袁枚:《长真阁集序》,《长真阁集》卷首,民国十四年(1925)扫叶山房本。
② [清]胡履春:《麦浪园女弟子诗·自序》,《麦浪园女弟子诗》卷首,道光二十五年(1845)刻本。
③ [清]王士禄:《燃脂集》卷二十一,稿本。
④ [清]王士禄:《燃脂集》卷二十一,稿本。
⑤ [清]王士禄:《燃脂集》卷二十六,稿本。

杨宛《春日看残雪》:"冉弱清芬。"①评许景樊《效李义山体》:"清润如珠泪玉烟。"②评翁恒《寄夫子都下》:"清新艳绝。"③评明宁庶人翠妃《夜思》:"清丽。"④评郝婉然《清啸园同未央淡如赋》:"清细。"⑤评沈宜修《忆君庸弟》:"梅花晓角,清怨迢迢。"⑥评李淑媛《青楼怨》:"淑媛诗以冉弱行其清绮。"⑦很好地指出了女性诗歌以清为主导的审美倾向。同时,我们也可以看出王士禄偏爱使用"清遒""清绮""清芬""清润""清新""清丽"等意指较为精确的复合概念,或着眼于女性诗作在立意与艺术表现上的新颖性,或用于褒扬女性诗歌经久修习而获得的一种洗练精致的美感,尤其是相比男性文人,女性诗人具有绝世脱俗、机流句外的诗学气质。王士禄又特别欣赏闺秀诗作中由"清"韵升华的悠闲自然之态,反对闺秀诗在修辞上的刻意描摹,肯定以自然天成为上,要求诗歌创造出悠闲自然的审美意境。可以说,王士禄对女性诗歌的审美品鉴,更偏向于王、孟、韦、柳一类的清淡美和自然美。而至清代中期,肯定和支持女性创作的袁枚也同样爱用"清"品赏女性诗歌,如评沈岫云诗:"不特诗笔清新。"⑧评孟文辉诗:"诗思清妙。"⑨评骆绮兰诗:"余爱其清妙。"⑩评高韫珍:"诗才清妙,不愧家风。"⑪评席佩

---

① [清]王士禄:《燃脂集》卷二十六,稿本。
② [清]王士禄:《燃脂集》卷二十六,稿本。
③ [清]王士禄:《燃脂集》卷三十一,稿本。
④ [清]王士禄:《燃脂集》卷三十一,稿本。
⑤ [清]王士禄:《燃脂集》卷三十一,稿本。
⑥ [清]王士禄:《燃脂集》卷三十一,稿本。
⑦ [清]王士禄:《燃脂集》卷三十一,稿本。
⑧ [清]袁枚:《随园诗话》卷十一,载王英志主编:《袁枚全集》第三册,第375页。
⑨ [清]袁枚:《随园诗话补遗》卷三,载王英志主编:《袁枚全集》第三册,第602页。
⑩ [清]袁枚:《随园诗话补遗》卷四,载王英志主编:《袁枚全集》第三册,第642页。
⑪ [清]袁枚:《随园诗话补遗》卷六,载王英志主编:《袁枚全集》第三册,第693页。

兰："诗才清妙。"①评吴柔之诗："诗笔清雅,字亦工秀。"②评袁棠："读《中秋》《七夕》等作,爱其清绝,色然而骇。"③与清初王世禄偏好"清淡美"不同,袁枚是从诗才、诗笔、诗思等方面指出女诗人创作"抒写性灵"的特点,就以前文所提及的《随园女弟子诗选》选录内容来看,多数诗作之题材细小、抒情真挚、意象鲜活灵动,即可谓"清"之表征。尤其从袁枚偏爱"清妙"一词来看,他所着意突显的是女性以其聪慧写诗的才情。及至晚清,黄壶舟选评《闺秀摘珠集》亦常以"清"评点女性诗歌,如评张佛绣和陈兰征同题之作《咏雪用东坡聚星堂韵》："张、陈各用东坡韵咏雪。而张以清雅胜,陈以清脱胜,一时邢、尹,故并存之。"又如评金逸《牡丹》："五六清刻,七八犀利。"评贺双卿《古诗》："清趣适然。"虽同以"清"评述女性诗,然各有偏指,很好地抓住了各人所具有的创作特质。

(二)"真"

对"真"的品评取向,主要来自晚明性灵文学对个性自我和抒写真情的尊重。及至清代,女性诗歌选评家受此影响,也主张闺秀诗文必须具有真情、真人的要求。清初女性选家邹漪品评当代十位女诗人时,即推赏自出胸怀的闺秀篇什。如评柳如是《鸳湖舟中送牧翁之新安》："情似春蚕吐丝。"《奉和陌上花》其三："情丝袅袅。"《清明行》："行回曲折,一往情深。"评吴琪《杜丽娘》："惟蕊仙可读得《牡丹亭》,真丽娘知己。"晚明尚情的要求在女性诗作中所引发的回音也由此可见。而女性选家季娴也同样

---

① [清]袁枚:《随园诗话补遗》卷八,载王英志主编:《袁枚全集》第三册,第740页。
② [清]袁枚:《随园诗话补遗》卷八,载王英志主编:《袁枚全集》第三册,第741页。
③ [清]袁枚:《女弟〈盈书阁遗稿〉序》,《小仓山房文集》卷十一,载王志英主编:《袁枚全集》第二册,第191页。

推赏闺秀诗写真情的精神,如评景翩翩《闺情》:"全在齐梁艳情诗中摹写,所以极深、极俏、极韵、极有情。"①评陆卿子《赠胡姬》:"相思语极有情。"②评叶小鸾《别蕙绸姐》:"蔼然多情。"③评项兰贞《送外赴试》:"依依惜别之情,发而为声,何限婉转。"④主张寓性情于格调中。清代中期,袁枚论诗也专主性情,强调诗歌的真情流露,其《随园诗话补遗》曾言:"文以情生,未有无情而先有文者。"除肯定女性诗作抒写真情的特点之外,袁枚还往往强调"真"所营构的趣味,如评方芳佩诗云:"五律后四句云:'女小随娘拜,爷言要汝闻。生前多酌我,莫把酒浇坟。'《望雨》云:'晓傍霞窗度绮朝,夜寒月幌候清宵。无端听得萧萧响,却是桐花满院飘。'此二诗,经许多诗流看过,忽而不取,余独手录之,取其真而有味。"⑤又如评王琼《扫径》"正欲有心呼婢扫,那知风过替吹开"句云:"颇有天趣。"⑥可见,袁枚所谓"趣",不同于前人深远、超俗、难以言喻的诗趣,而是一种清新、浅近、活泼、不造作,甚至是世俗的情味,在他看来,这种趣味是贴近人心而耐人寻味的,而这正是在真情实意的抒发下,女诗人及其作品所展现的多种面相。

而在具体选录实践中,选家们往往围绕才女文化的塑造,突显以女性才情为中心的标准。如钱三锡在《妆楼摘艳》卷首《偶谈》中所云:"天之生才不择人而畀,毕太夫人、高太夫人、许太夫

---

① [清]季娴:《闺秀集》卷二,《四库全书存目丛书》本,集部,第414册,第368页。
② [清]季娴:《闺秀集》卷二,《四库全书存目丛书》本,集部,第414册,第373页。
③ [清]季娴:《闺秀集》卷二,《四库全书存目丛书》本,集部,第414册,第375页。
④ [清]季娴:《闺秀集》卷二,《四库全书存目丛书》本,集部,第414册,第371页。
⑤ [清]袁枚:《随园诗话补遗》卷五,载王英志主编:《袁枚全集》第三册,第673页。
⑥ [清]袁枚:《随园诗话补遗》卷二,载王英志主编:《袁枚全集》第三册,第595页。

人之福泽,以及荣居命妇生长名门者,无怪乎其有才矣;若王悟源之工书,空门中有才女也;陈莲姐之《寄外》,青衣中有才女也;柔卿《挂帆》之词,歌姬中有才女也;玉香《琵琶》之咏,青楼中有才女也。他如吴荔娘系庖人女,张淑仪为铁匠妻,天壤间才人直是无所不有。"①编者认为,除张藻、高景芳那样的名门贵妇外,比丘尼、侍女、歌姬、青楼甚至庖人铁匠的妻女,均可登入"才女"之列。是故,此本按诗体编次,上述所举各种阶层的女诗人诗作皆予以选录,以彰显女性之才情。又如陆昶在《历朝名媛诗词》凡例中云:"是选以诗存人,不以人存诗,一首一句之美,即出自烟花,亦为拈出,略寓怜才之意。"王鸣盛为此集所作序言中亦云:"上下二千年闺幨佳制搜采靡遗,而以诗存人,不以人存诗,诗苟足存,北里亦收,而仙鬼荒幻则付之阙如,名媛诗选,此为最精矣。"从此编入选的两百多位女诗人来看,近四分之一为"出自烟花"者,其中既有青楼歌妓,如平康女、吴兴伎童、盼盼、刘燕歌、谢金莲、赵鸾鸾、史凤姬、周韶等,又有官吏姬妾,如绿珠、桃叶、步非烟、故台城姬、贺方回姬、关盼盼、蒨桃、章台柳姬、韩仆射姬等,甚至包括一些婢女,如翔风为石崇婢,谢芳姿为王珣婢,冯小怜为穆后之从婢等。她们在集中的顺次,基本上是依照诗人所处的时代先后来排列的,并未因其地位低下打入另册,而是厕身名门大家之中。编者不仅大量选录这些地位低下的女诗人诗作,而且对其才情也着意加以突显,或推赏其诗,如评刘燕歌诗云:"信口成吟,不著一字做作,而'千古'句奇快,有哀梨并剪之趣。"②评周韶诗云:"借题舒写,笔极洒然,不粘不脱,得咏物言情之妙。"③评周姬诗云:"笔有余闲,庸手不能辨何物,女郎灵妙如

---

① [清]钱三锡:《妆楼摘艳·偶谈》,《妆楼摘艳》卷首,道光十三年(1833)刻本。
② [清]陆昶:《历朝名媛诗词》卷十,乾隆三十八年(1773)红树楼刻本。
③ [清]陆昶:《历朝名媛诗词》卷八,乾隆三十八年(1773)红树楼刻本。

此！"①等等。或歆慕其人,诸如评步非烟云:"容止纤丽,不胜绮罗,好词章,善秦声,尤工击瓯。"②评赵鸾鸾云:"其镜台边安放笔砚,不以涂脂抹粉为事,终是芳秀之气成章,时又称为'小苏'。"③评谢金莲云:"才色俱绝。"④评史凤姬云:"美艳无比,尤工词翰。"⑤可见,正是这种偏尚女性才情的选辑宗旨,编者冲破"德行"的藩篱,使得一大批用正统观念看不登大雅之堂的女性诗人诗作堂而皇之地成为女性诗歌总集的主角,而其"灵妙"诗篇又俨然被奉为闺秀诗歌创作的典范。及至清末,女诗人和教育家施淑仪提出"女人亦具独立人格"的光辉思想,在《清代闺阁诗人征略》例言中更云:"是编偏重文艺,凡诗文词赋书画考证之属,有一艺专长足当闺秀之目,皆录之,非是,虽有嘉言懿德,概不著录。"⑥明确宣称其选辑标准,乃以女性文艺成就为标准,而不以言行为尺度,完全突破了"女子无才便是德"的精神禁锢。

与此同时,一些选家也常常有意识地突显女性诗在题材上的本色特质。他们往往不甚留意所谓"脱离脂粉之气"或"高超思想境界"之类的作品,而是着意引领读者进入女性日常生活的细节以及内心世界的各个角落。也许这些作品在文辞、境界上都不算高妙,但却能展现平凡而丰富的女性世界。此一特点在前文所提及《随园女弟子诗选》中已略窥一二。另如同为袁枚所编定的《袁家三妹合稿》,亦可见其对女性生活化题材的兴趣,如选录袁杼《对雪有感》诗云:"朔雪飘飘霜叶残,朔风吹动小栏杆。怜他小女疏帘下,呵手抛针刺绣难。"又《秋斋闲咏》云:"闲庭扫

---

① [清]陆昶:《历朝名媛诗词》卷九,乾隆三十八年(1773)红树楼刻本。
② [清]陆昶:《历朝名媛诗词》卷六,乾隆三十八年(1773)红树楼刻本。
③ [清]陆昶:《历朝名媛诗词》卷七,乾隆三十八年(1773)红树楼刻本。
④ [清]陆昶:《历朝名媛诗词》卷九,乾隆三十八年(1773)红树楼刻本。
⑤ [清]陆昶:《历朝名媛诗词》卷六,乾隆三十八年(1773)红树楼刻本。
⑥ 施淑仪:《清代闺阁诗人征略》例言第三则,崇明女子师范讲习所编,民国十一年(1922)铅印本。

落叶,秋月上林梢。竹老穿山径,槐稀露鹊巢。描花嫌纸窄,学字借书钞。拟制玫瑰酱,频呼小婢敲。"①其诗无非是刺绣、描花、制酱等生活琐事,平淡无奇,亦无深意,但真实具体地反映一个闲居女子的生活状态。而这种选录题材的日常化、琐细化的趋势在清代其他女性诗歌总集中同样有所反映,如《泰州仲氏闺秀诗合刻》,从仲氏姐妹同题吟咏之作如《红甲》《茶烟》《草布》《西瓜灯》等,均可看到女性对琐细事物的兴趣,对自然世界的细微观察。再如钱三锡《妆楼摘艳》,其选录作品如李氏《弓鞋》、王琼《扫径》、陆湘水《煮茗》、叶小鸾《春日晓妆》、高景芳《晨妆》、严蕊珠《纨扇》、王碧珠《瓶荷》、毛锦《刺绣》等,这些诗并没有强烈的情感色彩,都只是写女性生活本身,看似琐屑日常,却能反映各位女诗人生活中的不同侧面,非常具体,也非常真切。如高景芳《晨妆》诗云:"妆阁开清晓,晨光上画栏。未曾梳宝髻,不敢问亲安。妥贴加钗凤,低徊插佩兰。隔帘呼侍婢,背后与重看。"②叙写女子晨妆这一生活情境,以动作贯串,写得十分平实。除此之外,这些选家们同时也十分青睐抒写真情至性的女性诗作。如以上举《泰州仲氏闺秀诗合刻》为例,集中所录"仲氏闺秀"诗作主要题材大都以"女性情感书写"为主,其中既有自我排遣的身世之叹,亦有抒写夫妻情、亲子情、手足情的诗篇,皆细腻深刻地反映出女性真实的情感生活。其中如仲振宣《长歌行》即是一首带有自传色彩的绝笔诗③,写作于诗人病重潦倒时。相对于婚后婆婆的冷遇("薄予如草予何怼")、丈夫的浪荡("千金不足一夕挥")、生活的穷困("夜灯无火朝无食"),在娘家的诗书生活则显得愉悦温馨,刻骨难忘。诗中有三处具体的细节刻画:"春风斗草金

---

① [清]袁杼:《楼居小草》,载袁枚编:《袁家三妹合稿》,清乾隆嘉庆间小仓山房刻本。
② [清]钱三锡:《妆楼摘艳》卷一,道光十三年(1833)刻本。
③ [清]仲振宣:《瑶泉女史遗草》,《泰州仲氏闺秀诗合刻》,嘉庆十二年刻本。

荃句,秋月穿针乞巧文。裁红刻翠多娱乐,茗盏香炉坐深阁。""一门风雅开诗坛,灯前赌酒传花鼓。醉后敲诗厌歌舞,金兰细字写乌缘。""海滨刚值乍归宁,重试灯前笑语声。"分别叙写了诗人童年时、少女时、少妇时难得的欢娱,表现出一个普通女性生命历程中的遭遇与困惑。而在《妆楼摘艳》一选中,收录较多的则是以"寄外""忆外"等为题的思夫外出之作,如陈云贞《寄外》组诗六首、陈莲姐《寄外》组诗八首、陆瑛《忆外》与《忆外氏别墅》、陆秀林《寄外》、席佩兰《送外入都》等①,此类诗作本自"情深",所表达的往往是女性发自性灵的真实的心声。其中像陈云贞《寄外》诗②:

莺花零落懒寨帏,怕见帘前燕子飞。
镜里渐斑新髻角,客中应减旧腰围。
百年幻梦新如寄,一线余生命亦微。
强笑恐违慈母命,药囊偷典嫁时衣。

(其二)

十五娇儿付水流,绿窗不复唤梳头。
残脂剩粉鬓丝阁,碎墨零香问字楼。
千种凄凉千种恨,一分憔悴一分愁。
侬亲亦未终侬养,似此空花合六休。

(其三)

早自甘心百不如,肩劳任怨敢欷歔。
迷离摸索随君梦,颠倒寻求寄妾诗。
妆阁早经疏笔墨,箫声久已谢庭除。
谗言休扰离人耳,犹是坚贞待字初。

(其五)

---

① [清]钱三锡:《妆楼摘艳》卷一,道光十三年(1833)刻本。
② [清]钱三锡:《妆楼摘艳》卷四,道光十三年(1833)刻本。

诗句刻画出一位独守空房且饱尝离情之苦的女诗人形象,诗作所蕴含的缠绵恻怛之情,溢于词外,而遣词造句又不华艳雕琢。陈云贞、陈莲姐《寄外》诗在《妆楼摘艳》之前未见录于其他女性诗歌总集,而此编第一次将其组诗全部予以选录,足见编者对此类诗作的推赏。正如其在卷首《偶谈》所云:"作诗者赋景易工,言情难工,而言情之作,欢娱之辞只令人歆羡,悲愤之语,能使人感泣,情深故也。"①相比"欢娱之辞","悲愤之语"因其"情深"更能动人心弦,而这正是《寄外》诗"使人感泣"的真谛所在。由此可见,这些女性生活化题材诗作的选录,不但展示了清代女诗人对生活的别一种体验,对情感的挖掘与描写日益深入、细致,也已经突破女性传统中固有的伤春悲秋类的文学表现方法,在某种意义上可视作清人对女性诗学空间的一种新的开拓。

　　另一值得关注之处是,在性灵文学思想的启示之下,清代少数卓绝女性对闺秀诗人身份和诗作特质的意识逐渐有所自觉。骆绮兰在《听秋馆闺中同人集》序文中即开宗明义地指出女子作诗之艰难:"女子之诗,其工也,难于男子。闺秀之名,其传也,亦难于男子。何也？身在深闺,见闻绝少,既无朋友讲习,以渝其性灵;又无山川登览,以发其才藻。非有贤父兄为之溯源流,分正伪,不能卒其业也。迄于归后,操井臼,事舅姑,米盐琐屑,又往往无暇为之。才士取青紫,登科第,角逐词场,交游日广;又有当代名公巨卿,从而揄扬之,其名益赫然照人耳目。至闺秀幸而配风雅之士,相为倡合,自必爱惜而流传之,不至泯灭。或所遇非人,且不解咿唔为何事,将以稿覆醯瓮矣。闺秀之传,难乎不难!"②骆绮兰认为,女性在如此劣势的环境里,还能创作诗歌,其

---

① 〔清〕钱三锡:《妆楼摘艳·偶谈》,《妆楼摘艳》卷首,道光十三年(1833)刻本。
② 〔清〕骆绮兰:《听秋轩闺中同人集·自序》,《听秋轩闺中同人集》卷首,嘉庆二年(1797)刻本。

"性灵""才藻"自是胜于男性,这可说是骆绮兰对女性诗歌全面肯定的前提。骆氏《听秋馆闺中同人集》选录诸闺秀与己唱和之作,正如其序中所云:"披诵一编,深情厚意,溢于声韵之外,宛然如对其人。"①所着重的是从彼此唱酬中获得女性命运和女性情感的交流。值得一提的是,随着女性意识逐渐觉醒的思潮,至晚清时与外来思想文化合流,促成了妇女解放运动的兴起。一些女性选家不再满足于或清赏或唱酬的功能,已然将编选总集作为一个展现女性诗才、传播声名的场域。如秋蟾女史在其所编选的《伴月楼诗钞》自序中云:"且夫诗者,言其志也。而人之志无定也。其所吟得之诗,无非花鸟鱼虫之诗;在闺阁中所吟得之诗,无非风花雪月之诗。故诗之所在,喜怒哀乐之情,亦所托而见也。"②其所选录内容无非是闺阁才女之"忧伤悲泣",然编者以为即便是如此"风花雪月之诗",亦可承载诗人之抒怀写志。作为一名女性编者,秋蟾女史甚至不惜资重金付梓刊行,并以为"其诗之价值,不待智者而知矣"。对女性诗歌独特的审美价值显然颇为自负,而强调依自然本性抒怀写志,所彰显的正是诗歌创作的本质和"性灵"文学的真精神。

第二节 诗教与女性书写的道德高标

晚明性灵文学思潮在清初有所消退,且随着新政权的逐渐稳定,清政府大力提倡正学并采取严酷的镇压手段,康熙后期儒家诗学话语日益成为诗论的主流,主张诗歌为政教服务的诗论,大肆张

---

① [清]骆绮兰:《听秋轩闺中同人集·自序》,《听秋轩闺中同人集》卷首,嘉庆二年(1797)刻本。
② [清]秋蟾女史:《伴月楼诗钞·自序》,转引自胡文楷:《历代妇女著作考》,第947页。

扬"诗教",如赵执信以"诗教"说为据批判王士禛等人的诗风,此后又有沈德潜大力提倡"温柔敦厚"诗教说。沈氏《说诗晬语》开宗明义:"诗之为道,可以理性情、善伦物、感鬼神、设教邦国、应对诸侯,用如此其重也。秦汉以来,乐府代兴;六代继之,流衍靡曼。至有唐而声律日工,托兴渐失,徒视为嘲风雪、弄花草、游历燕衎之具,而'诗教'远矣。"①他以为诗与"道"相联才能起到"理性情、善伦物、感鬼神、设教邦国、应对诸侯"的教化功能,同时又提出"温柔敦厚,斯为极则"②,强调诗歌的道德标准,要求诗合乎"温柔敦厚"的"诗教",这是他论诗的最根本的前提。在这样的大环境下,尊奉儒家诗教,标榜醇厚雅正,无疑也渗透到女性诗歌总集编选过程中,甚至成为一些总集编选者的首选标准。翻阅这些总集的序文,发现选家往往根据《诗经》中多女性篇章,来为女子创作正名:

> 刘云份《唐宫闺诗·自序》云:"女子之诗,不从近世始矣。昔者圣人删定风雅,王化首于《二南》。然自后妃以下,女子所作为多。至于列国女子之诗,嫩善者存之,即败伦伤道之咏,亦存而不削,使正者为教,而邪者知戒焉。"③
>
> 胡孝思《本朝名媛诗钞》云:"子独忘夫古诗三千,圣人删存三百乎?妇女之作,什居三四,即以《二南》论,后妃女子之诗,约居其半。卒未闻畏人之多言,遂秘而不传者。且我之谋付剞劂,亦非漫无谓也。"④
>
> 倪承宽《撷芳集序》云:"《关雎》居《诗》之首,圣人以为温柔敦厚之教,必自宫闱始矣。而委巷之妇人女子亦往往

---

① [清]沈德潜:《说诗晬语》,《清诗话》下册,上海古籍出版社1978年版,第523页。
② [清]沈德潜:《说诗晬语》,《清诗话》下册,第526页。
③ [清]刘云份:《唐宫闺诗·自序》,《唐宫闺诗》卷首,康熙间吴郡大来堂刻本。
④ [清]胡孝思:《本朝名媛诗钞·自序》,《本朝名媛诗钞》卷首,康熙五十五年(1716)刻本。

歌咏其性情之所至，故十五《国风》，闺门之言十盖六七，贞淫正变错出其间。"①

蒋机秀《国朝名媛诗绣针·自序》云："温柔敦厚，诗教也。秋士多悲，春女善怨，然《二南》钟鼓，音节和平。不闻桃未灼其有花，梅即摽而无实也。遇不同，所以贞其遇者无不同，是谓无乖风雅。"②

戴鉴《国朝闺秀香咳集序》云："昔夫子订诗，《周南》十有一篇，妇女所作居其七。《召南》十有四篇，妇女所作居其九。温柔敦厚之旨，必宫闱始。"③

毛国姬《湖南女士诗钞所见初集·弁言》云："《诗》三百篇，大抵多妇人之作，自楚风不录于经，而海外歌谣传自闺阃者，益不少概见，将澧兰沅芷之馨香，分得于翡翠笔床者，固独寥寥与？"④

此类言论乍看之下，似乎与前文所述袁枚所论"俗称女子不宜为诗，陋哉言乎！圣人以《关雎》《葛覃》《卷耳》冠《三百篇》之首，皆女子之诗"⑤如出一辙。但当我们仔细区分两者在援引《诗经》来探讨女性书写的具体问题时，就会发现同样是"经典论"，其内涵和意图却是迥然不同的。袁枚援圣征经论证女性书写自古有之，其目的是消除社会对于女诗人的道德质疑，在儒家思想受到统治集团尊崇、处于主流地位的情况下，袁枚借用儒家经典的权威，可以更好地为其推崇女性艺术化才情张目。而上述所引诸论则完

---

① ［清］倪承宽：《撷芳集序》，《撷芳集》卷首，乾隆末刻本。
② ［清］蒋机秀：《国朝名媛诗绣针·自序》，《国朝名媛诗绣针》卷首，嘉庆二年（1797）刻本。
③ ［清］戴鉴：《国朝闺秀香咳集序》，《国朝闺秀香咳集》卷首，清稿本。
④ ［清］毛国姬：《湖南女士诗钞所见初集·弁言》，《湖南女士诗钞》卷首，道光十四年（1834）刻本。
⑤ ［清］袁枚：《随园诗话补遗》卷一，载王英志主编：《袁枚全集》第三册，第570页。

全是基于对儒家诗教的尊奉,以"诗教"的标准来考察女性书写,他们对《诗经》意旨的截取,主要来自《毛诗序》所表达的汉儒诗学观:"《关雎》,后妃之德也,风之始也,所以风天下而正夫妇也。故用之乡人焉,用之邦国焉。风,风也,教也,风以动之,教以化之。"《关雎》为国风之首,孔颖达《毛诗正义》说它:"言文王行化始于其妻,故用此为风教之始。"如此把《诗经》当作女性写作的范本,所推崇的显然是它所表达的儒学伦理道德对人的教化功能,即"经夫妇,成孝敬,厚人伦,美教化,移风俗"①。是故,与袁枚之"经典论"推崇女性才情恰恰相反,其内涵则是崇"道"而抑"才",提倡以诗文来阐扬儒家之道,强调女性书写的教化功能。凡不能起到教化作用的,即是所谓"嘲风雪、弄花草、游历燕衎之具",斥之为背离诗道本旨。

在此观念的引导下,一些清代女性诗歌总集在选评中所表现出来的一个总体趋向,即围绕女性书写的道德诉求,尊奉"温柔敦厚,不愧《风》《雅》"为权衡女性诗歌的标准。如胡孝思辑《本朝名媛诗钞·自序》所云:"是集所录诗得温柔和平,不愧《风》《雅》者。至若调近香奁,句裁伪体,则概屏而弗录,非敢擅为去取,要求有当作者。"②再如《国朝闺秀柳絮集》云:"诗本性情,必天怀勃发,喜怒哀乐中节得风雅之正者乃亟登之。凡假名西昆、裙籍浮艳、毫无性情,概置不录。"③红梅阁主人《清代闺秀诗钞》云:"妇人才与德并重,是集所录皆淑女贤媛之作,可与班史韦经辉映千古,至于桑间濮上之音俱不入选。"④均是强调以"风雅"为正,排斥"香奁""西昆"以及"桑间濮上之音",虽具体采

---

① [唐]孔颖达:《毛诗注疏》,中华书局 1980 年影印本。
② [清]胡孝思:《本朝名媛诗钞·自序》,《本朝名媛诗钞》卷首,康熙五十五年(1716)刻本。
③ [清]黄秩模:《国朝闺秀诗柳絮集》例言第一则,《国朝闺秀诗柳絮集》卷首,咸丰三年(1853)刻本。
④ [清]红梅阁主人:《清代闺秀诗钞》例言第四则,《清代闺秀诗钞》卷首,民国二十二年(1933)石印本。

择策略稍有差异,但其"诗教"目的是一致的。另外,一些总集虽并未完全排斥不合"风雅"之作,然编者往往会出于"诗教"在编排次序中做出某种考虑,同样很典型地标出选家视野中对女性诗人的道德衡量。如刘云份《唐宫闺诗》,据费密的序,刘氏分《唐宫闺诗》为上下两卷,"取其品行端洁者,列为上卷正集;若夫败度逾闲者,列为下集外卷。以其人别之,非论诗之工拙也"①。如此品第的标准不是诗歌的工拙,而是德行的完与失。又如汪启淑在《撷芳集》所云:"是集中稍为分类。盖妇德首重贞节,而缁素岂宜混于袆翟,平康未合厕乎副笄,故特区别,附以无名氏暨仙鬼焉。共成十类。"②这种人以品分的做法,同样也是先德后才的道德衡量标准的表现。

同样,一些女性选家也自觉或不自觉地接受、内化了这个标准,作为自己批评的法则。如王琼在《名媛同音集》自序中强调"女子教本贞静幽闲,温柔敦厚,孔子列为风诗之首,王化之原实基于此,抑何重也",作为女性选家,她明确提出对前人闺集编选的不满:"后之选女子诗者无虑百数十家,大率谓能诗便称韵事采录,失之太宽,甚至以秾纤新巧为颖慧,淫佚邪荡为风流,相推相许,近于寡廉鲜耻而不知。"③认为前代闺集采择"失之太宽",是集则"以风雅为宗,宁严毋宽,昭其慎也"④。又如恽珠亦在《国朝闺秀正始集·弁言》中感慨诗教之失云:"独是大雅不作,诗教日漓,或竞浮艳之词,或涉纤佻之习,甚且以风流放诞为高,大失敦厚温柔之旨,则非学诗之过,实不学之过也。凡篆刻云霞,寄怀风月,而义不合于雅教者,虽美弗录。"⑤再如毛国姬《湖南女士

---

① [清]费密:《唐宫闺诗序》,《唐宫闺诗》卷首,康熙间吴郡大来堂刻本。
② [清]汪启淑:《撷芳集》凡例第三则,《撷芳集》卷首,乾隆末刻本。
③ [清]王琼:《名媛同音集自序》,《名媛同音集》卷首,乾隆间刻本。
④ [清]王琼:《名媛同音集自序》,《名媛同音集》卷首,乾隆间刻本。
⑤ [清]恽珠:《国朝闺秀正始集·弁言》,《国朝闺秀正始集》卷首,道光十一年(1831)红香馆刻本。

诗钞》云:"是选意在激扬表著,有关节义者必收入,期有合女史之箴,无失性情之正,其道冠缁尼及青楼失行之妇,虽有雕镂风月之作,概不收录。"①如此醇正苛刻的选诗标准,在清代男性选者那里也不易见到,与沈德潜编选《国朝诗别裁集》相比,有过之而无不及。甚至至晚近时,虽有少数卓绝女性大胆走出传统儒家诗教思想的藩篱,但大部分还是以不变应万变,拘守旧论,排斥新风。如单士厘编《清闺秀正始再续集》宣称:"兹选一遵恽例,以雅正为主,故袭名正始。"②说明其选择标准依照恽珠的前例,甚至在体例上亦多仿前者,"兹选以有清为断,在昔恽例有之,祁忠惠公夫人商景兰、黄忠瑞公夫人蔡玉卿,其夫既以大节殉明,妇人从夫,自不应选。以昔例今,凡其夫已厕壬子之后爵禄者,即不入选。"③将女性诗人的选录范围以"妇人从夫"的准则绳之,同样是出于对妇德的强烈认同与肯定,可谓传承恽珠思想的主将。

在具体品选实践中,这些选家们往往秉持一种与男性正统文学完全趋同的旨趣,喜以"格调""学力"等范畴对女性诗歌加以褒扬。如胡孝思《本朝名媛诗钞》例言云:"苟有体格醇正,辞意蕴蓄,不犯蜂腰鹤膝,平头上尾,正纽旁纽诸病,无论摹汉唐仿唐宋,俱不敢少有遗诗。"④如揆叙《历代闺雅》凡例云:"历代宫闺之诗不下数千篇,今详加淘汰,取其体格醇正,词调清新者,宁严毋宽,宁严毋滥。"⑤再如黄秩模《国朝闺秀诗柳絮集》例言亦云:

---

① [清]毛国姬:《湖南女士诗钞》例言第七则,《湖南女士诗钞》卷首,道光十四年(1834)刻本。
② [清]单士厘:《清闺秀正始再续集》例言第一则,《清闺秀正始再续集》卷首,民国间归安钱氏铅印本。
③ [清]单士厘:《清闺秀正始再续集》例言第五则,《清闺秀正始再续集》卷首,民国间归安钱氏铅印本。
④ [清]胡孝思:《本朝名媛诗钞》凡例第二则,《本朝名媛诗钞》,康熙五十五年(1716)刻本。
⑤ [清]揆叙:《历代闺雅》凡例第一则,《历代闺雅》卷首,康熙间刻本。

"诗贵风格。闺秀有能学汉魏盛唐,风格高骞者,必亟登之。其效六朝《选》及宋元诸名家,亦在所取。惟险仄肤庸及佻纤淫荡,专涉香奁,虽旧本频存,仍置不录。"①甚至宣称闺秀若"有能以汉魏盛唐为宗者,虽痕迹未化",也是"必亟登之"②,均可见对女性诗作"格调"的强调。与此同时,一些选家也颇为重视女诗人的"学力",如任兆麟认为,女诗人应该不仅熟习诗歌,还要兼通经学,如其在《吴中女士诗钞》中评朱宗淑《修竹楼吟稿》所云:"考汉时女子能传父业者,有济南伏氏、扶风班氏、陈留蔡氏。然伏、班不闻有诗名,蔡则诗歌外不闻有著述,洵乎兼才之难也。衡帆以诗名吴下旧,迩年覃心经术,尝与余论易卦,极精核,可谓当世经师矣。余愿翠娟进诗而覃经,则又兼前人之所不能兼者。"③徐祖鎏在《国朝名媛诗绣针序》中云:"根诸学殖,运以心灵。"④蒋机秀亦认为女性诗歌创作"有儿女情,无风云气,昔贤之论备己。予谓征才闺阁,蕙心兰腕,着纸生芬。儿女情不必无,脂粉气特不可有也。其有淹通经史,宛同不栉书生,则更上一层楼矣"⑤,推崇有学养见识的女诗人。

因这些选家们的基本出发点是"崇道",是故强调闺阁诗人的"学力""格调"都是为了显示温柔敦厚的道德内涵。如王端淑选评祁德渊诗,特意指出豸英作为大明忠臣祁彪佳之女的身份,以为其诗之所以能"一归大雅",具有盛唐格调,是"忠敏家教使之然也",直接将女诗人在道德层面上的忠贤与所谓"盛唐气格"

---

① [清]黄秩模:《国朝闺秀诗柳絮集》凡例第二则,《国朝闺秀诗柳絮集》卷首,咸丰三年(1853)刻本。
② [清]黄秩模:《国朝闺秀诗柳絮集》凡例第三则,《国朝闺秀诗柳絮集》卷首,咸丰三年(1853)刻本。
③ [清]任兆麟:《修竹庐序》,载朱宗淑:《修竹庐吟稿》卷首,乾隆间刻本。
④ [清]徐祖鎏:《国朝名媛诗绣针序》,《国朝名媛诗绣针》卷首,嘉庆二年(1797)刻本。
⑤ [清]蒋机秀:《国朝名媛诗绣针自序》,《国朝名媛诗绣针》卷首,嘉庆二年(1797)怀恩堂刻本。

画上了等号。而选录的祁德渊诗如《绝句》"昨日忆佳人,空留明月在。今夕佳人来,明月如相待",虽所写对友人的思念不无动人之处,然诗作本身感动人的力量实际并不强。又如任兆麟在《吴中女士诗钞》中选录张芬《拟唐人四季宫词》《拟唐人秋宫曲》《拟唐人关山月》等作,都是学唐之作,然诗作本身所表达的情感都极为平淡。倘若将这些篇章与邹漪所选评的顾文婉作品相比,就可见出高下之别。如《归泾里过亡姒墓》:"蔡琰归来事已非,墓前芳草正依依。黄鹂似识兴亡恨,呖呖花间相对飞。"《归泾阜感旧》:"故国已成牧马地,旧家聊着避秦鞭。闲来偶傍溪前立,不觉愁心到杜鹃。"顾诗抒写人事沧桑及故国不堪回首的沦亡之痛,所流露的个人感情更为激烈,冲破了所谓"温柔敦厚"的含蓄平和。而这两首感慨凄凉之作自然未被选入王端淑的《名媛诗纬初编》一集中。从上述诗评来看,对"学力""格调"的阐扬,更多意义在标出女性创作在模拟男性诗风上的成功,尤其是在诗教功能上的一致性,并没有在内容精神上走出儒家正统诗教观的藩篱,取得多少突破。

是故,在选录题材的取向上,崇道的选家们的兴趣更多偏向女性诗作中"脱离脂粉之气"或"高超思想境界"之类的作品。如王琼《名媛同音集》集中选录最多的两位女诗人是侯芝和沈纕,分别选诗十二首和八首。侯芝诗多说理教诫之作,王琼评其诗云:"香叶淹贯史学,学有根柢,理而不腐,朴而不陋,诵其韵语,足以式靡,张、柴两子后,此为替人,洵今之女宗也。"①其中张、柴是指张令仪、柴静仪,两人皆有儒士之风,王琼将侯芝视作张、柴之"替人",足见侯芝在其心目中地位之高。如《送外甥王卿图之广州入赘》一首:"我闻古之士,励德以励志,善小亦须为,过小亦

---

① [清]王琼:《名媛同音集》卷三,乾隆间刻本。

须记。毋恃一身安,要令百行备。岁寒亦有时,次第春风至。"①与前文所提及柴静仪《子用济有远行诗以贻之》确有神似之处,皆是谆谆教导之语。而沈缵诗则多取其题咏书史之作,尤其推赏其《读诗》一首:"鸿蒙未开辟,元气混太清。阴阳截嶰竹,乐津还相生。猗与三百篇,正始谐咸英。至理归自然,遇物风和鸣。后世为文藻,古人为性情。运会代升降,先贵权重轻。洪钟无纤响,听之自和平。风雅犹可作,邈焉求其声。"②王琼以为沈缵"识高才俊,一空凡艳,读诗句云'后世为文藻,古人为性情',殆巾帼中有志复古士也,人比之张蠹窗"③。而在《香闺诗随手抄》中脱离脂粉气的巾帼气概之作也得到编者叶腾骧极大的推赏,叶氏不仅在卷首自序中明确声明:"况复白发青灯誓作井中之水,红颜绿髻甘蒙塞上之尘,有温柔敦厚之旨,无脂粉兰膏之气,则虽断纨零墨,洵足流芳,剩简残编,良堪寿世。"④而且在具体选录中更是多以"脱离脂粉俗态"之语赞赏闺秀诗,如其评杨容华《临镜晓妆》云:"绝无脂粉态,宜为选家所均取也。"⑤评宋若昭《奉和御制麟德殿燕百僚》云:"端庄不佻,脱尽女娘窠臼。"⑥评徐媛《送外人吏满赴阙》云:"起法转法皆不落凡调,巾帼中之铮铮者。"⑦评马月娇《春闺》云:"闲雅疏宕,洗尽脂粉俗态。"⑧评葛氏女《和潘雍》:"畅快豪爽,绝无脂粉态。"⑨评盛小从《突厥三台》云:"凌空排宕,格调俱高,绝不类妇女口角。"⑩评窦元妻《古怨

---

① [清]王琼:《名媛同音集》卷三,乾隆间刻本。
② [清]王琼:《名媛同音集》卷一,乾隆间刻本。
③ [清]王琼:《名媛同音集》卷三,乾隆间刻本。
④ [清]叶晴峰:《香闺诗随手抄跋》,《香闺诗随手抄》卷首,清抄本。
⑤ [清]叶晴峰:《香闺诗随手抄》卷二,清抄本。
⑥ [清]叶晴峰:《香闺诗随手抄》卷二,清抄本。
⑦ [清]叶晴峰:《香闺诗随手抄》卷七,清抄本。
⑧ [清]叶晴峰:《香闺诗随手抄》卷七,清抄本。
⑨ [清]叶晴峰:《香闺诗随手抄》卷三,清抄本。
⑩ [清]叶晴峰:《香闺诗随手抄》卷三,清抄本。

歌》云:"数语何等浑融大雅,非啼红泣绿者比。"①评赵孅《拟古》其三:"绝不似巾帼中语。"②从上述品评中也可以看到,选家在称赏女性诗作时往往以"不作女郎诗"作为最高的赞语,所瞩意的正是此类诗作堪比男性的思想内涵和气势格局。其实,大多数女性因生活阅历所限,很难真正做到超越女性身份,在创作中若非得让她们脱离脂粉气去写主题宏大、风格高古的作品,那只能徒袭其貌,装腔作势,违背诗歌创作的本质。尤其是上述为了扫除脂粉气而模仿太深的作品,无法写出自己的真实感受,更不可能以较为分明的个性特点或激情来感染读者。

上述种种解读的内容,让我们看到在"诗教"说的影响下,以道德高标选评女性诗作,不仅要"其言有物",且思想感情必须符合"宽而静""柔而正""恭俭而好礼""廉而谦"等原则。一些选家往往歌颂"四德"、热衷说教,甚至否定女性身份特征,以模拟男性诗风上的成功,尤其是在诗教功能上的一致性,对女性诗歌加以褒扬,故而这些总集中充斥着大量缺乏生气、感情平淡的女性诗作,更鲜见书写男女之恋、人生悲哀等个人情感的作品。然而值得注意的是,选家在实际的编选实践中,有时又难免呈现出颇为复杂的状态。有时,同一人在编选不同总集时,其宗旨会不尽相同;同一部女性诗歌总集中,选家在自序或凡例中所倡导的宗旨与其实际选貌之间所呈现的诗学观念亦时有相违,这种近乎分离或矛盾的编选实践,在某种程度上也折射出选家本身对传统风教与崇尚个性的多种诗学价值观的对立互动的复杂辨识。

---

① [清]叶晴峰:《香闺诗随手抄》卷一,清抄本。
② [清]叶晴峰:《香闺诗随手抄》卷二,清抄本。

结　语

　　清代女性诗歌总集是一个尚未充分发掘的研究领域，如何在清代广阔的文学文化背景中看待这种女性诗歌总集编纂的兴盛现象？它们在清代各个不同时期又呈现出怎样的具体面貌？而作为性别定位明确的总集又是以何种方式参与女性诗学传统的构建的？这些问题都是笔者在写作过程中尝试回答的，是本书论述的宗旨之所在。

　　本书首先在清代女性诗歌总集与历史上尤其是中晚明同类总集纵向比较的基础上，对清代女性诗歌总集的总体特征做出基本的描述。清代女性诗歌总集选文视野不断拓展，总集类型更趋多样，且总集的编纂体例日益完备。同时，笔者也从思想基础层面和具体编选动机两个方面，初步探讨了清人编选女性诗歌总集的动因。

　　而本书的研究重心则是在历时性的视角下考察清代女性诗歌总集在三个不同时期的具体表现。在论述中，笔者充分结合个案研究，以期在对一部部总集进行深入细致研究的基础上，更准确、更深入地把握整个时代的女性诗歌总集状况和女性诗学面貌。借由分析探讨，我们可以发现，由于各家编纂女性诗歌总集的动因复杂多样，这些总集也呈现出异彩纷呈的面貌，并体现出各种不同的价值内涵。从现代学术研究的角度来看，其中最主要的有两点。

　　其一是有助于我们考察清代女性诗学思想的嬗变过程。最为明显且集中的表现是，在清代诗学发展思想的背景下，女性诗歌总集编纂领域也成为选家标榜诗学倾向、展开诗学论争的重要阵地。如顺治九年(1652)季娴选编的《闺秀集》,此选师心自用,通过选诗、评点来表达自己心目中所认可、推崇的闺秀诗歌特性及美学品格,并以此来彰显其重情的复古主张。及至清中期,则有性灵派代表诗人袁枚为女性创作鸣锣开道,揄扬性灵诗学,大力推广女性文学。在《随园女弟子诗选》一选中,袁枚标举性灵派女诗人与诗作,如实呈现其崇情尚真的诗学观念。与此同时,清代标榜"诗教"的女性诗歌总集仍然占据重要的地位。如康熙六年(1667)王端淑编刻的《名媛诗纬初编》,不仅在凡例中开宗明义地宣扬诗教观:"《诗》开源于窈窕,而采风于游女,其间贞淫异态,圣善兴思,则诗媛之关于世教人心如此其重也。"而且在选文实践中更是将道德层面的贞烈节义纳入闺秀文学的本体范畴进行阐扬,突出了诗歌的教化功能,完全遵从一个男性社会的道德标准对女性诗人诗作做出评判。此外,受到沈德潜"诗教"论的影响,清中期任兆麟《吴中女士诗钞》、蒋机修《国朝名媛诗绣针》、恽珠《国朝闺秀正始集》等多是宣扬"诗教"的总集。当然,在女性诗歌总集领域中,一些总集呈现的是折中的诗学倾向。《雕华集》编者许夔臣虽在凡例中标榜"温柔敦厚之旨",然而在选文实践中却对女性艺术化才情推崇备至,其实际选貌无不呈现出偏尚才情的特征。

其二则是为进一步整理、研究女性诗歌提供了必要的文献基础。清人编选的女性诗歌总集中,有不少是以辑存文献为宗旨的。如王士禄编选的《燃脂集》,无论是纵贯古今的选录范围,还是煌煌数百卷的篇制规模,均可见出编者所抱持的保存女性文献的强烈使命感。又如汪启淑《撷芳集》一选,更是以丰富庞杂之选源力图构建清代女性历史图谱的一部女性诗歌总集。而随着女性诗歌积累的日渐丰富,清后期以"国朝"命名的几部全国性总集在辑佚、校勘等各个方面都取得不少成绩,为后来的选家提供了一定的文献基础。因此,清人编纂的女性诗歌总集所具备的文献价值自不容忽视。

　　在以上对清代各个历史阶段所出现的具有代表性的女性诗歌总集做初步研究的基础上,本书也尝试探讨清代女性诗歌总集与女性诗学批评的关系。从总体上来看,女性诗学批评中存在着双重的声音:一方面在选评中践行崇尚真情的文学精神,借由对女性本色特质的突显,崇尚才情,张扬个性,在拓展女性诗学空间的同时,使得女性书写真正呈现出有别于男性的审美价值;而另一方面,推崇"诗教"传统,强调在教化功能上没有男女之分,从根本上扼杀了女性创作的本体性和创作个性,选本本身亦不免沦为千篇一律的说教。从根本上来说,其背后暗自涌动的正是两种互相违异的文学思潮,以及对女性诗歌的本体地位、创作个性、才德取舍所做出的必然抉择。

附录一　清代女性诗歌总集叙录

一、顺治朝(1644—1661)

《闺秀集》

【清抄本】两卷　上海师范大学图书馆

首顺治壬辰季娴自序,次选例,次"与选里氏",次"闺秀集目次"。

上卷:乐府计三十六章,凡十四人;四言古诗计三章,凡二人;五言古诗计三十章,凡十五人;七言古诗计二十八章,凡十六人;五言排律计十二章,凡八人。下卷:五言律诗计七十五章,凡三十四人;七言律诗计四十四章,凡二十五人;五言绝句计四十五首,凡二十五人;六言绝句计三章,凡三人;七言绝句计八十四章,凡三十九人;附诗余计二十七调,凡八人。

实际所选诗人七十五家,诗作三百六十首,词作二十七首,与目次尽合。集中诗作多有夹评及诗末短评。

【清刻本】(残)一卷　上海图书馆

每半页八行,行二十字,小字双行,无鱼尾,四周单边。版心镌"闺秀集初编",下端刻相关卷次及页码。此本为残卷,仅存卷下。其中陈德懿《春草》至李因《和豫章李夫人》缺。

《诗媛八名家集》

【顺治十二年邹氏鹭宜斋刻本】不分卷　中国科学院图书馆

每半页六行,行十五字,小字单行,无直格,白口,四周单边。

首顺治乙未沈荃序,次邹漪选略。是书依次收录:王端淑诗三十首、吴琪诗九十四首、吴绡诗六十首、柳如是诗二十四首、黄媛介诗二十五首、季娴诗三十首、吴山诗三十三首、卞梦珏诗三十五首。

各家诗选之卷首,均有编者小引,小引文末均题"梁溪邹斯漪流绮识",并钤有"流绮""邹斯漪印"两枚朱文方印。各卷之前附本卷诗人的诗作目次。

【清初刻本】五卷　中国国家图书馆

版式行款同上本,无沈序及选略。仅存吴绡、吴琪、柳如是、吴山、卞梦珏五卷,其中吴绡收诗六十首,吴琪收诗九十四首,柳如是收诗二十四首,吴山收诗三十三首,卞梦珏收诗三十五首,盖为上本之残卷。

二、康熙朝(1662—1722)

《名媛诗纬初编》

【康熙刻本】四十二卷　哈佛大学燕京图书馆

每半页九行,行十九字,小字双行,四周双边,花口,单黑鱼尾,版心上端镌"名媛诗纬初编",鱼尾下刻相关卷次、页码。首顺治辛丑钱谦益序;次顺治辛丑许兆祥序;次康熙丁未韩则愈序;次康熙甲辰丁圣肇序;次顺治辛丑王端淑自序;次王端淑"征刻《名媛诗纬初编》小引";次王猷定撰《王端淑传》;次孟称舜撰《丁夫人传》,并附高幽贞所撰《陈素霞传》;次编者凡例十四则;次各卷目次。

此本共收录诗人七百六十五人,诗作二千零八十九首。卷末附康熙癸卯周之道跋文一篇。

【康熙刻又一本】四十二卷　台湾图书馆

版式行款同上本。惟此本卷首无钱谦益序,卷末无周之道跋,且王端淑"征刻《名媛诗纬初编》小引"在高幽贞所撰《陈素霞传》之后,与上本顺次异。

《诗媛名家红蕉集》

【清初刻本】两卷　天津图书馆、浙江图书馆

每半页八行,行十八字,小字双行字不等,白口,四周单边,单鱼尾。版心上镌"红蕉集",中镌卷次。首吴琪女史序,邹漪自序,次目录,载各卷诗人姓字及入选诗作数量,各卷卷首题"梁溪邹漪流绮评选"。依次收录:上卷二十八人,凡诗一百九十七首;下卷三十八人,凡诗一百八十三首。

据邹漪自序所云:"仆本恨人,癖耽衾制,薄游吴越,加意网罗,于八名家外,复得若干。其诗皆五色灵芝,三危瑞露;其人皆双成伴侣,上元班辈;而其遇又皆宋子邢姨,颂椒铭菊;珩璜黼黻,火藻绮纨。"当可推知,是集编刊当在《诗媛八名家集》之后。

《燃脂集》

【手稿本】(残)二十九卷　上海图书馆

首光绪七年江标题识;次《引用书目》一卷,引各类书目共九百二十五种;次《宫闺氏籍艺文考略》五卷,存卷一卷二(卷三至卷五缺)。以下为残本二十七卷,所收依次如下:

卷首之一,风雅一,诗四十九首;卷首之二,风雅二,诗四十一首;卷首之三,风雅三,诗三十六首;卷首之四,风雅四,诗二十七首;卷首之五,风雅五,诗三十八首。卷一,赋部一,赋二十八首;卷二,赋部二,赋二十首;卷四,赋部四,赋二十首;卷六,赋部六,骚赋五十首;卷七,赋部七,骚赋三十三首;卷八,诗部一,古诗五十首;卷九,诗部二,古诗一百二十一首;卷十一,诗部四,唐乐章五十九首;卷十二,诗部五,三言诗十四首,四言诗四十九首;卷十三,诗部六,五言古诗四十二首;卷十四,诗部七,五言古诗四十五首;卷十五,诗部八,五言古诗五十二首;卷二十一,诗

部十四,七言古诗三十一首;卷二十二,诗部十五,七言古诗二十八首;卷二十三,诗部十六,杂言诗五十七首;卷二十四,诗部十七,杂言诗二十六首;卷二十五,诗部十八,五言律诗六十四首;卷二十六,诗部十九,五言律诗五十八首;卷二十七,诗部二十,五言律诗一百十五首;卷二十八,诗部二十一,五言律诗一百六十三首;卷三十,诗部二十三,七言律诗五十一首;卷三十一,诗部二十四,七言律诗一百六十一首;卷三十三,诗部二十六,七言律诗六十六首。

各卷卷首均题"新城王士禄子底辑",天头时有编者对选录诗作的评赞之语。此本共收录诗人四百十五家,诗作一千五百九十四首。

《翠楼集》

【康熙十二年野香堂刻本】三卷 复旦大学图书馆、上海图书馆、中国国家图书馆

每半页九行,行十九字,小字双行同,白口,四周单边,无鱼尾。版心上端镌各卷卷名,下刻相关页码及"野香堂"。首康熙癸丑宗元鼎序;次刘云份自序;次"《翠楼初集》目录",载诗人姓字及入选诗作数;次"《翠楼集》诸名媛族里",包括初集、二集、新集三小集所有名媛族里,并于"翠楼二集诸名媛族里"下注"前集已见者兹不更述"。

初集卷首署"淮南刘云份平胜选订(亦号青夕)",实际选录诗人七十七人,诗作四百首,与目录相符;二集卷首前有"翠楼二集目录",卷首署"淮南刘青夕选订",实际选录诗人六十八人,诗作一百七十六首,与目录相符;新集卷首前有"翠楼新集目录",卷首署"淮南刘青夕选订",实际选录诗人五十六人,诗作二百零四首,与目录相符。

初集已选而二集覆选者,注明再见。此书共收有明三百余

年女诗人一百八十余家,存诗七百多首。其中收诗排列前五位的,分别是沈宜修四十首、叶小鸾三十六首、王微二十六首、许景樊二十五首、陆卿子二十三首。其中,国图本有一黑框扉页,框上"刘青夕先生选定",框内"名媛诗选翠楼集"七字两行,左下刻"宝翰楼发兑",其余均同。

【民国二十五年上海杂志公司排印本】三卷　南京图书馆

每半页十一行,行三十五字,小字双行,四周双边,无鱼尾。首刘云份自序,无宗序。其余各处则均与上本同,系施蛰存据野香堂原刊本排印校点而成,收入"中国文学珍本丛书"第一辑。

《唐宫闺诗》

【康熙间吴郡大来堂刻本】两卷　复旦大学图书馆

每半页九行,行十九字,小字双行同,白口,四周单边,无鱼尾。版心上刻集名及所选诗人名,下刻有"梦香阁"三字。首燕峰费密序,次刘云份序。此集分上下两卷。

上卷首"唐宫闺诗姓氏总目",载所选诗人名及诗作数;次上卷诗目,载所选诗人名及所选诗作名。上卷实际收录七十人,诗作一百三十七首,与目录相符。下卷首"唐宫闺诗姓氏总目",载所选诗人名及诗作数;次下卷诗目,载所选诗人名及所选诗作名,其中女校书、女冠则另列诗目附于下卷卷末。下卷实际选录四十五人,诗作二百八十九首,包括女校书一人,诗作八十八首;女冠三人,诗作六十五首。

是集选诗最多的为女校书薛涛,多达八十八首,位居全集之冠。

【民国石印本】两卷　上海图书馆

版式行款同上本。封面及扉页均有蔡晋伯题签,下钤"晋伯"印。其余各处与上本尽合。

《香奁诗泐》

【康熙凤鸣轩刻本】一卷　中国国家图书馆

每半页八行,行十八字,小字双行同,白口,四周双边,单鱼尾。扉页镌有"香奁诗泐"四字一行,右上有"闺阁风雅"印,左下刻"凤鸣轩刊"。首编者泐言,泐言末题"屠维奋石仲春范端昂识";次目次,先才女后烈女,分列目次,于目次后,编者均自题"香奁诗泐三水范端昂吕男氏刻",并附有自书题词。

此集才女一类,目次与实际选录情形相符,共选从晋至明女诗人七十八人,诗一百五十首,其中以明代女诗人诗作最众,选录五十七人,诗一百六十首;而烈女一类,目次共选楚至明女诗人二十人,诗二十七首,而实际选录诗作数为三十八首,其中明代冯小青、李淑媛、方孟式、袁洁、顾若璞、王静淑、王素娥、胡氏、文氏、朱氏、陈氏、三娘、刘氏十三位,诗作二十六首,国朝杜小英《藏油幕诗》八首,为目次所无而正文所有,盖目次有缺页,或为编者疏略也。此集选录诗作无夹批,但近三分之二诗作缀有作者诗末短评,并时采季娴《闺秀集》中评语。

《奁制续泐》

【康熙五十年辛卯年刻本】五卷　中国国家图书馆

每半页八行,行十八字,小字双行同,白口,四周双边,单黑鱼尾。版心上端象鼻镌"奁制续刻",下端象鼻空白,中间刻相关卷次及页码。首桂月馨序,次各卷目次,各卷目次后有编者识语,具体收录情形如下。

卷一选南朝鲍令晖至清代季娴共五十六人,奁制二百十五章;卷二选西周琴女至清代桂萼共九十四人,奁制一百十六章,又附三十章;卷三目次缺宋代李少云至陆圣姬等二十二人,据实际选录,共计四十四人,奁制一百章;卷四目次全缺,选录的均是虎姬类的诗,共计十七人,奁制二十九章;卷五无卷目次,选录王凤娴、叶纨纨、叶小鸾、吴胐、陈晏五人,共十三首词作。

《本朝名媛诗钞》

【康熙五十五年凌云阁刻本】六卷　中国国家图书馆、北京大学图书馆

每半页九行,行二十字,小字双行同,白口,左右双边,单鱼尾。无扉页。首康熙五十五年胡孝思序,次凡例七则,次本朝名媛诗抄姓氏,载有诗人姓名、里氏及著述等,凡五十七人。各卷之前附本卷目录,载该卷所收诗体及诗人诗题,且各卷卷首题"平江胡孝思、朱珖友倩评辑,门人沈翠庵、沈蔚修林较订"。是书以诗体编次,收录情况如下。

卷一收录五言古诗,三十三首;卷二收录七言古诗,二十七首;卷三收录五言律,五十六首;卷四收录七言律,六十八首;卷五收录五言绝,二十五首;卷六收录七言绝,八十六首。

此本共收录诗作二百九十五首。诗末多有胡孝思、朱友倩、沈翠庵、沈修林四人的评点,其中朱友倩、沈翠庵、沈修林评语前各注"友倩评""翠庵评""秀林评"字样。

【乾隆三十一年凌云阁刻本】六卷　复旦大学图书馆

版式行款同上本。此本扉页镌"本朝名媛诗钞",右镌"平江胡抱一评辑",左下刻"凌云阁藏版"。首乾隆丙戌胡孝思序,次凡例七则,次本朝名媛诗抄姓氏。内容编次全同上本。惟此本胡序末题"时乾隆三十一年岁在丙戌重阳后一日",上本作"时康熙五十五年岁在丙申重阳后一日",由此推断此乾隆三十一年凌云阁本当为康熙五十五年凌云阁本之后印本。另,此本诗句皆有朱笔圈点,且天头时有墨笔注音及释义,各卷卷首均钤有"王守耕印"朱文方印。

【乾隆年间凌云阁刻本】六卷　复旦大学图书馆

版式行款同上两本。无扉页。无胡孝思序。首凡例七则,

次本朝名媛诗抄姓氏。所收诗人诗作全同上两本。此本无朱笔圈点、墨笔注音。此本各卷卷首均钤有"王守耕印"朱文方印,与乾隆三十一年刻本同为王守耕藏书。

【嘉庆十三年抄本】六卷　复旦大学图书馆

每半页十行,行十九字,小字双行同。扉页眉端书"兰居草舍",中间镌"本朝名媛诗钞",右上刻"岁次戊辰榴月",右下钤红色方印"崧庵居士"。左上刻"友松吴柏偶录",左下刻"观乐堂藏"。版心上端镌"本朝名媛诗钞",下刻相关卷次及页码。首乾隆三十一年胡孝思序,次凡例七则,次本朝名媛诗抄姓氏。所收诗人诗作全同上本,其异处惟在胡序末书有"今嘉庆十三年岁在戊辰端阳前三日松陵吴柏录于兰居草舍"一行,可知此本系吴柏据乾隆三十一年刻本抄录而得。

《历代闺雅》

【康熙间刻本】十二卷　中国国家图书馆

每半页十行,行二十字,白口,四周双边。卷首题经筵日讲官。起居注翰林院掌院学士兼礼部侍郎教习庶吉士加六级臣揆叙奉敕纂进。

首凡例八条,次总目。卷一收录五言古诗,唐八首,宋一首,元三首,明十三首;卷二收录七言古诗,唐十二首,宋一首,元八首,明八首;卷三收录五言律诗,唐二十二首,宋五首,元二首,明二十五首;卷四收录七言律诗,唐十九首,宋十三首,元六首;卷五收录七言律诗,明六十首;卷六收录五言绝句,唐二十一首,宋六首,元十四首,明二十九首;卷七收录七言绝句,唐六十四首;卷八收录七言绝句,唐七十三首;卷九收录七言绝句,宋五十八首;卷十收录七言绝句,元二十四首,明二十三首;卷十一收录七言绝句,明六十七首;卷十二收录五言排律,唐三首、明三首,七言排律,唐三首,六言律诗,唐二首,六言绝句,唐一首、明四首,回文,唐四首、明二首,联句,唐一首、明二首。次爵里姓氏,以朝代为序,各朝又按宫闱、闺秀、妾婢、尼、女冠、妓、外国分类,载所收女诗人姓字、里氏。各卷前有分卷目录,载诗人姓氏及所收诗作数,且每卷卷首均题"经筵日讲官。起居注翰林院掌院学士兼礼部侍郎教习庶吉士加六级臣揆叙奉敕纂进"。

三、雍正朝(1723—1735)

《奁诗渢补》

【雍正四年刻本】四卷　中国国家图书馆

每半页八行,行十八字,小字双行同,白口,四周双边,单黑鱼尾。版心上端象鼻镌"奁诗渢补",下端象鼻空白,中间刻相关卷次及页码。首雍正丙午范端昂自序,次黄序,黄序残,故不知具体作者。次目次,每卷目次后有编者题词各一首。

卷一五言绝句,十八人,三十一首;卷二七言绝句,四十三人,一百四十二首;卷三五言律,三十七人,六十三首;卷四七言律,三十一人,六十一首。

各卷诗末时附编者短评。据其自序所云:"予己丑初刻奁诗问世,辛卯嘉赖桂名媛以成续刻焉。今又补刻三百章诗,则字字珠玑。予则白鬓盈盈矣。桑子河堰牡丹花下剑石题云,此花琼岛飞来种,只许人间老眼看。然则兹刻也,堪自怡悦耳。独恨白首穷经,《风》《雅》《颂》之余,凤嗜奁诗,手不停披,口不停诵,竟未能窥其堂奥。倘诸香奁淮鼎炉丹不惜被其鸡犬,或得比于宇下之物,而锡之圭七,虽鄙且衰,未尝不化此尘凡也。予日望之。丙午之秋七月既望说峰学人范端昂序。"范端昂编刻闺秀诗之大体经过盖可见矣,康熙四十八年《香奁诗渢》问世,康熙五十年《奁制续渢》刊成,雍正四年《奁诗渢补》又成书。是书除编者评语外,兼采诸名媛评语,尤以季娴、桂萼两位女诗人为多。

《奁刻续补》

【雍正壬子刻本】三卷　中国国家图书馆

每半页八行，行十八字，小字双行同，白口，四周双边，单黑鱼尾。版心上端象鼻镌"奁刻续补"，下端象鼻空白，中间刻相关卷次及页码。首康熙庚戌范端昂自序、次雍正壬子关梦球序。

依次收录：卷一古体，选录诗人二十四位，诗作四十二首；卷二近体，选录诗人三十九位，诗一百六十八首，其中刘雪兰入选最多，为四十首；卷三排律，选录诗人十三位，诗十八首。

此本诗末多有评语，除编者评语外，兼采如季娴、桂萼、余玉馨、刘苑华等诸名媛评语。

四、乾隆朝(1736—1795)

《袁氏三妹合稿》

【乾隆间刻本】四种四卷　中国国家图书馆

是编盖袁枚捃拾三妹遗著，或编次或审订合辑成集，为之刊行，并依次收录：袁棠《绣余吟稿》一卷，附《盈书阁遗稿》一卷；袁杼《楼居小草》一卷；袁机《素文女子遗稿》一卷。

其中袁棠《绣余吟稿》一卷，每半页十一行，行二十一字，小字双行同，白口，左右双边，单黑鱼尾。扉页镌"绣余吟稿"，下刻"随园藏版"。版心上端镌"绣余吟稿"，下端刻页码。前有袁枚序及汪孟翊序。此集共收录诗作一百三十六首。附《盈书阁遗稿》一卷，前有袁枚序，末有汪孟翊跋。共收录诗作二百十首。

袁杼《楼居小草》一卷，每半页九行，行十九字，小字双行同，白口，左右双边，单黑鱼尾。扉页镌"楼居小草"。版心上端镌"楼居小草"，下端刻页码。前有严长明《题词》七绝八首。共收录诗作六十七首。

袁机《素文女子遗稿》一卷，每半页九行，行十九字，小字双行同，白口，左右双边，单黑鱼尾。扉页镌"素文女子遗稿"，下刻

"随园藏版"。版心上端镌"素文女子遗稿",下端刻页码。前有袁枚《女弟子素文传》,末附袁枚跋文一篇及其《哭三妹五十韵》、袁树《哭三姊》四首、陆建《哭从母》三首。共收录诗作三十五首。

是编不知具体刊刻时间,但据《女弟素文传》记袁机卒于乾隆二十四年,则《素文女子遗稿》编成不会早于是年;《绣余吟稿序》作于袁棠生前,则《绣余吟稿》在乾隆三十五年前已编成;袁枚《盈书阁遗稿序》作于袁棠亡后第二年,则《盈书阁遗稿》编成不会早于乾隆三十六年。据汪孟翊《盈书阁遗稿跋》,此集系汪氏于其妻袁棠亡后"辑其遗稿",并请袁枚审定作序"以附于《绣余吟》之后"的。由此推知,《袁家三妹合稿》当于乾隆三十六年后编成刊行。

《历代闺媛诗选》

【乾隆三十五水竹居氏手抄本】不分卷　中国国家图书馆

无格。无扉页、序跋及目录。卷末书"乾隆庚寅岁三日书于水竹居"。以时代为序,依次收录:古逸诗人十五人,诗作四十五首;魏北齐陈隋诗人六人,诗作十四首;唐代诗人七人,诗作五十三首;宋代诗人十六人,诗作八十四首;元代诗人十八人,诗作七十四首;明代诗人五十人,诗作一百六十七首;清代诗人两人,诗作四十首;附诗余一则,为小青《天仙子》词一阕。

《撷芳集》

【乾隆五十年刻本】八十卷　上海图书馆

每半页十行,行二十一字,小字双行,四周单边,花口,单黑鱼尾。扉页镌"撷芳集",右上刻"汪礽庵选",左下刻"飞鸿堂藏版"。版心镌"撷芳集",下刻相关卷次及页码。首乾隆乙巳沈初序,次乾隆三十八年倪承宽序。各卷前有分卷目录,载诗人姓氏及所收诗作数,且各卷卷首均题"古歙礽庵汪启淑选"。此本共收录诗人一千一百七十九人,诗作六千零二十九首。

【乾隆五十年刻又一本】八十卷　浙江图书馆

版式行款同上图本。较上图本多收录诗人四十四家,诗作八十八首。

【乾隆未刻本】八十卷　复旦大学图书馆

版式行款同上图本。此本首乾隆三十八年倪承宽序,次乾隆乙巳沈初序。两序顺序与上两本异,且序后附有戴璐题词,为上两本所无。此本较上图本多收录诗人三百零五家,诗作七百三十首。

《历朝名媛诗词》

【乾隆三十八红树楼刻本】十二卷　复旦大学图书馆、上海图书馆

每半页九行,行十九字,小字双行同,白口,左右双边,单鱼尾。扉页"历朝名媛诗词"六字,右上刻"乾隆癸巳新镌",左下刻"红树楼藏版"。版心上端镌"红树楼选",下端刻页码,中间刻相关卷次。前有宋思敬、程琰、王鸣盛序,次陆昶自序,次李漫翁覆函,次凡例,次诗词总目,题"吴门陆昶梅垞评选,同学程琰东冶、宋思敬秋厓阅定"。

诗自汉至元各集选六百三十一首,词自隋至元各集选六十七首。卷一收录汉十一人,卷二收录魏三人、晋八人、宋两人、梁四人,卷三收录梁五人、陈两人、北魏四人、北齐两人、隋七人、秦一人、唐两人,卷四收录唐十九人,卷五收录唐二十三人,卷六收录唐二十三人,卷七收录唐十六人、宋两人,卷八收录宋二十一人,卷九收录宋二十一人、辽一人、元五人,卷十收录元十九人,卷十一收录隋三人、元三十二人,卷十二附鬼仙诗词不叙年代八人。

从实际选录情形来看,卷一至卷十所收录诗人诗作之数与

目录相符，而卷十一所选录词人词作，除隋侯夫人、闽后陈氏以及元管道昇三人外，余者多为宋人所作，与目录甚有出入。而是书于各人诗词前先列小传，且传前间绘名媛图像，则颇有新意。

《吴中女士诗钞》

【乾隆五十四年刻本】不分卷　上海图书馆、哈佛大学燕京图书馆

每半页九行，行十九字，小字双行，左右双边，白口，单黑鱼尾。扉页眉端书"十子合集"，中间镌"吴中女士诗钞"，右上刻"心斋居士任文田阅定"，左上刻"清溪女史选录"，左下刻"己酉夏镌"，左框外书"附散花女史手书《箫谱》，《爱兰集》附"。版心上端镌"林屋吟榭"，鱼尾下刻相关集名、页码。是编为《潮生阁诗稿》《两面楼诗稿》《赏奇楼蠹余稿》《琴好楼小制》《采香楼诗集》《修竹庐吟稿》《青黎阁诗集》《翡翠楼集》《晓春阁诗稿》《停云阁诗稿》之合刻本。末附王琼《爱兰诗钞》一卷、沈缵《翡翠林雅集》一卷及《箫谱》一卷。

【乾隆五十四年刻又一本】十二卷　复旦大学图书馆

版式行款同上图本。惟卷末仅附沈缵《翡翠林雅集》一卷及《箫谱》一卷。

《吴中香奁诗草》

【乾隆间抄本】不分卷　上海图书馆

无格。无扉页。前有沈起凤乾隆五十六年所撰《香奁吟社集小引》，此文与《吴中女士诗钞》卷首石钧之《题吴中十子诗词》内容全同，惟末处署名异，前者末书"时维乾隆岁次辛亥小春月蕢渔沈起凤桐威氏书"，而后者则书"远梅氏石钧题"。全书无目录，其收存内容有诗、文两部分，前一部分依次收录沈缵《书寄清溪张夫人》、尤澹仙《两面楼诗序》、张芬《赏奇楼诗序》、王悟源

《琴好楼诗序》、江珠《青黎阁诗自序》、张允滋《品香书屋分题与散花沈妹启》、朱宗淑《题浣纱词卷》、沈持玉《晓春阁诗序》文八篇,后一部分则收录沈缵、张允滋、朱宗淑、沈持玉、张芬、尤澹仙、席蕙文、李嬿、江珠、陆瑛、王悟源、张蕴、张芳、张棠、叶兰、刘芝、周澧兰、徐映玉、张因、钟若玉、周佛珠、孙旭英、凌素、陶庆余、蒋瑶玉、陆贞、赵镂香二十七位女诗人,诗作九十五首,其中名列《吴中女士诗钞》的十位女诗人(除王琼)的诗篇均见抄于是集,入选诗作共三十一首。

《海昌丽则》

【乾隆三十三年吴氏耕烟馆刻本】四卷　上海图书馆

每半页九行,行十七字,小字双行同,黑口,左右双边,单鱼尾。扉页镌"拙政园诗余",左下刻"耕烟馆藏版"。此本为吴刻之不完本,仅收录徐灿《拙政园诗余》三卷、葛宜《玉窗遗稿》残卷。

徐灿《拙政园诗余》三卷,首顺治庚寅素庵居士陈之遴序;次乾隆戊子吴骞《刻拙政园诗余序》。此集共分上中下三卷,各卷卷首题"茂苑徐灿湘蘋著":上卷收小令五十五首,中卷收中调二十一首,下卷收长调二十三首,卷末有顺治癸巳徐灿子陈坚永、容永、奋永、堪永共撰跋文一篇。并附《拙政园诗余附录》一卷。

葛宜《玉窗遗稿》残卷,首康熙辛亥李因题词,次朱尔迈所撰《行略》一篇,卷首题"东海葛宜南有著",共收录古体二十二首,五言近体二十八首,七言近体十四首,四言一首,五言绝六十一首,六言绝五首。以下缺。

【嘉庆间刻本】十卷　中国国家图书馆

版式行款同上本。版心镌各诗集名,下刻页次。是书依次收录:朱妙端《静庵剩稿》一卷,徐灿《拙政园诗集》两卷、《诗余》三卷及附录一卷,葛宜《玉窗遗稿》一卷,钟韫《梅花园存稿》一卷,黄湘云《月珠楼吟稿》一卷。

其中朱妙端《静庵剩稿》卷首题"明海宁朱妙端著",共收录赋一首;诗四十七首,补遗诗作一首,末有附录一则。

徐灿《拙政园诗集》首有徐灿侄徐元龙所撰《家传》一篇,次嘉庆八年吴骞《新刻拙政园诗集题词》。此集共分上下两卷,各卷卷首题"茂苑徐灿湘蘋著":上卷收五言古诗二十四首,五言律诗五十三首,七言律诗八十六首;下卷收五言绝句二十二首,七言绝句六十四首,末有孙敬璋跋文一篇。

徐灿《拙政园诗余》三卷,首顺治庚寅素庵居士陈之遴序,次乾隆戊子吴骞《刻拙政园诗余序》。此集共分上中下三卷,各卷卷首题"茂苑徐灿湘蘋著":上卷收小令五十五首,中卷收中调二十一首,下卷收长调二十三首。卷末有顺治癸巳徐灿子陈坚永、容永、奋永、堪永共撰跋文一篇。并附《拙政园诗余附录》一卷。

葛宜《玉窗遗稿》一卷,首康熙辛亥李因题词,次朱尔迈所撰《行略》一篇;卷首题"东海葛宜南有著",共收古体二十二首,五言近体二十八首,七言近体十四首,四言一首,五言绝六十一首,六言绝五首,七言绝五十六首,诗余十三首,书两篇,末附乾隆壬辰吴骞跋文一篇。

钟韫《梅花园存稿》一卷,卷首题"仁和钟韫眉令氏著",共收诗三十一首,诗余十一首,末附查昌鹓题词及乾隆壬子吴骞识语各一则。

黄湘云《月珠楼吟稿》一卷,首嘉庆乙丑张衢序,次嘉庆丙寅吴骞序,次潘际云、苏士枢题词,卷首题"荆溪黄兰雪香冰",共收录诗九十首。据各集吴骞所署题跋时序来看,是书为其历数十年刊刻而成,所收皆为海昌闺苑中人。

《广东古今名媛诗选》

【乾隆五十一年青云书屋刻本】两卷　南京图书馆

每半页十行,行二十字,小字双行同,四周双边,白口,无鱼尾。版心镌卷次及相关页码。首乾隆五十一年顺邑梅庄居士序,次目录,载所收诗人及诗作名。卷首均题"顺德胡廷梁绍元选"。此本共选录自西晋绿珠至清代陈广逊,女诗人共八十三位,诗作三百多首。此本大致以作者年代编排,部分作者名下有小传。

《织云楼诗合刻》

【乾隆五十六年刻本】四卷　清华大学图书馆

每半页八行,行十九字,小字双行同,左右双边,白口,单鱼尾。扉页镌"织云楼诗合刻",右上刻"乾隆辛亥春镌",左下刻"慎余书屋藏板"。首乾隆辛亥崔龙见序;次诸家题词,凡祝德麟七绝五首,王鸣盛七绝二首,钱大昕七绝五首,方维祺七绝二首;次总目,周映清《梅笑集》古今体诗一百三十六首、李含章《繁香诗草》古今体诗一百二十六首、叶令仪《花南叶榭遗草》古今体诗七十首、陈长生《绘声阁初稿》古今体诗一百三十四首。实际选录与目录相合,是集为叶氏家族闺阁诗四种之合刻。

【嘉庆二十二年刻本】五卷　中国国家图书馆

版式行款同上本。首乾隆辛亥崔龙见序,次嘉庆丁丑朱方增序,次诸家题词,同上本。此本陈长生《绘声阁初稿》后附《绘声阁续稿》一卷,为上本缺。此本盖为后出之增刻本。

《名媛同音集》

【乾隆间刻本】三卷　中国国家图书馆

每半页十行,行十九字,小字双行同,黑口,单鱼尾,版心上端镌"同音集",下端刻页码。首王琼自序,无目录。各卷卷首题"爱兰女史王琼辑,王述庵先生选定",且每卷卷末均有"侄女德言校字"。是集以人系诗,姓字下书有诗人小传。依次收录:卷一收十七人,诗三十首;卷二收十七人,诗三十九首;卷三收十一人,诗四十三首。

此本有朱墨笔圈点。其中卷二骆绮兰,诗人小传残,且未见诗作收录,以下当有缺页;卷三叶鱼鱼,"向晚雨初霁"一首,无诗题。

五、嘉庆朝(1796—1820)

《随园女弟子诗选》

【嘉庆丙辰初刻本】六卷　中国国家图书馆、上海图书馆

每半页十行,行二十一字,左右双边,单鱼尾。版心镌"女弟子诗选",下镌卷次及页数。首嘉庆丙辰汪心农序;次总目,卷一席佩兰、孙云凤,卷二金逸,卷三骆绮兰、张玉珍、廖云锦、孙云鹤,卷四陈长生、严蕊珠、钱琳、王玉如、陈淑兰、王碧珠、朱意珠、鲍之蕙,卷五王倩、卢元素、戴兰英、张绚霄、毕智珠、屈秉筠、许德馨,卷六吴琼仙、归懋仪、袁淑芳、王蕙卿、汪玉轸、鲍尊古。其中归懋仪以下五人有目无诗。此本实际收录女诗人二十八家,诗作五百零五首。

【上海图书集成印书局排印本】六卷　中国国家图书馆

每半页十二行,行四十字,小字双行同,四周单边,单鱼尾。扉页两页,首页镌"随园女弟子诗"六字两行,次页镌"光绪十有八年上海图书集成印书局印"。版心镌"随园女弟子诗选",下镌卷次及页数。首嘉庆辰申汪心农序。此本所收诗人诗作与上本同。

【上海会文堂书局排印本】六卷　复旦大学图书馆

每半页十四行,行三十二字,小字双行同,左右双边,单鱼尾。版心镌"增注随园女弟子诗选",下镌卷次及页数。首汪心农序,次例言五则。据其例言第一则云:"是书为随园先生手定。其中所录,虽多性情流露之作,不以雕琢为工,然随手拈引,自然

淹雅,旧无注本。兹特详加笺释,籍备参考。"此本对诗作多有注释,且注释均以双行小字书于诗后。

《国朝名媛诗绣针》

【嘉庆二年刻本】三卷　中国科学院图书馆

每半页八行,行十八字,小字双行,四周双边,花口,单黑鱼尾,版心上端镌"名媛绣针",鱼尾下刻相关卷次、页码。每卷卷首均题有"蒋泾西机秀辑评,庄缓园参校"。前有嘉庆丁巳徐祖鎏序,蒋机秀例言。此本共收录女诗人一百六十四家,诗作三百四十首。

《听秋馆闺中同人集》

【嘉庆二年刻本】不分卷　上海图书馆

每半页九行,行二十一字,小字双行同,左右双边,白口,单鱼尾,版心上端镌集名,下端刻页码。此集首有嘉庆丁巳骆绮兰序,共收录江珠、毕汾、毕慧、鲍之兰、鲍之蕙、鲍之芬、周澧兰、卢元素、张少蕴、潘耀贞、侯如芝、王琼、王倩、王怀杏、许德馨、秦淑荣、叶毓珍唱和诗作共三十七首,书札五篇。此集与《听秋轩诗集》四卷合刊,版式行款同。

《香闺诗随手抄》

【清抄本】八卷　上海图书馆

每半页七行,行十六字,小字双行同,无鱼尾,四周单边。版心镌"香闺诗抄",下刻相关卷次及页码。扉页题"香闺诗抄",右上题"嘉庆癸亥",左下题"叶晴峰氏编"。首嘉庆癸亥叶晴峰跋文一篇,次"香闺诗随手抄目录"。卷一收录周六人、汉十一人、魏三人、晋七人、六朝二十三人,卷二唐三十人,卷三唐四十二人,卷四后五代八人,卷五宋三十七人、辽一人,卷六元十六人,卷七明三十三人,卷八本朝三十四人。

此本共六百七十九首。各卷卷首均题"越州叶晴峰腾骧氏编"。诗人姓氏下均系有诗人小传。诗末多有编者评语。

《国朝闺秀香咳集》

【清稿本】十卷　浙江图书馆

每半页八行,行二十一字,小字双行同,四周双边,白口,单鱼尾,版心上端镌"香咳集",下端刻相关卷次及页码。封页镌"香咳集",每册各缀"元、亨、利、贞"四字。首嘉庆九年戴鉴序,次许夔臣自序,次凡例,次目录。各卷卷首均题"任城许夔臣山臞纂辑"。此本共收录诗人四百二十二家,诗作九百六十七首。

【光绪间申报馆聚珍版本】十卷　上海图书馆

每半页十二行,行二十四字,小字双行同,四周双边,白口,单鱼尾。封页题"国朝闺秀香咳集"。版心上端镌"香咳集",下端刻相关卷次及页码。首嘉庆九年戴鉴序,次嘉庆九年许夔臣自序,次凡例,次目录。所收诗人诗作基本与上本相合,惟以下几处相异:上本卷一"李繁月"后收录顾若璞两首,此本无;上本卷三"李源"诗收录两首,此本收录三首;上本卷三末收"田玉"诗两首,此本无;上本卷四收"熊琏"诗三首,此本仅收录一首;上本附录收"王微"诗两首,此本无。此本共收录诗人四百十九家,诗作九百六十首。

《种竹轩闺秀联珠集》

【嘉庆十二年刻本】四种四卷　中国国家图书馆

每半页十行,行十九字,小字双行同,左右双边,白口,单鱼尾,版心上端镌该卷诗集名,下端刻页码。扉页镌"种竹轩闺秀联珠集"八字两行,右上刻"嘉庆丁卯春镌",左下刻"台山方燮题副"。无序跋、目录。依次收存王琼《爱兰轩诗选》、王逈德《竹净轩诗选》、王逎容《浣桐阁诗选》、季芳《环翠阁诗选》四种诗集各一卷。

《泰州仲氏闺秀诗合刻》

【嘉庆十二年刊本】七种六卷　哈佛大学燕京图书馆

每半页九行，行二十五字，小字双行同，四周单边，白口，单鱼尾。依次收录：仲莲庆《碧香女史遗草》一卷，诗四十一首；仲振宜《绮泉女史遗草》一卷，诗一百三十七首；仲振宣《瑶泉女史遗草》一卷，诗三十四首；赵笺霞《辟尘轩诗钞》一卷，诗一百零六首；洪湘兰《绮云阁遗草》一卷，诗十四首；仲贻銮《遗诗》一卷，诗二十三首；张贻鹓之遗诗八首。其中《碧香女史遗草》前有仲振奎序，《绮泉女史遗草》前有赵笺霞序，《辟尘轩诗钞》前有嘉庆十二年仲振奎序。

《曲江亭闺秀唱和诗》

【嘉庆十三年刻本】不分卷　中国科学院图书馆

每半页七行，行十八字，小字双行同，四周双边，白口，单鱼尾。

版心上端空白，中镌"曲江亭唱和集"，下端刻页码。首嘉庆戊辰王琼说，次嘉庆戊辰王凝香序。是书收录张因、孔璐华、刘文如、唐庆云、王琼、王逎德、王逎容、季芳、江秀琼、鲍之蕙、王燕生、张少蕴、朱兰十三位闺秀唱和之作。

【嘉庆十三年刻又一本】不分卷　中国国家图书馆

版式行款同上本。首王凝香序，此序残，当有缺页；次嘉庆戊辰王琼序。所收诗人诗作均同上本。

《十三名媛诗草》

【嘉庆十九年刻本】不分卷　中国国家图书馆

每半页九行，行十九字，小字双行同，四周双边，白口，单鱼尾。版心上端镌"十三名媛诗草",下端刻页码。首嘉庆甲戌李绍堃序,次"十三名媛目录",载各家姓字及籍贯。依次收录:纪巽中诗一首、刘锡友诗八首、李学淑诗一首、李学慎诗十首、李汝瑛诗三十首、李培筠诗十九首、方芬诗九首、吕韵玉诗九首、赵桂枝诗三首、赵孝英诗三首、湘云诗一首、王和玉诗十三首、陈云贞诗六首。共计一百十三首。此集与《重刻近月亭诗稿》合刊,版式行款同。

《沈刻四妇人集》

【嘉庆十五年华亭沈氏啸园精刻本】 不分卷　复旦大学图书馆

无扉页。无目录。书脚镌"四妇人集"及各集集名,书根镌册次。末有嘉庆己卯黄丕烈跋文一篇。是书依次收录:薛涛《薛涛诗》、孙蕙兰《绿窗遗稿》、杨太后《杨太后宫词》、鱼玄机《唐女郎鱼玄机诗》。

其中《薛涛诗》为仿明万历己酉洗墨池本,扉页镌"薛涛诗明本重刊",首有分体诗目,末页书"嘉庆庚午云间古倪园沈氏从吴门士礼居黄氏借本翻行"。

《绿窗遗稿》为抄本重刊,扉页书"绿窗遗稿钞本重刊",首傅若金序,次目录,卷末有傅若金所撰《故妻孙硕人殡志》及己南邨跋文一篇,末页书"嘉庆己卯秋云间啸园沈氏从平湖钱氏借本刊行",并附有嘉庆己卯黄丕烈后跋一篇。

《杨太后宫词》为影宋抄本,扉页镌"杨太后宫词宋钞本重刊",无目录,末有署名"潜夫"跋文一篇,末页书"嘉庆庚午云间古倪园沈氏从吴门士礼居黄氏借本翻行",并附《杨太后宫词校勘记》一篇、《齐东野语卷十一则》及嘉庆庚午黄丕烈后跋一篇。

《唐女郎鱼玄机诗》仿南宋陈道人书棚本,扉页书"唐女郎鱼玄机诗宋本重刊",无目录,末页书"嘉庆庚午云间古倪园沈氏从吴门士礼居黄氏借本翻行",并附有《鱼集考异》及嘉庆八年黄丕烈后跋一篇。

【民国十二年海宁陈氏慎初堂影印啸园沈氏刻本】不分卷 复旦大学图书馆、上海图书馆

扉页两页,首页镌"沈刻四妇人集"六字两行,次页刻"癸亥二月慎初堂景印庄闲题"。次序不同,依次收录《薛涛诗》《唐女郎鱼玄机诗》《杨太后宫词》《绿窗遗稿》。

六、道光朝(1821—1850)

《碧城仙馆女弟子诗》

【道光六年本西湖翠渌园刻本】不分卷 中国国家图书馆

每半页十一行,行二十一字,小字双行同,左右双边,黑口,单鱼尾。版心镌"碧城仙馆女弟子诗"及所选诗人名及页码,中端刻相关卷次。扉页镌"碧城仙馆女弟子诗"八字两行,右上刻"道光丙戌镌",左下刻"西湖翠渌园藏版"。无序跋。卷首目录,收录王兰修《昙红阁诗》、辛丝《瘦云馆诗》、张襄《支机石室诗》、汪琴云《沅兰阁诗》、吴归臣《晓仙楼诗》、吴藻《花帘书屋诗》、陈滋曾《崇兰馆诗》、钱守璞《梦云轩诗》、于月卿《织素轩诗》、史静《停琴伫月楼诗》。

【民国四年西泠印社吴氏活字本】两卷 复旦大学图书馆

每半页九行,行十五字,小字双行同,四周单边,白口,单鱼尾。版心上端空白,中镌"碧"字,下端镌页码及"西泠印社"字。扉页两页,首页镌"碧城仙馆女弟子诗吴隐集碑",次页刻"乙卯七月西泠印社吴隐石潜聚珍版印"。无序跋。卷首目录及内容同上本。

《国朝闺秀雕华集》

【清稿本】(残)十卷 南京图书馆

每半页九行，行二十一字，小字双行同，左右双边，白口，单鱼尾。版心镌"雕华集"，下刻相关卷次及页码。扉页镌"国朝闺秀雕华集"。首完颜麟庆序，次许夔臣自序，次目录。各卷卷首均题"任城许夔臣山臞纂辑"。此本共收录诗人四百九十三家，诗作一千四百八十六首。

《凝香阁合集》
【道光十三年刻本】两卷　复旦大学图书馆

每半页八行，行二十一字，小字双行同，左右双边，白口，单鱼尾。版心上端镌"凝香阁合集"，下刻页码，中端刻相关卷次。扉页镌"凝香阁合集"，右上刻"道光癸巳年镌"，左下刻"本衙藏版"。首道光丙戌冯调鼎序，次道光己丑史麟序，次道光丁亥于尚龄序。分上下两卷，各卷之前附本卷目录，载所选诗集及诗作数量如下。

上卷收录冯兰贞《吟翠轩》，古今体诗一百八首；陈芳藻《挹秀山庄稿》，古今体诗九十一首；于晓霞《小琼华仙馆稿》，古今体诗八十五首；附以上三人联句一首。下卷收录冯兰贞《吟翠轩词草》，长短调七十六阕；陈芳藻《挹秀山庄词草》，长短调四十阕；于晓霞《小琼华仙馆词草》，长短调四十六阕。实际所选与各卷诗作目录相合。

《妆楼摘艳》
【道光十三年春雨轩刻本】十卷　上海图书馆

每半页九行，行二十一字，小字双行同，四周单边，黑口，单鱼尾。版心上端镌"凝香阁合集"，下刻页码，中端刻相关卷次。扉页镌"凝香阁合集"，右上刻"道光癸巳年镌"，左下刻"本衙藏版"。首道光癸巳钱三锡自序，次偶谈五页，次闺秀姓氏，凡二百三十八人。各卷卷首均题"会稽钱三锡申甫辑"。依次收录：卷一,五言律诗八十二首;卷二,五言律诗六十二首、五言排律二首;卷三,七言律诗一百零二首;卷四,七言律诗六十八首;卷五,五言绝句四十八首、六言绝句五首;卷六,七言绝句一百四十一首;卷七,七言绝句一百五十九首;卷八,五言古诗四十一首;卷九,七言古诗二十八首;卷十,词五十八首。

《湖南女士诗钞》

【道光十四年刻本】八卷　上海图书馆

每半页十行,行二十二字,小字双行同,黑口,左右双边,单鱼尾。版心刻集名及相关卷次,下刻页码。首道光甲午毛国姬弁言,次例言八则。各卷卷首前均有该卷目录,载各卷所收诗人名,卷首均题"鄞县沈栗仲先生阅,长沙毛国姬素兰女史编,同怀弟国翰青垣同参校"。依诗人年代先后编次:卷一收十一人,诗一百零一首;卷二收五人,诗七十三首;卷三收十四人,诗七十三首;卷四收七人,诗九十六首;卷五收七人,诗一百零七首;卷六收六人,诗一百十九首;卷七首九人,诗八十八首;卷八首八人,诗九十首。

其中毛国姬诗以附录形式置于卷八末,首有毛国翰识语,共收十首。

【道光十四年刻又一本】十二卷　上海图书馆

版式行款同上本。首道光甲午毛国姬弁言,次例言八则,各卷卷首前均有该卷目录,载各卷所收诗人名,卷首均题"鄞县沈栗仲先生阅,长沙毛国姬素兰女史编,同怀弟国翰青垣同参校"。此本依诗人年代先后编次,亦同上本,惟卷数及各卷所收诗人诗作数量不同:卷一收三十人,诗八十四首;卷二收十一人,诗八十六首;卷三收六人,诗九十八首;卷四收十人,诗七十八首;卷五收十六人,诗九十二首;卷六收八人,诗九十九首;卷七收九人,诗一百三十八首;卷八收七人,诗一百四十二首;卷九收九人,诗一百三十四首；卷十收十七人，诗一百六十一首；卷十一收二十二人，诗一百六十首；卷十二收七人，词八十阕。

卷二末两家蒋氏、朱梅秀小传缺；卷四目录作吴先珊，集中作吴珊；卷五目录中欧阳沄、刘世坤、刘氏、徐善长、王玥、王文羽、胡锦七人诗作未见录于集中；卷八目录页次重；卷十一页六漫漶。其中毛国姬诗以附录形式置于卷十一末，首有毛国翰识语，共收十首。

《国朝闺秀正始集》

【道光十一年刻本】二十卷　中国国家图书馆、上海图书馆

每半页九行，行十九字，小字双行，四周双边，双黑鱼尾。扉页镌"闺秀正始集"，右上刻"道光辛卯镌"，左下镌"红香馆藏版"。版心上端镌"正始集"，鱼尾下刻相关卷次、页码。首道光九年恽珠弁言，次道光己丑潘素心序，次道光十一年黄友琴序，次例言十则，次诗人目录，载所收诗人姓氏及各卷诗作数量，目录页首题"珍浦恽珠编次"。卷后附二十三名闺秀题词，共计四十六首，末有石黛卿所撰后序及程孟梅跋语。共收录诗人九百三十三家，诗一千七百三十六首。各卷卷首均题"完颜恽珠珍浦辑"，又皆题本卷校字之人，则二十卷不尽相同：卷一、卷四、卷七、卷十、卷十三、卷十六、卷十九，女孙伊兰保校字；卷二、卷五、卷八、卷十一、卷十四、卷十七、卷二十，女孙金粟保校字；卷三、卷六、卷九、卷十二、卷十五、卷十八，女孙妙莲保校字。

《国朝闺秀正始续编》

【道光十六年刻本】十卷　中国国家图书馆、上海图书馆

每半页九行，行十九字，小字双行同，四周单边，白口，单鱼尾。扉页镌"闺秀正始集"，右上刻"道光丙申镌"，左下刻"红香馆藏版"。版心上端镌"正始续集"，下刻相关卷次及页码。首道光乙未潘素心序,次道光丙申金翁瑛序,次妙莲保《小引》,次目录,载所收诗人姓氏及各卷诗作数量,目录页首题"妙莲保编次"。各卷卷首题"完颜恽珠珍浦选,女孙妙莲保、佛芸保编校"。卷末《附录》一卷、程孟梅辑《补遗》一卷、妙莲保辑《挽词》一卷,收录潘素心、恽湘、汪端等十五名女诗人挽词五十二首,并附道光丙申宗梅跋。

《分绣联吟阁诗稿》

【道光十七年刻本】四卷　中国国家图书馆

每半页十二行,行二十四字,小字双行同,左右双边,白口,单鱼尾。扉页镌"分绣联吟"。前有道光丁酉吴琴修女史序。是集依次选录海昌朱淑均诗五十九首,朱淑仪诗五十首,济宁谢锦秋诗八十首,查芝生诗五十六首。

《湘潭郭氏闺秀集》

【道光十七年刻本】五种五卷　中国国家图书馆

每半页十行,行二十一字,小字双行同,四周双边,白口,单鱼尾。扉页镌"湘潭郭氏闺秀集李星沅书"。首道光十七年李星沅序。无目录。以人编次:郭步韫《独吟楼诗》一卷,前有郭润玉序;郭友兰《咽雪山房诗》一卷,前有郭润玉序;郭佩兰《贮月轩诗》一卷,前有郭润玉序;王继藻《敏求斋诗》一卷,前有郭润玉序;郭漱玉《绣珠轩诗》一卷,前有郭润玉序。

【道光年间刻本】七种七卷　复旦大学图书馆、中国国家图书馆

每半页十行,行二十一字,小字双行同,四周双边,白口,单鱼尾。扉页镌"湘潭郭氏闺秀集李星沅书"。首道光十七年李星沅序。无目录。以人编次:郭步韫《独吟楼诗》一卷,前有郭润玉序;郭友兰《咽雪山房诗》一卷,前有郭润玉序;郭佩兰《贮月轩诗》一卷，前有郭润玉序；王继藻《敏求斋诗》一卷，前有郭润玉序；郭漱玉《绣珠轩诗》一卷，前有郭润玉序；郭润玉《簪花阁诗》一卷，前有郭润玉自序；附《遗稿》一卷，前有道光己亥李星沅序；郭智珠《红薇吟馆遗草》一卷，前有道光己亥李星沅序。

【道光年间刻本】九种十卷　复旦大学图书馆、中国国家图书馆

版式行款同上本。首潘世恩、戴熙、程恩泽、祁寯藻、许乃普、吴杰、潘曾莹、郑开禧、邓廷桢、沈筠、王青莲、许祥光、张深、历同勋、王利亨、邓显鹤题词，次道光十七年李星沅序。无目录。以人编次，郭步韫《独吟楼诗》一卷，前有郭润玉序；郭友兰《咽雪山房诗》一卷，前有郭润玉序；郭佩兰《贮月轩诗》一卷，前有郭润玉序；王继藻《敏求斋诗》一卷，前有郭润玉序；郭漱玉《绣珠轩诗》一卷，前有郭润玉序；郭润玉《簪花阁诗》一卷，前有郭润玉自序；郭润玉《簪花阁遗稿》一卷，前有道光己亥李星沅序；郭智珠《红薇吟馆遗草》一卷，前有道光己亥李星沅序；李星沅、郭润玉《梧笙唱和初集》上下两卷，前有道光丁酉李星沅序以及同年何淞序。

卷首李星沅序作于道光十七年，复旦大学图书馆著录此集为道光十七年刻本，所据当即此序。然上两本中李星沅为《簪花阁遗稿》以及《红薇吟馆遗草》所撰序时间则均为道光十九年，故此本之刊刻当在道光十九年之后。

《宫闺文选》

【道光二十二年小蓬莱山馆刻本】二十六卷　中国国家图书馆

每半页十行，行二十一字，小字双行同，四周双边，白口，单鱼尾。扉页镌"宫闺文选"，右上刻"道光二十六年开雕"，左下刻"小蓬莱山馆藏版"。版心上端镌"宫闺文选"，下刻页码及相关

诗体,中间刻相关卷次及诗篇名。首道光癸卯周寿昌序,次例言,次总目,依诗体载各卷所收诗人诗作:卷一,赋、骚;卷二,诏、敕;卷三,制、诰;卷四,册、令、赦文、玺书;卷五,表、疏;卷六,上书、启、笺、状、对、文;卷七,书;卷八,序、颂;卷九,赞、传、论、说、记、诫;卷十,铭、诔、哀辞、碑文、墓志、祭文;卷十一,乐府一;卷十二,乐府二;卷十三,乐府三;卷十四,乐府四;卷十五,乐府五;卷十六,乐府六;卷十七,四五言古诗;卷十八,七言古诗;卷十九,五言律诗;卷二十,七言律诗;卷二十一,五七言排律;卷二十二,五言绝句;卷二十三,七言绝句;卷二十四,回文一;卷二十五,回文二;卷二十六,回文三。

总目后附姓氏小录,载从周至明共三百七十五位女诗人之小传。各卷卷首均题"长沙周寿昌荇农辑订,善化孙鼎臣芝房参阅,善化瞿元钧石筠纂类,湘阴蒋恭鉴东观编校,上虞许家怡翕斋重订"。

卷二十范壸贞诗作,目录题"听雨楼图",集中则作"烟雨楼图";卷二十目录中《寄衣》诗作者为叶正辅镏氏,其中"辅"字,集中则作"甫",姓氏小录中亦作"甫",疑目录误刻。另,上图本卷二十章有渭《舟行即事》至朱妙端《夜坐》十五首诗未见录,卷二十页九至页十二脱页所致。

【光绪十二年岭南集成书局石印本】二十六本　上海图书馆

每半页二十二行,行四十二字,小字双行同。四周单边,单鱼尾。扉页两页,首页有汪鸣銮题签,次页刻"光绪十二年丙戌岭南集成书局石印"。版心上端镌"宫闺文选",下刻页码,中间刻相关卷次及诗篇名。首道光癸卯周寿昌序,次例言,次宫闺姓氏小录,次总目,依诗体载各卷所收诗人诗作。各卷卷首均题"长沙周寿昌荇农辑订,善化孙鼎臣芝房参阅,善化瞿元钧石筠纂类,湘阴蒋恭鉴东观编校,上虞许家怡翕斋重订"。

《国朝闺阁诗钞》

【道光二十四娜嬛别馆刻本】一百卷　中国国家图书馆

每半页八行,行十八字,四周双边,无鱼尾,版心镌各集集名,下刻"娜嬛别馆藏书"。首道光甲辰蔡殿齐自序,次参订姓氏,后以天干分册,并注页号,共十册,每册收十卷,共一百卷。各册卷首均有目次,载所收诗集名、著者里氏及姓字。此编共收录诗人一百家,诗作一千三百七十九首。

《麦浪园女弟子诗》

【道光二十五年树人堂刻本】六卷　郑州大学图书馆

每半页十行,行二十一字,小字双行同,四周单边,黑口,单鱼尾。首道光乙巳胡履春自序,依次收录:卷一王秀娟诗、卷二江蕊珠诗、卷三徐佩云诗、卷四余贞翠诗、卷五戴芳芝诗、卷六夏采霞诗。

《国朝名媛绝句大观》

【道光二十九年刻本】八卷　南京图书馆

每半页十行,行二十二字,小字双行同,四周单边,白口,单鱼尾。版心下镌"拜诗阁"。扉页镌"国朝名媛绝句大观",右镌"道光镌",左下刻"拜香阁藏版"。首吴县吴思树序,次道光己酉单恩兰识语,次名媛姓氏录。每卷卷首均题"海虞单学传师白选评,男恩兰魁香重编,恩鹤鸿仙刊校"。此本依韵而编:卷一至卷五收录七绝编韵,卷六至卷八收录七绝联章。此本共收录女诗人四百三十一人,绝句八百三十首。集中多有夹评及诗末短评。

《阳湖张氏四女集》

【道光三十年宛邻书屋刻本】不分卷　中国国家图书馆、上海图书馆

每半页十一行,行二十三字,小字单行,左右双边,白口,单鱼尾。版心上端诗集名,下端刻"宛邻书屋",中间刻相关卷次、页码。扉页"阳湖张氏四女集"七字三行。是书依次收录:张细英《纬青遗稿》一卷、张𬘬英《澹菊轩诗初稿》四卷附词一卷、张纶英《绿槐书屋诗初稿》两卷及附录五卷、张纨英《邻云友月之居诗初稿》四卷、张纨英《餐枫馆文集》两卷及附词一卷。

据张曜孙为《餐枫馆文集》所撰序云:"道光庚戌五月,刻女兄若绮诗文稿成,乃并前刻三女兄稿汇编之以刊行,岁月先后为次。"可知此本乃张曜孙为四女兄所编之合刻。

《棣华馆诗课》

【道光三十年宛邻书屋刻本】十二卷　上海图书馆、中国国家图书馆

每半页十一行,行二十三字,小字单行,四周单边,白口,单鱼尾。版心上镌"棣华馆诗课",下刻页次及"宛邻书屋",中间刻相关卷次。扉页两页,首页镌"棣华馆诗课十二卷",次页镌"道光庚戌刊于武昌官署棣华馆"。首道光庚戌张曜孙序,次谢有兰跋,次道光庚戌邓传密后叙,次道光庚戌庄煜廷跋,次道光三十章岳镇序,次道光庚戌董思诚书后,次道光三十年张纨英书后,次道光三十年王臣弼跋,次道光三十年张晋礼后序,次董殷题词七律两首,次目录。

卷一收录近体诗九十六首,卷二古近体诗八十二首,卷三古今体诗六十八首,卷四近体诗一百十首,卷五五言古诗九十首,卷六古近体诗八十四首,卷七近体诗八十首,卷八古近体诗六十八首,卷九七言古诗五十首,卷十七言古诗五十首,卷十一近体诗一百首,卷十二古近体诗七十六首。

以上各卷又均依诗题分列之,为王采蘋、王采蘩、王采藻、张祥珍、孙嗣徽、李奕六人同题共作之诗。卷末书有"受业吴泳柔

吴淑仪校"。

《各女史诗》
【道光间刻本】一卷　中国国家图书馆

每半页九行,行二十一字,小字双行同,左右双边,白口,单鱼尾。

卷首周际华序。依次选录:许遇贞诗五首、许淑贞诗四首、许梦贞诗七首、许芳欣诗三首、许芳晓诗二十首、许芳盈诗三首、许芳素诗四首、陈德庄诗八首、刘起凤诗二十一首。

此集附刻于《枣香山房诗集》后。

七、咸丰朝(1851—1861)

《国朝闺秀诗柳絮集》
【咸丰三年蕉阴小榥刻本】五十卷补遗一卷续编一卷　上海图书馆

每半页十行,行二十六字,小字双行同,四周双边,白口,单鱼尾。版心上端镌"柳絮集",下刻相关页次,中间刻卷次及韵脚。扉页镌"国朝闺秀诗柳絮集",右上刻"咸丰癸丑秋月",左下刻"蕉阴小榥藏板"。首咸丰辛亥郑志昀序;次咸丰纪元黄传骥序;次咸丰癸丑采云山人序;次咸丰癸丑黄秩模自序;次诸家题词,凡张步渠七古一首,余瑚七绝四首,黄秩浚七古一首,余元登七律一首,黄廷弼五律一首,陶杰五古一首;次凡例十一则;次总目,依女诗人姓氏韵脚编次,共为五十卷,并附补遗一卷。各卷卷首均题"宜黄黄秩模正伯编辑"。末附续编一卷,首续编目录,卷首亦题"宜黄黄秩模正伯编辑",共收诗人五位,诗作九十一首;又续编一卷,卷首亦题"宜黄黄秩模正伯编辑",共收诗人三位,诗作五首。卷末附道光戊申吴昂照跋文一篇及咸丰癸丑黄秩柄后叙一篇。

《吴江三节妇集》

【咸丰七年古铜里范氏刻本】三卷　上海图书馆

每半页十一行,行二十三字,小字单行,四周单边,白口,单鱼尾。首咸丰丁巳董兆熊序。依次收录:董云鹤《涵清阁诗钞》一卷、顾佩芳《怀清书屋吟稿》一卷、袁希谢《素言集》一卷、末附许珠《萱宦吟稿》一卷。

八、同治朝(1862—1874)

《国朝闺秀摛珠集》

【同治四年叶佑初抄本】不分卷　浙江图书馆

无格。无丝栏。扉页镌"国朝闺秀离珠集",右上刻"壶舟先生选评",左下刻"彬士手抄"。首黄浚序,次咸丰癸丑黄浚题词,次"国朝闺秀姓名",共收录一百零七位女诗人,实际所选诗人数量与目录相合。卷末有同治乙丑叶蒸云跋文。天头多有评点,凡评点处均钤"壶舟评定"红色方印。

《彤奁双璧》

【同治八年双砚斋木活字本】两种两卷　中国国家图书馆

每半页九行,行二十一字,小字双行,左右双边,白口,单鱼尾。首同治己巳王维翰序,次总目:戚桂裳《东鞶集》一卷,含古今体诗四十二首,词七首;赵韵花《酝香楼稿》一卷,含近体诗四十五首,词八首。实际所选诗作数量与总目合。

《慈云阁合刻》

【同治十年刻本】九种十二卷　中国国家图书馆

每半页十行,行二十一字,小字双行,四周双边,黑口,单鱼尾。版心镌诗集名,下刻页码。不分卷,无目次。首同治十年左宗棠序,其序末云:"今年大儿孝威葬母毕,西来省余,请刊外大母慈云阁诗,而以阿母、阿姨、诸姊诗附之。因命汇为'慈云阁诗钞',列其目于左:慈云老人诗,少作为多。自先外舅撤瑟后,惟课女及诸孙读书史,及女工杂作而已。余赘居周氏,常闻外姑说诗骚,多新解,独未见所为诗,先室时为余诵数首,亦未得读全稿也。今所存古体四首,近体三十六首。先室篛心夫人《饰性斋遗稿》古体八首,近体一百三十一首;张氏茹馨夫人《静一斋诗草》古体五十七首,近体三百二十四首;周翼枬,字德宣,适长沙徐氏,《冷香斋诗草》古近体共七十四首;周翼枸,字敬婠,适湘潭黄氏,《藕香斋诗草》近体二十六首;左孝瑜,字慎娟,适安化陶氏,《小石屋诗草》近体十四首。左孝琪,字静斋,以疾未适人,《猗兰室诗草》古近体七十九首;左孝琳,字湘娥,适湘潭黎氏,《琼华阁诗草》近体五首;左孝瑸,字少华,适湘潭周氏,《淡如垒遗诗》近体十三首。又,茹馨夫人诗余一百二十八首,周翼枬诗余二十九首附后。"实际选录与其所述尽合。

《豫章闺秀诗钞》

【同治十三年刻本】二十六卷　复旦大学图书馆

每半页八行,行十八字,白口,四周双边,无鱼尾。版心上镌诗集名,下端镌"嫏嬛别馆藏书"。首鲁世保序,次目录,题"德化蔡寿祺选辑,新城鲁世保编",所收诗集如下。第一册:《镜阁新集》庐陵朱中楣远山、《竹隐楼诗草》莲花贺桂秋安、《悟雪楼诗钞》吴若冰莹仙、《柴车倦游集》余干钟令嘉守箴、《问花楼诗集》德化许权宣媖、《绣余草》广丰李葆素素琼;第二册:《吟香摘蘦集》德化杨惺惺柳枝、《兰圃遗草》星子胡佩芳秀亭、《瑶草选诗钞》奉新闵肃英婉仙、《白凤楼诗钞》湖口杨舫小乔、《绿阴红雨轩诗钞》奉新帅翰阶兰娟、《琴香馆诗草》东乡蒋徽锦秋、《吟香馆诗草》奉新汪芦英雪娥、《养花选诗钞》东乡吴芸华小茶;第三册:《怡然阁诗钞》新建裘纫兰佩秋、《绣吟楼诗钞》德化谭紫璎凤芝、

《随宦吟草》万载辛素霞咏仙、《花凤楼吟稿》德化蔡紫琼绣卿、《韵香书室吟稿》德化万梦丹篆卿；第四册：《佩香诗稿》德化范涟清宜、《焚余小草》崇仁甘启华韵仙、《忆秋轩诗集》德化范淑性宣、《征柔阁诗草》上元朱荣珍琴仙、《映秋轩诗钞》德化丁幼娴静芳、《冰壶玉鉴轩诗草》德化蔡泽苔伯颖。

此本所用刻板与《国朝闺阁诗钞》娜嬛别馆刻本实际乃同一种，所选诗人诗作全同，惟蔡紫琼小传与《国朝闺阁诗钞》本略有不同，且此传之前又有蔡紫琼小传一页，疑装订误。

九、光绪朝（1875—1908）

《三台名媛诗辑》

【光绪元年临海周氏刻本】六卷　上海图书馆

每半页九行，行二十一字，左右双边，白口，单鱼尾。扉页两页，首页镌"三台名媛诗辑邑人王蜕署检"，次页镌"光绪乙亥卯月临海周氏开雕"。版心上端镌"三台名媛诗辑"，下刻相关页次，中间刻卷次。首光绪元年陈一鹤序；次光绪元年王棻序；次光绪改元王维翰序；次例言九则，末云"光绪纪元天赐节临海黄瑞子珍甫识"；次总目，依照时代先后从唐至国朝，共为五卷附续卷，载所收诗人名及诗作数量。各卷卷首题"临海黄瑞子珍编次，同邑周翰清少谦校刊"。

依次收录：卷一收录诗人十六人，诗作九十一首；卷二收录诗人二十二人，诗作八十首；卷三收录十八人，诗作九十首；卷四收录一人，诗作一百首；卷五收录六人，诗作一百零一首；附卷续五人，诗作七首。次词辑总目收录词人十一人，三十五阕。

《毗陵杨氏诗存附编》

【光绪七年刻本】两卷　上海图书馆

每半页十二行，行二十五字，四周单边，白口，单鱼尾。扉页题"光绪七年辛巳仲冬下瀚开锓"。依次收录：曹萼真《络纬吟》一卷、钱芬《左才集》一卷。

《京江鲍氏三女史诗钞》

【光绪八年丹徒戴氏嘉禾刻本】三种十二卷　中国国家图书馆、哈佛大学燕京图书馆

每半页十行，行二十一字，四周双边，白口，双鱼尾。版心上镌集名，中镌相关卷次及页码。扉页两页，首页镌"京江鲍氏三女史诗钞合刻"，次页镌"光绪八年壬午十月刊于嘉禾"。首光绪八年戴燮元序。是编依次收录：鲍之兰《起云阁诗钞》四卷、鲍之蕙《清娱阁诗钞》六卷、鲍之芬《三秀斋诗钞》两卷。

其中《起云阁诗钞》首嘉庆戊午鲍之钟序，次鲍文逵序，次目录。卷一收录古今体诗九十一首，卷二古今体诗七十九首，卷三古今体诗七十一首，卷四古今体诗七十九首，末有光绪壬午戴燮元跋。

《清娱阁诗钞》首嘉庆辛未吴锡麟序，次嘉庆辛未法式善序，次嘉庆辛未吴烜序，次嘉庆辛未李锡恭序，次嘉庆辛酉鲍之钟序，次嘉庆辛未鲍桂星后序，次目录。卷一收录古今体诗六十七首，卷二古今体诗六十五首，卷三古今体诗六十九首，卷四古今体诗六十五首，卷五古今体诗六十四首，卷六古今体诗八十三首。卷末有诸家题词，凡十七首，诸家评跋，凡四十则。

《三秀斋诗钞》首道光庚子姚元之序，次目录。卷上收录古今体诗八十七首，卷下古今体诗八十三首，卷末有王文治跋。

《林下雅音集》

【光绪十年如皋冒氏刻本】不分卷　上海图书馆

每半页十一行，行二十二字，小字双行同，左右双边，黑口，双鱼尾。扉页题"林下雅音集"，右上镌"光绪甲申秋中"，左下镌

"如不及斋藏版"。版心中间镌集名、卷次及页码。各卷卷首均题"如皋冒俊碧纕校刊"。首总目,依次收录:《长离阁集》,毗陵王采薇玉瑛著;《自然好学斋诗钞》,钱塘汪端允庄著;《花帘词》,仁和吴藻蘋香著;《香南雪北词》《秋水轩集》,毗陵庄盘珠莲佩著。

其中《长离阁集》一卷,卷首孔广森序,次叶观园序,次诸家题跋,次目录,载所收诗篇名,共计诗七十一首词一首,卷末附孙星衍《诰赠夫人亡妻王氏事状》、袁枚《孙薇隐妻王孺人墓志铭》及赵怀玉《孙季仇妻王氏圹铭》。

《自然好学斋诗钞》首道光己丑陆準后序,次苏垣锡后序,次胡敬《汪允庄女史传》,次陈文述挽词《哭子妇汪宜人》,次陈文述《孝慧汪宜人传》,次嘉庆甲戌翁同书序,次道光丙戌石韫玉序,次嘉庆壬申许宗彦序,次嘉庆丙子萧抡序,次道光甲申管筠序,次道光丙戌张云璈序,次诸家题词,无目录,凡诗十卷,卷首均题"如皋冒俊碧纕校刊",末附冒俊《重刊自然好学斋诗钞后序》。

《花帘词》一卷,首张景祁序,次道光己丑陈文述序,次道光己丑魏谦升序,次道光庚寅赵庆熺序,无目录。

《香南雪北词》一卷,首道光甲辰吴蘋香自记,无目录,末附吴蘋香自识及自谱散曲三十四首。

《秋水轩集》首光绪甲申汪瑔序,次冒俊《重刊秋水轩集序》,次诸家题词,次总目。依次收录:古今体诗五十七首,诗余八十八阕。

【光绪年间如皋冒氏刻本】不分卷　中国国家图书馆

版式行款同上本。所选内容亦均同上本。惟卷末附冒俊撰《福禄鸳鸯阁遗稿》一册,依次收录家训十二章,系五言律句诗二十七首,词四首,文两篇及其夫陈坤所撰《悼亡诗》《冒氏事状》,会稽汪瑔所撰《冒恭人圹铭》及其他题诗。冒氏遗文刊于光绪甲申(1884)以后,可知此本盖系其夫陈坤于冒氏卒后为纪念其妻始付刊。

《菱湖三女史集》

【光绪十六年归安孙氏刻本】三种四卷　上海图书馆

每半页十行,行二十一字,四周双边,白口,双鱼尾。首孙锡祉序。依次收录:谈印莲《平洛遗草》一卷、谈印梅《九疑仙馆诗》两卷及词一卷、孙佩芬《季红花馆偶吟》一卷。

《闺秀诗选》

【光绪二十年铅印本】六卷　复旦大学图书馆、上海图书馆

每半页八行,行二十二字,四周双边,白口,单鱼尾。版心上端镌"闺秀诗选",中间刻相关卷次及页码。扉页镌"闺秀诗选孙儆署耑"。首光绪甲午冯善征序。依诗体编次,各卷卷首均有目录,依次收录:卷一收五言绝句三十首,卷二收七言绝句四十八首,卷三收五言古诗十三首,卷四收七言古诗二十五首,卷五收五言律诗七十九首,卷六收七言律六十三首。

据冯序所云:"《闺秀诗选》六卷都二百四十余首,浙东王慧秋女士手定本也。"可知,此本为王谨(字慧秋)所选,且各卷卷末均附有王谨己作一首,盖有压卷之意。

【清抄本】不分卷　复旦大学图书馆

每半页八行,行二十四字,小字双行同,单鱼尾。无扉页。版心上端空白,下镌"退一步斋"。无序跋。此本依诗体收录:五言律诗八十六首、七言律诗六十六首、五言绝句三十七首、七言绝句五十九首、五言古诗二十首、七言古诗二十八首。

考其诗作内容则大多同上本,然诗作收录次序、诗作数量及内容仍有不少相异处,具体如下:

此本所收五言律诗,上本位置则在卷五,其中顾氏《忆夫》、马士琪《除日剩邑署中楼望》、康瑞兰《自遣》、朱镇《听雨》、徐暗

香《重阳》、王淑《咏灯》、徐氏《寄孙生》、吴淑仪《登迎江寺塔》、戴氏《寒笛》均为上本所无。而上本所收王采薇《曲渚》一首、吴正肃《白菊和外韵》则为此本所无。其中,此本所收吴淑仪《登迎江寺塔》,上本则作《登临江寺塔》,此本《过维扬故居》作者"汤莱",上本作"汤原"。此本所收七言律诗,上本位置则在卷六,其中张嗣谢《拟闺情用花名》、王采薇《二月十七日柬薇隐》、秦氏《平陵客题寓》均为上本所无。其中此本所收侠仙《石匣中诗》,上本作《无题一首》。此本所收五言绝句,上本位置则在卷一,其中姚益敬《力疾作书寄外因题纸尾》、莹川《舟中偶成》、徐贞《漂母祠》、厉氏《戏咏长烟袋》、陈淑旂《晚思》、长沙女《思夫曲》两首均为上本所无。其中此本所收蔡氏《答夫》,上本作《答外》。此本所收七言绝句,上本位置则在卷二,其中硕塔哈《和白晓月题壁韵》、吴吴《得家书》、徐昭华《塞上曲》、钟令嘉《自题归舟安稳图》、许燕珍《题浔阳送客图》、曹锡珪《寒食》、朱灵珠《闻雁》、丁瑜《家居》、林氏《送外》、彬娥《题自画花卉册》、湘扬女子《新城三家店题壁》均为上本所无。其中此本所收孙氏《寄夫》,上本作《寄外》。此本所收五言古诗,上本位置则在卷三,其中张因《送外赴试》、黄昙生《读外客唸》、陈泰《彩儿补宝坻尉迎予未赴诗以勖之》、陈泰《彩采儿以赈务朱利安至刑部讯明仍令回任寄示》(二首)、陶善《早春闲居偶述》、孔继坤《送外北上》、江兰《夫子读书九峰赋此志勖》均为上本所无,而上本所收王采薇《晓起效徐陵体》则为此本所无。此本所收七言古,上本位置则在卷三,其中无名氏《读书有感》、高景芳《上留田》、许权《七夕》、金松《隋堤柳》、叶舫《落叶吟》、林以宁《独夜吟》、柴静仪《长子用济归自都中诗以慰之》、孙荪意《钱塘怀古》、叶定《自题小影》均为上本所无,而上本所收王采薇《秋胡曲》《兰芝曲》《华清曲》《昆灵曲》《句容斋舍》《晓步》则为此本所无。

又,此本诗人姓氏下系有里氏、著述,诗作后时附按语,与上本同,然具体内容则在上本基础上多有增益。

《西泠三闺秀诗》

【民国三年西泠印社印本】二十三卷　复旦大学图书馆

每半页十行,行二十字,小字双行同,白口,四周单边,单鱼尾。版心刻各卷诗集名,下刻页码。扉页二叶,首页镌"西泠三闺秀诗"六字三行,次页镌"甲寅中秋安吉吴昌硕"及"昌硕"方印一枚。前有"西泠三闺秀诗总目",依次收录:宋《朱淑真诗集》十卷后集七卷应作八卷并补遗、明《杨文俪诗集》一卷、清《顾若璞诗集》三卷并附录。

次甲寅况周颐序文一篇,其序云:"淑真诗行于世者此本而外固别无善本矣,西泠印社主人从武林著述丛编内抽出与杨文俪、顾若璞二家合印为三闺秀诗,属为编目。"

《桐乡郑氏闺秀诗集》

【据光绪二十八年刻本复印本】两卷　复旦大学图书馆

每半页九行,行二十一字,小字双行同,黑口,左右双边,单鱼尾。此本为桐乡郑琴仙《爨余集》、郑松筠《焦桐集》之合刻。其中《爨余集》扉页两页,首页镌"爨余集",右上刻"戊戌春王既望",左下刻"宗唐毛承基书",次页镌"桐乡郑氏藏版"。卷首采《桐乡县志》所记郑琴仙小传,卷末附光绪壬寅郑文同跋语,共收录诗作五十一首。《焦桐集》扉页两页,首页镌"焦桐集",右上刻"戊戌春王既望",左下刻"宗唐毛承基书",次页镌"虎林范氏藏版"。卷首光绪二十六年郑文同序,次光绪庚子郑松筠自序,共选录诗作六十首。

《二兰合集》

【光绪三十年刻本】两卷　上海图书馆

每半页八行，行二十一字，小字双行同，白口，四周双边，单鱼尾。封面镌"二南酬唱集"，为甲辰季春嗣贞氏题签。扉页两页，首页镌"二兰吟"，右上刻"光绪癸卯季秋"，左下刻"虹桥铗隐"。首光绪甲辰俞樾序；次光绪甲辰张其锱序。版心上镌"二兰合璧"，下刻页码。卷首题"江西女士张佩兰听香吟室韵香甫、广西女士张贞兰绿梅花馆梅痕甫唱酬集"。据俞樾序所云："一在江西，一在广西，地之相去千有余里，乃梅痕适从其大父游宦豫章得与蕊仙相见，而二兰于是乎始合此酬彼唱，异曲同工，爰有二兰吟之刻。"可知是集为张佩兰、张贞兰唱酬之作，共收录一百七十三首。末附张佩兰《祭同盟宗妹婉侬文有序》一篇。

《吕氏三姐妹集》

【光绪三十一年铅印本】不分卷　中国国家图书馆

每半页十一行，行三十字，小字双行同，白口，四周双边，单鱼尾。首有光绪三十一年英华序。依次收录：吕湘《惠如诗稿、词稿、文存》、吕清扬《眉生诗稿、词稿》、吕兰清《碧城诗稿、词稿、文存》。

《二谈女史诗词合刊》

【光绪庚寅刻本】残卷　上海图书馆

每半页九行，行二十一字，小字双行同，白口，左右双边，单鱼尾。版心上镌集名，下刻页码。封面题"菱湖三女史诗词合刊"。扉页两页，首页镌"二谈女史诗词合刊"，右下镌"季红花馆诗附"，次页镌"光绪庚寅归安孙氏藏版"。首诗词目，依次收录：谈印莲步生《平洛遗草》一卷；谈印梅缃卿《九疑仙馆诗钞》两卷，词抄一卷，附诸图题词一卷；孙佩芬畹秋《季红花馆偶吟》一卷附。

首梅曾亮序，次道光戊子张履序，次俞樾序，次诸家题词，凡十首。卷末有光绪庚寅陈环跋及同年孙锡祉跋。

十、宣统朝(1909—1911)

《诸华香室闺秀诗钞》

【宣统三年间铅印本】两卷　中国国家图书馆

扉页"诸华香室闺秀诗钞"八字两行,左下刻"徐琪题"。版心上刻"诸华香室诗钞",中间刻卷次页码,下端刻"晨风阁丛书甲集"。共选录钱淑生、林兰、陈晓芬、王纫佩、刘之莱、朱韫珍、曾彦、钱令芬、戴澈、平素娴、龙睿璿、梁霭、朱恕、程采、张佩兰、史玉印、吕湘共十七人,一百多首诗。

十一、民国时期

《青浦闺秀诗存》

【民国五年铅印本】不分卷　复旦大学图书馆

每半页十二行,行三十字,小字双行同,白口,四周单边,单鱼尾。版心上镌"青浦闺秀诗存",下刻页码及"双影庐制版"。封页有庄闲题签。首民国十二年施淑仪序;次民国三年徐修慎序;次民国五年钱学坤自序;次总目,载所选诗人名,共六十人,共三百三十六首。卷末附陈子昂跋文。

《松陵女子诗征》

【民国七年吴江费氏萼堂铅印本】十卷　复旦大学图书馆

每半页十二行,行三十字,小字双行同,白口,四周单边,单鱼尾。版心上镌"松陵女子诗征",中间刻相关卷次,下刻页码及"华萼堂"。封页有沈维中署签。扉页两页,首页镌"松陵女子诗征沈维中署耑",次页镌"戊午秋日吴江费氏华萼堂印"。首民国戊午金祖泽序;次民国八年柳弃疾序;次民国戊午薛凤昌例言;次总目,载所选诗人姓名,其中卷十为"待征录"。各卷卷首均题"邑人费善庆伯缘、薛凤昌公侠编次"。卷末附费善庆民国戊午年跋文及勘误表六页。此本共收二百七十三人,诗作两千一百首(清前五十三人,四百三十五首)。

《清代闺秀诗钞》

【民国十一年上海中华教育社石印本】八卷　复旦大学图书馆、上海图书馆

每半页十四行,行三十二字,小字单行,白口,四周单边,单鱼尾。版心上镌"清代闺秀诗钞",下刻相关卷次及页码。封页有元宝题签。扉页镌"清代闺秀诗钞",右上镌"壬戌孟夏",左下刻"元宝题"。首民国十一年王怜雪序;次民国十年清晖楼主自序;次凡例六则;次总目次总目,载所选诗人名及所在卷中页次。据清晖楼主人自序云:"辛酉秋来游沪上小驻,社中见红梅阁主人遗辑《闺秀诗钞》四卷,披览一过,不揣陋拙,重为雠校,并貂续四卷,前后所录约闺秀五百人,诗千余首。"可知,此本乃由红梅阁主人和清晖楼主人两人先后搜辑完成,而集中实际选录诗人为四百四十二人,诗作九百五十首。

《周浦二冯诗草》

【民国十六年铅印本】不分卷　上海图书馆

每半页十四行,行三十一字,小字双行同,左右双边,白口,单鱼尾。版心上镌集名。下刻页次。封面题"周浦二冯诗草小翠"。此本为南汇冯履端《绣闲草》与南汇冯履莹《团香吟》之合刻。卷末附录松江府续志以及《元配正则小传》《继室守璞小传》,次诸家题词,凡南汇朱惟公、乔尔昌、丰天一、火雪明、于夹、姚维钧诗六首,次民国十六年丁卯朱益明跋文一篇。

《红梵精舍女弟子集》

【民国十七年铅印本】三卷　复旦大学图书馆

每半页十一行,行三十三字,四周双边,无鱼尾。首戊辰顾宪融自序;次总目,载所选诗人姓名及诗作数。依次收录:上卷十七人,诗二百十六首,词六十首;中卷二十二人,诗一百十一首,词十首;下卷两人,诗五十二首,词四十二首。

《清闺秀正始再续集初编》
【民国间归安钱氏铅印本】四卷　复旦大学图书馆、上海图书馆

每半页十行,行二十一字,小字双行同,白口,四周单边,单鱼尾。版心中间镌"正始再续"及相关卷次,下刻页码及"聚珍仿宋"。扉页两页,首页镌"闺秀正始再续集",次页镌"归安钱氏排印"。无序跋。首集例。各卷卷首均有姓氏目。共收录女诗人三百零八家、诗一千二百九十七首。此本诗人小传后时有"士厘曰"。又据卷三"姓氏目"所书,"士厘曰:卷二印成之后,又续得有专集者三十四家,编为卷三,一如前例。自今以后,续有所得,编为卷四。戊午腊日志",当可推知此本刊行时间当在民国七年(1918)之后。

【清抄本】不分卷　复旦大学图书馆

无格。每半页十行,行二十字,小字双行同。无扉页。此本依次收录"清闺秀正始再续集初篇之五上""清闺秀正始再续集初篇之五下""清闺秀正始再续集初篇之六上",其中"五上"无目次,"五下""六上"则有目次,载所收诗人姓氏。

此本实际收录情形如下:卷五(上)女诗人一百十位,诗作二百八十一首;卷五(下)女诗人六十位,诗作二百二十四首(该卷目次上虽列九十三人,实际徐致善以下,有目无诗);卷六(上)女诗人九十五位,诗作三百七十首。

此本编排体例同上本,且所收诗人诗作均为上本所无。考此本中所收女诗人如王运新、周韫玉、吕美荪、杨令莆、杨晋华、

罗庄、罗福敛、杨庄、曹敏、陈家庆、马汝邺、施淑懿等,主要都活跃于清末民初诗坛。又,其中出现的较晚编年有杨令茀《乙丑元旦画牛》,按杨氏生年为光绪十三年(1887),当可推知此处"乙丑"当为民国十四年(1925),而此本抄录又当在此后。

《太原闺秀比玉集》

【清抄本】两卷　上海图书馆

前有采用书目一页,无序跋。封页书"太原闺秀比玉集"。首目录,依次为:卷上,杨澈诗佚、杨澂诗佚、吴文柔诗一首、张学典诗十首、杨芝诗一首、杨芬诗四首、杨天孙诗两首;卷下,杨澈词七首、杨澂词六首、吴文柔词两首、张学典词五首、杨芝词佚、杨芬词佚、杨天孙词佚。

次采用书目,凡十三种。目录及卷首均题"吴江郑瑛佩宜辑",下有"佩宜""郑瑛"朱文红印。以人系诗,姓名下均有诗人小传。卷末附张学典《夏驾湖怀古和外子》七绝一首。

《粤闺诗汇》

【清末刻本】六种六卷　中山大学图书馆

封页题"粤闺诗汇",编首目录,依次收录:上册,邱掌珠《绿窗庭课吟卷》、黄芝台《凝香阁诗钞》;下册,黎春熙《静香阁诗存》、龙吟萝《蕉雨轩稿》、梁蒚《飞素阁遗稿》、刘月娟《绮云楼诗钞》。

其中《绿窗庭课吟卷》一卷。每半页十行,行二十一字,小字双行同。白口,无鱼尾,四周单边。版心中间镌诗集名,下端刻页次。扉页两页,首页中间镌"绿窗庭课吟卷",右下刻"冒广生题";次页镌"光绪丙申正月龙山邱园开锲"。首嘉庆二十一年黄培芳序;次光绪二十一年潘飞声序;次同里黄溥撰《邱孺人墓志铭》;次诸家挽词,凡十五首。卷首题"番禺潘飞声兰史编订,香山黄培芳香石选定，顺德邱诰桐仲迟辑校"。所选诗作依诗体照录。末有光绪二十二年邱诰桐跋文。

《凝香阁诗钞》一卷。每半页八行，行十八字，小字双行同。白口，单鱼尾，四周双边。版心上端镌诗集名，中间刻页次。扉页中间镌"凝香阁诗钞"，右上刻"同治甲子春镌"，右下刻"本阁藏版"，左下刻"七十五峰老人谭百峰刻"，下钤谭百峰印。首道光十四年伍有雍序；次同治二年罗天池序；次同治癸亥朝昌序；次诸家题词，凡十首。次目录，依次收录：七言诗四十七首、七绝诗六十二首、试帖拟作十二首、七律回文体诗十首。卷首题"归庐江黄氏芝台女史，三男其峻编，孙瑞榜、瑞檀、瑞森同校"。末有同治元年何如炯跋文。

《静香阁诗存》一卷。每半页十行，行二十一字，小字双行同。白口，单鱼尾，四周双边。版心中间镌诗集名，下间刻"螺树山房丛书"。扉页镌"光绪戊戌顺德龙氏刊闰三月朔日黎荣翰笔侯题"。末附黎裕光跋文。

《蕉雨轩稿》一卷。每半页十行，行二十一字，小字双行同。白口，无鱼尾，四周单边。版心中间镌诗集名，下端刻页次。扉页镌"蕉雨轩稿"。首光绪三十四年龙令宪序；二十一年黄培芳序；次光绪二十一年潘飞声序；次同里黄溥撰《邱孺人墓志铭》；次诸家挽词，凡十五首。卷首题"番禺潘飞声兰史编订，香山黄培芳香石选定，顺德邱诰桐仲迟辑校"。所选诗作依诗体照录。末有光绪二十二年邱诰桐跋文。

《飞素阁遗稿》一卷。每半页十二行，行二十四字，小字双行同。白口，单鱼尾，四周单边。版心上端镌诗集名，中间刻页次。扉页两页，首页镌"飞素阁遗稿"，次页镌"光绪二十六年庚子四月开镂"。卷首诸家题词，凡三十五首。末有光绪二十五年潘飞声序。

《绮云楼诗钞》一卷。每半页八行，行二十一字，小字双行同。白口,单鱼尾,四周双边。版心中间镌诗集名,下端刻页次。扉页镌"绮云楼诗钞"。首民国元年李学溶序,次诸家题词,凡二十一首。

十二、时代未定者

《女中七才子兰咳二集》

【清抄本】八卷　上海图书馆

无格。每半页八行,行二十字,小字双行。首支如赠序,次"女中七才子兰咳二集姓氏",各卷卷首均有该卷目次。

卷一吴片霞《啸雪庵诗》计选八十首附新稿五首,《啸雪庵诗余》计选八首,并收录许士勤撰《啸雪庵诗序》、吴片霞《啸雪庵稿》自序。卷二浦湘青《绣香小集》计选二十二首,《绣香阁新诗》计选二十七首,浦湘青《绣香小集自序》附刻姗姗遗诗原刻十二首今选四首、姗姗挽诗计选二十八首。卷三沈宛君《鹂吹集》五言古诗原刻四十首,今选六首;七言古诗原刻十九首,今选六首;五言律诗原刻四十九首,今选七首;七言律诗原刻九十一首,今选十七首。卷四沈宛君《鹂吹集》诗余原刻一百九十首,今选四十八首;拟连珠原刻十一首,今选八首;赋原刻三首,今选两首;序原刻一首,今选入。卷五王文如《焚余草》原刻二百七十五首,今选五十二首;《诗余》原刻七首,今选入;附二女稿《东归纪事》、王乃钦撰《焚余草序》、王献吉撰《焚余草小序》。卷六徐小淑《络纬吟》五言古诗原刻十六首,今选九首;七言古诗原刻四十七首,今选十七首;五言律诗原刻五十三首,今选十八首;七言律诗原刻三十一首,今选十首。卷七余其人《绮窗迭韵》原刻七十三首,今选三十六首;附余席人诗原刻四十九首,今选十首;并收录徐钟震撰《序绮窗集》、黄永撰《余其人纪略》。卷八陆卿子《考槃集》原刻诗一百九十五首,今选四十;《玄芝集》原刻一百四十首,今选三十七;赋原刻两首,今选一首;杂文原刻十首,今选两首;

并收录赵宦光撰《刻内子考槃集叙》。

《国朝闺秀诗选》

【清敬戒斋抄本】不分卷　中国国家图书馆

每半页九行,行二十五字,小字双行同。红格。朱丝栏。无扉页。无序跋。版心下端镌"敬戒斋"。前有"国朝闺秀诗选目录",载有所选诗人姓名。共收女诗人六百七十家,诗作一千零四十首。卷首题"和州执子鲍友恪阅订"。实际选录情形为第三册末宋鸣琼后三十四位女诗人皆有目无诗。

《国朝女史诗合钞》

【清秋声馆抄本】四种九卷　南京图书馆

无格。无序跋、目录。是本依次收录:范贞仪《愁丛集》一卷、熊琏《茹雪山房诗钞》两卷、钱孟钿《浣青诗草》四卷、何佩玉《藕香馆诗钞》两卷。

《蔡氏闺秀集》

【清刻本】不分卷　中国国家图书馆

扉页镌"蔡氏闺秀集"五字两行。无序跋。无目次。版心下端刻页码。依次选录:夏卿藻《焚余遗草》诗十一首、张德珠《皓月轩吟草》诗一首、夏鸿藻《听秋室剩草》诗两首、尹芸《多伽罗室诗草》诗六首、查荃《花溪诗草》诗十一首、陈桃宜《红药山房诗草》诗十八首、蔡继琬《云吉祥室诗草》诗三首。

每种诗集名下均有所选闺秀诗人小传。

《国朝女士诗汇》

【清抄本】不分卷　中国国家图书馆

无格。无丝栏。首陆昶序,次锦屏女史李子骞自序,次诗人目录。凡三卷。卷一首题"节操",选录诗人七十三位,诗作八十四首,诗人小传后均注"采自恽珠《国朝闺秀正始集》";卷二题"贞守",选录诗人十九位,诗作二十二首,诗人小传后均注"采自恽珠《国朝闺秀正始集》",惟末两位王玥、王文羽小传注"采自《湖南女士诗钞》";卷三题"烈行",选录诗人二十七人,诗作六十首,诗人小传后注"采自恽珠《国朝闺秀正始集》",惟陈洲兰一人注"采自《随园女弟子诗》"。目录页有些许涂改。

《杂钞八旗女子》

【清抄本】不分卷　中国国家图书馆

无格。无序跋、目录。是书抄录沈氏《寄生草》、卢元素女史《静香诗钞》与《香珊瑚馆诗词》,其中卢氏诗全出自袁枚《随园女弟子诗选》。

《旗下闺秀诗选》

【清抄本】一卷　浙江图书馆

无格。扉页镌"美人之贻",卷首镌"晓园"朱印一枚。无诗人目录。以人系诗,先列小传,后录诗名诗作,此本共选蔡琬、高景芳、思柏、养易斋女史、兰轩女史、金性淳、兆佳氏、妙静闲人韩氏、吕坤德、汪氏、希光、于洁、张敬庵、李扶云,共八十五首诗歌。

《古今名媛玑囊》

【清抄本】六卷　上海图书馆

无格。无序跋。首例言,末书"道光三年八月望日绿筠庵主钱锋书于亦陶轩之北窗",集中多有涂改处。此本共六卷,以时代编次,共选录从汉高帝姬唐山夫人至明季题壁女子刘素素近两百位女诗人。

依次收录:卷一共选录诗一百十七首,末书"癸未仲春月录于玉峰寓中";卷二共选录诗一百零四首,末书"癸未仲春月录于吴门舟次";卷三共选录诗一百四十七首,末书"癸未季春月录于绿筠轩中";卷四共选录诗一百十首,末书"癸未孟夏月录于修竹轩南窗";卷五共选录诗一百十四首,末书"癸未仲夏月录于似葫芦居";卷六共选录诗一百零二首,末书"癸未仲春月录于近水山庄"。

《江西名媛诗钞》

【清抄本】不分卷　中国国家图书馆

无格。每半页九行。以人系诗,先列小传,后录诗名诗作,依次收录朱中媚二十九首、谢秀孙三首、贺桂十首、李氏一首、黎大宜一首、朱氏一首、徐暗香两首、万氏一首、文星两首、廖雪松一首、彭贞八首、邓氏一首、李宝月一首、于文娥一首、江前无名氏烈女一首、江西怨妇两首、江西难妇一首、钟令嘉二十一首、周氏一首、蒋婉贞三首、唐在东一首、莫兆椿五首、某氏一首、许权九首、游瑜二十八首、吴氏六十二首、李芹月四首、李繁月两首、闵秀英二十首、帅翰阶七十六首、严氏四首。惟邓氏小传缺。核其所收诗人诗作与刊行于嘉庆九年的曾燠《江西诗征》卷八十五同,盖为从后者抄录所得。

《闺秀诗选》

【清抄本】不分卷　中国国家图书馆

无格。半页九行,行二十四字。无序跋、目录。卷首书"闺秀诗钞"及"淄川冯继照位南辑"。选金冯氏一首,明商景兰一首,国朝十八人,诗三十五首。诗人姓氏下均附有诗人小传。无诗评。

《海昌闺秀诗》

【清拜经楼吴氏抄本】不分卷　上海图书馆

无格。无序跋、目录。依次收录：褚贞《落花诗》三十首、周僖龄《落花咏三十律》、王范《蕉雨楼吟》诗十一首、陈氏《佟陈氏稿》诗五十二首、沈玙《沈涵碧诗》诗十二首。

其中《佟陈氏稿》卷首有吴骞题识，《蕉雨楼吟》卷首有"婿朱超之禹培辑"一行，且五家诗后均有吴骞跋文一则。

《孙贞媛诗集》

【清刻本】一卷　上海图书馆

每半页九行，行十九字，小字双行同，无鱼尾，左右双边。版心镌"孙贞媛诗"，下刻页码。共收录王蕙增等三十二家诗人，计诗作八十首。

《吴江沈氏闺秀诗》

【清抄本】一卷　上海图书馆

无格。无序跋、目录。卷首题"辛未冬夜抄"，卷末有冯平跋。凡选沈氏妇女张倩倩、李玉照、顾孺人、叶小纨、金法筵、沈大荣、沈媛、沈宜修、沈倩君、沈静专、沈智瑶、沈蕙端、沈淑女、沈宪英、沈华鬟、沈关关、沈树荣、沈友琴、沈御月、沈苣纫、沈咏梅二十一人，诗作一百十一首。

《古今名媛香闺艳诗》

【民国上海文华书局印本】四卷　上海图书馆

每半页十行，行二十一字，四周双边，单鱼尾。版心镌相关卷次及页码。扉页镌"古今名媛香闺艳诗"，右上刻"杭州席蕙兰闺秀著"，左下刻"赵兰石署"。首姓氏总目，凡一百人；次偶谈，其文字内容同钱三锡《妆楼摘艳》偶谈。依次收录：卷一七言律诗六十四首，卷二七言艳诗八十四首，卷三七言绝句八十八首，卷四五言律诗四十九首、五言绝句三十首。

《二余诗钞》

【常熟归氏寿与读书室抄本】不分卷　南京图书馆

无格。卷首辛亥春剑亭曹锡宝序,次李心耕序。无目录,依次收录：李心敬《蠹余草》一卷、归懋仪《绣余小草》一卷及《听雪词拾遗》一卷。

《闺阁佳篇》

【清抄本】四卷　上海图书馆

每半页九行,行十四字,四周双边。朱笔圈点。封页书"闺阁佳篇"。无序跋,无目录。此本依次收录：陈云贞《云贞寄范秋塘书》及《寄外》诗六首、尹壮图之女《寄外文》一篇、名妓陆翠娥《陈某盐令书》一篇、邵飞飞《绝命词》三十首、施容《绣余草》诗十首、陈敬襄《耐素斋遗稿》诗四首、吴润卿《兰言集》诗五首、吴文卿《墨斋遗稿》诗八首、陈桔《望江楼诗草》诗两首、吴芳《茶塘诗草》诗十六首、徐玉《鹊华吟馆稿》诗三首、张蔼云《枕苕楼诗钞》诗四首、马葰《藏秘书阁诗钞》诗五首、邹锦《织吟楼遗稿》诗五首、许蕃《喜春楼遗稿》诗八首、王嘉禧《微波女士稿》三十六首、何佩珠《竹烟兰雪斋诗钞》一百十五首。

《名媛诗归》

【清抄本】两卷　上海图书馆

无格。每半页八行,行十六字。封页题"名媛诗归"。首冯时桂自序;次乾隆丁未许燕珍序;次目次,载所收诗人时代及姓氏。依次收录：卷上,汉六人、魏三人、晋六人、宋一人、齐一人、梁六人、陈一人、北魏一人、隋四人、唐七十五人、蜀七人、宋三十六人、辽一人、元十八人;卷下,明八十人、国朝一百零五人。共收录诗人三百五十一家,诗作七百九十八首。

《刘何二女子诗课》

【民国石印本】一卷　上海图书馆

每半页九行,行二十一字,单鱼尾,四周单边。版心空白。扉页题"刘何二女子诗课"。首乙亥何振焘序,依次收录:刘衡蕙《蕙愔阁诗》诗作六十首、何曦健怡《晴赏楼诗》诗作六十首。两集天头均时有诗评,且各集卷首均题"歙县许疑庵先生评点"。卷末书"乙亥秋许承尧读竟憪注卷端。"

《松陵女子诗征稿》

【清抄本】不分卷　上海图书馆

蓝格。无序跋。首目次,载所收诗人姓氏,共五十五家。卷首题"薛凤昌辑",以人系诗,共收录诗作二百三十七首。末附《松陵女子诗征补佚》一卷,收录诗人三十家,诗作一百五十首。此本有夹签若干,补诗人小传及诗作之阙。

《古今名媛诗传》

【清抄本】不分卷　上海图书馆

无格。扉页镌"古今名媛诗传",下钤"丁氏鹤印"。版心题本页所收诗人名。无序跋。首目录,载所收诗人名。此本以人系诗,各诗人姓氏下均有诗人小传。依次收录自陶婴至阮碧云七十三家,诗作一百七十一首。末附有随园女弟子诗,依次收录:席佩兰诗二十七首、钱琳诗三首、金逸诗三十六首、孙云凤诗十一首、骆绮兰诗十首、廖云锦诗七首、孙云鹤诗五首、陈长生诗五首、严蕊珠诗四首、王玉如诗两首、朱意珠诗一首、鲍之蕙诗三首、王倩诗六首、屈秉筠诗两首、张玉珍诗五首、陈淑兰诗十首、戴兰英诗三首、张绚霄诗六首、许德馨诗六首、毕智珠诗两首、卢元素诗两首、薛蟾贞诗十首。

《松陵女子诗选》

【清抄本】一卷　上海图书馆

无格。无序跋,目录。依次收录:项贞女、沈倩君、沈静专、沈宜修、叶纨纨、叶小纨、叶小鸾、颜佩芳、项佩、殳默、周文、周琼、叶文、顾氏、金法筵、沈畹、吴贞兰等五十三家,均为松陵人,诗作一百十四首。

《袁氏闺抄》

【民国铅印本】一卷　上海图书馆

每半页十二行,行三十一字,小字双行同,单鱼尾,四周单边。版心镌"袁氏闺钞",下刻页码。首戊午袁之球序,此集依次收录:王思梅、陈先胜、聪雪女史三人文,陈翠凤《国朝画史》,袁小韫《国女初编》,王思梅《集毛诗》。

附录二　相关序跋资料辑录[①]

闺秀集序

季　娴

　　夫女子何不幸而锦泊米盐，才湮针线，偶效簪花咏絮而腐儒瞠目相禁止曰：闺中人闺中人也。即有良姝自拔常格，亦凤毛麟角。每希觏见，见或湮没不传者多矣！今自《三百篇》而后，由宋元以溯汉魏，女子以诗传者几人乎？予幼非颖慧，先慈氏颇不以蒙昧畜予，因不禁止课以诗书。迨髫龄，侍家大人宦游中州，驱驰燕邸。其间齐鲁冀豫风物多殊，舟车揭来，山川非一，所经所瞩，觉喉吻间有格格欲出者，因取古人诗歌效之。迨归昭易李维章，倾荼摭古，更不以俗辙相羁限。而舅氏宗伯公藏书满架，缥帙烂然，因得肆览焉。独取风雅者便歌颂，怿性情也。见古人如唐山、上官、易安、小淑各有传书，已心艳之。辛卯冬，渌儿旭雁之期归昭易。时维章犹子映碧以予喜诵诗歌，且尤乐观闺阁中诗也，衷所藏几百种畀予。予翻阅之，见夫雄才灏博，雅调琳琅，奇握灵蛇，古怀牺鼎。大者百咏千章，小者零玑寸璧，非不家擅一长，人竞英秀。予始叹天壤之大，殆不乏才，谁为禁之哉！简览之暇，手录一编，遴其尤者，颜以《闺秀集》，用自怡悦，兼勖女婧，俱凭臆见，浪为点乙，非敢问世也。维章曰："子既羡闺阁之多才，又每叹传人之绝少，曷不为诸才媛谋可传哉？"强付剞氏，予实不自谅矣。顺治壬辰中秋，昭易季娴静姎题于雨泉龛中。

[①] 凡胡文楷《历代妇女著作考》已存录者，不再列入。

名媛诗纬初编叙
钱谦益

列朝闺秀篇章，每多撰集。繁芿采撷，昔由章句竖儒；孟浪品题，近出屠沽俗子。回文锦字，涂抹《兔园》；紫凤天吴，颠倒袒褐。侍中口病，指点河汉之机杼；浑敦形残，评泊霓裳之歌舞。徒使香奁掩鼻，美矉捧心而已。山阴王大家玉映，名刻苕华，肉齐环璧。松风入砚，金壶之汁不干；云母养笺，蚕书之体自作。游兹策府，荡我文心。绿筼丹筒，则卷盈方底；金箱玉版，则名溢缣缃。于是命绛人敕毛颖，拂毫素，戒赫蹄。砚匣琉璃，映澈观书之秋月；笔床翡翠，横飞点笔之风霜。出入岂但于千金，褒贬有同于一字。命名《诗纬》，嗣音《玉台》。亦史亦经，又香又艳。斯则聊同弃日，孝穆所以无讥；昭我管彤，蔚宗为之三叹者也。昔者上官昭容，席人主并后之权，评昆明应制之什。丹铅甲乙，纸落如飞。遂使沈、宋诸人，俯首一时，流艳千古。玉映以名家之女，擅绝代之姿。斋盐自将，丹黄不御。聊以编削，销此余闲。走群娥于笔端，笼娈诸于几上。元音高唱，若嵩岳之会众真；墨兵萧闲，如吴宫之教女战。吕和叔《昭容书楼歌》曰："自言文艺是天真，不服丈夫服妇人。"悠悠古今，同斯永叹矣。道人心如木石，叙以梦言。匪云作戏逢场，抑亦助成水观。顺治辛丑六月，虞山八十叟钱谦益书于杭城寓轩。

名媛诗纬初编叙
许兆祥

玉映王大家，盖遂东先生季女。云先生生明时，主文衡者四十年，诗文奇密奥衍，居然南面。自王陵、临川诸君而上之，安论竟陵余子哉？有女玉映，读父书，笔花墨雾，标新吐奇。余曾读《吟红集》，无论诗文，即其代夫子所请恤难诸疏，及传忠孝节义之风，沉射海内外久矣。今获交睿子，又读其《留箧集》，才情丰韵，灵而则，奇而庄，波澜愈老，官样转新。是坡公海外文，大瘦生夔州以后作。余取其《禹陵青藤诗录》云：篦头时时奉扬仁风也。既又出其所选《名媛诗纬》，由洪、永，迄启、祯，其间可敬、可畏、可悲、可喜之章，种种毕具。且借他家情事舒胸中块垒，所评所论皆四始之鼓吹，六义之钳锤也。嗟乎，一女子耳，枕藉脂粉中，目不识陈元卿、楮先生为何物；而玉映子乃能奇创，博览成一家之言，集诸子之成，自辟元黄，岂非巾帼中千古一人哉？吾愧吾须眉矣。夫诗必首唐，而明始继之。唐分初盛中晚，明亦有之。龙门、青田、高张、杨、徐，其初也。北地、信阳，至历下、琅琊辈，其盛也。由唐六如、桑民悦，以及竟陵、公安、石仓诸君子，风会所趋，不得不中晚之矣。然唐之初盛，远过于明。明之中晚，驾唐人不止寻丈矣。欲集一编以成一代之书，然采取不广，编次无晷，即诸名家有其意，未竟其业，远逊玉映万万矣。昔谢戏象山云，自机、云、抗、逊之死，天地灵异之气，不钟于男子，而钟于妇人。盖不独为陆氏一家言也。吾于玉映亦由绎乎斯语。顺治辛丑夏，北平许兆祥顿首撰。南州王猷定书。

名媛诗纬初编叙
韩则愈

列朝名媛，自后妃、命妇，以至韦布、单寒，以诗名能散见载籍者，视古为盛。山阴王玉映，裒集而论著之，用松圆老人法，人系一小传，使读之者考其世代门阀，以观览焉。嗟呼，天下之最可怜者，才也！而尤令人伤心凭吊者，遭时之有幸有不幸。自古文人才士，无玄晏赏识，文采湮灭而名不传于后世者，不可胜道。矧闺中屑质，有才者未必有福。或红粉楼中梦如昨日，而燕支山下事已经年；或空房独守，观芳草而兴悲；或寒砧远闻，见明月而陨涕；甚至长门寂寞，题诗墙壁之间；窗户萧条，缄书筒箧之内。东风无语，恨燕子之多情；桃花依旧，嗟人面之易改。揽其往事，犹不禁欷歔哽咽。则当时忍泪,含毫以自抒写其幽怨者,亦靡几有人焉。简栖遥集,以慰吾魂魄,即死无恨焉者,甚矣。玉映之能,为闺秀生色也。玉映生长名门,幼习风雅。近以避嚣山居,萧然研北。朝取一编焉,忘其食;暮取一编焉,忘其寝。丹铅所被,毫素为香。《诗纬》,其所最留心者。新城王西樵吏部喜为致语。集古今闺秀诗文尺许,犹以为未尽。扁舟造其庐,借抄数十种。则玉映之足以总冠名媛,益可知矣。予羁旅武林,获与睿子定交,花晨月夕,觞咏相共,遂得尽读夫人著述。每叹其有才如此,不能置身天禄石渠间,以文章黼黻皇猷,而徒徒倚香奁,与春华共开落,良可伤也。后有读《诗纬》,而知列朝名媛之盛如此,可以知玉映之所存矣。康熙丁未上巳日,鄢陵韩则愈撰。漳海刘仔书。

名媛诗纬初编叙
丁圣肇

《名媛诗纬》何为而选也?余内子玉映,不忍一代之闺秀佳咏湮没烟草,起而为之。霞搜雾缉,其耳目之所及者,藏之不忘;其耳目之所未及者,更悬以有待。盖苦心积玩于字珠句玉者,已一十有余年于兹矣。怜才之心过于自怜。时逢兵燹播迁,倏忽山谷水乡,舟壑舆飞,茕茕以儿女子遁迹云窝鸟道之中。尔时也,余内子穷愁无思,神魂洞骇。方且一筒残卷,数首破笺,昼则以之掩携针帖,夜则以之援作枕头。断韵碎词,鼠啮雨漏。诸大姑新篇旧制,寸厚尺装,一腐烂本头,岂知开读皆锦心绣口也。余曰内子不作唐朝应制举业,何自苦乃尔?渔猎史汉,点窜燕许,风朝月夕,殆无虚晷。于《吟红》《留箧》之暇,寝食一《诗纬》焉。吾闻经星安,纬星变,治乱安危皆观乎五纬。天下之书,亦莫大乎五纬。五而九,九而十三,十三而十七,二十一,皆于纬乎?穷其变,极其奇,内子思深哉!苍茫陵树,缥缈燕云,一代之雄才奇士,名公钜卿,奚囊剩屑,驴背清讴,其销沉淹灭、散轶无可追寻者,电火雷音,盖甚多矣。馆阁实录,一代有一代之史官;鼓吹旗纛,一代有一代之作手。传之者有人,失之者无罪。至于闺中诸秀,内言不出,传之者谁耶?失之者谁耶?其传其失,谁之罪耶?余内子则疎焉,以此罪自任,曰:与其失之刻,毋宁失之恕;与其失之隘,毋宁失之广;与其失之峻,毋宁失之坦。故自后妃、贵嫔、夫人、华淑、节烈、幽愁,以及小星、名楼、缁、素、黄、柔,彝鬓、叛髻,莫不骈收。嗟乎,余内子之苦心虚衷,固可以感鬼神,矢金石,镂山川也!吾乡及吴会之都,其间姻淑大贤相与笔墨倡和,已绝无香奁习气。而博采退楯所得诗编,一代之名媛,一代之风。诗虽不能无挂漏,而大官一胾,寒食亦可早归也。人间线箱,天上五色,种种尘埋,自当增入。盖一代之情,一代之泪,一代之血,当为一代之女流惜之。思先外父王宗伯公,文章孝友,诗名震天下。内子亦沉酣诗文,以无负先宗伯公家学。余也三衢一割,诗酒散人,藉子满席诗编,酒后耳热,举杯快读,愤懑一删,悠哉游哉,聊以卒岁,以无负我先文忠公家学。偕隐之谋,惟兹是赖。内子曰:唯然《诗纬》之役,此固余职分内事也。余妇人也,他庸何敢知?独曰:怜才之心过于自怜。余于君言能毋三叹?衢道人于是起而为之记。其集一曰《官》,一曰《前》,一曰《正》。《正集》凡十六,一曰《正》,附者三;一曰《新》;一曰《闺》,《闺》者二;一曰《艳》,《艳》者二;一曰《缁》;一曰《黄》;一曰《外》;一曰《幻》,《幻》者二;一曰《备》;一曰《遗》;一曰《逆》;一曰《余》,《余》者二;一曰《雅》;一曰《杂》;一曰《绘》;一曰《后》,《后》者二。诗余者,诗之余;曲者,诗余之余,故并及之为卷,凡四十二。乃善画者之名姝诸秀,及平康而无诗之谱籍,录而载之,存其姓氏。时康熙甲辰秋八月,北平衢散人丁圣肇睿子氏题于吴山第一峰。

名媛诗纬初编自序

王端淑

客问于予曰:"《诗三百》,经也。子何取于纬也?《易》《书》《礼》《乐》《春秋》皆有纬也,子何独取于诗纬也?"则应之曰:"日月江河,经天纬地,则天地之诗也。静者为经,动者为纬;南北为经,东西为纬,则星野之诗也,不纬则不经。昔人拟经而经亡,则宁退处于纬之足以存经也。诗开源于《窈窕》,而采风于《游女》,其间贞淫异态,圣善兴思,则诗媛之关于世教人心,如此其重也。予不及上追千古,而尤恨千古以上之诗媛,诗不多见,见不多人。因取其近而有征者,无如名媛,搜罗毕备,品藻期工,人予一评,诗予一鹭,辑成四十余卷。以后王君公出自宫闱者,为《宫集》。在元明之交者,为《前集》。夫人世妇以及庶民良士之妻者,为《正集》。其或由风尘反正者,附于《正集》之末。国变以前及皇朝之后者,为《新集》。其或如绥狐桑濮者,为《闰集》。其或以青楼终不自振者,为《艳集》。其或巾帼亦有淄、黄、外裔能谙风雅,则为《淄集》《黄集》《外集》。其或仙鬼志怪、小说齐谐、逆谋韫玉,为《幻集》《备集》《逆集》。填词固诗之余,杂著有诗之意,则为《余集》《雅集》《杂集》。其或能诗而湮没,擅画事而不能诗者,皆为存其姓氏,则为《遗集》《绘集》。辟之女红,络纬参互,错综而后能佐经以成文,百室机房,抒轴报章,故其为诗也,或取材于冰茧,或乞巧于天孙,或濯色于锦江,或去垢于火浣,或质任于布帛,或委佗于素丝,或艳元黄之筐,或竞缥缃之美,可羽翼三百以成经,可组织六经而为纬。请以质之四天之下。"时顺治辛丑溽暑,山阴吟红主人映然子王端淑玉映氏漫书于鸳鸯新墅。

红蕉集序

吴 琪

古今女子之传,岂必以诗哉?文章、节义,俱属不朽。然历选八代,须眉丈夫罕或兼擅,况吾侪闺闼笄纵乎?女子之正,无非无仪。苟弓句绘词,与文士争伎俩,抑非壸职所宜矣,然不可谓文辞遂妨于节行也。由来黄鹄鸣哀,青陵矢志,节行且弥增其光烈焉。然则女子又何必不以诗著乎?粤稽女娲炼顽岩以成质,飞五色、彩丽云霞;嬴女托寒簧以矢音,应六律、韵谐鸾鹜。自是文心既辟,逸响相绳。若皇娥、王母、唐山夫人、班婕妤、卓文君、蔡文姬、甄后、左妃、道韫、令晖辈,指不胜屈。乃或文仅一斑,光惟片羽。爰及近日,不乏名流。荜门贤懿,家荆玉而户隋珠;金屋婵娟,身巾帼而行衿士。窗开翡翠,方竞新妆;粉印芙蓉,随摘佳句。梳蝉云之薄鬓,彩夺江郎;写麝月之双娥,丸分越女。金屏题罢,银管裁来。靡不光映锦囊,香分绮袖。或洁似清霜,遥听鹤唳;或雄如飞电,迅激驰骒。或急湍奔涛,瀺灂龙门之水;或危峦绝巘,丹青雁宕之霞。美不一家,艳非同族。岂非明珠之六寸,而灵草之一枝乎?流绮先生,梁溪名宿。宏词博学,铄鲍凌颜;卓识清才,超班逸马。性耽经史,癖爱香奁。顷辑"八家",愧予碔砆之谬混溷;随评续集,多君珠玉之满怀。袟富百吟,笙簧艺苑;篇售一绢,脍炙词坛。字字簸扬,概去牛神蛇鬼;言言追琢,尽删俪白斗青。静而正,思而不伤;近齐梁之纤丽,复不失汉魏之高古。若斯编者,可以传矣。然则古今女子之不朽,又何必不以诗哉?夫抱贞静之姿者,尽不乏批风款月;具挑达之行者,或不解赋草题花。彼有大节或渝,而借口一字不逾阃外,其视集中诸夫人相去为何如也。茂苑吴琪蕊仙氏题。

翠楼集自序

刘云份

原夫歌咏之兴,兴于宫壸,辞华之艳,艳于钗裙。列国因之而有风,尼山用是以垂戒,秦汉以还,何代蔑有。《昭明》之选,不遗声韵于琼裾;《玉台》一编,纯借藻思于彤管。香奁宫体,唐宋人擅此名家,虽不无淫荡之言,然下世冥顽,士人卤莽,未必非性情之针砭也。有明三百年间,闺阁琅函,几成瀚海。读之有令人心动者,因辑为一书,名曰《翠楼集》。正想其春日凝妆,新愁不解,谁与传也?握是编者,宁老死于温柔乡耶。抑直取封侯,卧沙场而不作儿女子态耶。淮南刘云份撰。

香奁诗泐泐言

范端昂

五字七言,情钟淑女;千秋百世,韵属佳人。镂月裁云,岂必桑中浪谑?题花赋草,何伤林下高风?自昔宋娃常夸倩盼,匪今楚艳乃著婉娈。亡国南威,袨服瑶台失色;倾城西子,靓妆珠幌惊魂。昭阳之燕,双飞翠缨裙结;明离之娟,独步琥珀裾鸣。膝上夫人点容益媚,阁中贵嫔望态尤妍。秀色可餐,绛仙娇姿灼灼;蛾眉淡扫,虢国淑质盈盈。曰琼树,曰尚衣,秋蝉鬓缈;曰飞鸾,曰轻风,春帐香重。此皆宫闱朱颜玉腕,尚多蔀屋黛鬓脂肤。郁郁埋香五百年,花月姻缘,不留佳句;深深葬玉十二行,云霞歌舞,只剩芳名。又有柳妻自成夫诔,更传杞妇曾作琴歌,越女采葛之谣,霍妻渡河之引。托节孤兮躬丧,追悼恭姬;山树高兮鸟悲,寄怀伯玉。蝉吐冽冽,留别写尽深情;兔走茕茕,呼诉含备幽怨。风雨之佳期难再,红叶碧溪;星河之欢娱鲜终,绿樽翠勺。拟凭归雁,剔烛亲封,谢绝流莺,闭窗独咏。挥毫洒墨,句同金绳玉牒以常存;隐姓埋名,人与龙剑鲛珠而暂晦。至于祸移尤物,夏姬零落鸡皮;命薄多才,蔡琰流离边塞。异域留青冢,亘古伤心;别泪转红冰,片时失宠。呼残鹦鹉黄土魂飞,弹罢琵琶青衫泪湿。浓香腻骨,书仙摘下九天;高髻云鬟,歌妮恼来一曲。如斯蜂愁蝶怨,未免柳败花残。因是博稽,森罗纨绮,爱加约订,采择琳琅。宋子邢姨,队队画眉举案。锦心绣口,章章戛玉铿金。纵或日暮途穷,寸衷弗改;要惟冰清玉洁,万劫难磨。月出云飞,仍照红罗亭上;风吹叶落,犹传清溪庙中。所恨缑母未逢,返魂何日嫦娥不见,窃药虚言。东海名姝,绝少三山芝草;西河美女,杳无九节菖蒲。文章犹幸有神,月夜联校书之韵;灵幻依然无恙,岩花答浣溪之吟。飞书曾到衡阳,一心未绝;淑魂常留中渚,双泪成行。琢句各惊人,遗调逸响,谁云蛾眉不让,定知焚笔砚以相师,我曰蠡测非深。兹且泐琬琰而成帙,窃付片言于初简,敢率管见以终编。屠维奋石仲春范端昂识。

奁泐续补序
关梦球

发天地元音,写人间正气,盖莫大于诗也。诗自《三百篇》以迄唐宋元明,作者代不乏人,选者亦多继起。惟闺阁讴吟最关风教,先王以是经夫妇,成孝敬,厚人伦,美教化,移风俗。惜往往不多概见,幽兰深谷,良可叹欤。幸有吕翁范先生,三水醇儒也,世治诗,得三经三纬宗旨,家石渠而胸二酉,不亟亟于禄仕,含芳蕴玉如处女。然三江虽其故居,乃地大人稠,豪华相尚,先生性乐雅澹远,栖韶石耽山水之趣,僻径栽花,著书讲学。彼都人士渐摩风雅,翕然改观。予司铎三水,先生令嗣璧璋、玺璋皆予门庠士,予因与先生尝有文艺往来。兹以《奁泐续补》嘱予为序,予悦先生之留心奁制,实廼留心风教,大有合乎《三百篇》之首《周南》而始《关雎》焉。今圣天子特命儒臣纂辑《诗经》,传说谆谆诗教,而闺门为风教之始,读先生之《奁泐续补》,如读《三百篇》,备获兴观群怨,尽伦多识之益。是先生之叠泐奁制,维持风教,洵非小补,岂徒曰香奁香奁而已哉!雍正壬子春王正月上元,凤城年家眷弟也白关梦球拜序。

奁诗泐补自序
范端昂

《风》《雅》《颂》曰诗五七言,亦曰诗绝源于《风》,律源于《雅》《颂》,皆以道性情也。乃性品三而为性者五,情品三而为情者七。惟香奁诗,第率其性情之自然,无不合于温柔敦厚之教,故言诗必以香奁为宗也。予己丑初刻《奁诗》问世,辛卯嘉赖桂名媛以成续刻焉。今又补刻三百章诗,则字字珠玑。予则白鬓盈盈矣。桑子河堰牡丹花下剑石题云,此花琼岛飞来种,只许人间老眼看。然则兹刻也,堪自怡悦耳。独恨白首穷经,《风》《雅》《颂》之余,夙嗜奁诗,手不停披,口不停诵,竟未能窥其堂奥。倘诸香奁淮鼎炉丹不惜被其鸡犬,或得比于宇下之物,而锡之圭七,虽鄙且衰,未尝不化此尘凡也。予日望之。丙午之秋七月既望谠峰学人范端昂序。

撷芳集序
倪承宽

《关雎》居《诗》之首,圣人以为温柔敦厚之教,必自宫闱始矣,而委巷之妇人女子,亦往往歌咏其性情之所至,故十五国风,闺门之言十盖六七,贞淫正变错出其间,而褒讥备治忽章已。考亭夫子过疑《序》说,如《木瓜》美齐桓,《萚兮》刺郑忽,一切指为淫者之词,或非其义。夫君臣朋友之际,有难言之隐,则托于夫妇以文之,义起于此,端见于彼,诗之感人綦微哉!汪君切庵所选本朝闺秀诗,海滋山陬,高门县薄,章搜句讨,亘以年岁,荟萃于兹,名曰《撷芳集》,盖本古者太史命辂轩采歌谣之意。既又别白流品,纪载本末,使其言不涉于疑似,而读其诗,则其人与其事可知。此以见国家之文治涵泻于百有余年之深,自公卿士大夫,外至于佩针管、容膏沐之伦,而其词章之变态,亦百出而不可穷。呜呼,何其盛也!《三百篇》之音既远,而乌鹊黄鹄、山高水深之咏兴,彼夫秋风之扇、御沟之流、苞桑之鸟,皆有以抒其怨恨无聊不平之气,故其词皆足以不朽。若乃庐江小吏之贞信、木兰之勇武、秋胡妻之义烈,虽非其人之自作,而传之者亦必以诗,信乎诗之能传人也。虽然,不有好奇博爱之士如汪君者,其凋零漫灭,又何可胜道哉!时乾隆三十八年岁次癸巳暮春,敬堂愚兄倪承宽拜序。玉田吴均书。

历朝名媛诗词序
王鸣盛

自有诗歌以来,而名媛之作恒并列焉,顾选家专录之者则甚鲜,考殷淳有《妇人集》久不传,《玉台新咏》虽多名媛诗,要非专选也。惟前明竟陵钟氏之《名媛诗归》,及国初王西樵考功《然脂集》,斯为专选矣。《诗归》旨趣诡僻,固不餍于人心,而《然脂集》未经流播,艺林以为缺事。吾友汪君初庵辑《本朝名媛诗》亦既哀然成帙矣。陆子梅垞复取自汉迄元名媛之作,选定为一集,系以小传,传尾略加品骘。上下二千年,闺襜佳制,搜采靡遗,而以诗存人,不以人存诗,诗苟足存,北里亦收,而仙鬼荒幻,则付之阙如。名媛专选,此为最精矣。盖尝论之,性情之际,男女妃匹之地,此人道之所由始,而伦纪之至切者也。风化基焉,政治出焉,礼乐肇焉,是以古之圣人重之,诗书所载于兹特详,盖其始不越乎闺房女子之言,而其终召以及乎动天地感鬼神之效。是故,《关雎》之什,用之乡人,用之邦国,此物此志也。彼《玉台》《香奁》,殆不免丽以淫矣。陆子之所录抑何其丽以则也。陆子以盛年巨笔擅名词场久矣,清芬鸿藻散落人间者已照映一世,极其才之所至,足鼓吹休明,润色鸿业,金钟大镛,奏诸郊庙,陆子实优为之。乃浮湛诸生中,尚未获大展其所蕴,姑取夫房中之曲,仅仅用之乡人邦国者而裁别焉。要亦不可谓非鼓吹润色之一助也。他日者排金门上玉堂,撰芝房宝鼎之歌,拟白麟奇木之对,要皆从其性情之正而流露焉。予虽老钝，尚思泚笔以俟之。乾隆癸巳四月既望进士及第通奉大夫光禄卿前史官友人西庄王鸣盛撰。

历朝名媛诗词序
宋思敬

粤自《璇宫》一咏，慧肇皇娥；《葛覃》三章，徽传周室。汉祖五言之什，唐工七字之篇，秋风团扇之辞，班姬茹叹明镜宝钗之句，徐淑缄愁嗣后十六篇，则赋词书论居多；才情风发十八拍，则乐府古歌之亚。藻采葩流，固已脂粉简编丹青志传矣。沿及魏晋，代有其人，左芬高步于洛东，令娴雄视于江左，上官则李唐翘楚，清照则赵宋大巫。明珠大贝之珍，辽金不少；木难珊瑚之玩，元代为多。下逮瘦比黄花，清词宛转；思缠红豆，短调悠扬。譬登群玉之林，奇难尽赏；如入众香之国，美不胜收。是在广为搜罗，不留麟角之恨；更贵精于别择，弗贻鱼目之珠，则汇之者所系非轻，而选之者所关最要矣。乃自殷淳《妇人》之集，简册失传；孝穆《玉台》之编，篇章不一；钟景陵《诗归》汇选，虽千秋并载，而旨趣误人；王考功《然脂》标题，固众制兼收，而剞劂未付。欲存香艳之要，实惟大雅之才。吾友陆君梅坨，三吴才子，四姓名家。文思雕华，独擅无双之誉；诗才错采，久扬第一之声；金马未登，偶寄品评之意；瀛洲当阻，聊抒纂述之心。破一灯闲馆之功夫，作千古名媛之知己。采万花而成蜜，岂惟人月双清；集众腋以为裘，不减天衣无缝。斯闺襜之盛业，亦艺苑之大观也。余与东冶程君时深商榷，三人莫逆，甘居龙尾之评；一艺难成，颇受牛心之赏。委以参辑，敬步后尘，书诸卷端，用呈同好。秋崖宋思敬拜撰并书。

历朝名媛诗词自序
陆 昶

温柔敦厚，诗之教也，其系于人心风俗者大矣。《葩经》一编,立千百世诗教之极,首列"二南",明后妃之贤,继之以十五《国风》,多载妇女之什,如《关雎》《葛覃》《卷耳》《芣苢》《褰裳》诸篇,贞淫不掩,以为劝诫圣人于此,盖三致意焉。溯汉以前,《陶母》《黄鹄》《采葛妇》之作,皆原本诗教,词意悱恻。其后风流不古,雅南日远,率多留情燕昵,务为妍悦,贞静之风邈焉,而才人隽士无不从风而靡。《玉台》《香奁》沦肌浃髓,声韵之弊流极既衰,所谓温柔敦厚之教荡然无存,谁为挽其颓波哉!从前钜公采辑成帙,意在备载诸什,而漫无别择。风尚愈乖,欲求清课竟无善本。余窃惧焉。际今圣世右文,正诗教昌明之会,山陬海澨咸事吟咏。然《三百篇》之微意,犹患其昧没于诸选本之中。因不揣固陋,往复淘汰以窃附经义之余。如班姬之《咏扇》,深于怨也忠也,谷风之义也;木兰之《从军》,伤于乱也孝也,小戎之遗也。爰自炎汉迄于辽元,汰其六七,存其二三,卷帙弗多,足备讽诵,而其间贞淫杂见,未可尽废,重为诠定。其事辞庶几耽玩之下,一归于无邪之旨云尔。余外舅李漫翁先生,诗坛老宿,因以质之先生曰:温柔为《国风》之原,敦厚为《雅》《颂》之本,善读者当有会心焉。是编也出以问世,固诗教之一助也。乃付剞氏,而书数语于卷端。时乾隆岁次癸巳八月既望吴门陆昶梅垞题于胥浦之红楚诗楼。

名媛同音集自序

王 琼

尝谓选诗难,选名媛诗尤难。女子教本贞静幽闲,温柔敦厚,孔子列为风诗之首,王化之原,实基于此,抑何重也。后之选女子诗者无虑百数十家,大率谓女子能诗便称韵事,采录失之太宽,甚至以秾纤新巧为颖慧,淫佚邪荡为风流,相推相许,近于寡廉鲜耻而不知。呜呼,可悲矣夫!一日予兄柳村以《同音集》一卷见示,命予出箧笥所藏,凡未入沈文悫暨诸前辈选中者,录之,续为成书,一以风雅为宗,宁严毋宽,昭其慎也。夫诗者,持也,所以持其志也。使不能持其志,流于秾纤新巧、淫佚邪荡,其害遂至不可言。嗟夫,皆不知夫诗之难者之过也。辛酉十月朔,丹徒女士王琼撰。

国朝闺秀香咳集自序
许夔臣

盖闻谢庭柳絮,誉溢清闺;刘氏椒花,声高华阃。惠妃作小山之赋,金鸾刊紫石之书。一纸红笺,拟相如之才调;满宫学士,胜江令之词章。争传清照新词,送郎花里;雅爱淑真丽句,待月柳梢。自昔多才,于今弥著。发英华于画阁,字写乌丝;摅丽彩于香闺,文缥黄绢。芙蓉秋水,笔花与脸际争妍;杨柳春山,烟黛并眉间俱妩。擅清风于林下,抒柔思于花前。韵剪瑶华,词霏云露。终年洗砚,清流即濯锦之池;尽日含毫,彩颖探画眉之笔。拈毫分韵,居然脂粉山人;绣虎雕龙,不让风流名士。而乃退思引闷,幽绪萦怀,砚匣随身,笔床在手,操斑管以赠月姊,写红笺而寄征人。刻玉为花,能令香生玉叶;镂金衬彩,从教响振金声。固可冠冕词坛,笙簧艺苑矣。然绣阁之唾珠坠地,美人之香草不传,谁为彤管之贻,我制香奁之集。诵芝兰之妙咏,约有千篇;合鹦鹉之蛮笺,都为一帙。琉璃为匣,无非窦妻鲍妹之词;玳瑁成装,尽是宋艳班香之体。直压南朝之金粉,堪空北部之胭脂。滴粉搓酥,国色俨然国士;敲簪击钵,美人都是才人。续新咏于玉台,想赓韵于纤手。欲效殷淳作集,广辑闺阁之词章;敢云常璩成编,播传华阳之士女。嘉庆九年岁次甲子十一月中浣山臞许夔臣撰。

曲江亭闺秀唱和诗自序
王 琼

琼僻处江洲,粗解声韵之学,年未笄即有《爱兰初集》之刻。

吴中张清溪夫人见而爱之，附刻《林屋吟榭十子》。之后江浙诸名媛咸以琼为能，诗筒往还，不下数十人。其间如张月楼、陆素心、江碧岑、沈蕙荪、毕智珠、金仙仙诸子皆相继赴玉楼之召，甚可慨已。如侯香叶、骆秋亭、张霞城诸子，又远隔千里百里之外，不得合并，心非木石，曷能恝然于怀耶！丙寅春，大中丞阮云台先生来访，家兄柳村子爱种珠轩林木幽邃，建曲江亭于轩西，为诒夏著书之地。夫人孔经楼贤而才，不鄙弃琼，遂偕张净因、刘书之、唐古霞、家凝香诸子与琼互相赓和以为乐，而江瑶峰、鲍茝香二子亦先后寄诗订交，暨侄女辈共得十有一人，洵为一时闺秀盛事。去年冬净因忽为古人，今年春三月经楼、书之、古霞随中丞入浙，而琼索居江村，睹溪边飞絮，闻柳外流莺，辄悼旧怀人不能已已。爰捡唱和之什，付之梓氏，以志予怀。戊辰四月望日爱兰王琼。

曲江亭闺秀唱和诗序
王凝香

丙寅秋仲，梅叔自京江归，极道曲江亭之幽翠，屏洲诸名媛诗之清且丽，予心慕之而未敢忘。未几，予归宁松江，梅叔又以其新刻《种竹轩闺秀联珠集》《同音集》邮寄示予曰："此二书乃丹徒王柳村诗人令妹爱兰夫人所著，其诗沉着幽深，有明七子之遗风，宜奉为闺秀法程也。"戊辰夏五，爱兰夫人又以所刻《曲江亭闺秀唱和诗》索序。予悉葭莩之谊，兼棣萼之盟，不敢固辞，因即囊所企慕之私心，为书数语于颠末。嘉庆十三年五月午日华亭宗妹燕生凝香撰于珠湖草堂。

国朝闺秀正始集序
潘素心

《诗》三百篇，大半皆妇人女子之作，而《二南》冠以《关雎》，盖正始之道，教化之基，所以风天下而端闺范者在是矣。古名媛多通翰墨,班姬续史,伏女传经,巾帼之才直与须眉相抗。若夫徐淑写红笺而寄恨,苏蕙托锦字以传情,以及香兰醉草之吟,钗凤镜鸾之句,言情之作犹不失温柔敦厚之遗。至若花里送郎、柳梢待月,蔡文姬空传笳拍,鱼元机漫咏蕙兰,妇德有惭,其去正始之音已远。然则学诗者必尽祛艳冶之词,而得其性情之正,斯可继《二南》之风化。即选诗者,亦必取其合乎兴观群怨之旨,而不失幽闲贞静之德,然后与《诗》首《关雎》之义相符。吾盖读珍浦太夫人《正始集》之选,而知其得于诗教者深也。太夫人博通经史,兼工六法,德言俱备,福慧兼全,其长于吟咏不待言。而犹念闺门为教化之原,欲有以风天下而端闺范,故内治克修,明章妇顺,协蘋蘩之美,擅钟郝之徽,虽古贤媛有过之无不及焉。曾刻《李二曲先生全集》,先生盖敦孝行而明理学者。太夫人以闺阁之贤而表章之,则其崇本树德,相夫子为循吏,训令子为名臣者,有自来矣。是编诗不下千七百首,计九百余人,凡浮华靡丽之什,概置弗录。且有不以诗存而以人传者,太夫人积数十年之力,搜罗既富,选择必精,用以微显阐幽,垂为懿范,使妇人女子之学诗者发乎情止乎礼义。尽删夫风云月露之词,以合乎《二南》正始之道。将与班姬、伏女媲美千秋,而岂徒斤斤于章句也乎?余未娴咏絮,深愧涂鸦拙句亦蒙采取,且嘱弁言。余与太夫人为闺中友垂二十年,其何敢以不文辞远荷询荛,自惭琢玉贻诮方家,知不免耳。余老矣,汴水燕山,音尘遥隔,不获与太夫人扬榷文史,重联昔日之欢。而儿子承庆薄宦中州,日聆令嗣观察公训诲,且得常侍绛帐纱幔之旁,以窃闻绪论,则亦余之厚幸也夫。道光己丑仲夏,若耶女史汪潘素心谨序。

国朝闺秀正始集序

黄友琴

完颜恽太夫人选《国朝闺秀诗》竟,既得校读一过,复承来命,俾为之序。自惟生长不离闺阃,读书无多,于《风》《雅》流别实鲜知识,何能为一词之赞?顾鞶帨之训,平日习闻,因勉就臆见所及,约略言之。《周南》居《国风》之首,而《关雎》《葛覃》《卷耳》《樛木》,先列妇人诸作,是知画眉点颊者不废言志申怀,其从来远矣。世多谓女子有才,非令德事。夫含五常之性,备五官之用,女子亦人耳。使或违逾礼法,则虽才高柳絮,颜若蕣华,犹当为世所鄙弃。若纯静专一而能职思其居,圣人固将采而录之矣。况女子之于诗,较男子为尤近。何也?男子以四方为志,立德立功,毕生莫殚,吟咏一端,宜其视为余艺。女子则供衣服、议酒食而外,固多暇时,又门内罕与外事,离合悲喜之感发,往往形诸篇什,此如候虫时鸟,一任天机,了无足异。且敬姜不云乎:"劳则思,思则善心生。"故尝以为女子之读书属文,亦所以习之于劳而已。今太夫人是编,操选綦严,实有以整壹人心,扶持壸教,与寻常月旦自命者不同。自来诗家惟有唐称极盛,其见于《唐诗品汇》者,宫闺并女冠、外彝尚不满四十人。兹之所辑,数几廿倍,固可见圣代文治之隆,亦由风会既开,优柔渐渍,千有余年,而后妇人娴此者,与织纴组纠同其服习焉!夫女有四行,次即妇言。言之不足而长言咏叹,乃理之自然。苟言出于正,存其言并存其人也,固非以矜张炫耀之意与其间也。道光十一年岁次辛卯夏五月既望,宛平黄友琴谨序。

国朝闺秀正始续集序

潘素心

叙《正始集》之后四年癸巳夏,完颜恽太夫人薨于汴梁官舍。余为诗哭之,盖悼绛纱之月冷,伤彤管之风微。哲人其萎,大雅不作,不止为死生契阔也。其明年秋女公孙妙莲保邮一编至,系之以词曰:此祖慈遗命,踵成《正始续集》也。方祖慈疾亟,床前执手命之曰:吾续编《正始集》未竟,汝能继之则吾死无憾。妙莲保泣而谨识之。卒哭后,四方女士未悉讣音,录诗就正如平时,悉遵前例,编次及祖慈昔常手定者,分为十卷,附录一卷,又辑补遗一卷,共得诗一千二百二十九首。其亲知故旧,以长歌当哭,来者别为一卷附之集后。今当付剞劂氏,敢以序请。余自惟与太夫人闺中文字交年最深,感太夫人之维持闺训,宏奖名媛,没齿不衰。而女公孙之能似续祖慈妣也,曷敢以老拙辞,抑余重有感焉。昔范乔泣颜于髫龄,元超接武于磐石,士林称颂,延为美谈。不过子孙继述事耳,徒以膏粱弗克负荷,悉厥居多,翩翩者遂得令名。非如伏女传经、班昭续史,身居巾帼所难能者也。今女公孙以蕙心纨质,习女红,娴中馈,更以余工涉猎书史,讲求绘事,奉重闱之懿训,绍芳躅于谢庭。握椠怀铅,裒兹大集,以视服章,缝而号绳祖武者,难易何如邪?藉非诗礼之诒谋,深渐有自,曷能臻比。抑由此而推之,其诸孙罗立,所谓瑜珥瑶环之秀,犹龙比凤之姿,瑰奇颖异,称其佳儿者更当何如邪?太夫人洵堪无憾矣。至于是编搜罗之富,删订之精,凡颂椒之丽句、赋菊之妍词,与夫元霜绛雪之才,玉洁冰清之体,灿著集中。览者自得,故无事铺张焉。独是余与太夫人订交二十余年,始而联吟,继而赠别,既而哭挽,一刹那顷恍如梦幻。今复与女公孙把笔论诗,眷怀手泽,广陵古散,阒寂尘寰,回首故人,白云缥缈,余独何情其能堪此耶。道光十五年乙未伏日,若耶女史汪潘素心谨序。

国朝闺秀正始续集跋

宗　梅

右珍浦恽太夫人续选《国朝闺秀正始集》十一卷,合其生前所刻初集为三十三卷,又补遗一卷,末附挽诗一卷。惟时太夫人骖鸾逝影已越三年,织凤留机独遗千古。绍述者赖编书之贤妇,校录者多侍笈之诗孙。而吾丈见亭先生念手泽是存,为神明攸寄,每展论评而追慕,辄先涕泗而不禁。会撰德之文既修于青简,致哀之礼遂终于墨衰。乃召剞工,敬授賡帙。以家兄稷辰曾于两集与征采之役,而梅也于赠言列感颂之篇,辱命赞其一辞,荣实同于十赉,敢谢不敏,愿陈所怀。窃惟三百雅材尚闺闱为首选,九州阴教资辖乘以遐宣,自葛山蘋涧之间至汉浦汝防之际,莩衣蓬首各写其幽思,马舄鼠璁竞萦其芳绪。贞如泛柏,固卓绝于人伦;义念甘茶,亦隐关于风化。即彼明月芙蕖之比似,相怜大半愆期;绿波芍药之流连,任诞皆由废礼。是诚节取可以无类,而导源不出无邪者也。顾圣人之淑世,常用劝而兼惩;若君子之设科,贵从长而略短。仰窥太夫人,发凡广大,与进宽容。重令姬姝子之俦,结风云为一气;惜孽海情天之辈,许澡雪以同归。寻章远及于边荒,摘艳并包于方外。率女行皆修士行,使名媛不愧邦媛。合观前后之鸿裁,俱折衷于大道,信作古今之伟业,宜永寿于名山矣。梅也凤趋咏雪之庭,叨陪洛诵;久企吟风之地,喜引谟觞。朱鸟窗中琼琚环响,斑龙队里瑰宝罗陈。望瀛岛而拜骚坛,一代之英华谁托?薄玉台而删绮语,六朝之体格胥捐。开此绦绳,沃予丹府。无知蒙稚,岂能附骥以垂名;有志研摩,庶效吹篪以殿曲而已。道光十六年丙申如月,年家再侄女宗梅谨跋。

国朝闺秀摘珠集叙

黄 浚

国朝闺秀诗,就恽珍浦太夫人《正始集》,撷其尤者,录以尚幽居之佩。名《摘珠》者,珠有青、有白、有绛、有绀、有赤、有黄、有三色,有五色,闺秀如之。恽太夫人罗而秘之筐中,余启其钥,择其光华夺目而中有正气之存,不徒金玉其外者,付之象管,珍以锦囊。殆如庄子所云,使意求之不得,使罔象索而得之者矣。顾鼠璞之嗜,各有不同,则亦自爱之而自宝之矣。咸丰纪元六月六日四素老人黄浚书于宗文讲院东池之荷花多处。

青浦闺秀诗存序
施淑仪

昔胡稚威征君谓古今人皆死,惟能文章者不死。诚哉,其言之感人深也。然古人往矣,其书不能自传,传必待于后之人。昔贤故谓掇拾人诗文而存之者,其功德视掩骼埋骴为尤胜。况吾侪女子足不越闺阃,虽有踸踔之才,无所于发摅,仅藉文艺以写胸臆,冀万有一传于世。此其零章断句,幸存天壤,宜为士君子所爱护珍惜,而不忍听其湮没者也。在昔选家自萧梁《文选》外,以徐陵《玉台新咏》为最古,而古代女子之诗亦赖此以传。然观徐氏所选,自汉迄梁,寥寥十许人,而入选之诗,又多不过三数章。其后唐代诗称极盛,而见于《全唐诗》者,宫闺女冠并计尚不过百四五十人,殆流落人间者,吉光之片羽耳。宋元以降,年代较近,闺阁之诗传者稍多,然非有人各就所闻知及时衷辑以广流传,久且有散亡澌灭之惧。青浦钱君静方尝辑其乡邑闺秀,自元管道昇至清咸同间都六十余家之诗为《青浦历代闺阁诗存》,猥以淑仪为粗知诗,转辗请属为序。钱君虚怀若是,诚君子之用心也。忆往时尝读王侍郎昶所选《湖海诗传》,于乾嘉诗人搜采略备,独于女子之作,一切遗弃。其诗话并诋《吴会英才集》之殿王采薇为无此体裁。侍郎又选其乡人诗为《青浦诗传》,淑仪未得读其书,而以《湖海诗传》推之,其体例当亦相类。今钱君为侍郎乡后进,而选辑闺秀诗,乃适足补侍郎之所未备,其与《湖海诗传》并重于世无疑也。淑仪亦尝妄事搜辑于青浦闺秀,已略采数人,钱君此书足以广见闻而匡我不逮也,岂浅鲜哉?顾淑仪生长崇明,去青浦不甚远,而崇邑僻处海隅,风气朴僿,自来女子无一人一诗传于世者,岂竟无其人耶?抑有其人其诗而不为士君子所爱惜以听其湮没耶?此又不胜钦慕于钱君之所为,而不能不引为深愧也夫。中华民国十二年二月崇明施淑仪。

青浦闺秀诗存序
徐修慎

原天地秀气所钟,半分巾帼,披宫闺小名之录,艳入香奁。我青浦本由拳邑当吴会,家饮泖湖之渌,渔唱朝聆;人怡佘岭之云,樵歌夕起。是以衍机云文藻,代有名姝;撷左鲍清芬,地多淑媛。今春,钱静芳明经以手录《闺秀诗存》见视,裒辑至六十余家之多,先后综六百余载之遥,莫不柳絮工吟,才高谢女;椒花制颂,语隽刘妻。或妆罢而拈题,篇篇侧艳;或绣余而斗韵,字字生香;或哦寄外之章,旖旎直追徐淑;或赋纪游之作,聪明肯让班昭。何况书格簪花,并多错彩镂金之妙;词宗赋茗,不外散珠横锦之材。倚声则媵以诗余,可入断肠之集;流寓则殿诸简末,曾夸芳躅之留。将以付之梓人,饷彼学子。扫除脂粉气,安排翡翠墨床;收拾绮罗香,点染珊瑚笔架。供他日辀轩之采,定随彤史流芳;萃累朝闺阁之英,足令清溪生色已。中华民国三年甲寅阴历二月下浣邑人徐公修慎侯甫序。

青浦闺秀诗存自序
钱学坤

我邑县治建自有明嘉靖年间,嘉靖以前犹是华上两县之地,是以人物之距今稍远者,苟无庐址可考。虽文采照人,著述名世,后之学者终不敢据为邑有也。王述庵司寇编《青浦诗传》,明清之际,十搜八九,而稍远者,则寥寥焉。坤读第三十一卷闺秀诗词,见在元仅一管夫人,在明初仅一谢氏,余皆在建县治后者,夫岂人才之啬于前而富于后哉?姓氏彰闻,里居失考,取之恐系他山之石,弃之致遗沧海之珠。此诚无可如何之事,吾侪抱残守缺者所无能为力者也。然自隆万以迄雍乾,道韫清辞,淑真健著,可诵者已搜得十有八家。信乎,峰泖间钟灵毓秀,世有才人,惜建县治晚耳。否则馨薛涛之笺,秃蔡琰之笔,将累牍书之不尽,岂仅仅得此数家已哉。雍乾而后继起,实繁柳絮联吟,椒花献颂。绣余织暇,动与眉须争一字之长,而《焚余》《愁余》《红余》《织余》,以及《仙霞》《巧云》《疏帘》《怡亭》等稿先后间出,诚极一时之盛。奈才人例多不寿,而世家辄又中衰,不近百年风流云散。至何古心明经续编《青浦诗传》,凤毛麟角,搜采维艰,穷数年之力,仅得怡亭等稿五家。然已不尽全豹,长吉盈囊,混中投尽,司空满架,乱后烧残,千古文人同声一慨。虽然升沉无定,隐显有时,譬失一物,尽日求之不得,阅数昕夕,无意中乃触眼显呈,此亦事所恒有无足怪者。坤素喜阅私家记载,雨夕风晨,无可破寂,惟藉一卷自娱,乃于篇末简端,获见吾邑闺秀诗词,时时涌现,虽为数甚鲜,而自触坤之眼帘,乃如合浦珠还,连城璧返。百年涣散而几致湮没之作,自此保存,其欣慰宁有既耶。继念前清《郡邑志》《列女传》间有零珠碎玉,纂修者恐历久失传,有采入本传以见其梗概者,并录于册,汇而存之。惟坤资浅识陋,平时于桑梓又鲜款洽明,知邑中未刊之稿隐没尚多,理宜采访,顾安敢以不急之务对人哓聒以自取侮。幸也,蒋浦徐氏、郁家浜顾氏知坤有志于是,特出其所藏遗稿见投,因又得读数家。嗣后无一字之续,因就管蠡所见付刊如左。吾邑不乏博雅之士,倘更有所见,而愿以贶我者,汇刊续编,尤坤所愿也。中华民国五年秋月青浦钱学坤静方甫自序。

青浦闺秀诗存跋

金 荃

我邑为明秀之区,烟波之宅,风雅迭乘,班杨互出,志乘具在,光景常新。乃如珠里慧才,苧村艳质,曼睇凝晖,远峰隐秀,理鬟结澱云,溅裙弋谷水。临莼鲈而感旧,握兰笋以兴嗟。重以绮思,睹诸翠墨,誉满一时,挂于众口。彩云遽散,芳景永违,宿草荒凉,僭鸳幽咽。妇人一集,有待搜求,江草繁英,还须辑述。

先生识珠光于瀚海,拾片玉于嵚崖,燃脂杀粉,暝写晨钞,弥见精勤,足征妍妙,六百年之粉黛常存,百十里之文明未歇。比之述叟丛传,西樵野录,体裁只及鬓眉,流咏无关乡邑,意趣想悬,何啻云壤。先生笔裁风华,芳驰海峤,鸿篇雅制,夙重词林。兹编涉世,织上弓衣,歌残井水,兰泉之志未竟,而重补坤石之灵,既抑而复扬,岂不懿欤?中华民国十九年一月邑人金荃世德初试陈子昂梅花砚。

松陵女子诗征序

金祖泽

余友薛子公侠辑《松陵女子诗征》既成,出以相视,昉自有宋设县以来,迄于今兹,都凡二百数十家,得诗二千数首,伙矣哉。摘幽钩沈,足以发挥彤管之光矣。间尝推而论之,风始之化,基于《二南》,而《关雎》《鹊巢》以下诸篇,上自后妃夫人,下逮游女庶妾,莫不抒雅扬风,发情止义。即《夷考》《列国》之风,妇女言情之作,亦十居三四焉。自是以后,唐山房中之奏,班姬纨扇之吟,刘氏椒花之颂,苏蕙回文之什,虽代有作者,而流传綦鲜。乌呼!岂周以前之女子秀而文,周以后之女子乔而野哉?世衰道丧,阴教不修。公宫三月,久废妇言之教;斯干百堵,仅详酒食之议。肇丝不韵,苹藻无华,抑有由焉。况乎上之无辀轩风诗之采,里谣盱颂,湮废已多;下之守言不出阃之训,汉广江沱,曷彰咏叹。以吾见闻所及,史乘艺文著录之略,唐宋什百于汉魏,明清什伯于唐宋。而女子之文,官书罕载,非其征欤,窃谓含生负气,同禀两仪,抑阴扶阳,顾又何说?羌乃《鸡鸣》警旦,《柏舟》矢志,《载驰》急难,《伯兮》心瘁,凡系乎伦常礼教,可歌可泣之情,历劫而不磨者,古往今来,其揆则一。徒以最录无书,而使千百年来之《静女》《硕人》,铄心力于缠绵悱恻,追章号句之余,私撰孤行,幽如翳如,存矣而或不传,传矣而未必久,不获藉败纸渝墨之灵,稍留光景于人寰,委同秋草,阒寂终古,此亦彰往察来激扬风纪者所引为隐憾者焉。公侠既崇佩斯旨,愿博而守约,始自乡土之搜罗,断为一家之诗史,其好古敏求之心力,迈往未已,不特补自来诗征家前例之盖阙,抑且足以弥辎轩采风之缺憾于无穷矣。因念薛子囊者与余便坐深谈,慨文献之飘零,恫国学之将坠,思为私家图书馆之建制。其志愿所在使自有书契以来,乡先哲之著撰,凡已刊未刊之本,单文剩义之简,苟犹有存于天壤间者,必欲广甄博采,搜聚靡遗,行有余力,则及于郡,更及于省,以敬梓之观念,发为遥集之弘愿。其有关于文字孳乳世道隆污之迹者,固十百倍于女子诗征之辑而不可缓焉者也。所愿公侠秉前志而矢以毅力,继是编而旁搜远绍,俾诸老先之文字精英,群焉得所讬命。是亦斯文道丧之秋,吉祥止止之盛举也乎。余虽羸废,犹将鼓舞以从之。时民国戊午岁中秋节,同邑弟金祖泽拜序。

红梵精舍女弟子集序

陈 栩

佛影以其《女弟子集》托予付刊,限两星期竣事,为时甚促,印刷家难之,予因托老友西湖伊兰,为之排印。初定全书为百页,期于二月杪告成。时为花朝后三日,即限三日内以版样送由佛影勘定。而佛影遂赴松江,然其稿直至月杪尤未齐也。来书嘱予代为校雠,并以改窜权嘱予。予与佛影为文字交近十年,佛影以词师事予,予殊无以裨益于佛影。而周拜花与佛影较近,尝谓佛影诗词,忽由梦窗而趋稼轩,喜用口头禅语,殆为予所同化。实则予在近廿年中,所为诗词已不复如是。佛影盖自成其一家言,初无所谓同化者也,今其《女弟子集》所选诸作,则与佛影同化者多。惟予既任校雠之役,其有一句中但易一二字即颇佳者,辄不禁以己意易之。如邵英戡之"惯作秋来夜雨声",原作"弄尽秋来夜雨声";又《画堂春》之"偏要人听",原作"真个难听";又《茶瓶儿》之"小银刀避娘偷切",原作"小钢刀";又如沈乐葆之"罗衣昨日始裁成",原作"制初成";又如徐祖娥之"开了腊梅枝上花",原作"开了黄梅一树花",又"一林红叶乱鸦归",原作为"看鸦归";又许心箴之"几日新篁高过屋,小斋应署碧云天",原作为"更喜新篁高过屋,绿阴深处诵佳篇";又《忆江南》之"钿车响,辗过梦魂中",原作为"车声响,昨夜梦魂中"。其余则因校样来迟,予不及待,遂命小翠代校,予但于复校时目诵一过,无复有握管之暇,未尝更加修饰。直至三月既望,始告排竣。一书之成,费时而许,可谓濡滞之至。惟佛影委其校雠之役于我,即自扬长而去,阅六十日之久,始复来沪以观厥成,未免太便宜耳。予与诸女士虽无一堂弦诵之雅,而有两重香火之缘。且印书所用纸,为予所创之利用厂制。昔段成式于九江造纸,以供温庭筠写诗者仅五十枚。今予此纸,得供五十余家才女刊诗之用,亦不可谓非艺林佳话也,故乐为之序。时戊辰上巳后十日天虚我生序于翠吟楼。

红梵精舍女弟子集自序

顾宪融

余自丙寅春始就教城东国画科,以翌年冬十二月辞去,中间又因事辍职数阅月,实任教务不过一年有半耳。而于文专,自丁卯秋以迄戊辰二月,尚不及期年,然两校同学诗词成绩,固已裒然盈帙。虽工力浅深不齐,而类能抒写情景,不失其真。一二勤敏者,且已优入古人之室。此真非余初意所能及也。夫诗词者,性灵之学也。昔之人咕哔穷年,积稿盈尺,无一字足传,百年后即与身名同尽者,比比也。孰意三数小儿女,读一二年书,率尔操觚,便欲与词坛老宿争片席耶。或以归功于余,余固不敢自承。顾以数年经验所及,教学之道,亦差有足述者。窃尝谓教书犹施魔术，必使被术者之意志息息与术者相应而后方可奏效。而且诗词佳处，消息甚微，每为言诠所不及，故非使心合神附，即末由领略其趣。然此惟在教者之体贴揣摩，随机肆应，不能以数语尽也。若其可言者，仅在教程之支配，与教材之选择。兹先就前者言之。大抵学诗宜先七绝，既免对仗之艰，易造轻灵之语；次则进学律诗，同时及于五言；近体既成，更为古体。此由卑及高、由迩及远之法也。而或者以为兹集所见，古诗太少，不知古难于近，奚啻倍蓰，殊非旦暮所可速成，顾令假以时日，又宁不能循序以进耶。至于学词，固宜略后于诗，然亦不妨兼程并进。而此中要键，首惟读法，盖读词必使四声清浊，字字明晰，亢坠抑扬之度，一合于自然之音节。而后入耳会心，始于此词此调之风神韵味，涵咀有得。否则纵如何讲解字句，剖析音律，无有是处关于此点。余于函授诸君实不能无歉，盖声音之道，笔墨莫能宣，非经口授不可耳。至其程序，则先短而后长，先熟而后僻，固不待言矣。此皆关于教程之支配者也。试更言教材之选择。凡在初学，率为俭腹，故选取教材，忌多典实。余于诗每取诸《随园诗话》，及一二近人如江弢叔等。于词则率在赵秋舲、郭频伽、吴苹香诸家，以其清新浅易，最足引人入胜，抑亦易于摹仿也，且其愈富于时代性者，兴趣亦愈感浓厚。入户阶梯，惟兹为便。及其程度稍高，始授以乐天、东坡、白石、玉田诸作。乃若老杜、清真，非达定程，终不敢取，恐其一涉艰深，遽生厌畏也。而或者虑其一味尖新，难求深造，殊不知诗词境地，辄随人年龄而变。余当早岁，笃嗜定庵，旦夕规摹，一求其肖；廿三四后，便尔淡然；今则形模蜕尽，无稍存矣。然则入此出彼，便于一苇，又何虑乎？前之所述，或近于偏，惟既已一试再试，而稍稍见效，又乌敢自秘耶。噫！余自近数年来，投荒人海，辄无好怀。虽风光过眼，偶有留连，而漫捉空花，究遮圆智，残缣断墨，殆悉在摧烧之列。独兹从游诸君，以天女身，习尘寰乎。珠原可缀，水固成文，蕙吐兰吟，自然馨逸，则又何可不留鸿迹，藉证鸥盟，爰为汇付梓行，凡三卷，五十有二人。戊辰闰二月，顾宪融佛影自叙。

国朝女士诗汇序
陆 昶

锦屏女史及笄归余，随余问字，亦能以浅语为诗，顾每惭不工，不肯示人。暇辄喜观书史，尝裒集近来女子诗为《女士诗汇》，用力颇勤。后得见恽太夫人《正始集》，惊其鸿博，自愧辽东之豕，直欲焚弃所辑。惟念数年心血又有所不忍，撷取集中所录补所未备。然采掇虽富，而本来搜讨之苦反为之掩矣，敝帚自珍，知不免于覆抔也。香坨漫识。

国朝女士诗汇自序
李子骞

诗至今日而盛，闺阁中传作极多，是以毛西河有《闺秀诗选》，胡抱一有《名媛诗钞》，以及汪纫庵之《撷芳集》，许小村之《雕华集》，固已搜罗美备，传世无疑。愧余深居闺壸皆无由见，偶即所阅载籍中吟咏有涉闺襜者辄录之，闲谈稗说亦所不遗，积久渐成厚帙。因择诗之全者诠次之，其有人虽显著而未得其诗，及有而语句不全者，俱故从阙如。略仿历樊榭《宋诗纪事》，例附本事于其后，俾诵诗者知人焉。非敢妄希西河诸贤也，亦聊以自娱云尔。岁在鹑火则余月既望，锦屏女史李子骞书于三十六喜斋。

参考文献

一、古籍

[1] [汉]孔颖达:《毛诗注疏》,商务印书馆 1936 年版。
[2] [南朝梁]萧统编,李善等注:《六臣注文选》,中华书局 2012 年版。
[3] [唐]李贺著,叶葱奇编订:《李贺诗集》,人民文学出版社 1959 年版。
[4] [宋]许顗:《许彦周诗话》,《四库全书》本。
[5] [明]王世贞:《艺苑卮言》,《续修四库全书》本。
[6] [明]何景明:《大复集》,《文渊阁四库全书》本。
[7] [明]李梦阳:《空同集》,《文渊阁四库全书》本。
[8] [明]李贽:《焚书》,《四库禁毁书丛刊》本。
[9] [明]郑文昂:《名媛汇诗》,《四库全书存目丛书》本。
[10] [明]叶绍袁:《午梦堂集》,崇祯刻本。
[11] [明]沈宜修:《伊人思》,崇祯间刻清修版印本。
[12] [明]李东阳著,周寅宾点校:《李东阳集》,岳麓书社 1984 年版。
[13] [明]徐渭:《四声猿》,上海古籍出版社 1984 年版。
[14] [明]李攀龙著,李伯齐点校:《李攀龙集》,齐鲁书社 1993 年版。
[15] [清]汪淇:《分类尺牍新语》,清初刻本。
[16] [清]邹漪:《诗媛名家红蕉集》,清初刻本。
[17] [清]邹漪:《诗媛八名家集》,清初刻本。
[18] [清]刘云份:《翠楼集》,康熙十二年野香堂刻本。
[19] [清]孙蕙媛:《古今名媛百花诗余》,康熙二十三年刻本。
[20] [清]范端昂:《奁制续泐》,康熙五十年刻本。
[21] [清]胡孝思:《本朝名媛诗钞》,康熙五十五年刻本。
[22] [清]刘云份:《唐宫闺诗》,康熙间吴郡大来堂刻本。
[23] [清]王士禄:《新城王氏杂文诗词》,康熙间刻本。
[24] [清]揆叙:《历代闺雅》,康熙间刻本。
[25] [清]王端淑:《名媛诗纬初编》,康熙间清音室刻本。
[26] [清]范端昂:《香奁诗泐》,康熙间凤鸣轩刻本。
[27] [清]范端昂:《奁泐续补》,雍正十年刻本。
[28] [清]吴骞:《海昌丽则》,乾隆三十三年吴氏耕烟馆刻本。

[29] [清]陆昶:《历朝名媛诗词》,乾隆三十八年刻本。
[30] [清]汪启淑:《撷芳集》,乾隆五十年刻本。
[31] [清]胡廷梁:《广东古今名媛诗选》,乾隆五十一年青云书屋刻本。
[32] [清]任兆麟:《吴中女士诗钞》,乾隆五十四年刻本。
[33] [清]周映清:《织云楼诗合刻》,乾隆五十六年刻本。
[34] [清]王琼:《名媛同音集》,乾隆间刻本。
[35] [清]张滋兰:《吴中香奁诗草》,乾隆间抄本。
[36] [清]汪启淑:《撷芳集》,乾隆末刻本。
[37] [清]袁枚:《袁家三妹合稿》,乾隆嘉庆间小仓山房刻本。
[38] [清]袁枚:《随园女弟子诗选》,嘉庆元年初刻本。
[39] [清]骆绮兰:《听秋轩闺中同人集》,嘉庆二年刻本。
[40] [清]蒋机秀:《国朝名媛诗绣针》,嘉庆二年刻本。
[41] [清]曾燠:《江西诗征》,嘉庆九年刻本。
[42] [清]仲振奎:《泰州仲氏闺秀诗合刻》,嘉庆十二年刻本。
[43] [清]王琼:《曲江亭闺秀唱和集》,嘉庆十三年刻本。
[44] [清]任兆麟:《有竹居集》,嘉庆二十四年两广节署刻本。
[45] [清]沈氏:《沈刻四妇人集》,嘉庆十五年华亭啸园精刻本。
[46] [清]陈文述:《碧城仙馆女弟子诗》,道光六年西湖翠渌园刻本。
[47] [清]恽珠:《国朝闺秀正始集》,道光十一年红香馆刻本。
[48] [清]钱三锡:《妆楼摘艳》,道光十三年刻本。
[49] [清]冯兰贞:《凝香阁合集》,道光十三年刻本。
[50] [清]毛国姬:《湖南女士诗钞》,道光十四年刻本。
[51] [清]沈善宝:《鸿学楼诗选初集》,道光十六年刻本。
[52] [清]妙莲保:《国朝闺秀正始续编》,道光十六年刻本。
[53] [清]郭步韫:《湘潭郭氏闺秀集》,道光十七年刻本。
[54] [清]周寿昌:《宫闺文选》,道光二十二年刻本。
[55] [清]蔡殿齐:《国朝闺阁诗钞》,道光二十四年娜嬛别馆刻本。
[56] [清]胡履春:《麦浪园女弟子诗》,道光二十五年刻本。
[57] [清]完颜麟庆:《鸿雪因缘图记》,道光二十九年刻本。
[58] [清]张曜孙:《棣华馆诗课》,道光三十年宛邻书屋刻本。
[59] [清]张曜孙:《阳湖张氏四女集》,道光三十年刻本。
[60] [清]许夔臣:《国朝闺秀雕华集》,道光间刻本。
[61] [清]鸥波小榭编:《韵香书室图题咏集》,道光间刻本。
[62] [清]黄秩模:《国朝闺秀诗柳絮集》,咸丰三年刻本。
[63] [清]赵棻:《滤月轩集》,咸丰八年刻本。
[64] [清]王维翰:《彤奁双璧》,同治八年双砚斋木活字本。

[65] [清]陈世庆:《九十九峰草堂诗钞》,同治八年刻本。
[66] [清]左宗棠:《慈云阁合刻》,同治十年刻本。
[67] [清]鲁世保:《豫章闺秀诗钞》,同治十三年刻本。
[68] [清]蔡殿齐:《国朝闺阁诗钞续编》,同治十三年刻本。
[69] [清]黄瑞:《三台名媛诗辑》,光绪元年刻本。
[70] [清]刘坤一:《江西通志》,光绪七年刻本。
[71] [清]戴燮元:《京江鲍氏三女史诗钞》,光绪八年刻本。
[72] [清]范淑:《忆秋轩诗集》,光绪十七年良乡官刻本。
[73] [清]王士禄:《燃脂集》,稿本。
[74] [清]许夔臣:《国朝闺秀香咳集》,清稿本。
[75] [清]钱锋:《古今名媛玑囊》,清抄本。
[76] [清]李心敬:《二余诗钞》,清抄本。
[77] [清]叶晴峰:《香闺诗随手抄》,清抄本。
[78] [清]李子骞:《国朝女士诗汇》,清抄本。
[79] [清]黄任恒:《粤闺诗汇》,清末刻本。
[80] [清]王士禄:《燃脂集例》,《四库全书存目丛书》影印清康熙间刻昭代丛书本。
[81] [清]季娴:《闺秀集》,《四库全书存目丛书》影印清抄本。
[82] [清]钱林:《文献征存录》,《续修四库全书》影印咸丰八年有嘉树轩刻本。
[83] [清]沈德潜:《国朝诗别裁集》,《四库禁毁书丛刊》影印乾隆二十五年教忠堂刻本。
[84] [清]陈文述:《颐道堂诗选》,《续修四库全书》本。
[85] [清]徐树敏、钱岳编:《众香词》,民国二十二年大东书局影印康熙本。
[86] [清]钱学坤:《青浦闺秀诗存》,民国五年铅印本。
[87] [清]费善庆、薛凤昌:《松陵女子诗征》,民国七年华尊堂排印本。
[88] [清]红梅阁主人:《清代闺秀诗钞》,民国十一年上海中华教育社石印本。
[89] [清]席佩兰:《长真阁集》,民国十四年扫叶山房本。
[90] [清]单士厘:《清闺秀正始再续集初编》,民国间归安钱氏铅印本。
[91] [清]赵尔巽等:《清史稿》,民国清史馆铅印本。
[92] [清]永瑢等:《四库全书总目》,中华书局1965年版。
[93] [清]法式善:《梧门诗话》,文海出版社1974年版。
[94] [清]丁福保:《历代诗话续编》,中华书局1983年版。
[95] [清]邓之诚:《清诗纪事初编》,上海古籍出版社1984年版。
[96] [清]陈子龙:《陈子龙文集》,华东师范大学出版社1988年版。

[97]［清］陈子龙等编：《皇明诗选》，华东师范大学出版社 1991 年版。
[98]［清］施闰章撰，何庆善、杨应芹点校：《施愚山集》，黄山书社 1992 年版。
[99]［清］袁枚撰，王英志主编：《袁枚全集》，江苏古籍出版社 1993 年版。
[100]［清］汪启淑撰，杨辉君点校：《水曹清暇录》，北京古籍出版社 1998 年版。
[101]［清］王士禛撰，袁世硕主编：《王士禛全集》，齐鲁书社 2007 年版。
[102]［清］钱谦益：《列朝诗集小传》，上海古籍出版社 2008 年版。
[103]［清］徐世昌：《晚晴簃诗话》，华东师范大学出版社 2009 年版。

二、近人论著

[104] 施淑仪：《清代闺阁诗人征略》，崇明女子师范讲习所编，民国十一年（1922）铅印本。
[105] 梁乙真：《清代妇女文学史》，中华书局 1927 年版。
[106] 陈东原：《中国妇女文学史》，上海书店出版社 1984 年版。
[107] 孙康宜：《陈子龙柳如是诗词情缘》，李奭学译，陕西师范大学出版社 1998 年版。
[108] 孙康宜：《古典与现代的女性阐释》，联合文学出版社 1998 年版。
[109] 钟慧玲：《清代女诗人研究》，里仁书局 2000 年版。
[110] 孙康宜：《耶鲁性别与文化》，上海文艺出版社 2000 年版。
[111] 郭延礼：《明清女性文学的繁荣及其主要特征》，《文学遗产》2002 年第 6 期。
[112] 王英志：《随园女弟子的成员、生成与创作》，《井冈山师范学院学报》2002 年第 1 期。
[113] 张宏生：《明清文学与性别研究》，江苏古籍出版社 2002 年版。
[114] 罗久蓉、吕妙芬编：《近代中国的妇女与文化（1600—1950）》，台湾"中研院"近代史研究所 2003 年版。
[115] 虞蓉：《中国古代妇女的文学批评》，四川大学博士学位论文，2004 年。
[116] ［美］曼素恩：《缀珍录——十八世纪及其前后的中国妇女》，定宜庄、颜宜葳译，江苏人民出版社 2005 年版。
[117] 张红编：《叶嘉莹教授八十华诞暨国际词学研讨会纪念文集》，南开大学出版社 2005 年版。
[118] 马珏玶、高春花：《〈国朝闺秀正始集〉浅探》，《南京师范大学学报（社会科学版）》2005 年第 6 期。
[119] 闵定庆：《在女性写作姿态与男性批评标准之间——试论〈名媛诗

纬初编〉选辑策略与诗歌批评》,《苏州大学学报(哲学社会科学版)》2006年第11期。

[120] 陈广宏:《中晚明女性诗歌总集编刊宗旨及选录标准的文化解读》,《中国典籍与文化》2007年第1期。

[121] 定宜庄:《〈缀珍录——十八世纪及其前后的中国妇女〉译后感》,载国家清史编纂委员会编译组组编:《清史译丛·第五辑》,中国人民大学出版社2007年版。

[122] 荒林主编:《中国女性主义6》,广西师范大学出版社2007年版。

[123] 夏勇:《论清代闺秀诗歌总集的成就与特色》,《韶关学院学报》2008年第11期。

[124] 张逸临:《清代女性写作争议初探》,北京大学硕士学位论文,2008年。

[125] 胡文楷编:《历代妇女著作考(增订本)》,上海古籍出版社2008年版。

[126] 胡小林:《清代初年的蕉园诗社》,《古典文学知识》2008年第2期。

[127] 王兵:《清人选清诗与清代诗学》,北京语言大学博士学位论文,2009年。

[128] 聂欣晗:《论〈国朝闺秀正始集〉在"教化"与"传世"间游走的诗学思想》,《满族研究》2009年第2期。

[129] 崔琇景:《清后期女性的文学生活研究》,复旦大学博士学位论文,2010年。

[130] 付琼:《〈国朝闺秀诗柳絮集〉的地位和特色》,《苏州大学学报(哲学社会科学版)》2010年第6期。

[131] 王英志主编:《清代闺秀诗话丛刊》,凤凰出版社2010年版。

[132] 郑幸:《袁枚年谱新编》,上海古籍出版社2011年版。

[133] 夏勇:《清诗总集研究(通论)》,浙江大学博士学位论文,2011年。

[134] 周兴陆:《女性批评与批评女性》,《学术月刊》2011年第6期。

[135] Xiaorong Li, "Gender and Textual Politics during the Qing Dynasty: The Case of the *Zhengshiji*", *Harvard Journal of Asiatic Studies*, Vol. 69, No. 1, Jun., 2009.

[136] Grace S. Fong, *Herself an Author: Gender, Agency, and Writing in Late Imperial China*, University of Hawai'i Press, 2008.

后　　记

　　我的老家在浙江慈溪一个叫上林湖村的地方，屋子是自造的两层小楼，屋前是一大片绿油油的稻海，层层延展至上林湖畔，湖边有一条长长的横坝，环湖青山，鸥鸟飞翔，颇有野趣。或是一个一直生活在乡下的女孩的执念，二十年前第一次离开故乡，随我先生初至上海定居，心中竟有几分怅然。然幸运的是，虽生活在都市，也有一种不能避免的喧嚣，但我们一直住在复旦附近，比起其他地方来总从容许多。燕园的小桥流水，是我经常去散步的所在，水面闪着树叶缝隙透洒下来的天光云影，仿佛时间在宁静悠邈中戛然而止。冬去春来，晨昏之际，每天与先生携手走过必经的国年路，从住家到学校，或从学校到住家，日子一晃度过了二十年。

　　回望过往，内心充满深深的感激，因为在这里我有幸遇到了最好的师友。在生活和工作上，我们一直受到王威琪老师与归绥琪老师家人般的关怀。知我平素拘谨，怯于尝试，王老师常以苏联电影《乡村女教师》中的一首诗歌鼓励我："挺起胸膛向前走，天空、树木和沙洲。崎岖的道路，让我们紧紧拉着手。向前看，别害怕，前面是光明的大道。"在告别兰生后的日子里，与张大文老师还是保持着联系，亦师亦友，深获点拨之道。我还清晰地记得试课时与他第一次见面的情形，难忘在我决定考研时他写来的长长的两封书信，支持我开始并坚持另一种新的修行。他们都是德高望重的忠厚长者，常常使我有"高山仰止，景行行止"之感,而二十年来的教诲与慈怀更使我感受到胜似亲情的暖意。

特别怀念在古籍所随郑老师学习古典文学的日子,老师学养广博丰厚,待人处世宽容和蔼,对我这样一个基础不好的学生,他始终予以热心的指导与点拨。在博士论文撰写过程中,我每次把一篇写好交给老师,他便一字一句仔细修改,其治学之严谨令人十分感佩。2012年底毕业之后,我借自己在学校工作的便利,时时去请益老师并得到他的指点。尽管由于本身资质所限至今亦无有所成,然在老师点滴的言传身教之下,自觉还是受益良多。本书承老师作序,并蒙他匡助得以顺利出版。对老师,我是非常感激的,就在此谨致深深的谢意。我想如果没有遇见老师,我的生活大概一样会很宁静,但在读书修习方面会少了很多有意思的经历与感悟,而这或是我在复旦园的天光云影中才能读到的精神与气质。

读书期间,曾兼得古籍所陈广宏、谈蓓芳、黄仁生、黄毅、徐艳、吴冠文诸师的教诲,感谢他们对我论文的诸多指点。尤其是陈老师和黄老师,毕业后仍始终关注着我,使我倍感温暖。无尽的谢意,也要献给加拿大麦吉尔大学的方秀洁教授、台湾中正大学的毛文芳教授、浙江大学的朱则杰教授、华东师范大学的赵厚均教授,无论是在论文资料的查找还是在写作过程中,他们都提供了无私的帮助。最后,谨向出版本书的复旦大学出版社的领导和编辑致谢!本书在审稿过程中,石晓玲师姐提出了不少宝贵意见,在此一并深致谢忱!

陈启明
2022年2月

图书在版编目(CIP)数据

清代女性诗歌总集研究/陈启明著. —上海：复旦大学出版社，2022.3
ISBN 978-7-309-16121-2

Ⅰ.① 清…　Ⅱ.① 陈…　Ⅲ.① 女作家-古典诗歌-诗歌研究-中国-清代
Ⅳ.① I207.22

中国版本图书馆 CIP 数据核字(2022)第 027134 号

清代女性诗歌总集研究
陈启明　著
责任编辑/赵楚月

复旦大学出版社有限公司出版发行
上海市国权路 579 号　邮编：200433
网址：fupnet@fudanpress.com　http://www.fudanpress.com
门市零售：86-21-65102580　团体订购：86-21-65104505
出版部电话：86-21-65642845
上海四维数字图文有限公司

开本 890×1240　1/32　印张 11.375　字数 275 千
2022 年 3 月第 1 版第 1 次印刷

ISBN 978-7-309-16121-2/I·1311
定价：58.00 元

如有印装质量问题，请向复旦大学出版社有限公司出版部调换。
版权所有　侵权必究